光文社古典新訳文庫

城

カフカ

丘沢静也訳

光文社

目次

『城』は、カフカの未完の小説です。本書の底本である史的批判版（２０１８年）は、カフカが書いた『城』のノート６冊を、「手稿のファクシミリ＋その翻字」の６分冊にしたものです。章も確定していません。章の区切りを示すものは、水平に短い棒線を引いているだけだったり、あとから「章」と書き込んでいたり、章のタイトルとして考えたもの（またはメモがわりの言葉？）を書き込んでいたり、とバラバラです。

そのままではあまりにも扱いにくいので、この光文社古典新訳文庫では、あくまでも便宜的に批判版（１９８２年）の章分けをベースにして、仮の目次を用意することにしました。

①00から25の番号は、史的批判版にはありません。01から25は批判版が用意した章の番号です（ただし11aは批判版にはありません）。

②番号のあとは、各章の出だしです。ただし17、18、19、20の太字は、カフカ

があとで章タイトルとして書き込んだものです。
③たとえば01で［P到着］は、パースリ（P）編集の批判版の章タイトルです。

城

00　旅館の主人が客に挨拶した〈プロローグ？〉

旅館の主人が客に挨拶した。２階の１室が用意されていた。「侯爵様もお泊まりになるお部屋でございます」と、主人が言った。大きな部屋で、窓が２つあって、窓と窓のあいだにガラスのドアがある。がらんとしていて、居心地の悪い大きさだ。室内にあるいくつかの家具は、不思議なほど脚が細い。鉄製だと思いかねないほどだが、木製だった。窓から外の夜をちょっと眺めてから、客がガラスのドアに近づいたとき、どうか、バルコニーには出ないでください、と主人が言った。「床の梁(はり)が、ちょっともろくなっておりまして」。メイドが入ってきた。洗面台のところで仕事をしながら、お部屋の暖房、これでよろしいですか、とたずねた。客はうなずいた。けれども、これまでのところ部屋には何ひとつ文句がなかったのに、あいかわらずコートはすっぽり着たままで、杖と帽子を手に、部屋のなかを行ったり来たりしていた。ここに泊まるかどうか、まだ決めてないかのように。主人がメイドのそばに立っていた。突然、客がふたりの後ろに寄っていって、声をかけた。「どうしてひそひそ話をしてるんです？」。主人が驚いた。「寝具のことでメイドに指図をしていただけでして。今はじめて気づいたのですが、残念ながら、このお部屋、思ったほど丁寧な支度がされておりませんので。でもすぐ整えます」。「そんなこと言ってるんじゃない」と、客が言った。「どうせね、汚い穴倉みたいな部屋で、ムカつくようなベッドしかないだろうと思ってたんだ。話をそらさないでもらいたい。知りたいのは、ひとつだけ。ぼくの到着は誰から知らされたのかな？」。「どなたからも聞いておりませんが」と、主人が言った。「でも、ぼくを待っていた」。「これでも旅館の主人でございます。お客様をお待ち申し上げるのが仕事ですから」。「部屋の支度、してあったじゃないか」。「いつものことでございます」。「じゃ、いい。何も知らなかったわけだな。でもね、ぼく、ここには泊まりませんよ」。そう言って、客は窓をさっと開け、外に向かって叫んだ。「馬を馬車から外さないで。まだ乗っていくから」。しかし客が出口のドアへ急いだとき、メイドが立ちふさがった。弱々しそうで、ほとんど子どもみたいな、きゃしゃな娘だが、頭を下げてこう言った。「行かないでください。ほんとにあたしたち、お待ちしてたんです。ただ、口べたでお答えできず、お客様のご希望がよく分からなかったので、あたしたち、黙ってただけなんです」。メイドの外見に客は心を動かされたが、その言葉は怪しいと思った。「この娘とふたりだけにしてくれないか」と、主人に言った。主人はためらったが、出ていった。「おいで」と、客がメイドに言った。ふたりはテーブルに向かってすわった。「名前は？」とたずねて、客はテーブル越しにメイドの手をつかんだ。「エリーザベトです」と言った。「エリーザベト」と、客が言った。「しっかり聞いてもらいたい。ぼくには重要な任務がある。人生のすべてをそれに捧げてきた。喜んでやっていることだから、誰にも同情してもらおうとは思ってない。でもね、その任務が、ぼくのもってるすべてだから、その遂行を邪魔しそうな奴なら、誰でも容赦なくやっつけてやる。いいかい、容赦のなさにかけちゃ、狂ったようになることもあるんだ」。客はメイドの手をぎゅっと握り、メイドは客の顔をじっと見つめて、うなずいた。「じゃあ、分かってくれたんだね」と言った。「では、説明してくれないかな。どうやってぼくの到着を知ったのか。それだけなんだ、ぼくが知りたいのは。君たちがどんなふうに思ってるのか、なんてどうでもいい。闘うためにここにやって来たんだ。だけど到着するなり攻撃されるのはごめんだ。じゃあ、ぼくの来る前に何があった？」。「村じゅうが、あなたの到着を知ってるわ。どうしてなのか、説明できないけど。もう何週間も前から、みんなが知っている。たぶんお城から出た話でしょう。それ以上のことは分からない」。「城から誰かがここにやって来て、ぼくが来ることを知らせたんだな？」。「いいえ、ここには誰も来なかった。お城のお偉いさんたちはね、あたしたちを相手にしない。でも、お城の使用人さんたちがその話をしていて、それを村の人たちが聞いたのかな。そうやって噂が広まったのかもしれない。よその土地から人が来ることなんて、ほとんどないから、噂になるのよ」。「ほとんど来ないわけ、よそ者は？」。「ほんと」と言って、メイドが微笑んだ――人懐っこいと同時に、よそよそしい表情だ――「ひとりも来ないの。まるで、世界に忘れられちゃったみたい」。「やっぱり来るわけないか」と、客が言った。「ここには、見るべきものがあるのかね？」。握られていた手をメイドがゆっくり引っこめて、言った。「あたし、あいかわらず信用されてないんですね」。「当然だろ」と言って、客は立ち上がった。「君たち、みんなグルじゃないか。でも君は、主人よりもっと危険だ。君はさ、ぼくの世話をするために、わざわざ城から派遣されてるんだ」。「お城から派遣されてるの」と、メイドが言った。「あたしたちの事情、ほとんど知らないくせに。信用できないから、泊まらないんでしょ。だってもう、ほら、行こうとしてる」。「いや」と言って、客はコートを脱ぎ、安楽椅子に投げつけた。「行かないよ。ぼくをここから追っ払うってことさえ、君にはできないさ」。けれども突然ふらふらして、2、3歩は持ちこたえたが、そのままベッドに倒れ込んだ。メイドが急いで駆け寄った。「どうしたんですか?」とささやくような声で言って、すぐに洗面台のところへ走っていき、水を持ってくると、そばにひざまずいて、顔を洗ってやった。「どうして君たちは、ぼくをこんなに苦しめるんだ?」と、客は苦しそうに言った。「苦しめてなんかいませんよ」と、メイドが言った。「あたしたちにね、してもらいたいことがあるんでしょ。でもそれが何なのか、あたしたちには分からない。はっきり言ってもらえば、あたし、はっきり答えますよ」

01　Kが到着したのは夜遅くだった　［P到着］〈章の横線〉

　Kが到着したのは夜遅くだった。村は深い雪のなかに横たわっていた。城山はまるで見えず、霧と闇に包まれていた。大きな城の気配を示す、ほんのかすかな光さえなかった。長いあいだKは、街道から村に通じる木橋のうえに立って、見たところ空(から)っぽの空を見上げていた。

　それから歩いて、泊まるところを探した。旅館はまだ開いていた。泊まれる部屋はなかった。けれども主人は、夜ふけの客に驚いて、混乱したのか、食堂のわら布団で寝かせてあげようと言った。Kは了解した。数人の農民がまだビールを飲んでいた。けれどもKは誰とも話をする気がなかった。自分で屋根裏部屋からわら布団をおろしてきて、暖炉のそばで横になった。暖かかった。農民たちは静かだった。ちょっと彼らの様子を疲れた目で探ってから、眠り込んだ。

　だが、眠ってすぐ起こされた。都会風の服を着て、俳優のような顔で、目が細く、眉毛の濃い、若い男が、旅館の主人といっしょに、Kのそばに立っている。農民たちもまだそこにいた。何人かは、もっとよく見て聞いてやろうと、安楽椅子をこちらに向けていた。若い男は、Kを起こしてしまったことを非常に丁寧に詫び、城の執事の息子だと自己紹介してから、こう言った。「この村は、城が所有しているものです。ここに住む、あるいは泊まるということは、ある意味、城に住む、または泊まるということになります。誰も、伯爵の許可なしではできないことです。ところがあなたは、そういう許可をお持ちじゃない。あるいは少なくとも提示されませんでした」

Kは、体を半分起こして、髪をなでつけていた。ふたりを下からじっと見つめて、言った。「どこの村に迷い込んじゃったのかな？　ここに城があるんですか？」

「もちろんですよ」と、若い男がゆっくり言った。Kに向かって首を横にふっている者があちこちにいたけれど、若い男はつづけた。「ヴェストヴェスト伯爵様のお城です」

「で、泊まるのに許可が必要だと？」と、Kがたずねた。さっきの通告が夢ではなかったのか、確認したいかのように。

「許可は必要です」が、答えだった。Kに対するあからさまな嘲り（あざけ）が含まれていた。若い男は腕を伸ばして、旅館の主人と客たちにたずねた。「それとも許可なんか必要ないとでも？」

「だったら、許可をもらいにいく必要があるわけだ」と、あくびをしながらKは言って、毛布を押しのけて、立ち上がろうとした。

「で、誰からもらうんです？」と、若い男がたずねた。「伯爵様から」と、Kが言った。「それ以外に手はないでしょう」「こんな真夜中に伯爵様から許可をもらう？」と叫んで、若い男は1歩下がった。「できないとでも？」と、Kが平然とたずねた。「じゃ、なぜぼくは起こされたのかな？」

すると若い男はわれを忘れて、「流れ者みたいな口のきき方だ！」と叫んだ。「伯爵府にリスペクトを払いたまえ！　あなたを起こしたのはね、すぐにこの伯爵領から退去してもらうしかないって通告するためだったんですっ」

「喜劇はうんざりだ」と、ひどく小さな声で言って、Kは横になり、毛布をかぶった。「若い人、あなた、ちょっと言い過ぎだな。その態度については明日、話をすることにしよう。ここの主人と、そこにいる皆さんが証人だ。もっとも、証人が必要な場合だけだが。ああ、それから、これは言っておこう。ぼくはね、測量士。伯爵に呼ばれてやって来た。助手たちは器具を持って、明日、車でやって来る。ぼくは雪のせいで遅れたくなかったけれど、残念ながら2、3回、道に迷ったので、ようやくこんな遅くに到着したわけだ。今が、城に顔を出すには遅すぎる時間なのは、教えてもらわなくても、ちゃんと自分でも分かっている。だからさ、こんな宿で我慢してたんだ。

なのに、その邪魔をするっていう――穏やかに言えばさ――お行儀のいいことをしてもらったわけだ。以上で説明は終わり。じゃ、みなさん、おやすみなさい」。そしてKは暖炉のほうにぐるりと体を向けた。

「測量士ですか?」と、ためらうように質問する声が背中のほうで聞こえたが、やがてみんな静かになった。けれども若い男は、すぐに気を取り直して、主人に向かって、Kの眠りに気をつかっている程度には声をひそめ、しかし聞き取れる程度にはっきりした声で言った。「電話で問い合わせてみよう」。ん? こんな村の旅館にも電話があったのか。すばらしい設備じゃないか。その点ではKは驚いたが、全体としてはもちろん予想どおりだった。たしかに電話は、ほとんどKの頭上に備えつけられていたのだが、寝ぼけていたので見逃していた。若い男がどうしても電話をすることになれば、どんなに気をつかっても、俺の眠りを邪魔することになる。問題は、俺が電話をさせてやるつもりがあるかどうかだけだ。Kは、電話をかけさせてやると決めた。そうなると、もちろん、眠っているふりをしても意味がない。そこで仰向けの姿勢に戻った。農民たちがおどおど顔を寄せて、相談しているのが見えた。測量士の到着は、些細(ささい)なことではないのだ。調理場のドアが開いていた。ドアの間口いっぱいに女将(おかみ)の巨体が立っている。つま先立ちで主人が近寄っていき、事情を報告している。それから電話がつながって、話がはじまった。城の執事は眠っていたが、下級執事が、下級執事のひとりであるフリッツ氏が、電話に出た。若い男は、シュヴァルツァーです、と自分の名前を言ってから、Kを見つけたことを話した。30代の男でですね、ボロボロの服を着て、わら布団のうえで静かに寝ていました。小さなリュックサックを枕にして。節こぶ杖(ストック)を手が届くところに置いて。で、ですね、もちろん怪しい人物に見えました。旅館の主人がやるべき義務を怠っていたようなので、この件の究明が、私の、つまりシュヴァルツァーの義務となったわけです。寝ているところを起こし、聴取し、義務により伯爵領からの退去を命じましたが、男はそれを情け容赦のない仕打ちと受け取りました。が、あとで判明したところによりますと、それも当然の受け取り方だったかもしれません。というのもですね、男は自分で、伯爵様に依頼された測量士だと主張しているわけですから。もちろん、その主張を確認することは、少なくとも形式上の義務です。ですから私、シュヴァルツァーとしましては、中央官房への照会をフリッツさんにお願いしたいんです。この種の測量士を本当に呼んでいるのかどうか。そしてですね、その回答をすぐに電話で教えていただきたいわけです。

それから静かになった。フリッツが城で照会をしているあいだ、こちらでは回答を待っていた。Kはそれまでと変わりはなく、寝返りすら打たず、まるで興味のなさそうな顔をして、ぼんやり上を見ていた。悪意と用心が混じったシュヴァルツァーの説明を聞いていて、ある意味、外交官のような教養があると思った。城ではシュヴァルツァーみたいな小役人でもちゃんと身につけているのだ。そして勤勉さも、城の小役人には欠けてはいなかった。中央官房には夜勤がある。そして回答も非常に速いようだ。もうフリッツが電話をかけてきた。その報告は非常に短いものらしい。すぐにシュヴァルツァーが怒って受話器を投げつけた。「言ったとおりだよ」と叫んだ。「測量士だなんて、まったくの作り話。嘘つきの下品な流れ者だ。でも、たぶん、もっとタチが悪い」。一瞬、Kは考えた。シュヴァルツァーも、農民たちも、主人も、女将も、みんなが俺に襲いかかってくるだろう。少なくとも最初の襲撃を避けるため、すっぽり毛布のなかに身を隠した。そのとき——ゆっくり首を伸ばして毛布から出していると——電話がもう一度鳴った。Kには、特別けたたましい音に聞こえた。またKについての電話だとは思えなかったにもかかわらず、みんなはしゃべるのを止めて、シュヴァルツァーが電話器のところへ戻った。かなり長いあいだ説明を聞いてから、小声で言った。「つまり間違いだったわけですか？　じつに不愉快な話ですねえ。局長が自分で電話してきたわけですか？　おかしいな、おかしいな。さて、測量士さんにどうやって説明したものか？」

Kは聞き耳を立てていた。つまり城は、Kのことを測量士に任命していたのだ。ある意味でそれは、Kにとって不都合だった。というのも城の人間は、Kについて必要な情報をすべてもっていて、力関係を計算したうえで、この闘いを微笑みながら受け入れているからだ。しかし、別の意味では好都合だった。というのもKの考えでは、Kは過小評価されていて、自分には自分が最初に期待していた以上の自由があるだろうということだからだ。そしてもしも、こうやってKが測量士であることを承認して、自分たちが精神的に確実に優位であることによって、ずっとKを恐れさせておくことができると思っているなら、それは勘違いというものだ。Kはちょっとぞくっとしたが、それだけのことだった。

おどおどとシュヴァルツァーが近寄ってきたが、Kは手で合図して追い払った。ぜひ主人の部屋へ移ってくださいと言われたが、断わった。ただ、主人からは寝酒を1杯、女将からは洗面器と石鹸とタオルを受け取った。この食堂のホールでひとりにしてもらいたいと、わざわざ頼むまでもなかった。明日もしも、顔を覚えていられてはまずいので、みんな、顔をそむけて出ていったからだ。ランプが消され、Kはようやく落ち着いた。1、2回かすめるようにそばを走っていったネズミにほとんど邪魔されることもなく、朝までぐっすり眠った。

朝食後、Kはすぐ村に行くつもりだった。朝食は、Kのすべての食事と同様に、主人の申告によって城が支払うことになっていた。主人とはKは、昨日の自分の振る舞いを思い出して、それまで必要最小限のことしか話さなかった。しかし主人が、口には出さないが懇願するようにずっとKのまわりをウロウロしているので、Kは哀れに思って、しばらくのあいだそばにすわらせた。

「伯爵とは会ったことがないんだ」と、Kが言った。「いい仕事すると、払いもいいという話だが、本当なのかな？　ぼくのように妻子を遠くに置いてやって来たなら、それなりのものを持って帰りたいじゃないか」

「その点についてはご心配には及びません。払いが悪いなどという苦情、聞いたことありません」

「そうか」と、Kは言った。「ぼくはさ、臆病者じゃないからね。伯爵にだって、ちゃんと自分の意見は言える。でもお偉いさんと仲良くできるなら、もちろん、そのほうがずっといい」

主人はKに向き合うようにして窓敷居（ベンチ）の端にすわっていた。すわり心地のいい椅子に腰かけようとはしなかった。そして話をしているあいだずっと、褐色の不安そうな大きな目でKを見つめていた。最初は、Kにぐいぐい迫っていたのに、今では、さっさと逃げ出したいように見えた。伯爵のことをあれこれ聞かれるのを恐れているのか？　Kのことをお偉いさんと思っていて、その「お偉いさん」の信用できなさ加減を恐れているのか？　Kは主人の気持ちをそらしてやるしかなかった。時計を見て、言った。「そろそろ助手たちがやって来る頃だ。連中もここに泊めてもらえるかな？」

「もちろんです」と、主人が言った。「ですが、ご一緒に城で寝泊まりなさるのでは？」

この主人は、そんなに簡単に喜んで客を、そしてとくに俺をあきらめて、どうしてもKを城に追っ払いたいのか？

「それはまだ分からない」と、Kは言った。「まず、どんな仕事を頼まれるのか、知らなくちゃならない。たとえば城下での仕事なら、この城下で寝泊まりするほうが利口だろう。それにさ、城中での仕事なら、そこでの暮らしがぼくの気に入るかどうか、気になるところだ。いつも自由でいたいんだ」

「城をご存じないんですね」と、小声で主人が言った。

「もちろん」と、Kが言った。「早々と判断するもんじゃない。さしあたり城のことで分かっているのは、まともな測量士を探し出せる人材がいるってことぐらいだ。もしかしたら城には、ほかにもいいところがあるかもしれないが」。そして立ち上がってKは、落ち着かない様子で唇を噛んでいる主人を解放した。この男の信頼を得るのは、簡単ではない。

出ていこうとしてKは、壁に掛かっている黒っぽい肖像画が目についた。黒っぽい額に入っている。寝ていた場所から気がついていたのだが、遠くからでは細かい区別ができず、もとの絵が額から外されて、黒い背板だけが見えているのだと思っていた。けれども、今はっきりしたが、それは絵だった。50歳くらいの男の半身像だ。頭を非常に深く胸まで下げているので、ほとんど目が見えない。頭を下げているため強調されているのが、重そうな広い額とがっしりした鉤鼻だ。顔一面の頬ひげは、頭のポーズのせいで顎のところで押しつけられ、下まで垂れている。左手は広げられて、ふさふさした髪のなかに突っ込まれているが、もう頭をもち上げることができない。「これは誰?」と、Kはたずねた。「伯爵?」。Kは絵の前に立ったまま、主人のほうをまったくふり向かなかった。「いいえ」と、主人が言った。「城の執事です」。「すばらしい執事が城にはいるもんだな」と、Kが言った。「残念だね、あんなに出来の悪い息子がいて」。「いいえ」と言って、主人はKをちょっと自分のほうに引き寄せて、耳元でささやいた。「シュヴァルツァーは、昨日は言い過ぎましたね。あれの父親は下級執事にすぎんのです。しかもですよ、最下級の執事のひとりにすぎない」。その瞬間、Kには主人が子どものように見えた。「クズだな」と言って、Kは笑った。けれども主人は笑いにつられず、こう言った。「あれのですね、父親だって権力をもってるんです」。「まさか！」と、Kが言った。「誰でも権力があると思ってるんだな。このぼくにも、あると？」。「あなたには」と、主人がおどおどしながら真顔で言った。「権力はないと思っております」。「お、ちゃんと人を見る目があるんだ。だってぼくには権力なんて、内緒だけど、本当にないからね。だから権力者のことは、たぶん、君に負けないくらい尊敬してるんだ。ただ、ぼくは君ほど正直じゃないし、いつもそれを打ち明けたりしないだけ」。そう言ってKは、主人の頰っぺたを軽くとんとんとたたいた。主人をなぐさめて、自分に好意をもってもらうために。すると主人がちょっと微笑んだ。実際、やわらかい頰っぺたをした、ほとんどひげも生えていない若造だ。どうやってこんな若造が、あんなに恰幅のいい中年女と一緒になったのだ。横にあるのぞき窓の向こうでは、調理場で女将が腰に両ひじを張って忙しく働いているのが見える。けれどもKは今はもう、主人を追及して、せっかく引き出した微笑を追い払おうとは思わなかった。というわけで主人には、ドアを開けるよう、ちょっと合図をしただけで、Kは、美しい冬の朝のなかへ足を踏み出した。

今、Kが見上げると、澄んだ空気のなかに城がくっきりした輪郭で見えた。いたるところで雪が、あらゆる形をなぞるように薄い層をなして積もっているせいで、なおのこと城がはっきり見えた。ちなみに城のある山のほうが、こちらの村より雪が少ないように思えた。Kは昨日、街道よりも、村を歩いたときのほうが進むのに苦労した。村では、雪が小さな家々の窓まで届いていて、低い屋根のうえまで重くのしかかっていたけれども、城のある山では、すべての建物が、のびのびと軽やかにそびえている。少なくともここからは、そう見えた。

全体として城は、遠く離れたここから見えるかぎり、Kの予想どおりだった。古い騎士の要塞でもなければ、新しい派手な館(やかた)でもなく、横に伸びた施設だった。数少ない3階建と、数多くの低層の建物がひしめきあっている。それが城だと知らなかったなら、小さな町だと思ったかもしれない。塔がひとつだけ見えたが、それが住居の一部なのか、教会の一部なのか、見分けがつかない。カラスの群れがいくつも塔を旋回していた。

城を見上げたまま、Kは歩きつづけた。ほかのことは気にならなかった。しかし城に近づいてみると失望した。田舎家を寄せ集めた、本当に哀れな小さな町にすぎなかった。もしかしたらどの家も石造りであるかもしれないということだけが、特筆すべき点だが、塗装はとっくの昔に剝(は)げていて、石は崩れ落ちそうだった。ふとKは、故郷の小さな町を思い出した。この、いわゆる城に、ほとんど引けをとらない。もしも見物だけが目的だったなら、Kにとって今回の長旅は無駄だっただろう。もう一度、昔の故郷を訪問するほうが、利口だっただろう。ずいぶん長いあいだ帰っていなかったのだし。そしてKは、頭のなかで故郷の教会の塔と、そこに建っている塔を比較した。故郷の塔は、はっきりしていて、ためらうことなく、まっすぐ上にいくほど細くなり、広い屋根は赤レンガでおおわれていた。世俗の建物だが――ほかに何を建てることができる?――低い家並みより高い目標をもっていて、憂鬱な仕事日が見せる表情より明るい表情をしている。こちらの城の塔は――見えたのはその塔だけだったが――住宅に付属している塔だ。いま気がついたが、城の本館に付属している塔かもしれない。単純な円形の建物で、一部はキヅタに慈悲深くおおわれている。小さな窓がいくつもあり、今は太陽の光を浴びて輝いていて――狂気のようなものがそこにはあった――そして最上部はバルコニーのようになっている。その胸壁が青空でギザギザになっている。神経質な、あるいは投げやりな子どもが描いたような、ふぞろいで、不規則で、壊れそうなギザギザだ。まるでその塔は、どこかの家の陰気な住人が、法の裁きによって家の一番離れた部屋に幽閉されていたのに、自分を世間に示そうとして、屋根を突き破って突っ立っているみたいだ。

またKは立ち止まった。立ち止まっていると判断力が増すとでも思ったのか。だが邪魔が入った。村の教会のそばで立ち止まっていたのだが、その教会の裏手に――もともとそれは、教区民を入れられるように建て増した、穀物倉のような礼拝堂にすぎなかったのだが――学校があった。低くて長い校舎は、一時しのぎの建物でありながら非常に年季の入った建物であるという奇妙な性格をもっていて、柵に囲まれた庭の向こうにある。庭は一面の雪野原だ。ちょうど子どもたちが先生といっしょに出てきた。ぎっしり群がって先生を取り囲み、みんなが目を先生に向けて、四方八方からずっと先生にぺちゃくちゃ話しかけている。早口なのでKにはまったく理解できない。先生は、若い男で、小柄で、肩幅がせまい。非常に姿勢がいいが、滑稽な印象はない。Kのことはすでに遠くから視界に入っていた。なにしろこのあたりでは、子どもたちのほかにKしかいない。とても偉そうな感じの小男だが、Kはよそ者なので自分のほうから挨拶することにした。「こんにちは、先生」と言った。とたんに子どもたちが口をつぐんだ。突然、静かになったのは、自分が口を開くのを待っているからだと思って、先生は気をよくしたのだろう。「お城の見物ですか?」とたずねた。Kが予想していたより柔らかい感じだが、その口ぶりは、Kのやっていることを認めていないかのようだ。「ええ」と、Kは言った。「こちら、はじめてなもので。昨晩、着いたばかりなんです」。「お城、気に入らないんじゃないですか？」と、先生が早口でたずねた。「どうしてですか？」と聞き返して、Kはちょっとどぎまぎした。そしてもっと穏やかな調子で質問をくり返した。「お城、気に入ったかと、おたずねですか？気に入らないなんて、どうして思われるんです？」。「よそから来た人には、気に入らないんですよ」と、先生が言った。ここでは逆らうようなことは言わないでおこうと考えて、Kは話題を変えて、たずねた。「伯爵とはお知り合いなんでしょう？」。「いえ」と言って、先生は話をそらそうとした。けれどもKはひるまず、もう一度たずねた。「どうしてですか？　伯爵とはお知り合いじゃないんですか？」。「どうして知り合いだなんて思うんです？」と小さな声で言ってから、先生は大きな声でフランス語をつけ加えた。「無邪気な子どもたちがいるんですよ。このこと、忘れないでください」。その言葉に乗じてKがたずねた。「先生のところへ一度、お訪ねさせてもらってもいいでしょうか？　ここにしばらく滞在するんです。もう、ちょっと心細くなっちゃって。ぼくはですね、農民でもなければ、城の人間でもないので」。「農民たちでも、城でも、違いはないですよ」と、先生が言った。「かもしれませんね」と、Kは言った。「それでも、ぼくの立場は変わらない。一度お訪ねさせてもらってもいいでしょうか？」。「私が住んでるのは、白鳥（シュヴァーネン）通りの肉屋の家」。招待されたのではなく、住所を言われただけだが、Kは言った。「分かりました。お邪魔しますね」。先生はうなずき、またすぐ叫びはじめた子どもたちの群れを連れて、歩いていった。まもなくその姿は、急な下り坂の裏通りに消えた。

Kのほうは、ボーッとなっていた。先生と話をして腹が立った。到着してはじめて、本当に疲れたと思った。ここまでの長い道のりが原因で、疲れたわけではないらしい――何日もかけてどれだけの距離を移動してきたことか。静かに一歩ずつ！――ところが今、過度の緊張のツケがきた。しかも、間の悪いときに。どうしても新しい知り合いを求めてしまうのだが、新しく知り合うたびに、疲れがひどくなる。今日のこの状態で無理やり、少なくとも城の入り口まで散歩を延長すれば、十二分に歩いたことになる。

こうしてKはまた前進した。だが長い道だ。つまりこの通りは、村の本通りだが、城山へ通じていなかったのだ。近くまで行くだけで、近づくと、わざとのように曲がるのである。城から離れないにもかかわらず、城に近づくわけでもない。いつもKは、ようやくこの通りが城へ折れ曲がってくれるにちがいないぞ、と期待した。期待したからこそ、歩きつづけた。どうやら疲れているせいで、この通りを捨てることをためらっているようだ。Kは、この村の長さにも驚いていた。終わらないのである。くり返し小さな家と凍った窓ガラスがつづき、雪がつづき、人影がないのがつづく——ようやくこのしつこい通りから身を引き離した。狭い裏通りに入り込むと、雪がもっと深くなり、雪に沈んだ足を引っこ抜くのが重労働だ。汗が噴き出した。突然、Kは立ち止まった。これ以上は歩けなかった。

ところで、Kは見捨てられたわけではなかった。右にも左にも農家がある。雪でボールをつくり、窓に投げつけた。すぐにドアが開いた——これまでずっと村を歩いていたが、はじめて開いたドアだ——するとそこには年寄りの農民が、茶色の毛皮の短いコートを着て、首をかしげて、愛想よく、弱々しく立っていた。「少し休ませていただけませんか」と、Kが言った。「とても疲れているんです」。老人が何を言っているのか、Kはまったく聞いていなかったが、板を差し出してもらったので、喜んでお礼を言った。板のおかげですぐに雪から抜け出すことができ、2、3歩で部屋のなかにいた。

大きな部屋で、薄暗い。外から入ってきた者には、最初はまるで何も見えない。Kは洗濯桶にぶつかってよろめいた。女の手が支えてくれた。隅から、子どもたちがうるさく叫んでいる声が聞こえる。別の隅からは、煙がもうもうと渦を巻き、薄暗がりが真っ暗になった。Kは雲のなかにいるみたいだった。「酔っ払いだな」と、誰かが言った。「誰だね?」と、偉そうな声が怒鳴った。そしてたぶん老人に向かって言ったのだろう。「なんで入れてやったんだ? 裏通りでうろついてる奴なら、誰でも入れてやるのかね?」。「伯爵の測量士なんです」と言って、Kは、あいかわらず姿の見えない人に向かって言い訳しようとした。「あら、測量士さんだ」と、女の声がした。それから今度はすっかり静かになった。「ぼくのこと、ご存じなんですね?」と、Kがたずねた。「もちろん」と、同じ声がまたぼそっと言った。測量士だと知られたことで、Kは、歓迎されていないらしい。

ようやく煙が少し消えて、しだいに勝手が分かるようになった。みんなの洗濯日らしい。ドアのそばで下着を洗っている。煙は左の隅から出ていたのだ。そこでは、Kがこれまで見たこともないほど大きな、つまりベッド2台ほどのサイズの木桶のなかで、湯気を立てている湯に2人の男がつかっていた。けれども、もっと驚いたのは、といっても驚く理由がよく分からないのだが、右の隅だった。部屋の奥の壁にひとつだけ大きな天窓があり、その天窓から、たぶん中庭の、青白い雪明かりが射し込んでいて、女の服に絹のような光沢をあたえている。女は隅の奥まったところで、背の高いひじ掛け椅子に疲れてほとんど横になっている。胸には赤ん坊を抱いている。女のまわりで2、3人の子どもが遊んでいる。見たところ農民の子どものようだが、女はその母親のようには見えなかった。もちろん、病気や疲れによって農民だって上品になる。

「掛けなさい！」と、男たちのひとりが言った。顔一面に頬ひげの男は、口ひげまで生やしていて、その口ひげの下であえぎながら、ずっと口を開けたままだ。男は、おどけて見せようとして、バケツの縁(ふち)のうえに手をかざして、長持ちを指しながら、Kの顔めがけてお湯をはじいた。長持ちの上にはもう老人がすわって、うとうとしている。さっきKを入れてくれた老人だ。ようやく掛けてもいいと言われて、Kはお礼を言った。もう誰もKのことを気にかけていない。洗濯桶のところにいる女は、ブロンドで、若くてぴちぴちしていて、洗濯しながら小声で歌っている。木桶の湯につかっている男2人は、足を踏み鳴らして体をねじっている。子どもたちが2人に近づこうとするのだが、勢いよくお湯をはじかれては、何度も追い返されている。とばっちりでKにもしぶきがかかった。ひじ掛け椅子の女は死んだように体を横にしている。胸に抱いた子どもにすら目もくれず、ぼんやり天井を見ている。ずっと同じ体勢で、その姿は美しくて悲しい。その女をKは長いあいだ見つめていたのだろう。しかしそれから眠ってしまったにちがいない。というのも、大きな声で呼ばれて、驚いて目を覚ましたとき、Kの頭が横の老人の肩にあったからだ。男2人

話が通じそうなほうに向かって言った。「お名前、教えてもらえませんか？休ませてもらったお礼を、どなたに言えばいいのかと」。「皮なめし屋の親方（マイスター）、ラーゼマンだ」と答えた。「だが、お礼なんて誰にも言う必要ないさ」。「そうですか」と、Kが言った。「もしかしたらまた会うかもしれません」。「それはないだろう」と、男が言った。その瞬間、頬ひげ男が手を上げて叫んだ。「やあ、アルトゥル、やあ、イェレミーアス！」。Kはふり返った。こんな村でも裏通りには人が歩いてるんだ！城の方角から、中ぐらいの身長の若い男が2人、やって来た。ふたりともひどく痩せていて、体にぴったりの服を着ている。顔もひどく似ている。顔の色も暗褐色だが、とがったあごひげが特別に黒くて目立っていた。2人は、こんな雪道なのに驚くほど速足で、拍子をとりながら細い脚をくり出している。「どうしたんだい？」と、頬ひげ男が叫んだ。叫ばなければ、ふたりとは話ができない。それほど歩くのが速かったし、立ち止まらなかった。「仕事だ」と、笑いながら叫び返した。「どこで？」。「旅館だよ」。「ぼくも旅館に行くんだ！」と、Kは突然、ほかの誰よりも大きな声で叫んだ。ぜひ2人に連れていってもらいたいと思ったのだ。そのふたりと知り合いになっても、大して得にはならないだろうと思ったが、いい道連れで元気をくれるだろうと思えた。けれどもふたりはKの言葉を聞いて、うなずいただけで、さっさと行ってしまった。

Kは、あいかわらず雪のなかに立っていた。足を雪のなかから引っこ抜いて、ちょっと先の雪のなかへ、また深く突っ込む気にはほとんどなれない。皮なめし屋の親方（マイスター）とその仲間は、Kをきっぱりお払い箱にしたことに満足して、Kのほうをふり返りながら、ちょっとだけ開いているドアから、ゆっくり体を家のなかに押し込んだ。そしてKは、ひとりで雪に包まれていた。「これじゃ、ちょっと絶望してしまいそうだな」と、Kは思った。「こんなところに俺が、わざとじゃなく、偶然いるだけだったなら」

そのとき左手の小さな家のちっぽけな窓が開いた。閉まっているときは深い青に見えていたが、もしかしたら雪の反射のせいかもしれない。ひどくちっぽけな窓なので、そうやって開かれていると、外をのぞいている人間の顔の全部は見えなかった。見えたのは目だけだった。褐色の老人の目だ。「あすこにいるよ」と、震え声で女が言っているのをKは聞いた。「測量士だろ」と、男の声が言った。それからその男が窓のところにやって来て、たずねた。友好的でないわけではなかったが、わが家の前の道では問題があってはならんというような口調だ。「誰を待ってるんだね？」。「橇（そり）を待ってるんです。乗せてもらえないかと思って」と、Kは言った。「ここには橇なんて来ないよ」と、男が言った。「ここはね、交通がないんだ」。「でも、お城に行く道でしょ」と、Kは言い返した。「だけども、だけども」と、男がちょっと頑固に言った。「ここには交通はない」。それからふたりとも黙ってしまった。けれども男は、どうやら何か思案しているらしい。というのも、窓を開けたままにしていたのだから。窓から煙が流れ出ている。「ひどい道なんですよね」と言って、Kは男に助け舟を出した。けれども男は、「ああ、もちろん」と言うだけだった。だが、しばらくしてから男が言った。「よかったら、あたしの橇で送ってあげようか」。「お願いします」と言って、Kはひどく喜んだ。「お礼はいくらでしょうか?」。「いらない」と、男が言った。Kはひどく驚いた。「あんた、測量士でしょうが」と言って、男が説明した。「だったら、城の人だからね。で、どこへ行きたいんで?」。「城へ」と、Kは急いで言った。「だったら、行かない」と、男が即座に言った。「だって、ぼくは城の人間なんでしょ」と言って、Kは男の言葉をくり返した。「かもしれんが」と言って、男が断わった。「じゃ、旅館まで送ってもらいたい」と、Kは言った。「いいでしょう」と、男が言った。「すぐに橇、用意しましょう」。全体として、特別に友好的な印象ではなかった。むしろ、ある種ひどく利己的で、心配性で、ほとんど小心翼々たる努力をして、わが家の前からKを追っ払いたいという印象だった。

中庭の門が開いて、小さな橇が貧弱な小馬に引かれて現われた。軽い荷物を運ぶための橇で、平べったく、座席のようなものもない。その後ろから男が現われた。老人ではないが弱々しく、背中が曲がっていて、足を引きずっている。痩せて、赤くて、鼻風邪の顔は、しっかり首に巻きつけたウールのショールのせいで、特別に小さく見えた。男は明らかに病気なのに、ともかくKを追い払ってしまうために、出てきたのだ。Kはその種のことを言ったが、男は手をふって否定した。ただ馭者のゲルステッカーであるということだけ聞かされた。それから、この乗り心地の悪い橇にしたのは、こいつがちょうど支度ができていたからで、別の橇にしようとすれば、あまりにも時間がかかっただろうから、ということも。「乗って」と言って、男は橇の後ろのほうを鞭で指した。「あなたの横にすわりますよ」と、Kは言った。「あたしは歩くんで」と、ゲルステッカーが言った。「どうしてまた？」と、Kがたずねた。「あたしは歩くんで」とくり返して、ゲルステッカーは咳の発作に見舞われて、体をひどく震わせた。両足を雪のなかで踏ん張り、両手で橇の縁をつかんでなければならない。Kは、もう何も言わず、橇の後ろにすわった。咳はしだいに落ち着いて、橇が走りはじめた。上のほうに見える城は、奇妙なことにもう暗くなっている。今日じゅうには行けるとKは思っていたが、また遠ざかっていく。城のほうから鐘の音が響いてきた。しばしの別れの合図のつもりでKに送られたかのように、楽しそうに羽ばたいている。少なくとも一瞬は心を震わせてくれる鐘だ。まるで、不安を感じながら憧れていることが――実際、鐘の響きは耳に痛かったが――今にも実現するかのように。けれども、やがて大きな鐘は鳴りやみ、弱々しく単調に鳴りつづけている小鐘にかき消された。もしかしたら城の小鐘なのか、もしかしたらまだ村のあたりの小鐘なのか。こちらの小鐘の音のほうが、もちろん、ノロノロした橇と、みすぼらしいけれど頑固な馭者にはお似合いだ。

「あのさ」と、突然Kが呼びかけた――もう教会の近くに来ていた。旅館までの道もそう遠くない。Kはもう、ちょっと大胆になってもよかった。――「すごく不思議なんだ。あなたは大胆に自分の責任で、ぼくを乗せてくれてるわけだけどさ。こんなこととして、大丈夫なのかな?」。ゲルステッカーは、Kの言葉を気にもせず、そのまま小馬の横を歩きつづけている。「おーい」と呼びかけて、Kは、橇の雪を丸めて、ゲルステッカーの耳に命中させた。するとゲルステッカーが立ち止まって、ふり向いた。そこでKはゲルステッカーをすぐ近くで見ることになった――橇がちょっと先まで前進したからだ。――その体つきは、背中が曲がって、虐待のようなものを物語っている。赤くて、疲れて、細い顔には、どこかちぐはぐな頬っぺたがついている。一方は平べったく、もう一方は窪んでいる。何か聞きたそうにポカンと開けた口には、まばらに2、3本の歯しかない。それを見てKは、さっき意地悪で言ったことを、今は同情の気持ちからくり返すことになった。ゲルステッカーさん、ぼくみたいな者を橇で運んだりすると、罰をくらうんじゃないですか？　「何が言いたいんだね？」とたずねて、ゲルステッカーはわけが分からないという顔をしたが、別に説明を期待しておらず、小馬に声をかけた。橇が走りつづけた。

旅館のすぐそばまで来たとき――道が曲がったのでKはそれに気づいたのだが――驚いたことに、もうすっかり暗くなっていた。こんなに長いあいだ外にいたのだろうか？　いや、Kの計算では、ほんの1、2時間だ。そして外に出たのは朝だった。そして空腹も感じなかった。そしてついさっきまでずっと昼間の明るさだったのに、今になって急に真っ暗になった。「日が短いんだ、日が短いんだ」と自分に言って聞かせ、橇からすべり降りて、旅館に向かった。

建物の小さな正面階段の上で、Kにとっては非常に都合がいいことに、旅館の主人が立っていて、ランタンを掲げてKを出迎えた。ふと駅者のことを思い出して、Kは立ち止まった。どこか暗がりのなかで咳が聞こえた。ゲルステッカーだな。でも、またすぐ会うことになるだろう。階段の上で主人に丁寧に挨拶されてはじめて、ドアの両側に1人ずつ男がいるのに気がついた。主人の手からランタンを取って、2人の男を照らした。すでに会ったことがある。アルトゥルとイェレミーアスと呼ばれていた。その２人が今、軍隊式の敬礼をしている。Ｋは、軍隊時代を、あの幸せな時を思い出して笑った。「誰だ、君たちは？」とたずねて、２人を順に見た。「あなたの助手です」と、２人が答えた。「助手さんたちですよ」と、主人が小声で確認した。「何だって？」と、Ｋはたずねた。「君たちが助手なの？　あとから来るように手配して、ぼくが待っていた、いつもの助手？」。そうです、と２人が言った。「よかった」と、ちょっと間をおいてからＫは言った。「来てくれて、よかった」。「ところで」と、また間をおいてＫは言った。「ずいぶん遅かったじゃないか。ずいぶんいい加減なんだな」。「道が遠かったもので」と、１人が言った。「道が遠かった」と、Ｋはくり返した。「でも、ぼくは君たちに会ってるんだよ。君たちが城からやって来たとき」。「はい」と言っただけで、２人は言い訳をしない。「器具はどこだ？」と、Ｋがたずねた。「持っていません」と、２人が言った。「器具、君たちに持ってきてもらうことにしてたんだぞ」と、Ｋが言った。「持っていません」と、２人はくり返した。「ああ、なんて奴らなんだ！」と、Ｋが言った。「土地の測量のこと、ちょっとは分かってるのか？」。「いいえ」と、２人が言った。「いつもの助手なら、ちゃんと分かってるはずだが」と、Ｋが言った。２人は黙っている。「よし、入れ」と言って、Ｋは２人を押して中に入った。

02 それから3人で、ほとんどしゃべらずに　［Pバルナバス］〈マークなし〉

それから3人で、ほとんどしゃべらずに食堂でビールを飲んだ。小さなテーブルにKが真ん中に、その右と左に助手がすわって。ほかにはテーブルをひとつだけ、昨晩と同じように農民たちが占めていた。「むずかしいな、君たちは」と言って、Kは、もう何度もやったように2人の顔を見くらべた。「どうやって君たちを区別すればいいんだ。名前が区別できるだけで、それ以外は君たちときたら、まるで」――で、言葉に詰まり、思わずこうつづけた――「それ以外は君たちときたら、まるで蛇みたいによく似ている」。2人はニヤッとした。「みんな、ちゃんと区別してくれるんですが」と言って弁明した。「だと思う」と、Kが言った。「ぼく自身、それを目撃したことがある。でもぼくが見るのは、ぼくの目だけで、ぼくの目だと、君たちを区別できない。だから、君たちを1人として扱うことにして、2人ともアルトゥルと呼ぶことにする。たしか君たちのうち1人が、そういう名前だ。ええっと、君かな？――」と、

Kがひとりにたずねた。「違いますよ」と、そのひとりが言った。「私はイェレミーアスです」。「そうか、ま、どっちでもいい」と、Kが言った。「君たちふたりのこと、アルトゥルと呼ぶことにする。ぼくがアルトゥルに、どこそこへ行って、と言えば、ふたりとも、そこへ行くんだ。ぼくがアルトゥルに、何か仕事を頼めば、ふたりとも、その仕事をやるんだ。ぼくにとっちゃ、君たちを別々の仕事に使えないから、非常に不便だけどさ、君たちにどんな仕事を頼んでも、その責任は君たちふたりの責任になるわけだから、ぼくには便利な話だ。その仕事を君たちがどんなふうに分担したって、構わない。ただ、相手に責任をなすりつけて言い逃れするのはダメだ。ぼくにとっちゃ、ふたりはひとりなんだから」。2人はしばらく考えてから、言った。「私らにとっては、ほんと不都合な話で」。「そりゃそうだろう」と、Kが言った。「当然、君たちにとっちゃ不都合な話にちがいない。でも、そう決めたんだ」。ちょっと前からもうKは、農民たちの1人がこっそりテーブルのまわりを歩いているのを見ていた。ついにその男が決心して、助手の1人に近づいて、何かをささやこうとした。「ちょっと失礼」と言って、Kはテーブルをたたいて、立ち上がった。「ここにいるのは私の助手だ。今、打ち合わせ中でね。邪魔する権利は、誰にもない」。「おお、これは、これは、すいません」と、農民はおどおどしながら言って、あとずさりして仲間のテーブルへ戻った。「いいか、とくにこれは気をつけてもらう必要があることだが」と言ってから、Kは腰を下ろした。「ぼくの許可なしで誰とも口をきかないこと。ぼくはここではよそ者だ。で、君たちは、もうぼくの助手だから、君たちも、よそ者ということになる。われわれ3人のよそ者は、だから団結が必要なんだ。そういうわけだからさ、手を貸してもらいたい」。あまりにもうれしそうに2人はKに手を差し出した。「そんな、ごつい手はいらない」と、Kは言った。「だが、ぼくの命令は忘れるな。これから寝ることにする。君たちも寝るといい。今日は一日、仕事をしないでいた。明日は朝一番に仕事をはじめるぞ。城へ行くから橇を用意して、6時にこの旅館の前で待っていてくれ」。「分かりました」と、1人が言った。だが、もう1人が口をはさんだ。「お前、分かりましたって言うが、そんなことできっこないって分かってるだろ」。「うるさい」と、Kが言った。「もうお前たち、別々になろうとしてるのか」。だがすでにこのとき、はじめの1人も言った。「こいつの言うとおりです。許可がないと、よそ者は城には入れないんです」。「その許可、どこで申請するんだ?」。「知りません。もしかしたら執事のところかも」。「だったら電話で申請しよう。すぐ執事に電話するんだ、ふたりで」。2人は電話のところへ走り、城へつないでもらっている――そこで押し合っている2人は、傍目(はため)には滑稽なほど従順だ――そして、Kが明日、私たちといっしょに城へ行きたいのですが、よろしいでしょうか、と問い合わせている。「ダメだ」という回答が、Kのいるテーブルまで聞こえてきた。回答はもっと詳しく、「明日もダメ、別の日もダメ」というものだ。「自分で電話で話してみよう」と言って、Kは立ち上がった。Kと助手2人はこれまで、1人の農民とのいざこざは別にして、ほとんど注目されていなかったのだが、Kの最後の言葉がみんなの注意をひいた。みんながKといっしょに立ち上がった。そして旅館の主人に押し戻されようとしたにもかかわらず、電話のところで小さな半円になってぐるりとKを囲んだ。Kは回答なんかもらえないだろう、という意見が優勢だった。Kは仕方なく頼んだ。静かにしてくれないか。みんなの意見を聞きたいわけじゃないんだから。

貝みたいな受話器からブンブンという音が聞こえてきた。Kがこれまで電話で聞いたことのないような音だった。それはまるで、無数の子どもの声のブンブンから――といってもそのブンブンは、ブンブンではなく、ずっと遠くの、はるかかなた遠くの声たちの歌だったのだが――まるで、そのブンブンから、まさにありえない仕方で、たったひとつの、高いけれども強い声が生まれているかのようだ。その声が、ひたすら貧弱な聴覚よりももっと深いところへ入り込むことを要求しているかのように、耳を打つ。Kは電話に黙って耳を傾けていた。左腕を電話台にあずけたまま耳を傾けていた。

　どれくらいのあいだそうしていたのか、Kには分からなかった。主人に上着を引っぱられた。メッセンジャーがお見えですよ。「邪魔だ」と、Kは思わず叫んだ。もしかしたら電話に向かって。というのも電話口に誰かが出てきたのだ。こんなやりとりになった。「はい、オスヴァルト。そちらは？」と言っている。強くて、高慢そうな声だ。話し方にちょっと難があるようにKには聞こえた。わざと強い調子になった声が、その難を隠そうとしている。Kは名乗るのをためらった。電話に対して無防備だし、相手に怒鳴られるかもしれないし、受話器をガチャンと置かれるかもしれない。そうするとKは、大事でなくはないかもしれない道を閉ざされてしまう。Kのためらいが相手の男をいらいらさせた。「そちらは？」とくり返して、男がつけ加えた。「そちらからね、しょっちゅう電話もらわないほうが、大助かりなんですがね。ついさっきも電話があって」。Kは、その言葉には構わず、突然、決心して告げた。「こちらは測量士さんの助手です」。「どの助手？　誰の助手？　どこの測量士？」。Kは、昨日の電話のやりとりを思い出した。「フリッツにたずねてください」と、手短に言った。それが効いて、K自身が驚いた。しかし、それが効いた以上に驚いたのは、城では仕事が共有されていることだ。返事はこうだった。「分かっている。またしても測量士だ。そうか、そうか。で、それから？　助手の誰？」。「ヨーゼフです」と、Kが言った。Kの背中で農民たちがつぶやいていて、ちょっと迷惑だ。Kがちゃんと名乗らなかったことに、おそらく納得できないのだろう。だがKには農民たちの相手をしている暇がない。電話のやりとりに非常に緊張していた。「ヨーゼフ？」と、聞き返された。「助手の名前は」――ちょっと間があいた。おそらく別の人間に名前を問い合わせているのだろう――「アルトゥルとイェレミーアス」。「それ、新しい助手です」と、Kが言った。「いや、以前からの助手だ」。「新しい助手ですよ。私が以前からの助手なんです。今日、測量士さんのところにやって来た」。「ちがう」と、相手が叫んでいる。「じゃ、私は誰なんです？」と、Kは、これまでと同じように落ち着いてたずねた。そしてちょっと間をおいてから同じ声が聞こえてきた。同じように難のある話し方だが、今回は前より深みがあって敬意のこもった声だ。「あなた、古い助手なんですね」

Kは、その声の響きに耳を奪われていて、あやうく質問を聞き逃すところだった。「どういう用件で？」。できることなら受話器を置いてしまいたかった。このやりとりにもう何も期待していなかった。ただ仕方なく早口でたずねた。「私の主人は、いつ城に行ってもいいのでしょうか？」。「来なくていい」というのが返事だった。「そうですか」と言って、Kは受話器をフックに掛けた。

後ろにいた農民たちはすでに、Kの背中にピッタリくっつくほど近づいていた。2人の助手は、しきりに横目で視線をKのほうに向けることによって、なんとか農民たちをKから遠ざけようとした。それはしかし喜劇にすぎないように見えた。農民たちも、電話のやりとりの結果に満足して、ゆっくり後ろへ下がっていった。そのとき農民たちのグループが後ろで、1人の男の速足で分断された。男はKにお辞儀をして、手紙を手渡した。Kは手紙を手にしたまま、じっと男を見た。男のほうが一瞬、手紙より大事だと思えたのだ。男と2人の助手はよく似ている。同じように痩せていて、まったく同じように体にぴったりとした服を着ていて、同じようにしなやかで敏捷だ。けれども、まるで違っている。Kは思った。この男が助手だったらよかったのに！男は、皮なめし屋の親方（マイスター）の家で見かけた赤ん坊を抱いた女を思い出させた。ほとんど白ずくめだが、たぶん絹の服ではない。ほかのみんなが着ているような冬服だが、絹服のような優美さと華やかさがある。明るく、隠しごとのない顔で、目はひどく大きい。その微笑を見ると、気分がとても晴れやかになる。まるでその微笑を払いのけたいかのように、手で顔をなでるのだが、うまくいかない。「誰ですか、あなたは？」と、Kがたずねた。「バルナバスです」と、男が言った。「メッセンジャーです」。

しゃべると、唇が、男らしいけれど柔らかく開いて閉じる。「あなた、ここの雰囲気どうですか?」とたずねて、Kは農民たちのほうを指さした。農民たちは、あいかわらずKに興味をなくしてはいない。文字どおり苦しそうな顔で――頭蓋骨が上からなぐられてペッチャンコになっているみたいで、表情はなぐられた痛みでゆがんだままのようだ――こちらを見ては、また目をそらしている。ときどきその視線がさまようのだが、こちらに戻ってくる前に長いあいだ、どうでもいいような対象にとどまっているのだ。それからKは助手たちのほうも指さした。2人で抱き合って、頬っぺたと頬っぺたをくっつけて、ニコニコしている。へりくだっているのか、あざ笑っているのか、分からない。Kは、ここにいる連中すべてを、まるで特別な事情で自分に押しつけられた従者であるかのように紹介した。そして、バルナバスが自分と連中をきちんと区別してくれることを――親しみをこめ、そして親しみこそKには大事なのだが――期待した。だがバルナバスは――もちろん、まるで無邪気に、ということはよく分かるが――Kの質問をまったく気にせず、聞き流した。よくしつけられた召使いなら、主人にとりとめのない言葉をかけられても聞き流すように。そして、質問に答えるようなそぶりをしただけで、あたりを見回し、農民のなかに知り合いがいると手をふって挨拶し、2人の助手とちょっとだけ言葉を交わした。どの物腰も自由で、自分を失うことなく、ほかの連中とは混じり合わない。Ｋは——無愛想にされたけれど恥ずかしい思いはせずに——手にしている手紙を思い出して、開封した。こんな文面だった。「拝啓！　ご承知のように、あなたは伯爵家の仕事に採用されました。あなたは、この村の村長の直属の部下となります。村長が、あなたの仕事および賃金条件についてすべての詳細を伝えることになっています。村長に対して、あなたは説明責任も負っているわけです。それにもかかわらず、私もまたあなたから目を離すことはありません。この手紙を手渡すバルナバスが、ときどきあなたの希望を問い合わせて、私に連絡することになっています。私は可能なかぎりあなたの意に添う用意がありま す。働く人に満足してもらうことを私は大切であると考えています」。署名は読めなかったが、署名のそばには「Ｘ官房長官」と印刷されていた。「待って！」と、Ｋは、お辞儀をして帰ろうとするバルナバスに言った。それから、旅館の主人を呼んで、自分の部屋に案内するように言った。しばらくひとりでこの手紙を読もうと思ったのだ。そのとき、とても感じはいいけれど、バルナバスがメッセンジャーにすぎないことを思い出して、ビールを出してやるように言った。どんなふうにビールを受け取るのか、注意して見ていると、バルナバスは明らかに大喜びして、すぐに飲んだ。それからＫは主人といっしょに出ていった。この小さな旅館ではＫのためには小さな屋根裏部屋しか用意できなかった。だが、そのことにも困った問題があった。それまで2人のメイドが寝起きしていたので、移ってもらう必要があったのだ。実際のところ、そのメイドたちが追い出されただけで、屋根裏部屋はそれまでと何の変わりもないらしい。1つしかないベッドにはシーツもなく、枕が2つか3つと、馬着が昨夜のまま残されているだけだった。壁には2、3枚、聖人の絵と兵士の写真がかかっている。換気すらやっていない。新しい客の長逗留は明らかに望んでおらず、客を引きとめるために何ひとつやっていない。しかしKは、文句ひとつ言わず、馬着を体に巻きつけて、テーブルに向かい、ロウソクのもとで手紙をあらためて読みはじめた。

凸凹のある手紙だ。Kに対して、自分の意思をもった自由な人間に話すように書いている箇所がある。書き出しがそうだし、Kの希望についての箇所がそうだ。けれども、Kのことをはっきりと、または遠回しに、長官の席からはほとんど目にもつかない小さな労働者として扱っている箇所もある。「あなたから目を離すことはありません」と書かれているが、そのために長官は努力が必要になる。Kの上司は村長だけで、村長に対しては説明義務まである。Kのたったひとりの同僚は、もしかすると村の警官かもしれない。疑いもなく矛盾している。矛盾は明らかなので、意図されたものにちがいない。優柔不断のせいもあってこの矛盾が生まれたのだという考えが、Kの頭をかすめることはほとんどなかった。伯爵府の役所に対して、そんなふうに考えるのは馬鹿げている。むしろKにとってその矛盾は、選択することをはっきり提示したものに思えた。手紙に書かれている複数の指示から何をしようとするのか、Kに委ねられていたのだ。城とつながっていることは、いずれにしてもすばらしいことだが、それは見かけにすぎず、村の仕事をしようとするのか。それとも、村の仕事をしているようでいて、実際は、仕事のすべてがバルナバスの通知によって決められるのか。Kは、ためらわずに選択した。たとえこれまで経験したことがなかったとしても、ためらわなかっただろう。城のお偉いさんたちとはできるだけ離れて、村の仕事をする人間になったときにだけ、城で何かを獲得することができる。村のこの連中は、Kにとても不信感をもっているが、Kが友達でないにしても村の住民になれば、口をきいてくれるようになるだろう。そしてKが、たとえばゲルステッカーやラーゼマンと同じようになれば――そして一刻も早くそうなる必要があるのだし、すべてはそれにかかっているのだが――きっと一挙にすべての道が開けるのだ。城のお偉いさんやその思(おぼ)し召(め)しだけを当てにしていたら、Kにとって道は、永遠に閉ざされたままであるだけでなく、見えないままであるかもしれない。もちろん危険はある。危険は手紙でも十分に強調されている。まるで逃れられないかのように、ある種の喜びをもって述べられている。労働者であることが危険なのだ。勤務、上司、労働、賃金条件、説明責任、労働者、こういう言葉が手紙にうようよしている。そして、別のこと、もっと個人的なことが言及されているときでさえ、労働者を見る目で書かれている。Kが労働者になろうと思えば、なれる。けれどもそれは恐ろしくまじめな話で、他の者になる見通しはない。実際に無理やり脅かされているのではない、ということはKには分かっていた。そんなものは恐れていなかった。少なくとも今は。だが、気力をそぐような環境、幻滅への慣れ、どの瞬間にも気づかないうちに受けている影響。そういうものがもっている暴力をKはたしかに恐れた。けれどもその危険とは、あえて闘おうとするしかない。もしも闘いになるようなことになれば、それは大胆にもKが始めたことだ、ということまで手紙は隠さず言っている。それは微妙な表現なので、不安を感じている良心だけが――不安を感じている良心であって、やましい良心ではない――それに気づくことができた。それは、Kの採用について冒頭に置かれた短いフレーズ、「ご承知のように」である。Kは自分の到着を知らせたが、それ以来、手紙の表現どおり、自分が採用されていることを知っていた。

Kは絵を1枚、壁から外して、手紙をその釘に掛けた。この部屋で寝起きすることになるだろうから、ここに手紙を掛けておこう。

　それから下の食堂へ降りていった。バルナバスが助手たちといっしょに小さなテーブルを囲んでいる。「ああ、ここにいたんだ」と、Kは言った。これといった理由はなく、バルナバスを見てうれしかっただけのことだ。バルナバスはすぐに飛び上がった。Kが食堂に足を踏み入れるやいなや、農民たちが腰を上げて、Kに近づこうとした。Kのあとを追いかけることが、もう農民たちの習慣になっていた。「いったい君たち、いつもぼくに何の用があるんだい？」と、Kが叫んだ。農民たちはそれを悪くとらず、向きを変えてゆっくり自分の席へ戻っていった。去りぎわに１人が曖昧な薄笑いを浮かべながら、釈明するようにさりげなく言った。ほかの何人かも同じような薄笑いを浮かべている。「何か新しいこと、いつも聞けるんでね」。そう言って、新しいことがご馳走であるかのように舌なめずりした。Kは、それに合わせるようなことは言わなかった。連中にちょっと敬意をもたれるのは、いいことだ。けれどもKがバルナバスのそばにすわるやいなや、１人の農民の息を首筋に感じていた。農民は塩入れを取りにきたと言うのだが、Kが怒って足を踏み鳴らすと、農民は塩入れを持たずに逃げていった。Kを手玉にとることなど、じつに簡単だ。たとえば農民たちをKにけしかけるだけでいい。農民たちにしつこく手出しされるほうが、ほかの者たちの打ち解けのなさよりタチが悪いように思えた。しかも実際、手出しはしても、打ち解けてはいない。もしもKが農民たちのテーブルについても、きっと農民たちは席を立っただろう。ただバルナバスがいるおかげで、Kは騒ぎを起こさないでいた。しかしそれでもふり返って農民たちを脅かすように見ていた。農民たちもKを見ていた。けれども、農民たちはそれぞれ自分の席で、おたがいに話をすることもなく、おたがいにつながっているようには見えない。ただ、みんながKを見ているということだけで、つながっている。Kがすわったまま農民たちを見ていると、農民たちにKを追いかけさせているのは、悪意なんかではないように思えた。もしかしたら、Kから実際にもらいたいものがあるのだが、それが言えないだけかもしれない。そうでないなら、子どもみたいだからかもしれない。子どもみたいだ。子どもみたいであることが、ここでは当たり前のように見えた。実際、主人も子どもみたいだ。客の誰かに持っていくはずのビールを、両手で持ったまま、じっと立って、Kを見ている。女将が調理場の小窓から顔を出して呼んでいるのに、その声も聞き流している。

以前より落ち着いてKはバルナバスのほうを見た。助手たちを遠ざけたかったが、口実が見つからない。ちなみに助手たちはじっと自分たちのビールを見つめている。「手紙」と、Kが口を開いた。「読んだよ。中身、知ってるんだろ?」。「いいえ」と、バルナバスが言った。その視線は、その言葉より多くのことを語っているようだ。もしかしたらKは、この男について善意という点で勘違いしているのかもしれない。農民たちについては悪意という点で勘違いしたが。けれどもこの男が目の前にいると、あいかわらず気持ちが和らぐ。「君のことも手紙に書いてある。ときどき、ぼくと長官のあいだの連絡をしてくれることになってるんだな。だから、君も手紙の中身を知ってるのかと思ったんだ」。「私の任務はですね」と、バルナバスが言った。「ただ、手紙を手渡して、読み終わるまで待っていること。で、もしもあなたが必要だと思われるときには、口頭か文面で返事をもらってくること。それだけなんです」。「分かった」と、Kは言った。「書面の必要はない。長官に伝えてもらいたい――ええっと、何て名前なの？　署名、読めなかったんだ」。「クラムです」と、バルナバスが言った。「じゃあ、クラム長官にお礼を伝えておいて。採用していただき、ありがとうございます、と。それから、ぼくはまだここでは、まるで実績のない人間だけど、特別に親切にしていただき、ありがとうございます、と。長官の期待どおりに完全にやるつもりです、と。特別にお願いすることは、今日はありません、と」。バルナバスは注意深く聞いていたが、Kの前で復唱させてもらいたいと頼んだ。Kに許されると、バルナバスは一字一句まちがえることなく復唱した。それから立ち上がって、別れを告げた。

そのあいだずっと、Kはバルナバスの顔を観察していた。最後にまたじっと見た。バルナバスの身長はKとほとんど同じだが、それなのにその視線はKを見おろしているように見える。見おろしていても、ほとんど謙虚なのだ。この男が誰かに恥ずかしい思いをさせることはできない。もちろん、ただのメッセンジャーにすぎない。運ぶように言われている手紙の中身も知らない。だが、その視線、その微笑み、その歩き方がまた、ひとつのメッセージのように見えるのだ。たとえこの男がそのメッセージの中身を知らなくても。そしてKが手を差し出すと、バルナバスは驚いたようだ。お辞儀をしようと思っただけだったので。

バルナバスは――ドアを開ける前に、肩をちょっとドアに寄りかからせて、誰を見るわけでもない視線で食堂のなかを見回してから――出ていったが、Kはすぐ助手の2人に言った。「部屋からぼくの書類を取ってくる。それから最初の仕事の打ち合わせをしよう」。2人がついてこようとした。「ここにいるんだ！」と、Kが叫んだ。それでも2人はついてこようとする。もっと強くKは命令をくり返すしかなかった。玄関ホールにバルナバスはもういない。けれどもたった今、出ていったばかりだ。だが建物の前にも――また雪が降っている――その姿が見えない。Kは叫んだ。「バルナバス！」。返事がない。まだ建物を出ていないのか？ それ以外の可能性はないように思えた。それでもKは力のかぎり名前を叫んだ。名前が夜を裂いてとどろいた。すると遠くから返事が弱い声で聞こえてきた。あんなに遠くまでバルナバスは行っているのだ。戻ってこい、と呼びかけると同時にKは、バルナバスのほうに向かって歩いた。2人が出会った場所だと、2人の姿はもう旅館からは見えなかった。

「バルナバス」と言って、Kは声の震えを抑えることができなかった。「君に言っておきたいことが、まだあるんだ。じつに具合が悪いことに気づいたのでね。ぼくがさ、城に何か頼みたいとき、当てにできるのは、たまたま君がやって来たときだけじゃないか。今だって、たまたま君がつかまらなかったなら――いやあ、飛ぶように速いんだな、君は。まだ旅館にいると思ってた――、このつぎ君が現われるまで、どれくらい待たなきゃならなかったことやら」。「それはですね」と、バルナバスが言った。「長官に頼めばいいんですよ。私がいつも、あなたの指定する時に来るように、と」。「それでも十分じゃないな」と、Kが言った。「もしかしたら、ぼくのほうからは1年間、何も用事がないかもしれない。でもさ、君が帰って15分後に、急用ができるかもしれない」。「ではですね」と、バルナバスが言った。「長官に伝えましょうか。長官とあなたのあいだには別の連絡方法がほしいと。連絡係の私ではなく」。「いや、いや」と、Kが言った。「そんなこと、まったく言ってないよ。ちょっとついでに言っただけのこと。今回は運よく君をつかまえたわけだし」。「旅館に」と、バルナバスが言った。「戻りませんか？　あちらで新しい用事を申しつけてください」。すでに1歩、バルナバスは建物に向かって踏み出していた。「バルナバス」と、Kが言った。「そんな必要はない。ちょっと歩こうか」。「どうして旅館に戻らないんですか？」と、バルナバスがたずねた。「あそこの連中、うるさくて」と、Kが言った。「農民たちが厚かましいの、君も見ただろ」。「あなたのお部屋へ行ってもいいんですよ」と、バルナバスが言った。「メイドたちの部屋だぞ」と、Kが言った。「汚くて、むっとしてる。あそこにいたくないから、君とちょっと歩きたいんだ。たださ」と、Kがつけ加えた。ためらっていたが、ようやくちゃんと口にした。「腕、組ませてくれないか。君のほうが、しっかり歩いてるんで」。そしてKはバルナバスの腕につかまった。真っ暗だった。バルナバスの顔はまったく見えない。その姿もぼんやりしている。腕がどこにあるのか、前もってしばらく手探りしていたのだ。

バルナバスは、Kの言うとおりにした。2人は旅館から離れていった。もちろんKは感じていた。どんなに頑張っても、こいつと同じペースで歩くことはできない。俺はこいつが自由に動くのを邪魔してるんだ。普通の状況なら、こんなつまらないことだけで、きっとすべてがダメになってしまう。俺は午前中、裏通りで雪のなかに埋まってしまったが、あの裏通りでだって、バルナバスが支えてくれなければ、抜け出せないだろう。だがそんな心配は今はしないことにした。バルナバスが黙っていることも、Kの気持ちを楽にしてくれた。2人で黙って歩くことが、バルナバスにとっても、歩きつづけることだけを、2人が一緒にいる目的にしてくれた。

歩いた。けれども、どこに向かっているのか、Kには分からない。何ひとつ見分けることができない。もう教会を通り過ぎたのかどうかさえ、分からない。ただ歩くだけということで苦労しているうちに、Kは自分の考えをコントロールできなくなった。目標を見失って、考えが混乱した。くり返し故郷のことが思い浮かび、その思い出で頭がいっぱいになった。故郷の町でも中央広場に教会があった。一部は古い墓地に囲まれていて、墓地は高い塀に囲まれていた。その塀に登ったことがあるのは、ごくわずかな数の少年だけだ。Kもまだ登れていなかった。好奇心に駆られていたわけではない。少年たちにとって墓地はもはや秘密ではなかった。墓地の小さな格子戸を通って、もう何度も中に入ったことがあった。ただ、つるつる滑る高い塀を征服したかったのだ。ある日の午前――静かで誰もいない広場には、光があふれていた。こんな広場をKは、後にも先にも、これまで見たことがあっただろうか？――Kは、びっくりするほど簡単に征服した。もう何度も拒絶されてきた場所で、小さな旗を歯でくわえて、1回目の助走で登ったのだ。足もとで石くずがパラパラ落ちているあいだに、もうてっぺんにいた。旗を打ち立てた。風で旗がはためいた。下を見た。ぐるっと見回した。また肩越しに、墓地に立っている十字架たちを見た。今ここでKより偉大な者はいない。たまたまそのとき先生が通りかかって、怒った目でにらまれたKは、飛び降りたとき、膝にケガをして、やっとの思いで家に帰った。けれども塀の上まで登ったのだ。その勝利の感情は、当時のKには、長い人生の支えになってくれるように思えたのだが、まったく馬鹿げてはいなかった。何年もたった今、雪の夜、バルナバスの腕につかまっているとき、その感情が助けにきてくれたのだから。

もっとしっかりしがみついた。ほとんどバルナバスに引きずられていた。沈黙が破られることはなかった。道についてKが分かるのは、通りの様子から推測して、まだ横の裏通りへ曲がっていないことだけだ。Kは心に誓った。道がどんなに大変でも、帰り道の心配があるとしても、歩きつづけることは止めないぞ。結局、引きずられていくだけのことだから、それくらいの力ならまだ残っているだろう。それに、終わりのない道なんてあるだろうか？　昼間に見えた城は、目の前にあって簡単にたどり着けそうだった。このメッセンジャーなら、一番の近道を知っているはずだ。

このときバルナバスが立ち止まった。ここはどこだ？　行き止まりか？　バルナバスが俺に、ここで別れましょうと言うのだろうか？　そんなにうまくいかないぞ。Kはバルナバスの腕をしっかりつかんだ。自分が痛くなるほどに。それとも、信じられないことが起きていて、もう城のなかにいるのだろうか、それとも城門の前に？　しかしKの知るかぎり、上りの道は歩いてはいない。それともバルナバスが、気がつかないほどゆるやかな上り坂を選んだのか？　「ここはどこだ？」と、Kは小さな声で、バルナバスにというよりは自分に向かってたずねた。「家です」と、バルナバスが同じように小さな声で言った。「家？」。「あっ、気をつけてください。滑らないように。下り坂ですから」。下り坂？　「あと、ほんの2、3歩です」とつけ加えて、もうバルナバスはドアをノックしていた。

若い女がドアを開けた。2人は大きな部屋の敷居のところに立っていたが、ほとんど真っ暗だ。というのも、奥の左手のテーブルの上のほうに、ちっぽけな石油ランプが吊るされているだけだったのだ。「誰か一緒なの、バルナバス？」と、その娘がたずねた。「測量士さんだよ」と言った。「測量士さんだって」と、もっと大きな声で娘がテーブルに向かってくり返した。それを聞いてテーブルのところで、2人の年寄りの男女と、もう1人の娘が立ち上がった。みんながKに挨拶した。バルナバスがKにみんなを紹介した。バルナバスの両親と、姉のオルガと、妹のアマーリアだ。Kはみんなの顔をほとんど見なかった。濡れた上着は脱がされて、暖炉で乾かしている。Kは、されるがままになっていた。

　つまり2人して家に戻ったわけではない。戻ったのはバルナバスだけだ。しかしどうしてここに来たんだ？　Kはバルナバスを脇に呼んで、言った。「どうして家に帰ってきたんだ？　それともここはもう、城の領内なのかい？」。「城の領内？」と、バルナバスがくり返した。まるでKの言っていることが分からないかのように。「バルナバス」と、Kは言った。「君はさ、旅館を出て城へ行くつもりだったんだろ」。「いいえ」と、バルナバスが言った。「家に帰ろうと思ったんです。私はですね、朝早く城に行くんです。城で泊まることなんてありません」。「そうか」と、Kが言った。「城に行くつもりじゃなかったんだ。家に帰るだけだったんだ」――Kにはバルナバスの微笑みが前より冴えないように見えた。バルナバス自身が前より薄っぺらに見えた。――「どうして言ってくれなかったんだ？」。「おたずねにならなかったので」と、バルナバスが言った。「用事を言いつけようとされただけで、旅館の食堂でも、あなたのお部屋でも、おっしゃろうとしなかった。で、私は考えたわけです。その用事、この私の両親の家でなら、誰にも邪魔されずに聞くことができるんじゃないか――おっしゃっていただければ、みんなにはすぐに席をはずさせます――それにですよ、こちらのほうがよろしければ、こちらに泊まっていただくこともできますし。まずかったでしょうか？」。Kは答えることができなかった。つまり誤解していたのだ。浅ましい、低級な誤解。Kはすっかりその虜（とりこ）になっていたのだ。バルナバスの、体にぴたっとした絹の光沢のある上着にうっとりしていたのだが、今この男がその上着のボタンを外すと、その下にごわごわした、汚れて灰色になった、つぎだらけのシャツが、下僕のゴツい胸を包んでいる。そして、まわりのすべてのものがそのシャツにふさわしいばかりか、そのシャツを凌駕していた。年寄りで痛風の父親は前へ進むとき、のろのろとしか動かないこわばった脚ではなく、むしろ探るような手に助けられている。母親は、胸のうえで両手を組み、太っているのでじつに小さな歩幅でしか歩くことができない。この父親と母親の2人は、Kが入ってきてから、すわっていた隅からKのほうに向かって歩いているのだが、とてもまだKのところにたどり着かない。姉と妹はブロンドで、おたがいに似ている。バルナバスにも似ているが、バルナバスより表情が厳しく、大柄のがっしりした娘たちだ。入ってきた2人を囲んで、Kから挨拶の言葉でもかけられるのを待っている。けれどもKは何も言うことができない。この村では誰もがKにとっては重要人物であると、Kは思っていた。実際そうだろう。だが、まさにこの家の人たちだけは、Kにとってまるで気にならない。もしも、ひとりで旅館まで帰る自信があれば、すぐにこの家から出ていっただろう。バルナバスと朝早くから城に行くという可能性には、まるで魅力を感じなかった。今夜のうちに、誰にも見られずに、城に入ってしまいたかったのだ。バルナバスの案内で。とはいえそれは、これまでその姿をＫに見せていたあのバルナバスのことであり、この家で会った誰よりもＫに近い人物であると同時に、メッセンジャーに見えるがメッセンジャーの分際をはるかに超えて、城と密につながっているとＫが思っていた人物のことである。ここの家族の息子バルナバスではない。家族の一員になりきって、家族といっしょにテーブルについていて、明らかに城に泊まることさえ許されない男のことではない。そんな男の腕につかまって、真っ昼間に城へ行くなんて、ありえない。それは、滑稽なほど絶望的な試みなのだ。

Ｋは窓敷居（ベンチ）に腰を下ろして、決心した。今夜はここに泊めてもらうが、それ以外のサービスはこの家族からは受けないぞ。Ｋを追い払ったり、Ｋのことを不安に思っている村の連中のほうが、Ｋには危険でないように思えた。というのも、連中は要するにＫには自分のことにだけ目を向けさせてくれて、Ｋが集中力を失わないよう助けてくれるからだ。ところが、ここの家族みたいに、助ける顔をしているだけの人間は、Ｋを城へ案内するのではなく、ちょっと仮装してＫを自分の家族のところへ案内して、その意図の有無に関係なく、Kの気を散らして、Kの力を分散させる手助けをする。こちらへどうぞ、と家族のテーブルから呼ばれているが、まったく無視してKは、うつむいたまま窓敷居(ベンチ)にすわっていた。

そのときオルガが立ち上がった。妹より優しそうな姉のほうだ。娘らしくおずおずした感じを見せながらも、Kのところへやって来て、テーブルへ誘った。パンとベーコンを用意してます。ビールも持ってきましょう。「どこから?」と、Kがたずねた。「旅館から」と、オルガが言った。Kにはとても都合がよかった。ビールは持ってこなくていいけれど、ぼくを旅館に連れていってほしい。旅館でまだ大事な用事があるんだ。ところが、そんなに遠くまで行くつもりはないことが分かった。Kの旅館ではなく、別の、ずっと近くにある旅館、紳士館へ行くという。にもかかわらずKは、連れていってもらいたいと頼んだ。もしかしたら、と考えたのである。そこに寝る場所があるかもしれない。それがどんなものであるとしても、この家の一番いいベッドよりましだろう。オルガはすぐには答えず、テーブルのほうをふり返った。そこでは弟のバルナバスがすでに立ち上がっていて、にっこりうなずいて言った。「そのほうがよろしければ――」。同意されて、あやうくKは自分の頼みを撤回しそうになった。くだらんことにしか、あいつは同意しないからな。けれどもそれから、Kはその旅館に入れてもらえるのだろうか、ということが問題になって、みんながむずかしいだろうと首をかしげたので、逆にKは、どうしても連れていってもらいたいと頼んだ。頼んだけれども、納得のいくようなその理由を考え出そうとはしなかった。ここの家族には、Kはそのまま受け入れてもらうしかない。この家族に対してKは、ある意味、恥ずかしいという感情がなかった。ただアマーリアに対してだけ、ちょっと動揺した。まじめで、まっすぐで、動じることがなく、もしかしたらちょっと鈍感な視線をしている。

旅館までは短い距離だったが——Kはオルガの腕につかまっていた。そして、さっき弟のバルナバスにされたように、それ以外はどうしようもなく、オルガにほとんど引きずられるように歩いたのだが——その途中で聞かされた。その旅館はね、もともとお城のお偉いさん専用で、村に用事があるときに、そこで食事をしたり、ときには泊まったりするんですよ。オルガは小さな声で、打ち解けた感じでKと話をした。Kはその気持ちよさに抵抗したが、気持ちよかった。弟のバルナバスのときとほとんど同じだ。Kといっしょに歩くのが、気持ちよかった。気持ちのよさは消えなかった。

旅館の外観は、Kが泊まっている旅館と非常に似ていた。村ではどの建物も概して、外見には大きな違いはないようだが、小さな違いはすぐに目につく。前階段には手すりがついていて、玄関ドアの上のほうにはきれいなランタンが固定されている。入るとき、頭上で布がはためいた。伯爵家の紋章を染めた旗だ。玄関ホールですぐ旅館の主人に出くわした。見回りの途中だったのだろう。通り過ぎながら、確かめているのか、眠いのか、細い目でＫを見て、言った。「測量士さんはですね、バーまでしか行けません」。「分かってるわ」と言って、オルガはすぐＫをかばった。「ついてきてもらっただけだから」。Ｋはその配慮にお礼も言わず、オルガから離れて、主人をそばへ呼んだ。オルガはそのあいだ玄関ホールの端でおとなしく待っていた。「ここに泊まりたいんだが」と、Ｋが言った。「残念ですが、できかねます」と、主人が言った。「まだご存じないようですが、当館のご利用は、お城の方に限定されております」。「それが規則かもしれないけれど」と、Ｋが言った。「どこか隅っこにぼくを寝かせることくらい、きっとできるはずだ」。「ご希望に添いたいのはやまやまですが」と、主人が言った。「この土地の方でないあなたがおっしゃるように、規則は厳しいものです。それを別にしても、お城の方たち、非常に神経質でいらっしゃるので、無理なのです。少なくとも不意にですね、よその方を見ることは我慢できないのです。ですから、あなたをここにお泊めしてですよ、あなたが偶然――で、この偶然というやつは、いつもあの方たちの味方なんですが――見つかったりすれば、私ひとりがおしまいになるだけじゃなく、あなたご自身もおしまいになるのです。変な話ですが、本当なんです」。背が高くて、きちんとボタンをはめているこの主人は、片手で壁を突っ張り、もう一方の手は腰にあて、脚を交差させ、ちょっとKのほうに身をかがめ、打ち解けた感じで話しかけてくる。その黒服は農民の晴れ着にしか見えないにもかかわらず、ほとんど村の人間とは思えない。「あなたの言うこと、そっくり信じますよ」と、Kが言った。「それにね、規則が大事だってことも馬鹿になんかしていない。ぼくの言葉が不適切だったとしても。ただ、ひとつだけ注意してもらいたいことがある。ぼくはね、城の重要人物と関係があるんだ。もっと重要な人とも関係をもつようになる。だから、ぼくをここに泊めることによってどんな危険が生じても、あなたは大丈夫。それにさ、ささやかな好意には、ぼくが十分なお礼ができるということも、保証されてるんだ」。「分かっております」と言って、主人はもう一度くり返した。「分かってますよ」。ここでKは、もっと強く要求することができたのだが、まさに主人のその返事のせいで気を削がれたため、こうたずねるだけにした。「今日は、城の人、たくさん泊まるのかな？」。「その点では、今晩は都合がよろしいんですよね」と、ある意味、誘導するように主人が言った。「こちらには、おひとりだけお泊まりです」。あいかわらずKは、強く頼み込むことができなかったけれど、実際はほぼ聞き入れられたものだと思うことにして、泊まり客の名前をたずねるだけにした。主人は、妻のほうをふり返っていたが、さりげなく言った。「クラムです」。妻が、奇妙なほど着古されて古風で、ひだ飾りやひだがやたらついているけれど、上品な都会風の服を、衣ずれさせながらやって来た。主人を呼びにきたのだ。長官様が何か頼みたいんだって。そちらへ行く前に主人は、Ｋのほうを向いた。泊まるかどうか決めるのは、私のほうじゃなく、Ｋ様のほうなんですよ、と言わんばかりに。Ｋは何も言えなかった。とくに、ほかならぬ自分の上司がここにいるという状況に、Ｋは仰天した。自分にもきちんと説明できないのだが、クラムに対しては、城のほかの人たちに対してのように自分が自由だとは感じられない。クラムにここで見つかったら、Ｋにとって、旅館の主人が言うような恐ろしいことにはならないにしても、じつに気まずい思いをするだろう。いわば、自分が感謝すべき人に、軽率にも痛い思いをさせるようなものだから。そしてＫは気が重くなった。そんなふうに考えることこそ、明らかにすでに、自分が下層の人間であり、労働者であることを恐れている結果なのだと気づき、また、そういう結果がはっきり出ているこの場面でも、自分がその結果に打ち勝つことすらできないと気づいたのだ。そんなふうにＫは立ったまま、唇を噛んで、何も言わなかった。主人はドアの向こうに消える前に、もう一度、Ｋのほうをふり返った。Ｋは主人の姿を見送ったが、自分はその場から動かなかった。ついにオルガがやって来て、Kを引っ張っていった。「この旅館の主人に何を頼んだんです?」と、オルガがたずねた。「ここに泊まろうと思ったんだ」と、Kが言った。「うちに泊まるものだと思ってた」と、驚いてオルガが言った。「ああ、たしかに」と言って、Kはその言葉の解釈をオルガにまかせた。

03 バーは、大きな部屋で、真ん中には　［Pフリーダ］〈マークなし〉

バーは、大きな部屋で、真ん中には椅子もテーブルもなく、まわりの壁ぎわに樽が並んでいる。樽のそばや樽の上に農民が何人かすわっていた。しかしこちらの農民は、Kが泊まっている旅館の連中とはちがって見える。もっと清潔だし、みんなそろって灰黄色の粗い生地の服を着ている。ふくらみのある上着に、ぴたっとしたズボン。一見したところ、たがいに非常によく似た、小柄な男たちだ。顔は平べったくて骨ばっているが、頰っぺたはまるまるしている。みんな落ち着いていて、ほとんど動かない。入ってきた者を目で追うだけなのだが、その視線はのんびりしていて、無関心だ。それにもかかわらず農民たちは、人数が多いうえに静かなので、ある種の影響をKにあたえた。Kはふたたびオルガの腕をとり、そうやって自分がここにいることを説明しようとした。隅で1人の男が立ち上がった。オルガの知り合いだ。こちらに来ようとしたが、Kは、組んだ腕でオルガを別の方向に向けた。オルガ以外、誰もそれに気づくことがなく、オルガは横目で微笑んで、されるがままになった。

ビールは若い女が注いだ。フリーダという名前だ。見映えのしない小柄のブロンドで、悲しそうな表情で、頬っぺたがこけている。だがこの娘の視線には驚いた。特別な優越感をもった視線なのだ。Kは、この視線に見られたとき、Kに関係する問題はこの視線がすでに片づけてくれたように思えた。問題があるなどとK自身は思いもしなかったけれど、問題があることを、その視線がKに納得させた。Kはフリーダを横からじっと見つめていた。フリーダがオルガに声をかけてからも、見つめていた。オルガとフリーダは友達ではないらしい。そっけない言葉を交わしただけだ。Kはその場を取り持とうとして、唐突にたずねた。「クラムさんをご存じですか？」。オルガが声を立てて笑った。「どうして笑うんだい？」と、腹を立ててKがたずねた。「笑ってないわよ」と言って、オルガは笑いつづけた。「オルガって娘は、まだ、ほんと子どもっぽくて」と言って、Kはカウンターに大きく身を乗り出し、もう一度フリーダの視線をしっかり自分に向けさせようとした。フリーダは視線を下げたまま、小さな声で言った。「クラムさんに会いたいんですか?」。Kは会いたいと頼んだ。フリーダは、自分のすぐ左手にあるドアを指さした。「ここにね、小さなのぞき穴がある。ここからのぞけるわ」。「でも、こっちに人がいるけれど?」と、Kがたずねた。フリーダは下唇を突き出して、ひどく柔らかい手でKをドアのところへ連れていった。監視用にくり抜かれたらしい小さな穴から、隣の部屋のほぼ全体が見えた。部屋の中央にある書き物机に向かい、すわり心地のよさそうな丸いひじ掛け椅子にすわって、目の前にぶら下がっている電球にまぶしく照らされている。クラム氏だ。中背の、デブで、鈍重そうな紳士である。顔はまだすべすべしているが、頬っぺたが年齢の重みでちょっと垂れている。黒い口ひげが、長くぴんと伸びている。斜めにかけた、きらきら反射する鼻眼鏡で、目が隠されている。クラム氏がきちんと机に向かってすわっていたら、Kにはその横顔しか見えなかっただろう。ところがクラムは体をKのほうにしっかり向けていたので、顔をまともに見ることができた。左ひじを机に置いて、ヴァージニア葉巻きを持った右手は、膝の上にある。机にはビールのグラス。机の枠縁が高いので、机に書類のようなものが置かれているのか、Kにははっきり見えなかったけれど、何も置いてないような気がした。念のためKはフリーダに、のぞき穴をのぞいてみて、様子を知らせてほしいと頼んだ。けれどもフリーダは、さっきまでその部屋にいたので、Kにはすかさず、書類はなかったと保証した。Kがフリーダに、もうここを離れなければならないのか、とたずねた。けれどもフリーダは、好きなだけずっと見ていていいと言った。Kは今、フリーダとふたりだけだ。オルガは、ちらっと見たところ、知り合いの男のところへ行っていて、樽の上にすわって両足をバタバタさせている。「フリーダ」と、Kがささやいた。「クラムさんのこと、よく知ってるんですか？」。「ええ」と、フリーダが言った。「とてもよく」。Kにもたれかかって、ブラウスをもてあそぶようにして整えている。今はじめてKは気づいたのだが、襟ぐりの深い、クリーム色の薄手のブラウスで、フリーダの貧弱な体にまるで似つかわしくない。それからこう言った。「オルガが笑ったの、覚えてない？」。「ああ、行儀の悪い娘だよね」と、Kが言った。「でもね」と、フリーダがとりなすように言った。「笑うのには理由があったの。あなた、あたしがクラムのこと知ってるか、って聞いたでしょ。だって、あたしはね」――ここでフリーダは、思わずちょっと姿勢を正して、ふたたびKのことを、あの勝ち誇ったような、ここで話していることにはまるでそぐわない視線で見た――「だって、あたしはね、あの人の愛人なんだから」。「クラムの愛人なのか」と、Kが言った。フリーダがうなずいた。「じゃあ、あなたは」と、あまり気まずい空気にならないように微笑みながら、Kが言った。「ぼくにとって、とても尊敬すべき人なわけだな」。「あなたにとってだけじゃなく」と、フリーダが言った。感じよく、だがKの微笑みを無視して。Kはフリーダの高慢さに負けない手を知っていたので、それを使って、たずねた。「城に行ったことは?」。だが効かなかった。フリーダがこう答えたのだ。「ないわよ。でも、あたしがこのバーにいれば、十分でしょ?」。フリーダの気位の高さは明らかに並外れていて、まさにKを踏み台にすることによって満足を得ようとしているみたいだ。「もちろん」と、Kが言った。「ここのバーで、あなたはママとして仕事をこなしてるわけだし」。「そういうこと」と、フリーダが言った。「あたしはね、旅館の橋亭で乳搾りから始めたの」。「そんなにきゃしゃな手で」と、Kは半分たずねるように言ったのだが、それがお世辞にすぎなかったのか、本当にフリーダに負けて言ったのか、自分でも分からない。たしかにフリーダの手は、小さくてきゃしゃだが、弱々しくて魅力のない手とも言えた。「あの頃、誰もそんなこと言ってくれなかった」と、フリーダが言った。「そして今だって——」。Kは、問いかけるような目でフリーダを見つめた。フリーダは首を横にふり、それ以上話そうとはしなかった。「あなたには当然」と、Kが言った。「あなたの秘密があるし、それを誰かに話したりはしないだろう。30分前に知り合ったばかりで、まだ自分のことを聞いてもらう機会もないような男なんかには」。ところがそれは、明らかにまずい発言だった。Kにとっては好都合なまどろみから、フリーダを起こしてしまうようなものだったのだ。フリーダは、腰のベルトにぶら下げていた革のバッグから小さな木片を取り出して、のぞき穴をふさいだ。気持ちが変わったことをKに気づかれないよう、明らかに自制しながらKに言った。「あなたのことなら、なんでも知ってるわ。測量士さんでしょ」。そしてつけ加えた。「さあ、仕事しなくちゃ」。そしてカウンターの後ろの持ち場に戻った。フリーダに空のグラスに注いでもらおうと、お客があちこちで立ち上がっている。Kはもう一度、こっそりフリーダと話そうと思ったので、スタンドから空のグラスを取って、フリーダのところへ行った。「あとひとつだけ、フリーダさん」と言った。「乳搾りの女の子がバーで働くようになるなんて、並大抵のことじゃない。そのためには特別にすぐれた力が必要だ。でもね、そんなにすぐれた人にとって、今がもう最終ゴールなんだろうか？　ナンセンスな質問だな。あなたの目を見ていると、笑わないでもらいたいんだけど、あなたはさ、これまでの闘いというよりは、これからの闘いを考えている。でも世間の抵抗は大きい。目標が大きくなれば、抵抗も大きくなる。だからさ、ぼくは影響力のない小さな男だけど、あなたと同じように闘っている。そんな男だけれど、その力に助けてもらえるようにしておくことは、恥ずかしいことじゃない。できれば一度、じっくり落ち着いて話し合えないだろうか。こんなに大勢の目がジロジロ見てないところで」。「何があなたの望みなのか、あたしには分からない」と、フリーダが言った。その口調には、今回は本人の意に反して、自分のこれまでの人生の勝利ではなく、はてしない幻滅の数々がこもっているように思えた。「もしかして、あたしをクラムから引き離したいのかな？　おやまあ！」と言って、パチンと手をたたいた。「ぼくの本心、見抜かれちゃったか」と、あまりの不信感にうんざりしたようにKが言った。「それこそがぼくの狙い。クラムを捨てて、ぼくの愛人になるべきなんだ。ということで、ぼくは引きあげるかな。オルガ！」と、Kは叫んだ。「家に帰るぞ」。それを聞いてオルガが樽からすべり降りた。けれども、オルガを取り巻いている男友達からさっさと離れてくるわけではない。するとフリーダが、脅かすようにKをじっと見つめながら、小さな声で言った。「あなたとはいつ話せるのかしら？」。「ぼく、ここに泊まれる？」と、Kがたずねた。「ええ」と、フリーダが言った。「このままここにいてもいい？」。「オルガといっしょに出ていって。ここにいる連中、そのあいだに追い払うから。しばらくしたら戻ってきても大丈夫」。「わかった」と言って、Kは、いらいらしながらオルガを待った。しかし農民たちがオルガを離さない。ダンスを考え出していて、その真ん中にオルガがいる。輪になってみんなで踊り、いっせいに叫ぶたびに1人がオルガに近づき、片手でオルガの腰をしっかりつかんで、オルガを2回、3回と回転させる。輪舞がどんどん速くなり、飢えて喘ぐような男たちの叫び声が、しだいにほとんどひとつになっていく。オルガは、はじめのうちは微笑みながら輪を抜け出そうとしていたのだが、今は髪をふり乱して、男から男へよろめいているだけだ。「こんな連中をあたしのところへ来させるんだから」と言って、怒ったフリーダが薄い唇を嚙んだ。「この連中、何者なんだ?」と、Kがたずねた。「クラムの使用人よ」と、フリーダが言った。「何度もこういう連中を連れてくるの。連中がいると、ほんと参っちゃう。あたし、今日あたしが測量士さんと何を話したのか、ほとんど分からない。気を悪くするようなこと言ったなら、許してくださいな。この連中がいるからなんだ。この連中はね、あたしが知ってるうちでは、一番軽蔑すべき連中で、一番ムカムカする連中なの。なのに、グラスにはビールを注いでやらなくちゃならない。もう何度もクラムに頼んだわ。連中を連れてこないで、って。あたしが我慢しなきゃならないのがね、ほかのお偉いさんの使用人だったら、クラムはあたしのこと考えてくれるんだけど、この連中のことになると、どんなに頼んでもダメ。クラムが到着する1時間前にはもう、いつものようになだれ込んでくる。家畜が家畜小屋になだれ込むみたいに。今はほんと、家畜小屋に入ってもらいたい。そこがふさわしいんだから。あなたがここにいなければ、あたし、ドアをばっと開けるの。するとクラムが仕方なく自分で追い出すことになる」。「クラムにはこの騒ぎ、聞こえないの？」と、Kがたずねた。「聞いてないわ」と、フリーダが言った。「寝てるから」。「えっ！」と、Kが叫んだ。「寝てる？　ぼくが部屋をのぞいたとき、起きていて机に向かってたよ」。「そうやっていつもすわってる」と、フリーダが言った。「あなたが見たときも、もう寝てたわけ——でなきゃ、のぞかせたりしないわ——あれがね、寝るときの姿勢なんだ。城の人たちは、とてもよく寝る。ほとんど理解できないんだけど。それに、あんなふうにたくさん寝てなければ、この連中には我慢できないでしょう。でも、さて、これからあたしが自分で連中を追い出さなきゃ」。フリーダは鞭を隅から取ると、どこか小さな仔羊みたいに、おぼつかないけれど高いジャンプをして、踊っている男たちのところへ跳び降りた。最初、男たちは、新しい踊り手が入ってきたと思ったのか、フリーダのほうをふり向いた。実際、一瞬は、フリーダが鞭を床に落とそうとしているかのように見えたけれど、ふたたび鞭をふり上げた。「クラムの命令だよ」と、フリーダが叫んだ。「小屋に帰るんだ。みんな、小屋に」。これで、冗談でないことが分かった。Kには理解できない不安にかられて、押し合いながらみんなが後ろに下がりはじめた。最初の何人かが突き当たってドアが開いて、夜風が入ってきた。みんなはフリーダといっしょに消えた。中庭を横切って小屋までフリーダが連中を追い立てているのだろう。突然静かになったが、Kには玄関ホールから足音が聞こえた。ともかく身を守るため、カウンターの後ろに跳び込んだ。カウンターの下だけが、身を隠すことのできる唯一の場所だった。バーにいることは禁じられてはいなかったけれど、Kはここに泊まろうと思っていたので、今はまだ姿を見られることを避けなければならない。だから、ドアが本当に開けられたとき、Kはカウンターの台の下へすべり込んだ。そこで見つかる危険が、もちろん、なかったわけではないが、見つかっても、凶暴になってきた農民たちから隠れていたんです、と言えば、信じてもらえないわけでもない。入ってきたのは旅館の主人だった。「フリーダ！」と呼んで、2、3回、部屋のなかをあちこち歩いている。さいわい、フリーダがすぐに戻ってきた。フリーダはKのことには触れず、農民たちのことを愚痴るだけで、Kを探そうとカウンターの後ろにやって来た。そこでKはフリーダの足に触ることができて、ようやく安心した。フリーダがKのことに触れなかったので、とうとう主人が触れることになった。「ところで測量士さんは、どこにいるんでしょう？」とたずねた。そもそも主人は、城のうんと偉い人たちと長年かなり自由につき合って、上品な作法を身につけた礼儀正しい男なのだろう。しかし、それなのに話をするとき、女の使用人に対して、とりわけ、生意気な女の使用人に対しては、雇い主であるという姿勢をくずさない。だからこそよけい、フリーダと話すとき特別にうやうやしくなるのが目につく。「測量士さんのこと、すっかり忘れてたわ」と言って、フリーダは小さな足をKの胸にのせた。「とっくの昔に出ていったんでしょう」。「でも、私は見ませんでしたよ」と、主人が言った。「ほとんどずうっと玄関ホールにいたんですがねえ」。「でもここにはいない」と、冷たくフリーダが言った。「もしかして隠れてるのかもしれませんな」と、主人が言った。「私の印象では、信用ならないところがありますし」。「そんな大胆なこと、しそうにないけど」と言って、フリーダはKに足を強く押しつけた。お茶目で奔放な面がフリーダにはある。それまでKはまるで気づいていなかったが、そのお茶目で奔放な面が、まるで信じられないことに頭をもたげた。突然、笑いながら「もしかしたらこの下に隠れてるかも」と言って、Kのほうに体をかがめ、すばやくKにキスをして、またさっと体を起こして、悲しそうに言った。「やっぱり、ここにはいない」。ところが主人も、こんなことを言って、びっくりさせた。「私には非常に都合が悪いことなんですよねえ。あの方が出ていったのかどうか、はっきりしないのは。クラム様だけの問題ではなく、規則の問題なんですから。規則はですね、フリーダさん、あなたにも適用されるんです。私にも同様に。バーは、あなたの責任ですよ。ここ以外の場所は、私が探してみます。おやすみなさい！ お疲れさま！」。主人がまだ部屋を出ていないかもしれないのに、フリーダはもう電灯のスイッチを消していた。そしてカウンターの下でKのそばにいる。「好きよ！ 大好き！」とささやいたけれど、Kに触れようとしない。愛のため気を失ったみたいに仰向けになって、両腕をひろげている。フリーダの幸せな愛の前で時間は無限なのだろう。フリーダは、ちょっとした歌を口ずさんでいるというよりは、ため息をついている。フリーダがビクッとして体を起こした。Kがじっと物思いにふけったままでいるからだ。フリーダが子どもみたいにKを引っぱりはじめた。「こっちよ。こんな下だと息が詰まる」。ふたりは抱き合った。小さな体がKの腕のなかで燃えている。われを忘れて、上になり下になり、ふたりで回転している。Kはずっと正気に戻ろうとしているのだが、戻れない。2、3歩の距離を転がって、クラムのドアに鈍い音を立ててぶつかった。床のあちこちに、こぼれたビールが小さな水たまりをつくっている。ほかにも汚いゴミが一面に散らかっている。そんな床で抱き合ったまま寝ていた。そうやって時間が流れた。いっしょに呼吸する時間が、いっしょに心臓が動悸する時間が、流れた。その何時間ものあいだ、ずっとKは、道に迷っている気がしていた。あるいは、それまで人が来たことのない見知らぬ土地にいるような気がしていた。その見知らぬ土地では、空気の成分までが故郷の空気とはまるで違う。その見知らぬ土地の見知らなさのせいで、窒息してしまう。逆らうことができないナンセンスな、その見知らぬ土地の魅力に誘われて、歩きつづけることしかできない。迷いつづけることしかできない。そうやっているうちに、クラムの部屋から太い声が聞こえた。そっけなく命令口調でフリーダを呼んでいる。少なくともはじめのうちＫはそれに、驚きではなく、夜明けのような慰めを感じた。「フリーダ」と言って、Ｋはフリーダの耳に呼び声をくり返した。従順なのはまさに生まれつき。フリーダははね起きようとした。けれどもそのとき、自分がどこにいるのかを思い出し、伸びをして、静かに笑った。「でもあたし、行ったりしない。絶対、あいつのところには行かない」と言った。Ｋはそれに反対しようと思った。急いでフリーダをクラムのところへ行かせようと思った。散らかったブラウスなどを集めようとした。けれども何も言えなかった。フリーダを自分の腕に抱いていて、あまりにも幸せだったのだ。あまりにも不安で幸せでもあった。フリーダを失えば、自分が持っているものすべてを失うような気がしたのだ。そしてフリーダも、Ｋの同意に力づけられたかのように、こぶしを固めると、ドアをたたいて、叫んだ。「あたし、測量士といっしょにいるの！測量士といっしょにいるの！」。するとクラムは、もちろん静かになった。けれども

Kは体を起こして、フリーダの横で膝をついて、ほの暗い夜明けの光のなかでまわりを見た。何が起きたんだ？　俺の希望はどこへ行った？　こうなるとフリーダには何が期待できる？　すべて暴露されてしまった。敵の大きさと目標の大きさにふさわしく、きわめて用心深く前へ進むかわりに、俺は一晩中、ビールの水たまりのなかで転げまわってた。その臭いで今、頭がぼうっとする。「お前、何やってしまったんだ？」と、Kはひとりごとを言った。「俺たち、ふたりとも終わったな」。「いいえ」と、フリーダが言った。「終わったのは、あたしだけ。でもあたしは、あなたを自分のものにした。落ち着いて。ほら、あの2人が笑ってる」。「誰が？」とたずねて、Kはふり返った。カウンターの上にKのふたりの助手がすわっている。徹夜でちょっと疲れているようだが、うれしそうだ。義務を忠実に果たしたときの、うれしい顔をしている。「ここに何の用だ？」と、Kが叫んだ。まるで、すべてがその2人のせいであるかのように。Kはまわりを見回し、フリーダが昨日の晩もっていた鞭を探した。「お探ししたんですよ」と、2人の助手が言った。「食堂の私たちのところへ降りてらっしゃらなかったんで、バルナバスのところへ行ってみたんです。で、ようやくここで見つけたわけで。ここで一晩中すわってたんです。楽じゃありませんね、お勤めは」。「助手が必要なのは昼間で、夜じゃない」と、Kが言った。「さっさと帰れ！」。「今はもう昼間です」と言って、2人は動こうとしない。実際、外は明るい。中庭のドアが開かれ、農民たちがオルガといっしょにどやどやと入ってきた。Kはオルガのことをすっかり忘れていた。オルガは昨日の晩と同じように生き生きしている。服も髪もひどく乱れたままだが、オルガの目はすでにドアのところでKを探している。「どうしてわたしといっしょに家に帰ってくれなかったの?」と言って、ほとんど涙ぐんでいる。「こんな女のために!」と言い、その言葉を2、3回くり返した。フリーダは、ちょっと姿を消していたが、下着の小さな束を持って戻ってきた。オルガは悲しそうにわきに寄った。「さあ、行きましょう」と、フリーダが言った。もちろん、ふたりが行くつもりの旅館の橋亭へ。Kとフリーダ、その後ろに2人の助手。4人で行くのだ。農民たちはフリーダに軽蔑をあからさまに示した。フリーダにはこれまでさんざん牛耳られてきたから、当たり前だ。農民のひとりは、杖(ストック)まで持ち出してきて、その杖(ストック)をフリーダが跳び越さないと、行かせてやらないぞ、というふりをしている。けれどもフリーダがひとにらみすると、引き下がった。外の雪のなかでKは軽くほっと息をついた。戸外にいると、こんなに幸せなのだ。今回は道が大変でも苦にならない。ひとりなら、もっとよかったのだが。旅館に着くと、すぐ自分の部屋に行き、ベッドに横になった。フリーダはその横の床に寝る場所を用意した。2人の助手もいっしょに入り込んできて、追い出されたが、窓からまた入ってきた。Kは疲れすぎていたので、また追い出すのはやめた。女将が、フリーダに挨拶するため、わざわざ上がってきた。フリーダに「母さん」と呼ばれている。キスをしたり、長いあいだ抱き合ったりして、不可解なほど心のこもった挨拶だ。この小さな部屋には、およそ落ち着きというものがほとんどなかった。メイドたちも、男物のブーツをがたごと鳴らしながら、何度も入ってきて、何かを持ち込んだり、持ち出したりする。ベッドの下の収納には、いろんな物がぎっしり詰め込まれていて、何か必要な物があるとメイドたちは、寝ているKの下から遠慮なく引き出していく。フリーダには同僚のような挨拶をしている。こんなに落ち着かないにもかかわらず、Kは昼も夜も一日中、ベッドのなかにいた。ちょっとした世話はフリーダがした。つぎの日の朝、すっかり元気になって、ようやく起き上がった。Kが村に滞在するようになって、もう4日目だ。

04 フリーダとふたりだけで話をしたかったが ［P女将との最初の会話］〈章の横線〉

フリーダとふたりだけで話をしたかったが、2人の助手がその邪魔をした。厚かましく目の前にいるだけなのだが、フリーダとはときどき冗談を言ったり、笑ったりしている。たしかに2人の助手は、あれこれ要求するわけではない。床の隅に古いスカートを2枚敷いて寝場所をつくっていた。フリーダと話し合っているところによると、測量士さんの邪魔をせず、できるだけ場所をとらないというのが、2人の心がけていることなのだ。そのために2人は、いつも明らかにささやいたり、クスクス笑ったりしながら、いろんなことを試みている。腕を組んだり、脚を組んだりして、いっしょにうずくまっていると、隅の薄暗がりでは、大きな糸玉にしか見えない。しかし、それにもかかわらず、残念ながら昼間の光で見るとよく分かるように、2人は非常に注意深い観察者なのだ。いつもKのほうをじっと見つめている。たとえば、子どもが遊んでいるようなふりをして、筒のように丸めた両手を望遠鏡にしたり、また似たような馬鹿なことをしながら、こちらを見つめている。あるいは、こちらに向かってまばたきするだけで、もっぱらひげの手入れに忙しいふりをしながら、こちらを見つめている。2人にとってひげは非常に大事で、何度も何度も長さと濃さを比べ合って、フリーダに判定してもらっている。しばしばKはベッドから、3人のやりとりをまるで無関心にながめていた。

Kが十分に元気になったと感じて、ベッドから出ようとすると、急いで3人が世話をしようと寄ってきた。３人に抵抗できるほどには、まだ元気ではなかった。世話になると、ある意味、３人に依存することになってしまい、悪い結果を招きかねない、と気づいたのだが、世話になるしかなかった。それに、テーブルでフリーダが運んできたうまいコーヒーを飲み、フリーダが焚いてくれた暖炉であたたまり、熱心だが不器用な２人の助手に階段を10回も上り下りさせて、洗面の水や、石鹸や、櫛（くし）や、鏡を持ってこさせ、おまけに、Kが小さな声でそれとなく希望を口にしたからだが、小さなグラス１杯のラム酒も持ってこさせるのは、非常に不愉快なことではまるでなかった。

そうやって用を言いつけては世話をしてもらっているあいだに、Kは、言ったとおりになることを期待してというよりは、むしろくつろいだ気分で言った。「２人はさ、出ていってくれないか。今のところ、もう用はない。フリーダさんとふたりだけで話したいんだ」。助手の２人の顔に別に抵抗する気配が見られなかったので、とりつくろうようにつけ加えた。「あとで３人で村長のところへ行く。下の食堂で待っていてくれ」。奇妙なことに２人は抵抗しなかったが、ただ、部屋を出ていく前にこう言った。「ここで待っていてもいいんですが」。Kが答えた。「ああ。でも、その必要はない」

助手の2人が出ていくとすぐ、フリーダはKの膝にすわって言った。「あなた、あの2人のどこが気に入らないの？　あの2人には隠しごとする必要なんかないわ。2人とも忠実だから」。それを聞いてKは、腹が立ったけれども、ある意味うれしくもあった。「ああ、忠実にね」と、Kが言った。「ぼくのこと、ずっと待ち伏せしてるんだ。意味もないのに。でも不愉快だ」。「言ってること、分かる気がする」と言って、フリーダはKの首にぶら下がって、もっと言おうとしたが、言葉がつづかなかった。ふたりの安楽椅子はベッドのすぐ横にあったので、体がベッドのほうに傾いて、ふたりはベッドに倒れ込んだ。抱き合っていたが、あの夜のように夢中ではなかった。フリーダは何かを求め、Kも何かを求めた。怒ったように激しく、顔をしかめ、頭を相手の胸にうずめながら、ふたりは求めた。抱き合い、体を投げるようにして重ねても、ふたりは、われを忘れることはなく、求めるという義務を思い出した。犬が絶望して地面をかくように、ふたりは体をかいた。どうしようもなくがっかりして、最後の幸せをつかもうと、ときどき舌が相手の顔をなめ回していた。ようやく疲れて、ふたりはおとなしくなり、おたがい相手をいたわった。メイドたちが上がってきた。「ほら、こんな格好で寝てるわ」と言って、同情したメイドがシーツをかけて、ふたりを覆った。

あとになってKがシーツをはがして、まわりを見回すと、2人の助手が——Kは驚かなかったけれど——また部屋の隅にいた。指でKをさしながら、たがいに「まじめになろうね」といましめ合って、敬礼している——しかしその2人のほかに、ベッドのすぐそばに女将がすわって、靴下を編んでいる。部屋をほとんど暗くしてしまうほどの巨体に、小さな手仕事はあまり似合っていない。「長いこと待っていたんですよ」と言って、女将は顔を上げた。すでに歳のせいでしわがたくさんあって、幅広の顔だが、全体としてはすべすべしていて、もしかしたら昔はきれいだったかもしれない。女将の言葉は、非難のように聞こえた。見当はずれの非難だ。というのもKに、来るように頼まれたわけではないのだから。だからKはその言葉にはうなずいただけで、体を起こした。フリーダも立ち上がって、Kから離れて、女将のすわっている安楽椅子にもたれた。「あのですね」と、Kはぼんやり言った。「お話は、村長のところから戻ってからにしてもらえませんか？　あちらで大事な話があるんです」。「こちらのほうが大事だと思うんですよ、測量士さん」と、女将が言った。「あちらじゃ、おそらく仕事の話にすぎないでしょ。でもね、こちらの話は、ひとりの人間のこと、フリーダっていう、わたしがかわいがっているメイドのことなんですよ」。「そうですか」と、Kが言った。「だったらですよ、どうしてこの問題を、ぼくとフリーダにまかせてもらえないのか、分かりません」。「かわいいから。心配だから」と言って、女将はフリーダの頭を引き寄せた。フリーダは立っていても、すわっている女将の肩までしか高さがない。「フリーダがあなたをそんなに信頼しているのなら」と、Kが言った。「仕方ないですね。それにですよ、ついさっきフリーダが、この2人の助手を忠実だと言ったので、ぼくらはみんな仲間ということになります。というわけで、あなたにですね、言うことができるんですが、フリーダとぼくは結婚する、しかも今すぐに。それが一番いいと思うんです。ぼくと結婚すると、フリーダは紳士館の持ち場(ポスト)やクラムとの関係をなくしますよね。残念ながら、残念ながら、結婚しても、フリーダがぼくのせいで失ったものを、ぼくは埋め合わせてやれないでしょう」。フリーダが顔を上げた。目には涙があふれ、勝ち誇った感じはどこにもない。「どうして、あたしが？　どうして、このあたしが選ばれたの？」。「ええっ？」と、Kと女将が同時にたずねた。「混乱してるのよ、かわいそうに、この子」と、女将が言った。「あまりの幸せと不幸せが一度にやってきて、混乱してるのよ」。そしてその言葉を証明するように、フリーダは今、Kのところに駆け寄り、部屋にはほかに誰もいないかのように激しくKにキスをしてから、あいかわらずKに抱きついたまま、泣きながら、Kの前にひざまずいた。Kは、両手でフリーダの髪をなでながら、女将にたずねた。「ぼくの言ってること、認めてもらえたようですが?」。「あなたは紳士よ」と、女将が言った。女将も涙声になり、ちょっとぐったりしているようで、呼吸が重苦しい。それでも元気を出して、こう言った。「あなたはね、保証するようなものをフリーダに渡さなきゃ。ともかく今は、それを考えることが必要でしょう。わたしがどんなに尊敬しているとしても、あなたはよそ者ですからね。誰にも保証人になってもらえない。あなたの家庭のことは、ここでは誰も知らない。だから、保証してくれるものが必要なんですよ。分かるでしょ、測量士さん。ご自分でもはっきりおっしゃったじゃないですか。あなたと結ばれることによって、ともかくフリーダがどれだけ多くのものを失うか」。「たしかに。保証するようなものですよね。当然です」と、Kが言った。「そういうものには公証人を立てるのが一番でしょう。もしかしたら、ほかの伯爵府の役人も口出ししてくるかもしれない。ちなみにぼくも、結婚式の前にどうしても片づけておかなきゃならないことがあるんです。クラムと話さなくちゃならない」。「それは無理よ」と言って、フリーダがちょっと体を起こし、Kに体を押しつけた。「なんてこと考えるの!」。「必要なんだ」と、Kが言った。「ぼくにそれが無理なら、君にやってもらうしかない」。「できないわ、K、できないわ」と、フリーダが言った。「クラムは絶対、あなたとは話さない。クラムがあなたと話すなんて、あなた、どうして思うわけ！」。「じゃ、君となら話すだろ？」。「あたしとも話さない」と、フリーダが言った。「あなたとも話さない、あたしとも話さない。ともかく無理なのよ」。フリーダは女将のほうを向いて、両手をひろげた。「ほうら、ね、この人ったら、何を望んでるのだか」。「測量士さん、あなた、変わってますね」と、女将が言った。姿勢を正して、脚を組み、薄手のスカートのしたに大きな膝が浮き出ていて、恐ろしい。「無理なこと望んでるんですね」。「どうして無理なんですか？」と、Kがたずねた。「説明してあげましょう」と、女将が言った。まるでその説明が最後の好意なんかではなく、女将がくだす最初の罰であるかのような口ぶりだ。「喜んで説明してあげましょう。たしかにね、わたしは城の人間じゃない。女にすぎないし、この最低ランクの――最低ランクじゃないけれど、まあ似たようなもんだわ――旅館の女将にすぎない。だから、あなたがわたしの説明なんか大して重要だと思わないかもしれない。でもね、わたしはこれまでちゃんと目を開けて生きてきたし、たくさんの人と出会ってきたし、旅館を切り盛りするっていう重荷も全部ひとりで背負ってきた。というのも、亭主は年下で気立てはいいけれど、旅館の主人っていう柄じゃないんだから。責任というのがどういうものか、まるで理解できないんでしょう。たとえば、あなたがこの村にいられるのも、このベッドに気楽にすわっていられるのも、ただ、あの人がいい加減だからなんですよ。──わたしはね、あの晩、すっかり疲れて倒れる寸前だったの」。「ええっ、それは？」とたずねて、Kは一種の放心状態から目を覚ました。腹が立ったというよりは、むしろ好奇心を刺激されて。「ただあの人がいい加減だからなんですよ」と大きな声でくり返して、女将は人さし指をKに向けた。フリーダが女将をなだめようとした。「何したいんだい、お前？」と言って、女将は急に体ごと向きを変えた。「測量士さんに聞かれたんだよ。だから答えるしかない。わたしたちにとって当然のことを、わたしが言わなきゃ、この人、分からないでしょ。つまり、クラムさんはけっしてこの人と話をしないだろう、ってこと。あら、〈だろう〉って言っちゃったけど、けっしてこの人と話をすることはないのよ。聞いてますか、測量士さん。クラムさんは、お城のお偉いさん。ということは、もうそれだけで、それ以外のクラムの地位にはまったく関係なく、非常に高い身分なわけ。ところが、あなたは何者なんですか。わたしたちはあなたに、ここでこんなに謙虚に結婚の同意を求めてますけど。あなたはお城の人じゃない。村の人でもない。何者でもないんですよ。でも残念ながら、あなたは何者かではある。よそ者なんです。どこでだって余計な邪魔者。しょっちゅうもめごとの種になるのに、メイドたちを追い出して部屋を用意してやらなきゃならない。何をしようとしているのか分からない。わたしたちが一番かわいがってる小さなフリーダを誘惑して、困ったことに、結婚までしようとしている。でも、だからといって、あなたを非難してるわけじゃない。あなたは、あなたなんですから。わたしはこれまで生きてきて、あまりにもたくさんのことを見てきたわ。だから今回のことだって平気。でもね、あなたがいったい何を望んでいるのか、想像してごらんなさい。クラムみたいな人と話したいんでしょ。フリーダがあなたにのぞき穴からのぞかせた、って聞いて、わたし、心が痛んだわ。この子がね、そんなことをしたときにはもう、あなたに誘惑されていた。そもそもクラムの姿を見て平気でいられたかどうか、教えてくださいな。答えてもらわなくてもいい。あなたがちゃんと平気だったことは分かってるから。でも、クラムに実際に会うことは、あなたにはできっこない。わたしが思い上がって言ってるわけじゃない。わたしだって会えないんだから。クラムがあなたと話をするべきだなんて。でも、クラムは村の人たちとさえ話をしない。これまで一度も、クラム自身、村の誰とも話をしたことがないのよ。だからね、フリーダにとってはものすごいことだし、わたしが死ぬまでわたしの自慢になるようなすごいことなんだけどさ、クラムにはね、少なくともフリーダの名前を呼ぶ習慣があるわけ。フリーダは好きなときに話しかけてもいいし、のぞき穴からのぞいてもいい。でもね、クラムはフリーダとも話をしたことがない。それにね、クラムはフリーダをときどき呼ぶけれど、だからといって、呼ぶということでよく想像されるような意味は、まるでないの。クラムは――どういうつもりなのか、誰にも分からないけど――ただフリーダを名前で呼んだだけ。フリーダは、もちろん急いで駆けつけるんだけど、それがフリーダの仕事。そして、フリーダがクラムの部屋に入るのを拒まれなかったというのが、クラムの好意。でもね、クラムが呼んだのは名前じゃなく、フリーダ本人だとまでは、言い張ることができない。もちろん今じゃ、それも、とっくに昔の話。もしかしたらクラムはまだフリーダを名前で呼ぶかもしれない。ないとは言えない。でもね、フリーダが部屋に入れてもらえることは、きっと、もうない。あなたと関係をもった娘だから。で、ひとつだけ、ひとつだけね、この貧しい頭では分からないことがあるんです。クラムの愛人と呼ばれてる娘がね――ちなみにその呼び方、ひどい誇張だと思うんだけど――あなたに心を動かされたってこと」

「たしかに変ですね」と言って、Kはフリーダを引き寄せた。フリーダは、うつむいたままではあったけれど、素直にすぐKの膝に乗せられた。「でも、それは、ほかのことだって、すべてあなたの思っている通りとはかぎらないということを、証明してると思うんですよ。たとえば、ぼくがクラムに対して何者でもない、とあなたが言うのは、たしかにその通りです。でもぼくが今でもクラムと話したいと望んでいてですよ、あなたの説明を聞いても、その望みを捨てないでいるとする。だからといって、ぼくがクラムを仕切りのドアなしに平気で見ることができる、とは言ってないわけだし、クラムが現われただけでぼくが部屋から逃げ出さないかどうか、も言ってないわけでしょう。しかし、そんな恐れが当然あるとしても、ぼくには、この問題をあえて追求することをやめる理由にはならないですね。ところでぼくが、クラムに平気で耐えることができれば、クラムがぼくと話をすることなんて、まったく必要がない。ぼくの言葉がクラムにあたえる印象を見るだけで、十分なんです。ぼくの言葉が何の印象もあたえないか、クラムがぼくの言葉をまったく聞いてないとしても、ぼくには、権力者の前で自由にしゃべったのだという収穫があるわけです。で、ですね、女将さんは人生のことも人間のこともよくご存じのはず。フリーダは昨日までクラムの愛人だった——ぼくには愛人って言葉を避ける理由が見当たらないんですよ——そういうおふたりなら、ぼくにクラムと話をする機会を用意することなんか、きっと簡単でしょう。ほかに方法がないのなら、紳士館でというのはどうです？　もしかしたら今日もまだ、いるかもしれない」

「無理ね」と、女将が言った。「それにあなたには、この問題を理解する能力が欠けているようだわ。ところで教えてくださいな。いったいクラムと何の話がしたいんです?」

「もちろん、フリーダのことですよ」と、Kが言った。

「フリーダのこと?」と、理解ができず女将はたずねて、フリーダのほうを向いた。

「聞いたかい、フリーダ。お前のことをこの人は、この人がさ、クラムと、クラムと話をしたいんだって」

「おや」と、Kが言った。「女将さん、あなたはとても賢明で、尊敬したくなるような女性なのに、どんな小さなことにも驚くんですね。いいですか、ぼくはフリーダのことでクラムと話をしたい。それって、そんなにとんでもないことじゃない。むしろ当たり前のこと。ぼくが現われた瞬間から、フリーダはクラムにとって無意味になっちゃった。そんなふうにあなたが思っているなら、それは勘違いです。あなたがクラムをそんなふうに思うのは、過小評価です。この点についてあなたにお説教するなんて、出過ぎたことだとよく分かってます。でもそうするしかない。ぼくのせいでクラムのフリーダに対する関係は何ひとつ変わってないでしょう。クラムとフリーダのあいだに関係らしい関係がなかった場合はですね――実際そんなふうに言うのは、フリーダから愛人という名誉ある名前を取り上げている連中ですが――今だってそういう関係はないわけです。あるいは逆に、そういう関係があった場合はですよ、あなたがおっしゃったように、ぼくなんか、クラムの目には何者でもないわけだから、そんなぼくなんかが、どうやって、どうやってその関係を邪魔することができるんでしょうかね。こういうことって、驚いた最初の瞬間は信じてしまうけれど、ちょっと考えるだけで修正されちゃいますよね。ちなみに、フリーダの考え、聞かせてもらおうじゃありませんか」

遠くを見るような視線で、頰っぺたをKの胸にくっつけたまま、フリーダが言った。「たしかにお母さんの言うとおりよ。クラムはもう、あたしのことなんか聞きたくもない。でも、もちろんそれは、あなたがやって来たからじゃない。そんなことでクラムは動揺したりはしない。でもね、あたしたちがあのカウンターの下で出くわしたのは、クラムの仕業だと思ってる。あの時をね、祝うべきなんだ。呪うんじゃなくて」

「だとすれば」と、Kはゆっくり言った。フリーダの言葉が甘美だったので、2、3秒のあいだ目を閉じて、その言葉にひたっていたのだ。「だとすれば、クラムと話すのを恐れる理由は、ますますないわけだ」

「ほんとだね」と言って、女将はKを上から見おろした。「あなた見てると、ときどき、わたしの主人を思い出すわ。強情で子どもっぽいのよね、あなたも。ここに来て2、3日なのに、もう、ここの土地の人間よりも、何でも詳しく知ろうとしてる。わたしみたいな年寄りよりも、紳士館でいっぱい見聞きしてきたフリーダよりも。わたしだってさ、いつか、規則やこれまでの慣習にまったく逆らったことができるようになるってこと、否定はしない。わたしは経験したことないけれど。でも、そういう実例だって言えるようなものがある。あるかもしれない。でも、それだってきっと、あなたのようなやり方でじゃないのよ。いつも、いや、いやと言って、自分の考えにしがみついて、どんなに好意的な助言も聞き流しちゃう。あなたのためにわたしが心配してるとでも、思ってるのかな？　あなたがひとりだったら、わたし、あなたの心配したかしら？　でも、わたしが心配してたら、よかっただろうし、面倒なことも避けられたかもしれないかな？　あなたのことでね、わたしが主人に言ったのは、ただひとつ、〈あの人には関わらないで〉だけ。それはね、今日だってわたしにも当てはまった言葉だったでしょう。フリーダが今こうやってあなたの運命に巻き込まれてなかったなら。わたしがあなたのことを気にかけるのは、それどころか、あなたのことを大事にするのは――あなたがそれを気に入るかどうかは別として――フリーダのおかげなのよ。それにね、あなたはわたしのこと、そんなに簡単に邪魔者のように扱っちゃダメ。なぜなら、かわいいフリーダのことを母親みたいに気にかけているのは、わたしだけなんだから、あなたは、そのわたしに対して重い責任があるわけでね。フ

す。でも女将さんには、まるで2人が女将さんの助手で、ぼくを見張ってるかのようですね。ほかのどんなことでも、女将さんの意見についてなら、とても丁寧に、少なくとも議論はしますよ。でもぼくの助手についてはダメです。ここでは問題がありにもはっきりしているので。だから、ぼくの助手とは話をしないよう、お願いします。お願いするだけでは十分でないなら、助手に、女将さんには答えるなと命令します」

「だったら、わたし、あなたたちと話をしちゃいけないんだ」と、女将が言って、3人で笑った。女将の笑い方は、嘲笑(あざわら)っているようだが、Kが思ったよりずっと穏やかだ。2人の助手の笑い方は、いっぱい意味があるようで何の意味もない、すべての責任を回避する、いつもの笑い方だ。

「そんなに怒らないで」と、フリーダが言った。「あたしたちが興奮していること、ちゃんと理解してもらわなくちゃ。あたしたちがこんな仲になったことは、言ってよければ、ただただバルナバスのおかげなの。あたしがあなたをはじめてバーで見たとき——あなたが、オルガと腕を組んで入ってきたとき——、あなたのことはちょっとは知ってたのよ。でもね、要するにあなたのことなんか、まったくどうでもよかった。ただね、どうでもよかったのは、あなたのことだけじゃない。ほとんど何もかもが、そう、ほとんど何もかもが、どうでもよかったの。あのときもあたしは不満だらけで、腹まで立ててたこともあった。でも、どんなことが不満で、どんなことに腹を立てていたのか。たとえば、あたし、バーの客の1人にムカついてたの――お客って、いつも、あたしの尻を追いまわすんだ。バーにいた連中を見たでしょ。でも、もっとタチの悪い連中もやって来た。クラムの使用人が最悪ってわけじゃない――ともかくそんな1人にムカついてたわけ。でも、それにどんな意味があったのかな？　もう何年も前のことのような気がする。いや、そんなこと起きなかったような気もする。いや、そんな話を聞いただけのような気もする。いや、あたし自身、そんなことすっかり忘れちゃったような気もする。でも、それがどんなことなのか、あたし説明できない。想像することすらできない。そんな具合にすべてが変わっちゃったわけ。クラムに捨てられてから。――」

そしてフリーダは急に話をやめた。悲しそうにうなだれて、手を膝のあいだで組んで。

「ほらね」と、女将が叫んだ。まるで、自分でしゃべっているのではなく、フリーダに自分の声を貸しているだけのようだ。実際、フリーダにもっと近づき、ぴったり横にすわっている。「ほらね、測量士さん。これが、あなたのやったことの結果なのよ。あなたの助手さんたちとは、わたし、話をしちゃいけないようだけど、助手さんたちも勉強になるから見ておくといいわ。あなたのせいで、フリーダはね、これまでの人生で一番幸せだった状態から引き離されちゃったの。あなたにそれができたのは、なんといってもあなたにフリーダが、子どものように同情しすぎたため。あなたがオルガの腕につかまっていたので、バルナバスの家族の言いなりになっているように見えて、我慢できなくなったんですよ。フリーダはあなたを救って、自分が犠牲になった。で、今は、そういうことになって、フリーダは、自分のもっているものすべてを、あなたの膝のうえにすわる幸せと交換した。で今、あなたがやって来て、俺はバルナバスのところに泊まることもできたんだってことを、最後の切り札として出してくる。そうやって、あなたはわたしに頼ってないことを証明するつもりなんでしょう。たしかに、あなたが本当にバルナバスの家に泊まったなら、わたしには頼っていないことになる。だったら、すぐに、さっさと、このわたしの旅館から出ていってもらわなきゃ」

「バルナバスの一家がどんなに悪いことしたのか、ぼくは知らない」と言いながら、Kは、死んだようにぐったりしているフリーダを注意深く抱き上げて、ゆっくりベッドにすわらせ、自分は立ち上がった。「もしかすると、あなたのおっしゃる通りかもしれない。でもですね、ぼくたちの問題、つまりフリーダとぼくの問題を、ぼくたちふたりにまかせてほしいと、ぼくが頼んだのは、しごく当然のことですよね。あのとき、フリーダのことをかわいがってるとか、気にかけているとかおっしゃったけれど、ぼくは、あんまりそんなふうには感じなかった。むしろ逆に、憎しみとか、嘲りとか、家から追い出したいとかは感じましたけど。もしもあなたの狙いが、フリーダをぼくから引き離すとか、ぼくをフリーダが引き離すとかなら、たしかにうまい手でしたね。でも、うまくいかないと思うんですよ。そして、もしもうまくいくなら、あなたはそれを――脅かすような言い方をさせてもらうなら――ひどく後悔するでしょう。あてがってもらっている部屋のことですが――部屋といっても、あなたにとっては、このひどい穴倉のことでしょうけど――あなたの意思であてがわれたのかどうか、まったく疑わしい。むしろ、伯爵府の指示があったように思えますね。これからぼくが、ここから追い出されたと伯爵府に報告してですよ、別の部屋を指示されたら、あなたはほっと息をつくことでしょう。ぼくは、もっとほっとしますが。ではこれから、部屋のことやほかの用事で村長のところへ行きます。せめてフリーダの面倒は見てやってください。母親みたいにあなたが話したせいで、すっかり傷ついてますから」

それからKは2人の助手のほうに向き直った。「行くぞ!」と言って、クラムの手紙を壁のフックから外して、出ていこうとした。女将は黙ったままKを見ていたのだが、Kの手がドアの取っ手にかかったときに、ようやく口を開いた。「測量士さん、出かけるあなたにね、まだ言っておきたいことがあるの。というのも、あなたがどんな演説をしようとも、そして、こんな年寄りのわたしを傷つけたいと思っているとしても、あなたはフリーダの未来の夫なんだから。だからこそ言っておきますけど、あなたはね、この土地の事情について驚くほど何も知らない。無知なのよ。あなたの言うことを聞いていると、また、あなたが言ったり考えたりしていることを、頭のなかで実情と比べてみると、頭がくらくらするわ。その無知を治すことは、急には無理。もしかしたら絶対に無理かもしれない。でもね、あなたがわたしの言うことをちょっとでも信じて、自分の無知をいつも忘れないでいるなら、ずいぶんましになるでしょう。そうなるとあなたは、たとえばすぐに、わたしに対してもっとフェアになるでしょう。そしてね、わたしがどんなショックを受けたのか、感じるようになるでしょう——そのショックの結果がまだ尾を引いてるんだから——つまり、わたしの最愛のフリーダが、いわばワシを捨てて、アシナシトカゲにくっついた、って知ったときには、ショックだったわけ。でも実情は、もっとひどいので、ずっとわたしはそれを忘れようと努力してなきゃならない。でなきゃ、あなたと穏やかに話なんかできない。あら、また腹を立ててるでしょ。ダメ、まだ行かないで。これだけは聞いてもらいたい。あなたがね、どこへ行こうとも、忘れてもらってはならないのは、この土地であなたは何も知らないってこと。だから用心してもらいたい。この旅館では、フリーダがいるからあなたは守られているので、あなたは心を開いておしゃべりしても大丈夫。だから、ここでは、たとえば、あなたがクラムと話をするつもりだってことを言っても平気だけど、ただ外では、ただ外では、どうか、どうか、そんなこと言わないでくださいな」

女将は立ち上がった。興奮してちょっとふらついているが、Kに近づいて、その手を取り、頼むような顔をしてKをじっと見つめた。「女将さん」と、Kが言った。「分かりませんね。どうしてあなたが、こんなことのためにへりくだってぼくに頼むのか。もしも、おっしゃるように、クラムと話をすることがぼくにできないのなら、ぼくは頼まれても頼まれなくても、ともかく無理なんでしょう。しかしそれができるものであるなら、どうしてぼくがそれをしちゃいけないんですかね。とくにその場合、あなたの反対理由はほぼ消えるわけだから、その先のあなたの心配なんて、とても疑わしいものになるわけだから。もちろんぼくは何も知らない。その事実はずっとそのままで、ぼくとしては悲しいかぎりです。でもそれはそれで利点もある。何も知らなければ大胆になれますからね。だからぼくは、無知を、それから無知がもたらすひどい結果を、もうしばらくは背負っておきたいと思うんです。力の及ぶかぎり。しかし、そのひどい結果だって、要するにぼくにしか降りかからない。だから、とくに分からないんですよ。どうしてあなたが頼むのか。フリーダのことなら、きっとずっと気にかけてくれますよね。そしてぼくがフリーダの視野から完全に消えたら、幸せなことでしかないとあなたは思うでしょう。何を恐れてるんです？　あなたが気にしているのは、ひょっとして——何も知らない人間には、どんなことだってあると思えるんですよ」——と言いながら、Ｋはもうドアを開けていた。「あなたが気にしているのは、ひょっとしてクラムのこと？」。女将は黙ったまま、Ｋを見送った。Ｋは階段を急いで降り、２人の助手があとを追いかけている。

05　村長と話し合うことをＫは　［Ｐ村長のところで］〈章の横線〉

村長と話し合うことをＫは、ほとんど自分でも不思議なほど、あまり心配していなかった。これまでの経験では、Ｋにとって伯爵府の役人との交渉が非常に簡単だったからだと考えてみようとした。つまり一方では、Ｋの件の扱いについては、表面上は

Kにきわめて好都合な原則が、どうやら最終的に通達されていたからだ。また他方では、役所の仕事ぶりにみごとな統一がとれていたからである。特別に統一などとれてなさそうだと思える場所でこそ、特別に完璧な統一が感じられた。Kはときどきそんなことばかり考えては、俺の置かれている状況も捨てたものではないと思った。にもかかわらず、そんな満足感を覚えたあとではいつも、そういうところにこそ危険がひそんでいるのだ、と急いで自分に言って聞かせた。役所と直接交渉することは、たしかにそんなにむずかしいことではない。というのも役所というものは、どんなにうまく組織されているとしても、遠くにいて目に見えないお偉いさんたちの名において、遠くにあって目に見えない事柄を守ることが仕事なのだが、Kのほうは、ピチピチしている身近なことのために、自分自身のために、おまけに少なくとも一番最初のときは自分の意思で、闘っていたからだ。というのもKは攻撃する側であったのだから。そしてKだけが自分のために闘っていたのではなく、どうやらほかの勢力までもが闘ってくれているらしい。その勢力とは面識がないけれど、役所の対応の仕方から判断して、Kはその存在を信じることができた。ところで役所は、最初からKに対して、大して重要でない事柄については――それ以上のことはこれまでのところ問題にはならなかったが――とても友好的に対応してくれた。だが、そのことによってKから、ちょっとした簡単な勝利の可能性を奪った。その可能性とともに、それなりの満足感を奪った。そしてそこから生じる当然の自信を、将来の、より大きな闘いに対する自信をも奪った。そのかわりに役所は、村のなかに限るとはいえ、Kの行きたいところならどこへでも行かせた。そうやってKを甘やかし、Kを弱くした。ここでのありとあらゆる闘いから締め出して、そのかわり職務外の、まったく見通しのつかない、陰鬱で、異様な生活に追いやった。そんなわけで、もしもKがいつも用心していないと、たぶんこんなことになる可能性があった。つまりKは、役所に非常に親切にしてもらっているにもかかわらず、また、異様なほど簡単な職務を完全に果たしているにもかかわらず、Kに対して示された見かけの好意にだまされて、いつの日か、職務外の生活を不注意に過ごすようになって、この土地で挫折してしまう。そして役所がやって来て、あいかわらず優しく親切に、いわば不本意ながらKの知らない公的秩序の名において、Kを追放してしまう。ところで、職務外の生活というのは、この土地でいったい何なのか？　これまでKは、ここ以外の土地で職務と生活がこんなに絡まり合っているのを見たことがなかった。こんなに絡まり合っているので、職務と生活がその場所を交換したのではないかと、思うことさえあった。たとえば、クラムがKの仕事に及ぼした権力は、これまでのところ形式的なものにすぎないが、その権力は、クラムがKの寝室でまぎれもなくもっている権力と比べたら、どういう意味があるのか。そういうわけでこの土地では、ちょっと軽率な行動とか、ある種のリラックスが許されるのは、役所と直接に向き合っている場合だけで、それ以外の場合は、いつもしっかり用心することが必要で、一歩踏み出す前には四方八方を見回さなければならない。

この土地の役所に対する自分の理解が正しいことを、Kはまず村長のところでしっかり確認した。村長は、親切で、太っていて、ひげをきれいに剃った男で、病気だった。ひどい痛風の発作で、Kをベッドで迎えた。「おお、これは測量士さんですな」と言って、体を起こして挨拶しようとしたが、起こせなかった。脚を指さしながら謝って、枕に倒れ込んだ。部屋は窓が小さくて、カーテンで暗くなっていたが、その薄暗がりのなかでほとんど影のような、物静かな女性が、Kに椅子を持ってきて、ベッドのそばに置いた。「さ、どうぞ用件を」。Kはクラムの手紙を読み上げ、いくつか説明をつけ加えた。「測量士さん、どうぞ、どうぞお掛けください」と、村長が言った。ここでまたKは、役所との交渉が異常に簡単であると感じた。役所は文字どおりどんな荷物でも背負ってくれる。すべてを役所に負担してもらえるので、自分は指一本動かさずに自由でいられる。村長も、そのことを村長なりに感じているのか、気持ち悪そうにベッドで寝返りを打った。それからようやくこう言った。「測量士さん、お気づきのように、あたしもこの件は承知してますよ。あたしのほうではまだ何もやってません。理由がありましてな。まず第一に、あたしの病気のせいです。それから、あなたがこんなに長いあいだお見えにならんかったからです。てっきりこの仕事から手を引かれたものだと思ってました。でも今こうやってご親切にわざわざ訪ねてくださったんだから、不愉快なことを全部はっきりお話しするしかありませんな。おっしゃる通り、あなたは測量士として採用されております。けれども残念ながら、あたしらには測量士はいらんのです。測量士のする仕事なんて、これっぽっちもない。あたしらの小さな農地は境界を杭で仕切っておるし、全部きちんと登記されておる。所有の移動はめったにない。境界をめぐる小さな争いごとは、あたしらで片づける。そういうわけだから、測量士なんてあたしらにどんな意味がありますう?」。Kは、それまでそんなことは考えたこともなかったが、心の底では、似たようなことを言われるだろうと確信していた。だからこそ、すぐに言うことができた。「非常に驚きました。ぼくの計算なんて全部、台なしだ。何か誤解でもあるんじゃないか、と願うしかないですね」。「残念ながら、誤解じゃありません」と、村長が言った。「あたしが言ったとおりです」。「でも、どうしてそんなことが」と、Kは叫んだ。「こんな終わりのない長旅をしたのに、これから追い返されるわけですね」。「それはまた別の問題で」と、村長が言った。「あたしが決めることじゃありません。でもね、どうしてそんな誤解が生まれたのか、そのことなら説明できますよ。伯爵府みたいな大きな役所ではね、起きることなんです。ある課がこの指示を出し、別の課があの指示を出す。どちらも相手の課のことは知らない。上の部局はものすごく厳密に監督しているけれど、そこは役所仕事で連絡が手遅れになる。それで、ともかくちょっとした混乱が生まれるわけなんです。もちろん、そういうことになるのは、いつも小さな案件の場合です。たとえば、あなたのケースです。大きな案件で、そんなミスが起きたことは聞いたことがない。でも、小さな案件だって、しばしばまずいことになる。で、ですね、あなたのケースですが、職務上の秘密なんか無視して――なにしろ、あたしは根っからの役人じゃなく、農民なんで、農民根性が抜けないんですよ――その経緯を隠さずお話ししましょう。ずいぶん前になりますが、あたしが村長になってようやく2、3か月の頃、指示書が届きましてな。どこの課からだったか、もう覚えてません。お城のお偉いさん独特の命令口調で、告げられておった。測量士を1名呼んで、村は、彼の仕事に必要な図面と記録を用意しておくように、と。その指示は、もちろん、あなたのことだったわけではない。というのも何年も前のことだから。それにそんなことは、思い出さなかったでしょうな。今こうやってあたしが病気で、ベッドのなかで馬鹿ばかしいことを考える暇がなかったなら」。突然、村長は話を中断して、女に向かって「ミッツィ」と言った。理由は分からないが忙しそうに、女が部屋を通り過ぎていくところだった。「そこのロッカーを見てくれないか。もしかしたら指示書があるかもしれん」。Kに向かって「つまりですな」と言って説明した。「村長になりたての頃のことで、当時、書類は全部とっておいたんです」。女はすぐにロッカーを開けた。Kと村長はじっと見ていた。ロッカーには書類がぎっしり詰まっていて、開けると大きな文書の束が2つ転がり出た。薪(たきぎ)を束ねるときのやり方で文書が丸く束ねられている。女は驚いて脇へ跳んだ。「下にあるかもしれん。下に」と言って、村長がベッドから指図している。言われるがままに女は、下のほうの書類を見つけようと、両腕で文書をかかえてはロッカーから全部放り出した。部屋の半分はすでに書類で埋まっている。「ずいぶん仕事をやったもんだ」と言って、村長がうなずいた。「しかも、これでほんの一部にすぎん。大事なものは納屋にしまってある。でも大部分はなくしてしまった。全部を保存するなんてこと、できませんからな！　でも納屋には、まだ非常にたくさんあるんで」。それから女に向き直って、「指示書、見つかりそうか？」と言った。「文書の表にな、〈土地測量士〉って言葉に青のアンダーラインが引いてあるやつを探すんだ」。「暗すぎるのよ、ここ」と、女が言った。「ロウソク持ってくるわ」と、散らばっている書類を踏んづけて部屋を出ていった。「女房には大いに支えてもらっておるんですよ」と、村長が言った。「役所の仕事は大変なのに、片手間でやらなきゃならんのでね。書類の作成は小学校の先生に手伝ってもらっているけれど、それでも終わらせることができない。片づいてない仕事がいつも残っている。それがあの箱のなかに集められている」と、別のロッカーを指さした。「それに今は、あたしが病気なもんだから、増える一方で」と言って、ぐったりと、けれども誇らしそうな顔をして体を横にした。「どうでしょう、ぼくが」と、Kが言った。女はロウソクを持って戻ってきて、箱の前にひざまずいて指示書を探している。「奥さんを手伝って、探してもいいんですが」。村長はニコッとしながら首を振った。「すでに言ったように、あなたに対して職務上の秘密はありません。でも、あなた自身に文書を探してもらうことまでは、できませんよ」。部屋が静かになった。書類のガサゴソという音しか聞こえない。村長はちょっとウトウトとさえしているのかもしれない。ドアを小さくノックする音が聞こえて、Kがふり向いた。もちろん2人の助手だった。いずれにしても、ちょっとは躾（しつけ）が身についていて、すぐには部屋に飛び込んでこない。ちょっと開けたドアのすき間からまずささやいた。「寒すぎるんですよ、外が」。「誰だね？」と、村長がびっくりしてたずねた。「いえ、ぼくの助手ですよ」と、Kが言った。「どこで待たせておけばいいのか、分からないので。外は寒すぎるし、ここでは邪魔になりますし」。「あたしは構わんよ」と、村長は愛想よく言った。「入れておやんなさい。それに2人のことは知っているし。昔からの顔なじみだ」。「ぼくには邪魔なんです」と、Kがはっきり言った。視線を助手から村長に向け、ふたたび助手に戻した。3人ともニッコリしている。区別がつかないほどそっくりのニッコリだ。「もう入ってきたんだから」と、Kは試しに言った。「ここにいて、村長の奥さんを手伝って、文書を探してくれ。〈土地測量士〉って言葉に青のアンダーラインが引いてあるやつだ」。村長は反対しなかった。Kに許されなかったことが、2人の助手には許される。2人はすぐに書類に飛びかかった。しかし探すというよりは、書類の山をかき回している。1人が書類の文字を読み上げていると、もう1人がそれをいつもひったくっている。奥さんのほうは空っぽの箱の前でひざまずいている。もうまるで探していないらしい。いずれにしてもロウソクが、ずいぶん離れたところに立っている。

「助手の2人は」と村長は、自分に満足して微笑みながら言った。まるですべてが自分の指図によるものなのに、誰もそれを推測すらできないな、と言わんばかりに。

「つまり、あなたにとって邪魔なんですな。でも2人は、あなたの助手じゃありませんか」。「いいえ」と、Kはそっけなく言った。「この土地ではじめてぼくのところに押しかけてきたんです」。「押しかけてきた、ですか」と、村長は言った。「割り当てられた、ということでしょう」。「じゃあ、割り当てられた、ということで」と、Kが言った。「まるで2人は、雪みたいに空から降ってきたみたいなものです。何も考えずに割り当てられたわけですよ」。「何も考えずに起きることなんて、ここじゃ何ひとつありませんぞ」と言って、村長は足の痛みすら忘れて、体を起こした。「何ひとつないんですか」と、Kが言った。「だったら、ぼくがこの土地に呼ばれたことは、どうなるんですか?」。「あなたを呼んだことだって、よく考えられてのことでしょうな」と、村長が言った。「ただ、ちょっとした手違いがあって、混乱が生じた。文書を手にして、そのことを説明してあげましょう」。「でも文書は見つからないんでしょう」と、Kが言った。「まだ見つからんのか?」と、村長が大声を上げた。「ミッツィ、なあ、もうちょっと早く探してくれんか！　でもね、文書がなくったって、さしあたり経緯(いきさつ)は話してあげられますよ。前に言ったあの指示書に対してはですね、せっかくですが、われわれは測量士は要りません、と回答したわけです。ところがその回答は、本来の課、それをAと呼ぶことにしましょうか、A課に戻らなかったようでして、手違いで別のB課に届いたらしい。だからA課には回答が届かないままで、また残念ながらB課もわれわれの回答を全部は受け取らなかった。文書の中身がわれわれのところに残ったのか、それとも途中で行方不明になったのか——課で行方不明になっていないことは確かです。あたしが保証します——いずれにしてもB課には文書の封筒だけが届いた。その封筒には、〈土地測量士の招聘について〉というメモが書かれているだけで、文書が入っているはずなのに実際には欠けていた。そうやってA課はわれわれの回答を待っていた。この件についてはメモも残していた。でもね、お分かりのようにしばしばある話です。すべての処理を精確にしようとして起きることですが、担当者はね、われわれの回答が届くのを待つことにした。そして、回答が届いたら、測量士を招聘するか、それとも必要なら、この件についてわれわれとさらに連絡をつづけようと考えたわけです。そのうち担当者はメモを残すのを怠るようになり、この件のことはすっかり忘れてしまった。ところがB課では、その文書の封筒が、良心的なことで知られている担当者の手に渡った。ソルディーニというイタリア人です。あんなに能力のある人物がどうして、ほとんど一番下の持ち場に置かれているのか、あたしみたいに事情を知っている者にも理解できません。そのソルディーニは当然、われわれのところに空っぽの封筒を送り返してきて、中身を要求した。A課の最初の手紙が届いてから何か月もたっていた頃です。何年も、とまでは言いませんがね。お分かりのように、通常なら、文書は、正しい道をたどれば、遅くとも1日で相手の課に届いて、その日のうちに処理される。けれども、いったん道を間違えると、組織が優秀でも文書は間違えた道を文字どおり熱心に探してしまう。そうしないと道が見つかりませんからね。で、そうなると、そうなるとですよ、もちろん非常に長い時間がかかる。だからあたしらがソルディーニのメモを手にしたときには、その件のことは本当にぼんやりとしか思い出せなかった。当時、あたしらは2人だけで仕事をしていた。ミッツィとあたしで。先生は、当時はまだ割り当てられてはいなかった。書類の写しは、非常に重要な案件のときにしかとってないんで――要するに、非常にぼんやりとしか回答できなかったわけです。そういう招聘のことはまるで承知していないし、われわれの村では測量士など必要としない、とね」

「しかし」と言って、村長が中断した。まるで話に熱中して度を越した、または少なくとも、度を越したかもしれない、と言わんばかりに。「こんな話、退屈じゃありませんか?」

「いいえ」と、Kが言った。「おもしろいですね」

するとと村長が言った。「おもしろがらせようとしてお話ししてるわけじゃないですよ」

「ぼくがおもしろいと思ったのは、ただ」と、Kが言った。「おかしな混乱をのぞき見できたからにすぎません。その混乱が、場合によっては、ひとりの人間の生活を左右するわけですから」

「のぞき見したとは、まだ言えませんな」と、まじめな顔をして村長が言った。「続きを話してあげましょう。われわれの回答に、もちろんソルディーニのような男は満足しなかった。あたしにとっちゃ、頭痛の種であるにもかかわらず、すごい男だと思いますね。つまり、誰ひとりとして信用することがない。たとえば誰かと知り合って、数知れぬほどの機会で、もっとも信頼できる人間だと分かったとしても、つぎの機会には、その誰かを信用しないんだから。まるでまったく知らない人であるかのように、いや、もっと正確にいえば、ルンペンだと分かっているかのようにね。あたしはね、それが正しい姿勢だと思いますよ。役人なら、そういう姿勢でやるしかない。残念ながら、あたしの性分だと、そんな原則には従えませんがね。あなたは、よその土地の人だけど、ご覧のように、あたしは何も隠さずお話ししている。こんなふうにしかできないんですな。でもソルディーニは、われわれの回答に対して、すぐ不信感をもった。で、ものすごい量の手紙の往復がはじまった。ソルディーニがたずねる。〈どうしてあなたは突然、測量士を招聘すべきでないと思いついたのですか?〉。あたしは、ミッツィのすばらしい記憶力に助けてもらいながら、答える。〈しかし測量士の招聘は、そもそも役所の側が言い出したことです〉〈それがB課ではなくA課だったことを、あたしたちは、もちろん、とっくの昔に忘れてました〉。それに対してソルディーニは、〈どうしてあなたは、その役所の応募書類のことを今になって言い出すのですか?〉。で、あたしのほうは、〈今になってそのことを思い出したからです〉。ソルディーニは、〈それは非常に不思議です〉。あたしは、〈まるで不思議ではありません。こんなに長引いた案件ですから〉。ソルディーニは、〈やはり不思議です。というのも、あなたが思い出した応募書類は存在しないのですから〉。あたしは、〈もちろん存在していません。なぜなら文書はすべて紛失しているので〉。ソルディーニは、〈しかしやはり、その最初の応募書類に関しては、送り状のメモがあるにちがいないのですが、それがないのです〉。ここで、あたし、言葉に詰まった。というのも、ソルディーニの課でミスがあったなんて、あえて主張しようとも、信じようともしなかったもんで。測量士さん、もしかしてあなた、ソルディーニを頭のなかで非難してるかもしれない。あたしの主張に耳を貸すなら、ソルディーニだって、少なくとも別の課に問い合わせようと思うはずだ、とね。でも、まさにそんな非難をしたところで見当違いだったでしょう。あたしはね、あなたの頭のなかでさえ、この男に落ち度があるとは思ってもらいたくないんだ。ミスの可能性なんて考えたりしない、というのが役所の仕事の原則なんですよ。その原則が正しいとされるのは、全体がすぐれた組織になっているから。そしてその原則が必要なのは、案件をきわめて早く処理するべき場合。だから、ソルディーニは絶対、別の課に問い合わせてはいけなかった。ちなみに問い合わせたとしても、別の課は絶対、ソルディーニには回答しなかったでしょうな。なぜなら別の課はすぐに、ミスの可能性を探っているんだな、と気づいたでしょうから」

「村長さん、話の途中で失礼ですが、ひとつ質問が」と、Kが言った。「前に監督局のこと、おっしゃいませんでした？　役所の仕事というのは、お話によると、監督が行き届いてないかもしれない、と想像しただけで、気分が悪くなるような仕事なんですよね」

「非常に厳密なんですな、あなた」と、村長が言った。「でも、その厳密さを千倍にしても、役所が自分自身に課している厳密さと比べりゃ、吹けば飛ぶようなもんでしょう。まったくの、よそ者しか、そういう質問はできません。監督局のようなものがあるか？　監督局のようなものしかないんです。もちろん、大ざっぱな意味でのミスを見つけるために、あるんじゃない。というのも、ミスなんて起きませんからね。そしてですよ、たとえミスが起きた場合でさえ、そう、あなたのケースみたいにですが、いったい誰が、それはミスだ、と断言できるだろう」

「まったく初耳ですね」と、Kが叫んだ。

「あたしには耳タコですが」と、村長が言った。「確信しているという点では、あたしもね、あなたと似たようなもんです。たしかに、ミスが起きた。そしてソルディーニはミスに絶望して重い病気になった。そして、ミスの源を見つけてくれた最初の監督職たちは、それがミスだと認識している。でもですよ、第2の監督職が同じように判断し、第3の監督職も、さらに次の監督職も同じように判断すると、誰が主張できますか？」

「そうかもしれません」と、Kが言った。「むしろぼくは、そんなことに首を突っ込んで考えたりしたくないです。それに、その監督職というのも初耳だし、もちろんまだ理解できません。ただぼくとしては、ここでは2つのことを区別する必要があると思うだけです。つまり第1は、職務の内側で起きることであり、しかもそれは職務によってこれこれだと解釈できるものです。第2は、ぼくという現実の人間です。ぼくは、職務の外側にいて、職務から損害をこうむりかけている。あまりにもナンセンスな損害なので、ぼくは深刻な危険があるなんてあいかわらず信じることができない。第1のことは、おそらく村長さんが、驚くほど特別な専門知識をもって話してくれたことでしょう。ただぼくとしては、ぼくについても、ひとこと聞かせてもらいたいんです」

「そのことも話しますよ」と、村長が言った。「でもその前に2、3説明しておかないと、理解してもらえないかもしれませんな。今ね、監督職のことに触れましたが、それだって先走りだった。だから、ソルディーニとの食い違いに戻りましょう。言ったように、あたしの守りは、しだいに弱くなっていった。誰に対してであれ、ソルディーニは、ほんのわずかでも優位になっただけで、もうソルディーニの勝ちなんです。その注意力、エネルギー、冷静さが高まって、ソルディーニは、攻める側にとっては恐ろしく見えるし、攻める側の敵にとっては頼もしく見えますからね。別件で何度かソルディーニのことを頼もしいと思った経験があるだけですが、ソルディーニはそういう人間なんだと言えますな。ところで、あたしはこれまで一度もソルディーニにお目にかかれたことがない。村に下りてこれないんです。仕事が山積みで。部屋の様子を聞いたことがあるんですがね、壁という壁が、文書の束が大きく積み重ねられた柱で覆い隠されているとか。ソルディーニが今やっている仕事の文書だけで、そうなっている。そして、しょっちゅう文書の束が引き抜かれたり、差し込まれたりして、おまけにそれが大急ぎでやられるもんだから、文書の束の柱がしょっちゅう崩れる。で、まさにその、ひっきりなしにドサッと崩れる音が、ソルディーニの仕事部屋の特徴になったわけなんです。まあ、ソルディーニは仕事人間なんですな。どんなに小さなケースにでも、一番大きなケースと同じように、細心の注意を払うんです」

「村長さんは」と、Kが言った。「ぼくのケースをいつも一番小さなケースのひとつとおっしゃいますが、それでもたくさんの役人を働かせてきました。もしかしたら最初は非常に小さなケースだったかもしれないけれど、ソルディーニさんみたいなお役人さんたちが熱心にやってくれたおかげで、大きなケースになっちゃった。残念ながら、そしてじつにぼくの意に反して。というのもぼくの野心は、ぼくに関する大きな文書の柱を立てさせては、ドサッと崩させることじゃなくて、小さな測量士として、小さな製図台で静かに仕事をすることなんですから」

「いや」と、村長が言った。「あなたのケースは大きなケースじゃありません。この点で、あなたには苦情を言う理由はない。小さなケースのなかで一番小さなケースのひとつなんですよ。仕事の量によってケースの序列がきまるわけじゃない。そんなことを信じてるようじゃ、まるで伯爵府のことが分かってないということです。しかし、たとえ仕事の量が問題だとしても、あなたのケースは、きわめて些細なケースのひとつなんです。普通のケースなら、つまり、いわゆるミスのないケースなら、仕事はもっと量が増えるし、もちろん、もっとやり甲斐もあるわけです。ちなみに、あなたのケースのせいで発生した本当の仕事をまるでご存じないので、とにかく今からそれをお話ししましょう。まず最初、ソルディーニはあたしを外した。でも部下の役人がやって来て、毎日のように紳士館で、村の有力者を聴取して調書をとった。たいていの役人はあたしの味方だったが、あたしのことを信じない役人が、2、3人だけいた。土地測量の問題というのは農民には気になるもんで。その2、3人の役人が、なにか秘密の取り決めとか不正があるんじゃないかと嗅ぎまわり、おまけにリーダーをひとり見つけた。で、連中の報告からソルディーニは、もしも、あたしがこの問題を村会に持ち出したなら、かならずしも全員が測量士の招聘に反対ではなかったのだ、と確信してしまったわけです。そうやって、当たり前だと思われていたことが——つまり、測量士は必要ないということが——いずれにしても、少なくとも疑わしくなった。とくにね、ここで目をひいたのがブルーンスヴィクとかいう男。たぶんご存じないでしょうが、もしかしたら悪い男じゃないかもしれない。でも馬鹿で、空想屋で、ラーゼマンとは義理の兄弟で」

「皮なめし屋の親方（マイスター）のですか」とたずねて、Kは、ラーゼマンの家で見かけたことのある頬ひげ男の様子を話した。

「そう、その男だ」と、村長が言った。

「その奥さんも知ってます」と、ちょっと当てずっぽうにKは言った。

「そうですか」と言って、村長は口をつぐんだ。

「きれいな人です」と、Kが言った。「でも、ちょっと顔色が悪く、病気みたいです。お城の人だったそうで？」。半分たずねるように言った。

村長は時計を見て、薬をスプーンに注いで、あわてて呑み込んだ。

「お城のことは、事務組織のことしかご存じないようですが？」と、ぶしつけにKがたずねた。

「ええ」と言って、村長は皮肉な、しかし感謝するような微笑みを浮かべた。「やっぱり事務組織が一番大事なものです。ブルーンスヴィクのことですが、村から追い出すことができれば、ほとんどみんなが喜ぶでしょう。ラーゼマンだって、少なからず。でも当時、ブルーンスヴィクにはそれなりの影響力があった。演説がうまいわけじゃないけれど、声が大きくて、それだけで気に入る者がいた。で、そういうわけで、あたしは問題を村会にかけざるをえなくなった。ちなみに最初のうちだけ、ブルーンスヴィクのひとり舞台でね。というのも当然、村会の大部分は測量士なんてものに興味がなかったので。しかもこれは、何年も前の話でね。けれどもずうっとこの問題は落ち着かなかった。ひとつには、良心的なソルディーニのせい。多数派だけじゃなく反対派の主張の理由も、きわめて慎重に調査しようとしたわけです。もうひとつには、馬鹿で野心家のブルーンスヴィクのせい。役所と個人的なコネをいろいろもっていて、空想で新しいことを思いついては、いつも役所を動かしてた。もちろんソルディーニはブルーンスヴィクにはだまされなかった。――どうやってブルーンスヴィクがソルディーニをだますことができますかね？――でも、まさにですよ、だまされないためには、新しい調査が必要だった。で、その新しい調査が終わらないうちに、ブルーンスヴィクがまた新しいことを考え出していた。まったく落ち着きのない奴で、馬鹿だからなんですな。さてこれから、村役場の仕組みの特別な性格についてお話ししますか。精密な仕組みなんで、ものすごく敏感な仕組みでもあるわけで。ある案件が非常に長いあいだ検討されてきた場合、その検討が終わってもいないうちにですよ、突然、思いもかけないような、後になると見つけることもできないような場所で、電光石火、処理されてしまうということになるわけです。その案件の処理は、たいていは非常に適切であるにしても、いずれにしても非常に恣意的に片づけられる。まるでそれは、村役場の仕組みがだね、取るに足りないかもしれない同じひとつの案件に、何年ものあいだ騒ぎ立てられて、緊張を強いられてきたことに、もう我慢できなくなって、役人たちの手を借りずに自分の手で決裁したようなもんです。もちろん奇跡が起きたわけじゃない。きっと役人の誰かが決裁書を書いたか、決裁書なしで決裁したわけです。どの役人がこのケースを決裁したのか、どういう理由でか、いずれにしてもそれは、あたしらには、ここからでは、いや、役人の側からでさえ確認することができない。ようやく監督職がずいぶん後になってから確認するわけだが、もう、あたしらに知らされることはないし、おまけにそのときには、ほとんど誰も興味をもっていないでしょう。さて、さっき言ったように、まさにそういう決定というのは、たいていすばらしいものなんです。ただね、ひとつ腹が立つことがある。こういう問題ではよくあることなんですが、決定を知らされるのが遅すぎるので、そのあいだずっと、とっくの昔に決定されている案件について熱心に相談してるわけですからな。あなたのケースで、そういう決定が下されているのかどうか、あたしは知りません——下されているようでもあり、下されていないようでもある——仮に下されていたなら、招聘状があなたに送られていたわけで、あなたは当地まで長旅をし、長い時間が経過していることになる。で、そのあいだ、あいかわらずソルディーニはここで同じ問題に取り組んでクタクタになり、ブルーンスヴィクは画策をし、あたしはそのふたりに悩まされていたということになりますな。これは可能性として、あたしが言っているだけのことでね。確かにあたしが知ってるのは、以下のことだけなんです。つまり、ある監督職がね、そうこうしているうちに、発見した。A課から何年も前この村に、測量士に関する照会状が送られていたんだが、それまでに回答が戻ってきていない。で、最近、あたしに問い合わせがあって、当然、その問題はそっくり解決した。A課は、〈測量士は必要ありません〉というあたしの回答に満足した。そしてソルディーニも、このケースは自分の管轄外であったわけで、もちろんソルディーニの責任ではないのに、神経をすり減らす無駄な仕事を山のようにやっていたのだ、と知ることになった。もしもですよ、四方八方から新しい仕事がいつものように押し寄せてきていなかったら、また、もしもですよ、まさにあなたのケースが、非常に小さなケースにすぎないのでなかったら――ま、あなたのケースは、小さなケースのうちでも一番小さなケースと呼べそうなものなんですがね――あたしらはみんな、ほっとひと息ついてたことでしょう。あのソルディーニだって、ひと息ついてたと思いますよ。ブルーンスヴィクだけが不平たらたらだったけれど、それはお笑い草にすぎなかった。そんなわけで、測量士さん、あたしがどんなにガックリときたか、想像してください。この案件がすっかりうまく片づいた今になって――しかも片づいてから、もうずいぶん時間が過ぎているのに――突然、あなたが現われた。そして問題がまたもや最初からぶり返す気配になった。あたしがね、この問題、あたしの責任の範囲内では絶対にぶり返させないと、固く決心している。そのことは、あなたもよくお分かりでしょう」

「もちろんです」と、Kが言った。「でも、もっとよく分かっているのは、ぼくがこの土地では恐ろしく不当な扱いをされてるってことですよ。もしかしたら法律までが不当に扱われてるのかもしれない。ぼくとしてはそれに抵抗する手を見つけるつもりです」

「どうするつもりですか？」と、村長がたずねた。

「そんなこと言えませんよ」と、Kが言った。

「無理にとは言いません」と、村長が言った。「ただ、このことは考えておいていただきたい。あたしはあなたの――友達とまではいきません。おたがいまったく見ず知らずですからな――でも、いわば仕事仲間なんですよ。ただ、あなたが測量士として採用されることだけは認めるわけにはいかない。でもそれ以外のことでなら、いつでもあたしを信頼して相談してもらって大丈夫です。もちろん、あたしの力は大きくないので、限りはありますが」

「いつもおっしゃいますよね」と、Kが言った。「ぼくが測量士として採用されるべきだ、と。でもぼくは、もう採用されてるんですよ。ほら、ここにクラムの手紙があります」

「クラムの手紙ですか」と、村長が言った。「クラムの署名は本物のようだ。貴重で、畏れ多い手紙ですな。しかしほかの点については――あたしひとりじゃ、あえて言うことができません。ミッツィ！」と声をかけてから、言った。「しかし、あんたたち、何やってるんだね？」

長いあいだ無視されていた2人の助手とミッツィは、探していた文書がどうやら見つからなかったようで、すべての書類をふたたびロッカーに詰め込もうとしていた。けれども、書類がぐちゃぐちゃに山のようになっているので、うまくいかなかった。そこでたぶん2人の助手が思いついたことを、今、実行しているのだ。ロッカーを床に倒して、すべての文書をロッカーに詰め込んでから、ミッツィもいっしょにロッカーの扉のうえにすわって、今ゆっくり押し込もうとしているのだ。

「やっぱり文書は見つからなかったか」と、村長が言った。「残念だが、経緯（いきさつ）はもうお分かりだから、そもそもその書類にはもう用がないわけで。ちなみにそいつは、きっと見つかりますよ。おそらく先生のところだ。先生のところには非常に多くの文書があるんです。さ、ミッツィ、ロウソクを持ってこっちにおいで。あたしといっしょにこの手紙を読もう」

　ミッツィがやって来た。ベッドの縁にすわって、がっしりとして活気あふれる村長に体を押しつけて、抱き寄せられると、さっきより陰気で、みすぼらしく見えた。小さな顔だけがロウソクの光に照らされて目を引いた。その輪郭は、くっきり厳しいけれど、ただ老齢の衰えによって柔らかくなっている。手紙をのぞき込むやいなや、ミッツィは軽く手を組んで、「クラムのだわ」と言った。それから、ふたりはいっしょに手紙を読んで、ちょっとささやき合っていた。そのあいだに2人の助手がちょうど「やったぁ」と叫んだ。ようやくロッカーの扉を閉めたのだ。ミッツィは2人を感謝の目でそっと見ている。とうとう村長が言った。

「ミッツィも、あたしとまったく同じ意見なので、さて、これからあえてはっきり言わせてもらいましょう。この手紙はですね、公文書なんかじゃないんです。私信です。頭に書いてある〈拝啓！〉からだけでも、それは分かります。それだけでなく手紙には、あなたが測量士として採用されたなんて、ひと言も書かれていない。むしろ、ただ一般的な話として伯爵府の仕事について述べられているだけです。それも、拘束力のある形で明言されているわけじゃない。あなたは〈ご承知のように〉採用されているだけ。つまりですよ、あなたが採用されていることの立証責任は、あなたに課せられているんです。最後に、職務のことについては、もっぱら直属の上司である村長、つまり、あたしのところに行くよう指示されてますな。あたしが、あなたに詳細をすべて伝えることになっている。その大部分は、もう伝えました。公文書の読み方を知っていて、だから、公文書じゃない手紙なら、もっとちゃんと読める人間にとっては、何もかもあまりにもはっきりしておるんです。あなたのように勝手を知らない人にとって、このことが分からないとしても、あたしは驚きません。要するに、この手紙にはですね、もしもあなたが伯爵府の仕事に採用される場合には、クラムが個人的にあなたの面倒を見るつもりである、という意味のことしか書かれてないわけですな」

「村長さんが読み取った手紙の意味は」と、Kが言った。「見事なものだ。結局、何も書いてない白紙に署名しか残っていない、というわけだから。でもそれが、クラムの名前を尊重しているふりをして、クラムの名前を貶（おとし）めてるってことに気づきませんか」

「誤解ですな」と、村長が言った。「あたしは手紙の意味を読み違えてはいない。あたしの解釈で手紙を軽く見たりはしていない。その逆です。クラムの私信のほうが、当然、公文書なんかよりずっと意味があるんです。ただこの私信には、あなたが読み取っている意味だけはないんですよ」

「シュヴァルツァーって、ご存じですか」と、Kがたずねた。

「いえ」と、村長が言った。「ミッツィ、もしかしてお前、知ってるかな？　あ、お前も知らないか。いいえ、あたしらは知りません」

「おかしいな」と、Kが言った。「城の下級執事の息子ですが」

「測量士さん」と、村長が言った。「どうしてあたしが、すべての下級執事の、すべての息子を知っておくべきなんですかね」

「なるほど」と、Kが言った。「だったら、下級執事の息子だという、ぼくの言葉を信じてもらいましょう。そのシュヴァルツァーとは、ぼくがこの土地に到着したその日に腹立たしいやりとりがあったんです。そのときシュヴァルツァーは、フリッツという下級執事に問い合わせて、ぼくが測量士として採用されているという回答をもらった。このことを村長さんは、どう理解します？」

「じつに簡単です」と、村長が言った。「あなたはまだ一度も、われわれの役所と接触されたことがないんです。あなたが接触したと思っていても、それらはみんな見かけにすぎんのです。でもあなたは、ここの土地の事情を知らないから、本当だと思っている。で、電話ですがね、あたしは本当にいっぱい役所とやりとりしてるわけだけど、あたしのところには電話がない。旅館の食堂なんかだと、まあ、ジュークボックスなんかと同じように、役に立つでしょうが、その程度のものなんで。ここの土地で電話されたことありますかな？　あるんなら、あたしの言ってることが分かるかもしれません。城では電話が、すばらしい働きをしているようです。聞いたところによると、城ではひっきりなしに電話が鳴っていて、当然、仕事を非常にはかどらせている。ひっきりなしに鳴っているその電話は、村の電話じゃ、ざわめきや歌に聞こえるんです。あなたもきっと聞いたことがあるでしょう。ところでですね、そのざわめきや歌こそ、村の電話があたしたちに伝えてくれるものとしては唯一、正しくて信頼できるものなんです。それ以外のものは、みんな当てにならない。城とは固定した回線がないんです。あたしたちが電話をかけても、それをつないでくれる交換台がない。この村から城の誰かに電話をすると、城では最下級の課のすべての電話器が鳴る。いや、むしろ、これには確信があるんですが、城のほとんどすべてのところでそのベルの装置を切っていなければ、城のすべての電話器が鳴ることでしょう。でもときどき、過労の役人がちょっと気晴らしの必要を感じて——とくに夕方か夜に——ベルの装置のスイッチを入れる。そのときは返事がもらえます。返事といっても冗談でしかありませんが。これは、まあ、よく理解できることです。プライベートの小さな心配事のためにですよ、非常に重要な仕事を目が回るほど忙しくやっている最中に、ベルを鳴らして呼び出すなんてこと、誰にも許されません。また、あたしには理解できないんですが、たとえ、よその土地の人だとしても、たとえばソルディーニに電話をかけて、返事をしてくれてる人が本当にソルディーニだなんて、どうして信じることができるんでしょう。むしろね、それはおそらく、まったく別の課の下っぱの記録係なんでしょうが。しかし逆にですよ、極上の時間帯にあることなんですが、下っぱの記録係に電話をかけたのに、ソルディーニ自身が電話に出てくることがあるんです。そんなときは、もちろん、最初の声が聞こえてくる前に、電話から逃げ出すほうがいい」

「そんなことだとは、しかし考えてませんでした」と、Kが言った。「そんなに細かいところまで知らなかったので。でもぼくは、あの電話での会話をあんまり信用してなかった。いつも意識してたんです。本当に意味があるのは、実際に城で見聞きしたり、手に入れたものだけだ、って」

「いや」と言って、村長はひとつの言葉にこだわった。「本当の意味は、じつはその電話の返事にあるんですよ、ちがいますか？　城からの役人の回答に、どうして意味がないなんて言えるんです？　クラムの手紙のときに、もう言いましたよね。それらの発言にはどこにも職務上の意味はありません。もしもあなたがそこに職務上の意味を読むなら、迷い子になりますよ。逆にね、そこにあるプライベートな意味は、友好的にせよ、敵対的にせよ、非常に大きい。たいていは、どんな職務上の意味なんかより大きいかもしれません」

「なるほど」と、Kが言った。「すべてがそういう具合だとすれば、ぼくは城に、いい友達をたくさんもっていることになりますね。よく考えてみれば、何年も前の当時、〈土地測量士に来てもらってもいいな〉と、あの課が思いついたのも、ぼくに対する友情だったんだ。それからその後もつづいて、あれやこれやと思いつかれ、ついにぼくがひどい結果におびき寄せられ、今は、追い出すぞと脅かされている」

「あなたの言ってることも、ある意味では正しい」と、村長が言った。「城の言うことを文字どおり受け取ってはならない、という点ではおっしゃる通りだ。でもね、用心はどこでも必要なんです。ここだけじゃない。言われていることが重要であればあるほど、もっと用心が必要になる。で、ですよ、おびき寄せられたとおっしゃったが、あたしには理解できません。あたしの説明をもっとよく聞いてもらえたら、きっと分かると思うんですが。つまり、あなたを当地へ招聘する問題は、あまりにもむずかしいので、ここでちょっと話をしてるあいだに答えるなんてこと無理なんですよ」

「で、その結果」と、Kが言った。「なにもかもが非常に曖昧で、解決できず、ぼくが放り出されることになる」

「どうしてまた測量士さんは、放り出されるなんて、人聞きの悪いことおっしゃるのかな」と、村長が言った。「先決するべき問題が曖昧だからこそ、あなたには丁重な扱いが保証されている。ただね、お見受けしたところ、あまりにも神経質でいらっしゃる。ここじゃ誰もあなたを引きとめません。でもそれは、放り出すことじゃないわけで」

「おお、村長さん」と、Kが言った。「またしてもあなたは、いくつかのことを簡単に見すぎてます。ぼくをここに引きとめる理由を、いくつか並べてみましょう。家を離れるために、いろんな犠牲を払った。長くてつらい旅をした。ここで採用されることによって当然、いろんな希望をもった。ぼくの財産はすっからかん。今から故郷でそれなりの仕事を見つけるのは無理。で、最後になったけれど大事な、ぼくの婚約者が、この土地の人間である」

「ああ、フリーダですな」と言って、村長はまるで驚かなかった。「知ってますよ。でもフリーダなら、どんなところへでもあなたについていくでしょう。もちろん、それ以外のことについては、ここじゃ、なんらかの吟味が必要ですな。それについては城に報告することにしましょう。なにか決定が来るにしても、その前にもう一度おたずねすることが必要になるにしても、あたしのほうからお迎えにあがります。ということで、よろしいですか？」

「いや、ぜんぜん」と、Kが言った。「ぼくは、城からお恵みをもらいたいんじゃない。ぼくの権利を認めてもらいたいんです」

「ミッツィ」と言って、村長は妻のほうを見た。村長に体を押しつけたますわっていて、夢見心地でクラムの手紙をもてあそんでいる。手紙が折り紙で小舟になっていた。驚いてKはミッツィの手から手紙を取り上げた。「ミッツィ、脚がまたひどく痛みはじめた。湿布を新しいのにしなくちゃな」

Kが立ち上がった。「じゃあ、これで失礼します」と言った。「これでいいかな」と、ミッツィが言った。もう塗り薬を用意している。「すきま風、ひどすぎるわ」。Kがふり向いた。2人の助手が、あいかわらず場違いなサービス精神を発揮して、Kの言葉を聞いてすぐに、両開きのドアを2枚とも開けていたのだ。猛烈に侵入してくる寒さから病人のいる部屋を守るため、Kはそそくさと村長にお辞儀するしかなかった。2人の助手を引きずるように部屋から出て、急いでドアを閉めた。

06 旅館の前で主人が待ちかまえていた　［P女将との2回目の会話］〈章の横線〉

旅館の前で主人が待ちかまえていた。こちらからたずねなければ、話しにくそうな気配だったので、どうしましたか、とKがたずねた。「寝泊まりするところ、もう見つかりました？」と、地面に目を落としたまま主人がたずねた。「女将さんに頼まれて聞いてるんでしょ」と、Kが言った。「女将さんの言いなりなんでしょうね？」。「いいえ」と、主人が言った。「頼まれて聞いてるんじゃありません。でも女将は、非常に興奮していて、悲しんでいるんです。あなたのせいで。仕事も手につかず、ベッドで横になって、ずっとため息をついて、嘆いてます」。「女将さんのところへ行きましょうか？」と、Kがたずねた。「ぜひお願いします」と、主人が言った。「村長のところまでお迎えにと思いましてね、ドアのところで耳を澄ましていました。でもお話し中だったので、お邪魔するつもりはありませんでしたし、女将のことが心配だったので、急いで戻ってきたわけです。でも女将が寄せつけてくれないので、こうやって仕方なくここでお待ちしていたんです」。「じゃ、急いで行こう」と、Kが言った。「すぐに女将さんを落ち着かせてあげるよ」。「落ち着くといいんですが」と、主人が言った。

明るい調理場を通って行った。3、4人のメイドが、それぞれ離れた位置で仕事をしていたが、Kの姿を見ると、固まってしまった。調理場にいても女将のため息が聞こえる。薄い板壁で調理場から仕切られた、窓のない部屋で、女将が横になっていた。大きなダブルベッドと戸棚しか置けない広さだ。ベッドからは調理場全体が見渡せて、仕事を監督できるようになっている。逆に調理場からこの仕切り部屋のなかは、ほとんど何も見えない。真っ暗で、赤と白のチェックの寝具がほのかに浮かび上がっているだけだ。中に入って、目が慣れてくると、ようやく見分けがついた。

「ようやくいらっしゃったわね」と、弱々しい声で女将が言った。仰向けに寝て手足を伸ばしているが、呼吸が苦しいらしく、羽毛布団を足もとへはねのけている。ベッドにいるときのほうが、服を着ているときよりずっと若く見える。きゃしゃなレース編みのナイトキャップが、小さすぎて、整えた髪のうえで揺れていたにもかかわらず、顔がやつれているので、同情を感じさせる。「どうしてぼく、来ることになったんでしょう?」と、優しくKが言った。「呼ばれたわけじゃないのに」。「こんなに長く待たせるなんて」と、女将は病人特有のわがままを言った。「掛けてください」と言って、ベッドの縁を指さした。「あなたたちは出ておゆき」。2人の助手のほかにメイドたちも詰めかけていた。「私もかな、ガルデーナ?」と、主人が言った。

はじめてKは女将の名前を聞いた。「もちろんよ」と、ゆっくり女将が言った。そして別のことを考えているかのように、上の空でつけ加えた。「どうしてあんたまで、いなくちゃならないの？」。みんなが調理場に引き下がり、2人の助手も今回はさっさとその後ろにつづいたものの、ひとりのメイドの尻を追いかけていた。けれども女将は注意深いので、ここで話すことが調理場まで筒抜けであることが分かっていた。仕切り部屋にはドアがないのだ。そこでみんなに調理場からも出て行くように命じた。すぐにそうなった。

「お願い」と、それからガルデーナが言った。「測量士さん、戸棚を開けたら、すぐ手前にショールが掛かってる。取ってもらえないかしら。それにくるまるの。羽毛布団は我慢できない。息が苦しくて」。Kがショールを手渡すと、ガルデーナが言った。「きれいなショールでしょ、ね？」。Kには普通のウールのショールのように思えたが、感じ悪く思われないためにもう一度、触ってみたが、何も言わなかった。「ほら、きれいなショールなのよね」と言って、ガルデーナはショールにくるまった。今は落ち着いて横になっている。苦しさがすっかり消えたようだ。横になっていたために乱れた髪のことまで思い出し、ちょっとのあいだ体を起こして、ナイトキャップのまわりの髪をちょっと整えた。ふさふさした髪だ。

Ｋは、我慢できなくなって言った。「女将さんは、ぼくが寝泊まりするところを別の場所に見つけたかどうか、たずねさせたでしょ」。「わたしがたずねさせた？」と、女将が言った。「いいえ、違います」。「あなたのご主人に、ついさっきたずねられましたよ」。「そうだと思った」と、女将が言った。「あの人には悩まされるわ。わたしがあなたをここに泊めたくないと思ったときには、あなたを泊めたし、今は、あなたがここで寝泊まりすることに、わたしが満足してると、あの人は追い出しにかかる。こんなことがしょっちゅうなの」。「じゃあ、女将さんは」と、Ｋが言った。「ぼくについて、考えをずいぶん変えちゃったわけですね？　２、３時間のあいだに？」。「わたし、考えを変えちゃいない」と、また弱々しい声で女将が言った。「手を出して。わたしもあなたにそうするから」。「いいでしょう」と、Ｋが言った。「では、どちらから？」。「わたしから」と、女将が言った。Ｋの機嫌を取ろうとしたのではなく、最初に話したくてたまらないという感じだった。

枕の下から１枚の写真を取り出して、Ｋに渡した。「この写真、よく見てちょうだい」と、頼むように言った。もっとよく見ようとして、Ｋは調理場のほうへ１歩出たが、そこでも、何が写真に写っているのか、見分けるのは簡単ではなかった。古い写真なので黄ばんでいて、いろんなところが破れて、くしゃくしゃで、染みがついている。「非常にいい状態とは言えないですね」と、Kが言った。「ほんと、残念だけど」と、女将が言った。「何年も持ち歩いてると、こうなるのよ。でも、ようく見ると、全部見えるようになるわ、きっと。それにね、手伝ってあげる。何が見えるか、言ってみて。その写真の話をするの、すごくうれしいの。何が見えるかな？」。「若い男だ」と、Kが言った。「その通り」と、女将が言った。「で、何をしてるかな？」。「板の上に寝そべっているみたい。伸びをして、あくびをしている」。女将が笑った。「まるで違う」と言った。「でも、ここにあるのは板だし、ここに寝そべっているし」と、Kは自分の目に見えたことにこだわった。「もっとよくご覧なさい」と、不愉快そうに女将が言った。「本当に寝そべってるかしら？」。「いや」と、今度はKが言った。「寝そべっているんじゃない。浮かんでるんだ。なるほど、板じゃなくて、ひものようですね。若い男が走り高跳びをしてるんだ」。「そうなのよ」と、うれしそうに女将が言った。「跳んでるのよ。こんな練習をね、役所のメッセンジャーたちはやっているわけ。あなたなら分かると思ってた。顔も見えるかしら？」。「顔はほんのちょっとしか見えませんね。ものすごくがんばってるみたい。口を開けて、目を細めて、髪をなびかせて」。「よくできました」と言って、女将はKをほめた。「それ以上のことは、実際に会ったことがないと分からない。でも、きれいな若者だった。わたしは一度、ちらっと会っただけだけど、絶対に忘れないわ」。「誰なんです?」と、Kがたずねた。「それはね」と、女将が言った。「メッセンジャーなの。クラムがわたしをはじめて呼び寄せたときの」

Kは、ちゃんと聞き取れなかった。コツンコツン鳴る窓ガラスの音に気を取られていた。すぐに邪魔の原因が分かった。2人の助手が外の中庭にいて、雪のなかを右足と左足を交代させてぴょんぴょん跳んでいた。2人はKの姿が見えたことがうれしいらしく、うれしそうにおたがいにKを指さしては、そのたびにずっと調理場の窓をコツコツたたいている。Kが脅かすような仕草をすると、たたくのをすぐにやめて、おたがいに相手を後ろに押し戻そうとするのだが、相手はすぐにすり抜けては、また窓のそばに立っている。Kは急いで仕切り部屋に入った。そこだと2人の助手に姿を見られることはないし、Kも2人を見ないですんだ。けれども窓ガラスをたたいて懇願している小さなコツコツの音は、仕切り部屋までKを長いあいだ追いかけてきた。

「また助手の2人だ」と言って、Kは女将に謝って、外を指さした。女将はKの言葉を気にせず、写真をKの手から取って、じっと見つめて、しわを伸ばし、ふたたび枕の下に押し込んだ。女将の動作は前よりゆっくりになっていた。しかしそれは疲れたからではなく、思い出の重さによるものだ。Kに話したかったのだが、話しているうちにKのことを忘れてしまった。ショールのふさ飾りをもてあそんでいる。しばらくしてからようやく目を上げ、手で目をこすってから言った。「このショールもクラムにもらった。それからナイトキャップも。写真と、ショールと、ナイトキャップ。この3つが、わたしにとってクラムの思い出の品。わたしはフリーダみたいに若くはない。フリーダみたいに野心もない。傷つきやすくもない。あの子はね、とても傷つきやすいの。つまり、わたしは人生に折り合いをつけることができる。でもこのことは白状しておかなくちゃ。このね、3つの思い出の品がなかったら、ここでこんなに長いあいだ我慢できなかったでしょうね。たぶん一日だって我慢できなかったでしょう。この3つの思い出の品は、あなたにはつまらないものに見えるかもしれない。でもね、フリーダは、ずいぶん長いあいだクラムとつき合っているのに、思い出の品ひとつ持ってない。フリーダにたずねたことがあるの。あの子は夢を見すぎで、満足することも知らなさすぎる。わたしは、逆。3回しかクラムのところに行ったことがない——それからは、もう呼ばれてない。どうしてなのか、分からないけど——でも、わたしは、長くつづかないことを予感したんでしょうね、この思い出の品をもらってきた。自分の面倒は自分で見なくちゃ。クラムは自分からは何ひとつくれない。もしも、よさそうなものがあることに気づいたら、ねだればいいのよ」

Kはその話を聞いて、自分にも関係のあることとはいえ、不愉快な気分になった。

「それ、どれくらい前のことなんですか？」と、ため息をつきながらKはたずねた。

「20年以上前のこと」と、女将が言った。「20年よりずっと前のこと」

「じゃあ、そんなに長いあいだクラムのことを思ってるわけですね」と、Kが言った。「でもね、女将さん、ぼくがそんな話を聞かされたら、これからの結婚生活を考えて、ひどく心配するんじゃないか、って気になりません？」

Kが自分の問題を持ち出して割り込もうとしたことが、女将には場違いに思えた。腹を立ててKを横からにらみつけた。

「怒らないでくださいよ、女将さん」と、Kが言った。「クラムの悪口を言ってるんじゃない。ぼくだって、ことのなりゆきのせいでクラムとは、ある種の関係をもってるわけだから。そのことは、どんなにクラムを崇拝している人だって否定できない。だから、いいですか。そういうわけだから、クラムの話になると、かならずぼくのことも考えてしまう。それは仕方のないことなんです。ところで女将さん」——ここでKは、ためらっている女将の手をにぎった——「覚えてますか。ぼくたち、さっき話をしたとき、ひどい終わり方しちゃったけれど、今回は、仲良く別れましょうね」

「そうよね」と言って、女将がうつむいた。「でも、わたしの身にもなってよ。わたしは、ほかの人より傷つきやすいわけじゃない。逆に、誰だって傷つきやすいところがある。わたしが傷つきやすいのは、クラムのことでだけ」

「残念ながら、クラムは同時にぼくの傷つきやすいところでもあるわけで」と、Kが言った。「でもぼくは、自分をコントロールします。でも、教えてくださいよ、女将さん。ぼくはどうやって結婚生活で、パートナーがクラムに対して驚くべき思いをもってることに耐えればいいんです？　フリーダもクラムについてはあなたと似ている、としての話だけど」

「驚くべき思いね」と、うらめしそうに女将がくり返した。「思いかしら？　思いなら、主人に対してもっている。でもクラムに対しては？　クラムは一度わたしを愛人にした。わたし、いつかそのステータスをなくすことがあるのかな？　で、あなたは、フリーダのもってるそんな思いにどうやって耐えればいいのか、というわけね？　ああ、測量士さん、そんなことをたずねるなんて、どうかしてない？」

「女将さん！」と、たしなめるようにKが言った。

「分かってるわ」と、逆らわずに女将が言った。「でも、うちの主人はそんな質問はしない。あの頃のわたしと今のフリーダなら、どっちのほうが不幸せなのか、わたしには分からない。フリーダは、気まぐれにクラムを捨てたし、わたしは、もうクラムに呼ばれなくなっている。もしかしたらフリーダのほうが不幸かもしれない。その不幸をフリーダはまだちゃんと分かってないようだとしても。あの頃、わたしの考えは今よりずっと不幸に取り憑かれてた。というのも、ずうっとわたしは自問自答してしまってたし、結局、今だって問題にするのをやめていないんだから。〈どうしてこうなったんだろう？　3回、あんたはクラムに呼ばれたけれど、4回目はもう呼ばれなかった。4回目はもう絶対にない！〉って。あの頃、わたしはほかに何を考えることができたかしら？　あの頃、その直後に今の主人と結婚したんだけれど、主人とはほかに何を話すことができたかしら？　日中は時間がなかった。この旅館をひどい状態のまま譲り受けていたので、繁盛させようと努力するしかなかった。でも夜は？　何年ものあいだ、わたしたちの夜の会話は、クラムのことと、クラムの心変わりの理由についてだけ。それでね、話の途中で主人が寝ちゃうと、わたしが起こして、話をつづけたものよ」

「ではここで」と、Kが言った。「非常に無作法な質問を許していただけるなら」

女将は黙っている。

「では、質問しちゃいけないんですね」と、Kが言った。「それでも十分です」

「もちろん」と、女将が言った。「それでも十分よ。それは、とくに。あなたは何でも誤解する。わたしの沈黙も。誤解することしかできないのね。質問してもいいわよ」

「ぼくが何でも誤解するなら」と、Kが言った。「もしかしたらぼくはぼくの質問も誤解しているかもしれませんね。もしかしたら、無作法な質問なんかじゃ、まったくないのかもしれない。ぼくが知りたかったのはですね、どうやってご主人と知り合ったのか、それから、どうやってこの旅館があなたたちのものになったのか、ということだけなんです」

女将は額にしわを寄せたけれど、平然と言った。「非常に簡単な話よ。わたしの父は鍛冶屋だった。で、ハンスは、今のわたしの夫だけど、豪農のところで馬丁をやっていて、しょっちゅう父のところへ来てた。あの頃、クラムと最後に会ってからのことだけど、わたし、非常に不幸だった。本当は、不幸だなんて言っちゃいけなかったのに。というのも、何もかもちゃんとやれていたんだから。そして、わたしがクラムのところへ行っちゃいけないというのは、まさにクラムが決めたことだった。だから、ちゃんとしたことだった。ただその理由だけは、よく分からなかった。理由を探してもよかったけれど、不幸だなんて言っちゃいけなかった。でも、やっぱり不幸だったし、仕事も手につかず、うちの前庭で一日中すわってた。そんなわたしをハンスが見て、ときどきそばにすわってくれた。わたしは嘆いたりしなかったけれど、ハンスは事情を知っていた。優しい若者だから、いっしょに泣いてくれることもあったわ。で、当時のこの旅館の主人がね、あるとき、うちの前庭の前を通りかかった。奥さんに死なれたので、旅館の仕事をやめるしかない。おまけに、もう老人だった。わたしたちが前庭にすわっているのを見て、立ち止まり、単刀直入に旅館を賃貸(ちんがし)しようと言ってくれたの。わたしたちのことを信用して、前金なしで、賃貸料もとても安くしてくれた。父のお荷物にはなりたくなかった。ほかのことはどうでもよかった。というわけで、旅館のことを考えて、新しい仕事をすると、もしかしたら少しは忘れることができるかもしれないと考えて、ハンスの求婚に応じたわけ。ま、こういう経緯(いきさつ)なのよ」

しばらくふたりは黙っていた。それからKが言った。「その旅館の主人のやり方、すてきですね。でも軽はずみだ。それとも、おふたりを信用する特別な理由でもあったんですか?」

「ハンスのこと、よく知ってたから」と、女将が言った。「ハンスの伯父なのよ」

「だったら、もちろん」と、Kが言った。「ハンスの家族にとっては、あなたとのつながりが大事だったわけですね?」

「もしかしたらそうなのかも」と、女将が言った。「わたしは知らないの。そんなこと気にしないから」

「やっぱりそうだったにちがいない」と、Kが言った。「家族がですよ、そんな犠牲を払って、担保もなしに旅館を簡単にあなたたちの手に委ねるつもりだったわけだから」

「あとで分かったことだけど、軽はずみじゃなかった」と、女将が言った。「わたしは仕事に飛び込んだ。鍛冶屋の娘のわたしは、体が丈夫で、女中も下男もいらなかった。食堂でも、調理場でも、家畜小屋でも、中庭でも、どこにでも顔を出した。料理は上手だから、紳士館のお客をもらっちゃった。あなた、まだ食堂でお昼を食べたことがないから、うちのお昼の客をご存じないわね。当時は、もっと多かった。それからずいぶん減っちゃったけど。まあ、でもその結果、賃貸料をちゃんと払えただけじゃなく、2、3年後には、旅館をそっくり買い上げた。今だってほとんど借金はない。もちろん、それ以外にもいろいろあったわ。そんなこんなで体を壊し、心臓を悪くして、今はすっかりお婆さん。もしかして、わたしのこと、ハンスよりずっと年上だと思ってるかもしれない。でもハンスは実際、2、3歳若いだけなのよ。けれどまるで年を取らないでしょう。仕事といっても——パイプをくゆらせて、お客の話に耳をかたむけて、それからパイプの掃除をして、ときどきビールを運ぶ――そんな仕事だから、年なんか取らないのよ」

「女将さんの働きぶりはすばらしいですね」と、Kが言った。「疑いようがない。でも、女将さんの結婚前のことに話を戻すと、当時はやっぱり奇妙だったんじゃないですか。ハンスの家族は、お金を犠牲にして、あるいは少なくとも、非常に大きなリスクを覚悟して旅館を渡して、結婚をうながしたわけだけれど、女将さんのほかには期待できるものがなかったわけですからね。しかも当時は、女将さんが有能だなんて誰も知らなかった。ハンスが有能じゃないことは、きっとみんなの知るところだったにしても」

「やれやれ」と、うんざりした顔で女将が言った。「分かってるわ。あなたが何を狙ってるのか。どんなにそれが勘違いなのか。これまでのことにクラムの影はまるで見えなかったでしょ。どうしてクラムは、わたしのこと気にしなければならないのかな？　いや、もっと正確に言うと、そもそもどうしてわたしのことを気にすることができたのかな？　わたしのことなんか何にも知らなかったのよ。もうわたしを呼ばなくなったのは、わたしのことを忘れたというしるし。呼ばない人間のことは、すっかり忘れてる。こんなこと、フリーダの前で話そうと思わなかった。たんに忘れるっていうだけじゃなく、それ以上のことだから。忘れた相手となら、また知り合うことができる。クラムの場合、それができないの。呼ばなくなった相手のことは、その過去についてすっかり忘れただけじゃなく、そのすべての未来についてもきれいさっぱり忘れちゃってる。うんと努力すれば、わたしだって、あなたの頭のなかに入って考えられるのよ。あなたの考えてることは、ここじゃ無意味。よそ者であるあなたの出身地でなら通用するかもしれないけれど。ひょっとして、あなた、もっと馬鹿なことまで考えてるでしょ。クラムが、ハンスみたいな男をわたしの亭主にしたのは、将来わたしを呼び寄せるようなことがあったとき、わたしに面倒なことが起きないようにだ、なんて。でも、いくらなんでもそんな馬鹿なことにはならない。クラムに合図されたら、わたしが駆けつけるのを邪魔できる男なんて、いるかしら？ ナンセンス、まったくのナンセンス。そんなナンセンスなこと考えてたら、考えてる自分まで混乱しちゃう」

「ですよね」と、Kが言った。「混乱なんかしたくないですよ、おたがいに。ぼくは、あなたが思ってるところまで考えていたわけじゃない。正直に言うと、考えかけてはいたんですけど。でも、さしあたり不思議に思ったのは、親戚の人たちがそんなに結婚を望んだことと、その望みが実際にかなったことだけなんです。かなったのはいいけれど、あなたの心臓と健康が犠牲になった。とすると、どうしてもぼくは、そういう事実とクラムとの関係を考えてしまうんです。あなたが説明してくれた無作法な関係じゃなく、あるいは、まだ無作法な関係にはなっていないことを。あなたが説明してくれたのは、ぼくをまた怒鳴りつけることができるぞ、と思ったからでしょ。おもしろいから。どうぞおもしろがってください！　でもぼくが考えたのは、こういうことなんです。まずクラムが明らかに結婚のきっかけになった。クラムがいなければ、あなたは不幸にはならなかったでしょう。ぼんやり前庭にすわっていなかったでしょう。クラムがいなかったら、前庭でハンスに見かけられることもなかった。あなたが悲しんでいなかったら、内気なハンスは絶対あなたに声をかけようとはしなかった。クラムがいなかったら、あなたは絶対ハンスといっしょに泣いたりしなかった。クラムがいなかったら、旅館の主人である優しい年寄りの伯父さんが、中庭で仲良くすわっているハンスとあなたを、絶対に見かけることはなかった。クラムがいなかったら、あなたは人生に投げやりになることもなく、だからハンスと結婚することもなかった。というわけで、これら全部にクラムはしっかり関係している、とぼくは思うべきなんですよ。でもまだ先があります。忘れようとしなかったら、あなたは、無理してそんなにがむしゃらに働くこともなく、旅館もそんなに繁盛しなかったでしょう。

だからこの点でもクラムは関係している。しかしクラムは、それは別としても、あなたの病気の原因だ。というのも、あなたの心臓はすでに結婚前から不幸な情熱のせいでくたびれ果てていたわけだから。ただ疑問として残るのは、どうしてハンスの親戚が結婚にあんなに魅力を感じたのか。あなたも一度、クラムの愛人であることはステータスを高めることだ、っておっしゃいました。だとしたら、そこが親戚には魅力だったのかもしれない。それだけじゃなく、期待もあったんだと思うんです。あなたをクラムに導いた幸せの星が、あなたにはついているんだ——それが幸せの星だとしての話ですが、あなたはそう主張してますがね——だから、ずっとあなたのところに留まっているにちがいない。そしてね、クラムがやったみたいに、あんなに早く突然、あなたを見捨てることなんてないだろう、と」

「本気で全部そう思ってるの？」と、女将がたずねた。

「本気ですよ」と、急いでKが言った。「ただぼくには、ハンスの親戚がその期待にかんして完全に正しかったとも、完全に間違っていたとも思えません。それから、あなたがやったミスにも気がついていると思う。外から見れば、すべてうまくいったように見えます。ハンスは、ちゃんと面倒を見てもらっているし、堂々とした奥さんがいて、尊敬されていて、旅館の経営じゃ借金もない。でも実際は、すべてがうまくいっているというわけじゃない。もしもですよ、一緒になった相手が普通の女の子で、しかもそれが熱烈な初恋の相手だったら、きっとハンスは、もっと幸せだったでしょう。あなたに非難されているように、ときどき食堂でぼんやりしてるなら、それは、実際、俺はぼんやりしてるなあ、と感じているからですよ——だからといって、不幸じゃない。きっとね。それくらいぼくにも分かります——でも同じように確かに言えることですが、物分かりのいいイケメンのこの若者は、ほかの女性と一緒になっていたほうが、もっと幸せになってたでしょうね。つまり、幸せであると同時に、もっと自立していて、もっと働き者で、もっと男らしくなってたでしょうね。そしてあなた自身は、やっぱり、きっと幸せじゃない。おっしゃってたように、3つの思い出の品がなければ、生きつづけようなんて思わないでしょう。おまけに心臓も悪い。とすると親戚の期待は間違ってたことになる？ ぼくはそうは思いません。祝福はあなたの頭上にあった。けれども誰もその下ろし方を知らなかった」

「じゃ、何をするのを忘れたのかしら？」と、女将がたずねた。今は仰向けになって手足を伸ばし、天井を見上げている。

「クラムにたずねることですね」と、Kが言った。

「ということは、わたしたち、あなたの問題に戻ったわけだ」と、女将が言った。

「つまり、あなたの問題に」と、Kが言った。「ぼくたちの問題は、くっついて並んでるんです」

「じゃ、あなたはクラムに何を望んでるの？」と、女将が言った。体を起こしてすわり、枕を振って、すわったまま寄りかかれるようにした。そしてKの目をじっと見た。「わたしの場合を、ちょっとはあなたの参考になるように、包み隠さず話したわ。今度は、あなたも包み隠さず話してちょうだい。あなたがクラムに何をたずねるつもりなのか。苦労してなんとかフリーダを説得したのよ。自分の部屋に上がって、そこから出ないようにと。フリーダがいると、あなた、ちゃんと包み隠さず話さないでしょ」

「隠すことなんて、何にもありませんよ」と、Kが言った。「でも最初に、ちょっと言っておきたいことがあります。クラムはすぐ忘れる、っておっしゃいました。ぼくには第1に、とてもありえないことに思えます。でも第2に、それは証明することのできないことです。クラムのところで可愛がられてきた女の子の頭が考え出した伝説みたいなものにすぎないんでしょう。あなたみたいな人がそんな単純な作り話を信じるなんて、不思議ですね」

「伝説じゃないわ」と、女将が言った。「むしろ、みんなの経験から導き出されたものよ」

「だったら、新しい経験によって反論もできるわけですね」と、Kが言った。「だったら、あなたの場合とフリーダの場合では、まだ違いもあるわけですね。クラムがフリーダを呼ばなかったことは、ある意味、起きてなんかいない。むしろ、呼んだけれど、フリーダが行かなかった。クラムがフリーダをずっと待っているということだって、あるわけですよ」

女将は黙って、Kを観察しながら視線を上下させるだけだった。それから言った。

「あなたが言いたいことは、全部おとなしく聞かせてもらうわ。わたしに気兼ねなんかしないで、包み隠さず話してちょうだい。ただ、ひとつだけお願いがあるの。あなたがクラムという名前を使うのは、やめて。〈彼〉とか何とかにして、名前では呼ばないで」

「いいですよ」と、Kが言った。「でもぼくが彼に望むことは、言うのがむずかしい。まず最初、彼を近くで見たい。それから彼の声を聞きたい。それから、彼がぼくらの結婚にどんな態度をとるのか、知りたい。それから、彼に何かを頼むかもしれないけれど、それは、話し合いのなりゆき次第ですね。いろんなことが話に出るでしょう。でもぼくにとって一番大事なのは、彼と対面することなんです。これまで本物の役人とじかに話したことがないので。それを実現することは、ぼくが思っている以上にむずかしそうだ。でも今のぼくには、彼とはプライベートな立場で話をする義務がありますからね。そしてこちらのほうが、ぼくの考えでは、はるかに実現しやすい。役人の彼となら、近づくことができないかもしれない彼のオフィスで、話すしかない。城とか、はなはだ疑わしいけれど、紳士館とかでしょ。でもプライベートの彼となら、どこの家や建物でも、路上でも、そこで出会うことができればいい。そのとき、ついでに役人としての彼とも話ができるなら、歓迎しますよ。でもそれがぼくの第一の目標じゃない」

「なるほど」と言って、女将は顔を枕に押しつけた。恥知らずなことを口にしているかのように。「もしもよ、あなたがクラムと話し合いたがってるってことを、わたしのコネを使って伝えることができた場合には、返事が下りてくるまで勝手に動かない、と約束してもらいたいの」

「そんな約束、できませんね」と、Kが言った。「あなたの願いやお気持ちに応えたいのはやまやまですが。急いでるんですよ。村長との話し合いがうまくいかなかったので、なおさら」

「そんな口実、役立たずだわ」と、女将が言った。「村長なんて、まるでどうでもいい人物なのよ。気がつかなかったのかしら？　奥さんがいなかったら、一日だって村長でいられないでしょう。奥さんが全部仕切ってるんだから」

「ミッツィが？」と、Kがたずねた。女将がうなずいた。「そばにいました」と、Kが言った。

「何か言ったかしら？」と、女将がたずねた。

「別に」と、Kが言った。「仕切ってるなんて印象、まるでなかったなあ」

「なるほど」と、女将が言った。「あなた、この土地では何もかも見そこなってるわ。いずれにしても、村長があなたについてどんな指示をしても、何の意味もないのよ。機会があれば、わたしが奥さんに話しておいてあげる。でね、クラムの返事は遅くとも1週間以内にくるでしょう。そう約束してあげれば、わたしに従わない理由はないでしょう」

「それで決まったわけじゃない」と、Kが言った。「ぼくの決心は固いんです。拒絶の返事がきても、決心したことはやろうとするでしょう。最初からそういうつもりなら、話し合いの仲介を先に頼むなんてことできません。頼まないでやれば、大胆かもしれないけれど、悪気のない試みということですむ。でも拒絶の返事をもらってから、それをやると、あからさまな反抗ということになるでしょう。そのほうが、もちろん、ずっとひどいことになるでしょう」

「ひどいことになる？」と、女将が言った。「反抗なのよね、どっちみち。じゃあ、好きにすればいいじゃない。スカート、取ってちょうだい」

Kがいることなどお構いなしに、スカートをはいて、調理場へ急いだ。かなり前から、食堂から騒ぎが聞こえていた。のぞき窓をノックする音がした。2人の助手が、のぞき窓を開けて、「お腹が空いた」と大声で催促してきた。それから、ほかの連中ものぞき窓から顔を出してきた。小声だが何人もの歌声まで聞こえている。

もちろん、Kが女将と話をしていたので、昼食の支度が非常に遅れたのだ。まだ用意ができていないのに、客が集まっていた。さすがに誰も、女将の許可なしに調理場に入ろうとはしなかった。けれども、のぞき窓からのぞいている者が、「女将がもう来るぞ」と言ったので、メイドたちがすぐに調理場に駆けつけた。そしてKが食堂に入ったときは、驚くほどたくさんの人でごった返していた。田舎風だが農民ではない服を着た、男女20人以上が、集まっていたのぞき窓のところから、テーブルまで急いで、自分の席を確保した。ただ、隅っこの小さなテーブルにはすでに、夫婦が数人の子どもといっしょにすわっていた。夫は、もじゃもじゃのグレーの髪とひげの、青い目の優しそうな紳士で、立ったまま子どもたちのほうにかがんで、ナイフで子どもたちの歌の拍子を取って、たえず歌声を抑えようと苦労している。もしかしたら歌によって空腹を忘れさせようとしているのかもしれない。女将はお客の前で、投げやりな言葉をちょっと並べて謝ったが、誰も文句を言わなかった。女将は主人の姿を探したが、主人は面倒なことになったと見て、さっさと逃げ出していた。それから女将はゆっくり調理場へ行った。フリーダがいる自分の部屋へ急ぐKには、もう目もくれなかった。

07　2階でKは小学校の先生と出くわした　［P小学校の先生］〈章の横線〉

2階でKは小学校の先生と出くわした。うれしいことに部屋が見ちがえるほどきれいになっていた。こんなにせっせとフリーダが働いてくれたのだ。しっかり換気されていた。ストーブはたっぷり温まっている。床は磨かれ、ベッドは整えられ、メイドたちの持ち物、あのいまいましいガラクタも、壁の絵といっしょに消えていた。テーブルも以前は、どこから見ても汚れがこびりついて表面にくっついていたのに、白い手編みのテーブルクロスで覆われている。これならお客が来ても迎えることができる。

Kのちょっとした洗濯物は、もうフリーダが洗ったらしく、ストーブのそばに吊るして干してあったが、ほとんど気にならない。小学校の先生とフリーダがテーブルのそばにすわっていた。Kが入ってくると、立ち上がった。フリーダはKにキスで挨拶をし、先生はちょこんとお辞儀をした。Kは、ぼんやりしていて、まだ女将とのやりとりで落ち着いておらず、言い訳をしはじめた。まだ先生をお訪ねすることができずにすみません。それはまるでKが、先生はKがまだ訪ねてこないので、待ちきれなくなって自分のほうから訪ねてきた、と思っているようだった。ところが先生のほうは、あわてる様子もなく、そういえばKとは訪問の約束のようなものがあったことを、ようやく自分でゆっくり思い出したらしい。「ああ、測量士さんなんですね」と、ゆっくり言った。「よその土地からいらっしゃったとかで、2、3日前、教会前の広場でお話ししました」。「ええ」と、短くKは言った。あのときは頼れる者がいなくて我慢したけれど、この自分の部屋では我慢する必要はなかった。フリーダのほうを向いて、相談した。今すぐ大事な訪問をしなくてはならず、できるだけちゃんとした格好をする必要があるんだ。フリーダは、それ以上Kにたずねたりせず、すぐ2人の助手を呼んだ。2人は新しいテーブルクロスの品定めをしているところだった。下の中庭でKの服とブーツにていねいにブラシをかけるよう言いつけられた。Kはすぐに服とブーツを脱ぎはじめた。フリーダ自身は、ひもに吊るしていたシャツを外して、アイロンをかけに調理場へ急いで下りた。

Ｋは今、静かにテーブルのそばにすわっている先生とふたりだけになった。もうちょっと先生を待たせて、シャツを脱ぎ、洗面台で顔を洗いはじめた。そしてようやく、先生に背中を向けたまま、やって来た理由をたずねた。「村長さんに用を頼まれてやって来たんです」と、先生が言った。Ｋは、村長の用件を聞こうとした。けれどもＫの言葉が水の音で聞き取りにくかったので、先生が近くまで来ることになり、Ｋの横の壁にもたれた。Ｋは謝った。顔を洗ってあわただしくしているのは、これから急いで訪問する予定があるからなんです。先生はそれを無視して言った。「村長さんに失礼でしたね。あんなに功績があり、経験も豊かで、立派なご老人に対して」。「失礼だったなんて、知りませんよ」と、顔を拭きながらＫが言った。「でも、上品に振る舞うことよりも別のことを考えていたのは、確かです。ぼくの生活の問題だったので。恥知らずな役所仕事のせいで脅かされてる。その詳細をお話しする必要はありませんね。あなただってそのお役所の現役のメンバーなんだから。村長さんがぼくの文句を言ったんですか？」。「村長さんが誰に文句を言うというのですか？」と、先生が言った。「たとえ誰かに文句があったとしても、文句を言うような人でしょうか？

村長さんの口述によって、あなたとの話し合いを私がちょっと記録しただけです。そしてそこから村長さんの優しさと、あなたの答え方をたっぷり知ったわけです」。Kは、フリーダがどこかに片づけてしまったにちがいない櫛を探しながら、言った。「えっ？　記録を？　ぼくがいないところで、後になって、話し合いの場にもいなかった誰かが、記録を取った？　悪くないですねえ。でもどうして記録を？　話し合いは、役所の手続きだったんですか？」。「いいえ」と、先生が言った。「半分が役所の手続きといったところで。記録だって半分が役所のものにすぎません。そんなふうにするのは、ただ、私たちのところでは、すべてのことにおいて厳しい秩序が必要なので、記録を取っただけなんです。いずれにしても記録は残っており、あなたの名誉にはなりません」。Kは、布団のなかにすべり落ちていた櫛をようやく見つけ、さっきより落ち着いて言った。「調書が残っていてもいいですよ。それを言いに来られたんですか？」。「いいえ」と、先生が言った。「でも私もロボットじゃない。つい自分の考えも言っちゃいました。言われてきた用件はですね、逆に、村長さんの優しさをさらに証明するものなんです。言っておきますが、私にはその優しさが理解できません。それにね、私がこの用件を伝えるのは、ただ、私の立場では仕方のないことであり、村長さんを尊敬しているからにすぎないんです」。Kは顔を洗い、髪に櫛を入れて、今はシャツと服が届くのを待ってテーブルのそばにすわっていた。先生がもってきてくれた用件には、ほとんど興味がなかった。それに、女将が村長のことを高く買ってないことの影響もあった。「もう昼も過ぎているでしょう？」と、これから行く道のりのことを考えてKはたずねた。それからそれを補うように言った。「村長からことづかってる用件があるんですよね」。「ええ、まあ」と、肩をすくめて先生が言った。負わされているすべての責任を振り払うかのように。「村長さんは心配しているんです。あなたの案件の決定があまりにも遅くなるようなら、あなたが思いもかけないようなことを勝手にするんじゃないか、と。私としては、どうして村長さんがそんな心配をするのか、分かりません。やっぱり、あなたは自分のしたいようにするのが一番だと、私は思ってます。私たちはあなたを守る天使じゃないし、あなたが歩いていく道を追いかける義務もない。ま、いいでしょう。村長さんは別の意見なんです。決定そのものは、伯爵府の仕事なので、もちろん村長には急がせる力はない。でもですよ、自分の力のおよぶ範囲内で、さしあたり本当に寛大な決定をしようと考えてるんです。それを受けるかどうかは、あなた次第。さしあたり小学校の用務員のポストを提供しようというわけです」。何が自分に提供されたのか、Kは最初ほとんど気にかけなかった。けれども、自分に何かが提供されたという事実は、無意味であるとは思えなかった。つまり、こういうことを暗示していたのだ。Kには、村長の見るところでは、自分を守るために何かを実行する能力がある。そしてそれを防ぐために村としては、当然、いくばくかの出費をする、と。しかし、なんと大げさに問題を考えるのだろう。先生は、ここでしばらく待っていたのだし、その前に記録を取っていた。きっと村長に言われて、ここへ駆り出されたにちがいない。

先生は、自分の言葉がKを考え込ませてしまったことを見て、言葉をつづけた。「私はね、反対したんです。〈これまで小学校に用務員は必要ありませんでした〉って、指摘しました。教会の用務員の奥さんが、ときどき掃除をしてくれるんです。それをギーザさんが、女の先生ですけど、監督する。私は子どもたちの面倒で頭をいっぱい悩ませている。そのうえ用務員にまで腹を立てたくないですからね。〈でも小学校は、非常にきたないですな〉と、村長さんが反論した。私は事実に即して、〈そんなにひどくないですよ〉と応えた。そして、つけ加えた。その人を用務員に採用すれば、よくなるんでしょうか？　そんなこと、絶対ありません。その人に用務員の心得がないことは別としても、校舎には大きな教室が2つあるだけで、控え室もない。だから用務員は、家族といっしょにどちらかの教室に住んで、寝て、もしかしたら食事の支度までするかもしれない。そうなると当然、学校がきれいになるわけがない。けれども村長さんは、こんな指摘をした。〈このポストは、困ってる測量士さんを救うことになるんですよ。だからね、全力で仕事をしようとしてくれるでしょう。それだけじゃない〉と、村長さんは言ったんです。〈測量士さんに働いてもらうことによって、その奥さんや2人の助手の力を借りることができる。その結果、校舎だけじゃなく、校庭までがお手本みたいにちゃんとしてもらえるじゃないか〉。そんなことは全部、簡単に論破しましたけどね。村長さんは結局、あなたのためになるようなことがまるで主張できなくなり、笑って、こう言うだけでした。〈測量士さんなんだから、校庭の花壇を特別に美しいものにしてくれるでしょうな〉。まあ、冗談には返す言葉もないわけで、こうやって私は村長の用件をかかえてやって来たわけです」。「無駄な心配をしましたね、先生」と、Kが言った。「そのポストの話、受けようとは思いません」。「すばらしい」と、先生が言った。「すばらしい。保留にもせず、断わるんだから」。帽子を取って、お辞儀をして、帰った。

そのすぐあと、フリーダが困惑しきった顔をして上がってきた。持っているシャツにはアイロンがかかっていない。何を聞いても返事がない。気をまぎらせてやろうと、Kは先生のこと、村長の申し出のことを話した。それを聞くなり、フリーダはシャツをベッドに放り投げ、走って出ていった。すぐに戻ってきた。先生もいっしょに。先生は不機嫌な顔をして、挨拶もしない。フリーダは、ちょっと我慢してほしいと頼んでから――どうやら、こちらに戻ってくる途中でも何度か頼んだみたいだが――Kを連れて、脇のドアから隣の屋根裏部屋へ上がった。こんなドアがあることをKはまったく知らなかった。屋根裏部屋でようやくフリーダは、興奮して息を切らしながら、何が起きたのか、話した。女将さんが怒ってるの。あなたにさんざん告白させられてよ、もっとひどいことに、あなたとクラムとの話し合いについては、折れてあげたのによ、手に入れたのは、女将さんが言うには、冷たくて、おまけに不誠実な拒絶でしかなかった。それで決心したんだわ。あなたをもうこの旅館には置いておけない、って。城とのコネがあるんだったら、さっさとそれを使えばいいのよ、って。っていうのも、今日中に、今すぐこの旅館から出ていってもらうしかないから。伯爵府から直接に命令され、強制されたときだけ、女将さんは、あなたを受け入れるつもり。でも、そんなことにならないよう祈ってるんだって。女将さんにだって城とのコネはあるし、それをうまく使うこともできるんだって。ちなみに、あなたがこの旅館に泊めてもらえたのは、旅館の主人がいい加減だったからにすぎない。ここに泊まらなくても、別に困ったりしない。というのも、今朝だって、あなたにはいつでも泊めてくれるところが別にあるんだと自慢してたし。あたし、つまりフリーダは、もちろん、この旅館にいてもいい。フリーダがKといっしょに引っ越すなら、わたし、つまり女将さんは、ものすごく悲しむことになる。下の調理場で女将さんは、そう考えただけで、もう、かまどの横で泣きくずれてたわ。心臓が悪い、かわいそうな奥さんなんだ。でも、そうするしかないわけ。今はね、少なくとも女将さんの頭のなかには、クラムの思い出の品を大事にすることしかないから。まあ、これが女将さんの様子。あたしは、もちろんあなたについていくわ。雪のなかでも、氷のなかでも、どこへでも。こんなこと、当然、これ以上くどくど言うこともないわね。でも、どう転んでも、あたしたちふたりの立場は、すっごくひどいわけ。だから、あたし、村長さんの申し出は大歓迎。あなた向きのポストじゃないとしても。だから、はっきり言っておくけれど、一時しのぎのポストにすぎないのよ。時間稼ぎをすれば、ほかの可能性だって見つけやすいでしょ。たとえ、最終決定がうまくいかないものだったとしても。「どうしようもなくなったら」と、最後にフリーダは大きな声で言って、Kの首に抱きついた。「ここを出ましょう。この村に何か未練ある？　でも、とりあえずは、ね、あなた、この申し出を受けましょう。先生をつれ戻してきたから。あなたは先生に〈受けます〉と言えばいい。ただそれだけ。で、あたしたちは小学校に引っ越すの」

「まずいな」と、Kは言った。けれども本気でそう思ったわけではない。というのも、住居のことはほとんど気にしていなかったし、下着姿でこの屋根裏部屋だと凍えるように寒かったからだ。両側が壁も窓もなく、冷たい風が刺すように吹き抜けていく。「部屋をあんなにきれいに整えてくれたのに、もう出ていけと言われてる。嫌だな、嫌だな、あんなポスト、受けるなんて。あのチビの先生に一瞬でも頭を下げるのだって苦痛なのに、今度はそいつが上司になるんだよ。もうちょっとだけここにいることができれば、もしかしたら、ぼくの立場、今日の午後にでも変わるかもしれない。少なくとも君だけでもここに残れば、様子を見ることができるし、先生には曖昧な返事をするだけですむ。ぼくひとりなら、寝泊まりするところぐらい、いつでも見つかる。いざとなれば、実際、バルナ――」。フリーダが手でKの口をふさいだ。「それはダメ」と、不安そうにフリーダが言った。「お願い、二度とそれは口にしないで。それ以外のことなら何でも、あなたの言うとおりにするから。あなたが望むなら、ひとりでここに残るわ。ものすごく悲しいけれど。あなたが望むなら、村長の申し出、断わりましょう。じつにまずい判断だと思うけれど。だって、ほら、今日の午後にでもよ、別の可能性が見つかるんだったら、あたしたちが小学校のポストをすぐに捨てるの、当然でしょ。誰も邪魔しないわ。先生に頭を下げることは、あたしに任せて。そんなことがないようにする。あたしがね、話をするから。あなたは黙って立ってるだけでいい。それからも変わりはない。嫌なら、一度も話をしなくていい。あたしだけが実際、先生の部下になる。でも、あたしだって言いなりにはならない。あの先生の弱み、よく知ってるから。だから、用務員を引き受けても、何も失うものはない。でも、断われば、失うものがたくさんある。とくに、あなたは、実際、あなたひとりじゃ、今日中にお城から何か返事をもらわないと、どこにも、村のどこにも、泊まる場所が見つからないわよ。つまり、あたしがあなたの未来の妻として恥ずかしい思いをしなくていいような、泊まる場所がね。で、もしも、泊まる場所がなければ、あなたは、あたしがこの暖かい部屋で寝ることを望むでしょ。あたしは、あなたが外で冷たい夜のなかをほっつき歩いてるのが分かってるのに」。Kは、フリーダが話しているあいだずっと、胸の上で腕を組み、手で背中をたたいて、ちょっとでも寒さをしのごうとしていたのだが、こう言った。「じゃ、受けるしかないわけだな。行こう!」

部屋に戻ると、すぐストーブのところへ急いで、先生には目もくれなかった。先生はテーブルのそばにすわっていたが、時計を取り出して、「遅くなりましたね」と言った。「おかげで、すっかり意見が一致したんです、先生」と、フリーダが言った。「そのポスト、引き受けます」。「いいでしょう」と、先生が言った。「でもこのポストは、測量士さんに提案されたものです。ご本人の口から聞かせてもらわないと」。フリーダがKに助け舟を出した。「もちろんです」と言った。「引き受けるのよね、K？」。おかげでKは、「はい」と言うだけで表明をすますことができた。その言葉は、けっして先生に向けたものではなく、フリーダに向けたものだった。「じゃあ」と、先生が言った。「私に残されているのは、あなたに義務としてするべき仕事の内容を伝えることだけです。このことについては、おたがい、しっかり確認しておかないと。測量士さんに毎日やってもらうことはですね、ふたつの教室の掃除と暖房。建物のちょっとした修理、それから教室の用具と体操の器具の整備も。校庭を雪かきして通路を確保すること。私、それに女の先生の、使い走り。暖かい季節には庭仕事を全部。その対価として、ふたつの教室のどちらかを選んで住む権利があたえられます。でもですね、ふたつの教室で同時に授業をしておらず、そしてあなたがちょうど、授業をする教室を使っている場合には、当然、もうひとつの教室に移動してもらいます。学校での調理は禁止です。そのかわり、あなたとあなたのご家族には、村の費用によってこの旅館で食事をしてもらいます。学校の品位にふさわしい振る舞いをすること。とくに授業中の子どもたちを、あなたたちの家庭生活の好ましくない光景の目撃者にはけっしてしないこと。これは、ついでに触れておくだけです。教養ある人間なら、もちろんご存じのことですから。これに関連して、もうひとつ言い添えておきますが、フリーダさんとの関係をできるだけすみやかに法的なものにすることを、われわれとしては要望せざるをえません。以上すべてのこと、さらに若干の細かい点について、雇用契約書を作ります。小学校に引っ越してきたら、すぐ署名してください」。Kには、これら全部がつまらないように思えた。俺には関係ないか、どっちにしても縛られたりはしないな、と。先生のもったいぶった態度がシャクにさわったので、さらりと言った。「いいですよ。ありきたりの義務ですね」。その場をとりなすように、フリーダが給料をたずねた。「給料が払われるかどうかは」と、先生が言った。「1か月の試用期間が終わってから検討されることになるでしょう」。「あたしたちには厳しい話ね」と、フリーダが言った。「ほとんどお金のないまま結婚して、家計をゼロでやりくりしろというわけなんだ。村に請願書を出して、先生、ちょっとだけでも今すぐ給料もらえないかしら? 口添えしてもらえません?」。「ダメですね」と、先生が言った。その言葉はいつもKに向けられている。「そういう請願書は、私が推薦したときだけです。私は推薦しません。今回のポストの提供はですね、あなたに対する好意にすぎないんですから。自分の公的な責任を自覚しているなら、行き過ぎた好意は必要ないんです」。ここでKが、ほとんど意思に反して口をはさんだ。「好意というなら、先生」と、Kは言った。「思い違いしているのは、あなたのほうだと思うんですが。好意は、もしかしたら、むしろぼくのほうにあるのかもしれない」。「いいえ」と言って、先生が微笑んだ。これでKを話に引きずり込んだのだ。「この件について、私、詳しいんですよ。われわれにとって小学校の用務員の必要度は、まあ測量士と似たようなものです。用務員も測量士も、頭痛の種なんですよ。その支出の理由を村にどう説明したものか、まだずいぶん頭を悩ませられることでしょう。一番いい、正直な方法は、その要求をテーブルの上に放り投げて、理由をまったく説明しないことでしょうね」。「ぼくもそう思います」と、Kが言った。「あなたは、意思に反してぼくを採用するしかない。あなたにとって頭痛の種になるのに、ぼくを採用するしかない。そこでですよ、誰かが別の人間を採用するはめになって、その別の人間が採用されるなら、好意的なのは、その別の人間のほうですから」。「おかしいなあ」と、先生が言った。「われわれにあなたの採用を強制したのは、何だと思ってるんですか。村長さんの優しい、あまりにも優しい心なんですよ。測量士さんはね、私にはしっかり見えてるんですが、いくつか空想をやめる必要があります。ちゃんとした用務員になるためには。うまくいけば給料が支給されるようになるとしても、そんな発言をしているようじゃ、逆効果です。残念ながら気になってるんですが、あなたの態度にはずいぶん手を焼かされそうだ。こうやって話をしているあいだずっと、いつ見てもそうだし、目を疑うほどですが、あなた、アンダーシャツとズボン下のままでしょ」。「そうでした」と、叫んでKは笑い、手をたたいた。「どうしようもないな、助手は。いったい2人は、どこにいるんだ?」。フリーダがドアまで急いだ。先生は、もうKには話すことはないと気づいて、フリーダに、いつ小学校に越してくるのか、たずねた。「今日」と、フリーダが言った。「では、明日の朝、チェックしに行きます」と、先生が言った。手を上げて挨拶して、フリーダが自分のために開けていたドアから出ようとしたが、メイドたちとぶつかった。またこの部屋に住むため、自分の荷物をかかえて戻ってきたのだ。相手が誰であろうと道を譲ろうとしない気配なので、仕方なく先生は、メイドたちのあいだをくぐり抜けた。フリーダがあとにつづいた。「急いでるんだね、君たち」と、Kが言った。今回はメイドたちに好感をもっていた。「ぼくたち、まだここにいるのに、もう押しかけてきちゃったの?」。メイドたちは答えず、ただ困った顔をして自分の包みの向きを変えている。包みからKには見覚えのある汚れたボロ着がはみ出している。「自分の服、一度も洗濯したことないんだろう」と、Kが言った。言葉に悪意はなく、ある種の好意がこもっていた。メイドたちはそれに気づいて、固い口を同時に開けて、きれいで、がっしりした、動物みたいな歯を見せ、声を立てずに笑った。「さ、どうぞ」と、Kが言った。「模様替えするといい。君たちの部屋なんだから」。メイドたちがあいかわらずためらっているので——部屋があまりにも様変わりしていると思えたのだろう——Kはひとりの腕をつかんで、中に入れようとした。けれどもすぐ手を離した。ふたりのメイドが驚いた視線で見ていたからだ。ふたりは、ちょっと示し合わせてから、Kから目を離そうとはしない。「もう十分に見ただろう」と言って、Kは、なにかしら不愉快な気持ちを抑えて、服を着、ブーツをはいた。両方とも、おずおずした2人の助手を従えて、フリーダが持ってきてくれていた。フリーダが2人の助手のことをどうして我慢できるのか、Kにはいつも、そして今もまた理解できない。2人の助手は、中庭で服にブラシをかけるように言われていたのに、フリーダがずいぶん探してから見つけたときには、下の食堂でのどかにお昼を食べていた。ブラシをかけていない服は丸めて膝にのせている。だからフリーダが、自分で服にもブーツにもブラシをかけることになった。けれどもフリーダは、低級な連中をうまくコントロールすることを心得ていた。2人にがみがみ言ったりはせず、おまけに2人の前で、2人のひどいだらしなさをちょっとした冗談みたいに言って、1人の頰っぺたを媚びるように軽く突つきさえした。そのことでKは近いうちにフリーダを非難してやろうと思った。だが今は、出ていくことが先決だった。「2人はここに残って、フリーダの引っ越しを手伝うんだ」と、Kは言った。けれども2人はそれには納得せず、お腹がいっぱいで陽気になっていたので、ちょっと運動がしたかった。フリーダに「そうよ、あなたたち、ここに残るのよ」と言われて、ようやくおとなしくなった。「ぼくがどこへ行くのか、分かってる?」と、Kがたずねた。「ええ」と、フリーダが言った。「じゃあ、もう引き止めないんだな?」と、Kがたずねた。「面倒なことがいっぱいあるでしょうね」と、フリーダが言った。「あたしが何を言っても、無駄でしょ!」。Kに別れのキスをした。Kがお昼をまだ食べていなかったので、パンとソーセージの小さな包みを渡し、終わったらこちらには戻らず、すぐ小学校に行くように念を押してから、Kの肩に手をかけて、ドアの外まで見送った。

08 はじめKはうれしかった

［Pクラムを待つ］〈章の横線〉

はじめKはうれしかった。メイドや助手でごったがえしている、ムッとする部屋から逃げ出せたのだ。それに、ちょっと凍えるほど寒くなり、雪がしまり、歩きやすくなった。ただ、明らかにもう暗くなりはじめたので、足を速めた。

城は、輪郭がもう消えはじめていたが、いつものように静かに横たわっている。これまでKは城に生活の気配を見たことがまるでなかった。もしかしたら遠くから何かを見分けることがまったく不可能なのかもしれない。けれども目は何かを見分けることを望み、城が静かに横たわっていることに我慢できない。Kが城をじっと見ているとき、ときどき誰かを観察しているような気になった。その誰かは、そこにじっと横たわっていて、前を見ている。考えにふけっているので、すべてのことに心を閉ざしているわけではなく、自由で、こだわりのない感じ。まるでひとりっきりで、誰にも観察されていないかのようだ。しかし観察されていることには気づいているにちがいない。だが、だからといってその落ち着きが乱されることはまるでない。実際——それが原因なのか、結果なのか分からないのだが——観察している者の視線はじっと動かないわけにはいかず、すべっていく。その印象が、今日は早く暗くなったせいで強くなった。Kが長く見つめていればいるほど、ますます見分けがつかなくなり、すべてが黄昏(たそがれ)のなかにますます深く沈んでいった。

まだ明かりのついていない紳士館にKがちょうど着いたとき、2階の窓が開いた。毛皮の上着を着て、きれいにヒゲをそった、デブの若い紳士が、身を乗り出し、そのまま窓から下を見ている。Kが挨拶しても、ほんの軽い会釈すら返してこないようだ。

玄関ホールでも、バーでも、Kは誰にも会わなかった。バーの、気の抜けたビールの臭いは、この前よりもひどい。こんな臭いは、橋亭ではしないだろう。Kはすぐあのドアのところへ行った。この前は、そのドアからクラムを観察した。取っ手をそっと下ろしたが、ドアは閉鎖されていた。そこで、のぞき穴があった場所を手探りしたが、おそらく木の栓が非常にうまい具合にはめ込まれているようで、手探りでは見つけられない。だからマッチに火をつけた。すると悲鳴に驚かされた。隅の暖炉のそばにあるドアと配膳台のあいだに、若い娘がうずくまっている。そしてマッチの明かりに照らされたKを、苦労して見開いた寝ぼけた目でじっと見ている。どうやらフリーダの後任だ。娘はすぐに気を取り直して、電灯をつけた。表情にはまだ悪意があるが、Kに気づいて、「あっ、測量士さんですね」と言ってニコッとし、Kに手を差し出して、自己紹介した。「ペーピです」。小柄で、血色がよく、健康そうだ。赤みがかったブロンドの髪が豊かで、それをきつくお下げに編んでいるが、縮れた毛が顔のまわりにはみ出している。光沢のあるグレーのワンピースは、ふくらみがなくツルツルで、まるで似合っていない。裾が、絹のバンドで子どもが結んだみたいに不器用にしぼられていて、窮屈そうだ。フリーダのことを聞いてきた。すぐに戻ってくるのかしら？　意地悪に思えるような質問だった。「あたしね」と、つづけて言った。「フリーダがいなくなってすぐ呼ばれたの。ここって誰でも務まるような場所じゃないでしょ。あたし、これまでルームメイドだったんだけど、異動させられたの。この交替、よくないわ。ここは夕方と夜の仕事がたくさんあって、とても疲れる。我慢できなくなると思う。フリーダがやめちゃったの、不思議じゃない」。「フリーダはここ、とても気に入ってたよ」と、Kは言った。フリーダと違いがあることを無視しているので、それをペーピに気づかせてやろうとした。「フリーダの言うこと、信じちゃダメですよ」と、ペーピが言った。「フリーダは自分をコントロールできる。ほかの人にはなかなかできないことだけど。言いたいことがあっても、言わない。そんなとき、誰もまるで気がつかない。フリーダには言いたいことがあるのに。フリーダとはここでいっしょに働いて、もう2、3年になるかな。いつも同じベッドで寝てたの。でも、あたし、フリーダとは親しくない。きっとフリーダは、今はもう、あたしのことなんか忘れてる。フリーダの友達は、もしかしたら、年配の橋亭の女将さんひとりだけかもしれない。でもそれって、フリーダらしいわ」。「フリーダと婚約してるんだ」と言いながら、Kは、ドアののぞき穴を探した。「知ってる」と、ペーピが言った。「だから今の話をしたわけ。でなきゃ、そんな話、あなたには意味ないでしょ」。「そうだね」と、Kが言った。「そんなに本心を見せない娘を手に入れたことは、誇りにしてもいい。そう思ってるわけだな、君は」。「そうよ」と言って、ペーピは満足そうに笑った。フリーダのことについてKと内緒の了解をしたかのように。

けれども、Kの心を奪って、のぞき穴を探すことをちょっと忘れさせたのは、じつはペーピの言葉ではなく、ペーピの姿だった。ペーピがこの場にいることだった。もちろん、フリーダよりはうんと若く、ほとんどまだ子どものようだ。服装もおかしい。どうやら、バーのメイドがどんなものなのか、自分なりに大げさにイメージして決めたのだろう。そしてそのイメージはペーピなりに正しくもあった。というのも、まったく似合っていないその立場は、たぶん望んだわけでも、ふさわしいわけでもなく、ほんの一時しのぎにあたえられたものにすぎなかったのだから。フリーダがいつも腰にぶら下げていた革の小さなバッグすら、持たせてもらっていない。そしてこの立場に不満そうな顔をしているが、それは思い上がりにすぎない。けれどもペーピは、子どものように無分別であるにもかかわらず、おそらく城とコネがあるのだろう。嘘をついていないのなら、ルームメイドだった。自分が手にしているもののことを知らずに、ペーピは昼間、ここでうとうとしている。だが、ちょっと丸い背中の、小さくて太っている体を抱いても、ペーピが持っているものを奪うことはできない。だがKの心に触れるところがあって、困難な道を歩く勇気をくれるだろう。だったら、もしかしたらフリーダと違いがないのかもしれない？　ああ、そんなことはない。違う。フリーダの視線を思い出すだけで、それは分かる。Kはペーピの体に手を出すことはなかった。だが今はしばらく、目をふさいでおく必要があった。それほど貪るようにペーピを見つめていたのだ。

「明かり、つけておく必要ないわね」と言って、ペーピはスイッチを切った。「あなたにものすごく驚いて、つけただけだから。ここにはどんなご用で？　フリーダが忘れ物したのかしら？」。「ああ」と言って、Kはドアを指さした。「この隣の部屋に。テーブルクロス。白い、手編みの」。「そうか、あのテーブルクロス」と、ペーピが言った。「覚えてる。きれいに作ったやつ。あたしも手伝ったのよ。でもこの部屋じゃ、たぶんないと思う」。「フリーダはここだと言った。誰かいるのかい？」。「誰も」と、ペーピが言った。「お偉いさんの部屋なの。ここでお偉いさんが飲んだり、食べたりする。そのための部屋。でも、お偉いさんの大部分は、上の自分の部屋にいるわ」。「もしもだよ」と、Kが言った。「今、隣の部屋に誰もいないんなら、中に入って、テーブルクロス探したいんだけど。でも、いや、危ないな。たとえばクラムが、よくそこにすわってるそうだね」。「クラムなら今は、きっとそこにはいない」と、ペーピが言った。「すぐ出かけるから。橇がもう中庭で待ってる」

いきなり、ひと言も説明せず、Ｋはバーを出て、玄関ホールの出口ではなく、建物の奥に向かった。数歩で中庭に出ていた。なんと静かで、きれいなんだ！　四角形の中庭で、３辺が建物に面していて、１辺は通りに面していて――Ｋの知らなかった裏通りだ――高くて白い塀で仕切られており、大きくて重そうな門が、今は開いている。この中庭から見たほうが、正面（ファサード）から見るより建物が高く見えた。少なくとも2階は、すっかり増築されていて、もっと大きく見えた。というのも、目の高さの小さなすき間しか見えない木造の回廊がついていたのだから。Ｋの斜め向こうには、まだ中央棟ではあるが向こうの翼棟に接しているコーナーに、建物の入り口が開いている。ドアはない。その前に、2頭立ての、扉を閉めた黒い橇が停まっている。この薄暗がりでは遠くからだと、Ｋには馭者くらいにしか見えなかったが、ほかに人影はない。

　両手をポケットに入れて、用心深くまわりを見ながら、Ｋは塀に沿って、中庭の2辺をつたって、橇のそばまで行った。馭者は、この前バーにいた農民のひとりで、毛皮にくるまったまま、Ｋがやって来るのを、猫の歩いたあとを追うみたいに、無関心に見ていた。Ｋがそばまで行って、挨拶をした。馬たちまでもが暗がりから現われた男のせいでちょっと落ち着かなくなったのに、あいかわらず馭者はまるで知らん顔だ。Ｋには非常にありがたかった。壁にもたれて、フリーダが持たせてくれたお昼のパンとソーセージの包みを開けた。こんなに気をつかってくれたフリーダに感謝しながら、建物の内部をうかがった。直角に折れた階段が下に通じていて、天井は低いけれど奥行きのありそうな廊下と交差している。すべてが清潔で、白く塗られ、くっきりまっすぐに仕切られている。

Kが思っていたより長く待つことになった。とっくの昔にお昼は食べ終わり、寒さが身にしみる。薄暗がりが、もう真っ暗になっていた。クラムはあいかわらず来ない。「もっと長くかかりそうだな」と、突然、しわがれた声がすぐそばで聞こえた。Kはビクッとした。馭者だ。うたた寝から覚めたみたいに、伸びをして、大きな声であくびをしている。「何が長くかかりそうなんだ?」と、Kがたずねた。突然に邪魔されたことが、むしろありがたかった。ずっと静かに緊張して待っているのにうんざりしていたのだ。「あんたがいなくなるまでさ」と、馭者が言った。Kは馭者の言っていることが理解できなかったが、それ以上たずねなかった。そのほうが、高慢ちきな男をしゃべらせるのには一番だと思った。この闇のなかで何も返事しないことは、ほとんど挑発するようなものだ。実際、馭者がしばらくしてからたずねた。「コニャック、飲みなさるかい?」。「ええ」と、思案せずKは言った。その申し出にひどく誘惑された。「じゃあ、橇の扉、開けるといい」と、馭者が言った。「扉のポケットに2、3本入ってる。1本取って、飲んで、それからこっちに渡してくれるといい。毛皮にくるまってるから、降りるのがじつに厄介でね」。こんなふうに手を貸すのは嫌だったが、駅者とはもう関わってしまったので、橇のそばでクラムなんかと不意に出くわす危険は承知で、駅者の言うようにした。広い扉を開けた。扉の内側にしつらえてあるポケットから、すぐにビンを取り出すことができた。しかし扉が開いているので、どうしても橇の中に入りたくてたまらない。我慢しきれず、ほんの一瞬でもそこにすわりたいと思った。さっとすべり込んだ。橇の中は異常に暖かかった。Kは閉める勇気がなかったので、扉が大きく開いたままだったにもかかわらず、寒くならず暖かい。ベンチにすわっているのかどうか、まったく分からない。それくらい毛布やクッションや毛皮のなかに沈んでいた。どの向きにも体を曲げたり伸ばしたりできた。どこでも柔らかくて、温かくて、体が沈む。腕を広げ、頭をいつでも歓迎してくれるクッションにもたせかけ、Kは橇のなかから暗い建物を見た。クラムが出てくるまで、どうしてこんなに時間がかかるんだ？　雪のなかに長いあいだ立っていたあと、暖かくてボーッとなったせいか、Kは、いい加減クラムが出てきてくれないか、と思った。今、こんな姿勢のところをクラムに見られてはまずいな。そんな考えにKは、ただぼんやりと、ちょっと意識をかき乱されたにすぎない。こんなふうにボーッとしていられるのは、馭者の態度のおかげだ。Kが橇のなかにいることを知っているにちがいないのに、何も言わず、コニャックをよこせと要求さえしない。じつにありがたい態度だが、Kはお返しをしようと思った。姿勢を変えずに、やっとの思いで、扉の内ポケットに手を伸ばした。開いている扉は遠すぎるので、後ろにある、閉まっている扉の内ポケットを探った。今はもう、どちらでもよかった。こちらのほうにもビンが入っていた。1本を取り出し、栓を開け、匂いを嗅いだ。思わず微笑んでしまった。なんとも甘く、なんとも媚びるような匂いだ。大好きな人にほめられ、優しい言葉をかけてもらったようなのだが、それがどうしてなのか、まるで分からず、分かりたいとも思わず、ただ、自分の大好きな人が声をかけてくれているのだと思うだけで、幸せであるような気分だ。「コニャックなんだろうか?」と、疑いながらKは自問して、好奇心で試しに飲んでみた。不思議なことに、確かにコニャックだった。体が燃えて、温まる。飲んでいるうちに変化するのか、甘い匂いを持っているだけのようなものが、馭者にふさわしい飲み物になった。「こんなことがあるんだろうか?」と、Kは自分を非難するように自問して、また飲んだ。

そのとき――ちょうどKがゆっくりゴクリとやっていたとき――あたりがパッと明るくなった。建物のなかの階段、廊下、玄関ホール、外の入り口に電灯がついた。階段を降りてくる足音が聞こえた。ビンがKの手からすべり落ちて、コニャックが毛皮にこぼれた。Kは橇から飛び出した。なんとか扉を閉めることができたが、バタンと大きな音が響いた。その直後、紳士がゆっくり建物から出てきた。クラムでなかったことが、せめてもの慰めに思えた。それとも、まさに残念がるべきことなのか？ Kが2階の窓にその姿を見た紳士だ。若い紳士で、きわめて健康そうで、色白で、血色もいいが、非常に険しい顔をしている。Kもこの紳士を陰気な目で見つめたが、自分自身をその視線で見ているように思った。むしろ2人の助手をここへ寄こしておけばよかったな。俺がやったように振る舞うことなら、あの2人にだってできただろう。Kに向かい合った紳士は、あいかわらず黙っている。言うべきことを言うためには、その広すぎる胸に息が足りないかのようだ。「こいつはひどいな」と、それから言って、帽子をちょっと額からずらした。どうした？ この紳士はおそらく、Kが橇のなかにいたことを知らないまま、何かひどいことを見つけたのか？ たとえば、俺がこの中庭に侵入したとでも？「どうしてこんなところにいらっしゃるんです？」と、もう小声になって紳士がたずねた。もう息を吐きながら、起きてしまったことは仕方ないとでも言うように。何てことを聞くんだ！ 何と答えればいいんだ！ 俺が期待に胸ふくらませてやって来た道が、こんな様(ざま)なんですよ、とでもこの俺が、はっきりこの紳士にまで認めろというのか？　答えるかわりにKは橇のほうを向いて、扉を開けて、中に置き忘れていた帽子を取った。コニャックがステップにこぼれているのに気がついて、嫌な気分になった。

それからふたたび紳士のほうを向いた。橇のなかにいたことを知られることに、ためらいはなかった。知られても最悪のことでもない。たずねられれば、もちろん、たずねられた場合にかぎるが、馭者に、少なくとも橇の扉を開けるよう頼まれたからだ、と隠さず言おうと思った。本当に具合が悪いのは、この紳士に驚かされてしまったことだ。隠れて、クラムが来るのを誰にも邪魔されずに待っている時間がなかった。また は、冷静でなくなって、橇のなかにとどまっていることができなかった。扉を閉めて、毛皮のうえでクラムを待つとか、少なくとも、この紳士が近くにいるあいだは、そこにじっとしていればよかったのだが。もちろん、これからクラム本人が来るかもしれないかどうか、Kに分かりっこなかったわけだが、その場合は当然、橇の外でクラムを迎えるほうが、はるかによかっただろう。たしかに、ここでは考えるべきことがいろいろあった。けれども今はもう何もない。終わってしまったのだ。

「いっしょに来てください」と、紳士が言った。命令口調ではなかった。言葉ではなく、言葉を口にしながら無関心なふりをして短く手を振る仕草に、命令がこもっていた。「人を待ってるんです」と、Kが言った。なにか収穫があるなんて期待は捨てていたが、待っていることに変わりはない。「来てください」と、紳士がもう一度言った。人を待っているというKを、疑ったことなどないと示そうとするかのように、きっぱりと。「でも、待ってる人に会えなくなる」と言って、Kは体をすくめた。これまで起きてしまったことにもかかわらず、Kは感じていた。これまで手に入れたものは、財産のようなものだ。なんとか確保しているだけに思えるとしても、いい加減な命令によって手放す必要はない。「待っていても、いっしょに来ても、どっちみち会えませんよ」と、紳士が言った。ぶっきらぼうな言い方だが、Kの思考回路に譲歩していることは明らかだ。「だったら、ここで待っていて、会えないほうがいいですね」と、強情にKは言った。こんな若造に言われたくらいで、ここから追い立てられそうな気配はなかった。そこで紳士は、優越感をもった表情で顔を上げ、しばらく目を閉じた。わからず屋のKから目をそらして冷静になろうとしているようだ。ちょっと口を開いて唇を舌の先でなめてから、駅者に言った。「馬を外してくれ!」

駅者は、紳士に言われたままに、しかしKを意地悪な横目で見ながら、今度は毛皮を着たまま降りるしかなかった。そして非常にのろのろと、まるで紳士に命令の撤回は望めないにしても、Kには思い直すことを期待しているかのように、馬を橇といっしょに翼棟のほうへ後退させはじめた。翼棟の大きな門の向こうが、厩舎と車庫になっているらしい。Kは、ひとり取り残されたことに気がついた。一方では橇が、もう一方では、Kがやって来た道だが、若い紳士が、両方とも非常にゆっくり遠ざかっていった。まるで、自分たちを引き止める力はまだKにはあるんだよ、とKに知らせたいかのように。

もしかしたらKにはその力があるのかもしれない。けれどもその力はKの役には立てなかっただろう。橇を呼び戻すことは、自分で自分を追い払うことを意味していた。だからKは、自分の居場所を主張する、たったひとりの人間として、じっとその場にいた。けれどもそれは、喜びのない勝利だった。紳士と馭者を代わりばんこに見送った。紳士のほうはもう、Kが最初にこの中庭に足を踏み入れたドアのところにいて、もう一度ふり返った。Kのあまりの頑固さに首を振っているのが見えたように、Kには思えた。それから紳士は、これで最後だと決心したようにさっとふり向いて、玄関ホールに入って、すぐに姿が見えなくなった。馭者はもっと長く中庭にいた。橇には手間がかかるのだ。重そうな厩舎の門を開け、後ろ向きで橇を所定の位置に戻し、馬を外して、秣桶（まぐさおけ）のところへ連れていかなければならない。これらのことを全部、まじめに集中してやった。またすぐ乗ることになるとは、もうこれっぽっちも思っていない。Kを横目で見ることもなく、黙って、せっせと働いている。そのほうが紳士の態度よりKには、自分をはるかに厳しく非難しているように思えた。そして厩舎の仕事を終えると、馭者は、ゆっくり揺れるように歩きながら中庭を斜めに横切って、大きな門を閉め、それから戻ってきた。ずっと、雪に残した自分の足跡だけを見て、ゆっくり、きちんと。それから厩舎に閉じこもり、今度は電灯をみんな消した――誰に明かりが必要というのだろう？――そして電灯の明かりは、2階の木造の回廊のすき間から漏れているだけだ。さまよう者の視線がそこでちょっと動きを止めた。Kには、これで自分とのつながりがすべて断ち切られたように思えた。俺はもちろん以前より自由になってるんじゃないか。これまで禁止されていたこの場所でも、好きなだけ待っていられるじゃないか。ほとんどほかの誰にも手に入れられないこの自由を、俺は闘って手に入れたんじゃないか。そして誰にも、指一本触れられたり、追い出されたり、それどころか、話しかけられたりさえすることもないんじゃないか。しかし――少なくともそれと同じように強く確信したことだが――同時に、こんなふうに自由で、こうやって待って、こうして無傷でいられることほど、無意味で絶望的なことはないんじゃないか。

09　そこで、思い切ってその場を離れて　［P聴取されないように闘う］〈行間に「章」と書き込み〉

そこで、思い切ってその場を離れて、建物のなかへ戻った。今回は塀に沿ってではなく、雪のなかをまっすぐ歩いて。玄関ホールで旅館の主人に出くわした。主人はKに黙って挨拶し、バーのドアを指さした。Kはその合図に従った。凍えるほど寒かったし、人恋しかったからだ。けれどもバーで小さなテーブルを見たとき、非常にがっかりした。そのテーブルは特別に用意されたものだろう。そこは普段、樽で間に合わせているのだから。さっきの若い紳士がすわっていて、その紳士の前には――Kにとってはうんざりする姿だったのだが――橋亭の女将が立っている。ペーピは、誇らしそうな顔をして、頭をそらし、永遠に同じ微笑みを浮かべ、誰が見ても自信たっぷりに胸を張り、向きを変えるたびにおさげを振りながら、忙しそうにあちこち歩いて、ビールを運び、それからインクとペンを持ってきた。というのも、若い紳士が目の前に書類をひろげていて、その書類のデータを、今度はテーブルの別の端の書類のデータと比較して、何か書こうとしているのだ。女将は立ったまま、ひと息つくように唇をちょっと上向きにして、じっと紳士と書類を見おろしている。必要なことは全部言って、それがちゃんと受け止められたような顔をしている。Kが入ってきたとき、紳士はちょっと顔を上げて、「測量士さんが、ようやく」と言ってから、また書類に没頭した。女将もKには、無関心な、まるで驚きもしていない目を向けただけだった。ペーピは、Kがカウンターのところに来て、コニャックを注文したときに、なんとはじめてKに気づいたようだ。

Kはカウンターにもたれかかり、手で両目を押さえ、何も気にしないことにした。それからコニャックをちょっとなめて、飲めたもんじゃないな、と押し戻した。「みなさん、飲まれますよ」と、ぶっきらぼうにペーピが言って、残りを空け、小さなグラスを洗って、棚に立てた。「お偉いさんには、もっとうまいのがあるんだろう」と、Kが言った。「かもね」と、ペーピが言った。「でも、ここにはない」。そう言ってペーピはKの相手をやめ、ふたたび若い紳士のサービスについた。でも何も頼まれなかったので、後ろでずっとぐるぐる歩きながら、うやうやしく紳士の肩越しに書類をちらっと見ようとした。しかしそれは、無意味な好奇心のもったいぶりにすぎず、女将にさえ、眉をひそめてダメ出しされた。

だが突然、女将が耳をそばだて、必死になって聞こうとして、空(くう)を見つめている。Kがふり向いた。とくに何も聞こえない。ほかの者も何も聞こえないようだ。しかし女将は、つま先立ちして大股で、奥のドアのほうへ駆けていった。中庭に通じているドアだ。鍵穴をのぞいてから、ほかのみんなに、目を大きく開き、顔を真っ赤にして、指でこちらに来るように合図した。みんなが交代で鍵穴をのぞいた。女将が一番長くのぞいていたが、ペーピものぞかせてもらった。若い紳士は、どちらかといえば興味がなかった。ペーピと紳士はすぐに戻ったが、女将だけはあいかわらず緊張した顔でのぞいている。深くかがんで、ほとんどひざまずいている。まるで、せめてこの鍵穴からわたしを通してくださいな、と懇願しているかの印象だ。というのも、とっくの昔に外はもう何も見えなくなっていただろうから。ようやく女将が立ち上がって、両手で顔をなで、髪を整え、深く息を吸った。どうやら目を室内とそこにいる人たちに慣らさなければならず、嫌々それをやっていた。そのときKが言った。自分の知っていることを確認してもらうためではなく、攻撃に先回りするためだ。攻撃をほとんど恐れているといっていいほど、今のKは傷つきやすいのだ。「じゃあ、クラムはもう行っちゃったわけ？」。女将は無言でKのそばを通り過ぎたが、若い紳士が小さなテーブルから言った。「ええ、確かに。あなたが見張りをやめたから、クラムは出ていけたんですよ。あんなに神経質だなんて、不思議ですよね。女将さん、あんなに落ち着きがなくキョロキョロまわりを見てたクラムに気づきませんでした？」。女将は気づかなかったようだが、紳士がつづけた。「じゃ、さいわい、何も見えなくなってたんですね。雪のなかの足跡も馭者がかきならしてたわけだし」。「女将さんは何も気づかなかった」と、Kが言った。何かを期待してそう言ったのではなく、ただ、紳士があまりにも断定的に、反論を許さないような言い方をしたので、腹を立てたにすぎなかった。「もしかして、わたし、ちょうどそのとき鍵穴をのぞいてなかったのかも」と、とりあえず女将は紳士をかばうように言ったけれど、クラムの肩ももとうとして、つけ加えた。「でもね、クラムってそんなにひどく神経質だとは思わないな。わたしたちはもちろん、クラムのことを怖がっていて、クラムをかばおうとする。だから、ものすごく神経質なクラムを前提にして考えてる。たしかにそうなんだし、きっとそれはクラムの意思なの。でも、実際はどうなのか、わたしたちには分からない。きっとクラムは、話したくない誰かとはけっして話さないでしょう。どんなにその誰かが話そうと骨を折っても、どんなに厚かましく押しかけてきても。でもね、クラムはけっしてその人とは話をしないでしょうし、その人を呼び出したりはしないでしょう。その事実だけで十分でしょ。どうしてクラムは、実際、誰かさんと会うことに耐えられないのかしらね。少なくともそれは証明できないな。だって、けっしてテストされないでしょうから」。若い紳士があわててうなずいた。「それは根本的には当然、私の意見でもあるんです」と言った。「ちょっとばかり別な言い方をしましたが、それは、測量士さんに理解していただくためなわけで。でも、おっしゃる通り、クラムは外に出ると、何度か180度は見まわしました」。「もしかしたらぼくを探してたのかもしれない」と、Kが言った。「かもしれませんね」と、紳士が言った。「それは思いつかなかったな」。みんなが笑った。何の話なのか、ほとんど分かっていないペーピが、一番大きな声で笑った。

「こうやって愉快に顔がそろったところで」と、それから紳士が言った。「測量士さんにぜひお願いしたいことがあるんです。2、3お答えいただいて、書類を完成させたいんです」。「ずいぶんたくさん書くんですね」と言って、Kは遠くから書類に目をやった。「ええ、悪い癖でして」と言って、紳士はまた笑った。「ところで、もしかして、私が何者なのか、ご存じないかもしれませんね。モームスです。クラムの村秘書です」。この言葉を聞いて、部屋全体が真剣な空気になった。女将とペーピは、もちろん紳士をよく知っていたにもかかわらず、名前と身分を名乗られると、驚いたような顔をした。それどころか紳士自身、そんな反応をされたので、言い過ぎだったと思ったらしく、また少なくとも、自分が口にした言葉についてまわる厳めしさから逃れようとするかのように、書類に集中して、書きはじめた。部屋にはペンの音しか聞こえなくなった。「ところで何なんですか、村秘書って?」と、しばらくしてからKがたずねた。モームスは自分でそう名乗ったばかりなので、今さら自分で説明するのも具合が悪いと思っている。かわりに女将が言った。「モームスさんはね、クラムのほかの秘書さんたちと同じようにクラムの秘書なんだけど、その勤務地と、それからわたしの思い違いでなければ、その勤務内容が――」。モームスが、書いている書類から頭を上げて、勢いよく頭を振ったので、女将が訂正した。「そうよね、勤務内容じゃなくて、勤務地だけが村に限定されてるの。モームスさんは、村で必要になるクラムの書類仕事の処理をする。それから、村が出すクラムあての申請を全部、最初に受け取るのよ」。そんなことを聞かされても、Kはほとんど感心することもなく、うつろな目でじっと女将を見ているので、女将はなかばうろたえて、つけ加えた。「そういう仕組みなわけ。お城のお偉いさんはみんな、村秘書をもっている」。モームスは、Kよりずっと注意深く聞いていたので、補足して女将に言った。「たいていの村秘書は、1人の主人に仕えていますが、私は2人の主人に仕えているんです。クラムとヴァラベーネにね」。「そうだったわ」と言って、女将は思い出しながら、Kのほうを向いた。「モームスさんはね、2人の主人に仕えてるわけ。クラムとヴァラベーネに。ダブルの村秘書ってとこね」。「まさか、ダブルの」と、Kが言った。そしてモームスに向かって、ほめてもらったばかりの子どもに向かって「いい子だね」とうなずいてやるように、うなずいてやった。モームスは今、ほとんど前のめりになって、じっとKを見上げている。Kのうなずきには、ある種の軽蔑がこめられていたが、モームスはそれに気づいたのか、あるいはそれをまさに望んだのか。Kは、クラムにほんの偶然であれ面会を許される値打ちすらないわけだが、まさにそのKに向かって、クラムの側近である男の貢献ぶりがあれこれ詳しく話された。あからさまにKから承認と賞賛を引き出そうとしていたのだ。だがKには、まともにそれを感じるセンスがなかった。クラムをひと目でも見ようと全力をつくしているKとしては、たとえば、クラムと顔を合わせて暮らしているモームスのような男の立場を、高く評価することはない。すばらしいと思ったり、ましてや、うらやましいと思う気持ちからは遠いところにいた。というのも、クラムの近くにいること自体、Kが手に入れようとしていることではなかったからだ。手に入れようとしているのは、自分が、Kが、自分だけが、ほかの誰でもないKが、自分の願いをもって、ほかの誰でもないKの願いをもって、クラムに近づき、近づいたからといって、クラムのところで落ち着くのではなく、クラムを通過点にして、さらにその先へ、城のなかへ入ることなのだ。

そしてKは自分の時計を見て、言った。「さあ、家に帰らなくちゃ」。たちまち関係はモームスが有利になった。「ええ、もちろん」と、モームスが言った。「小学校の用務員の仕事が待ってますからね。でも、ほんの一瞬、私に時間をいただかなくては。ちょっと2、3、おたずねするだけです」。「気が進まないな」と言って、Kはドアに向かおうとした。モームスが書類をテーブルに投げつけて、立ち上がった。「クラムの名において要求します。私の質問に答えてください」。「クラムの名において?」と、Kがくり返した。「クラムがぼくのこと気にしてる?」。「それについては」と、モームスが言った。「私には判断しかねます。あなただって、もっと判断がつかないでしょう。それについては、おたがい安心してクラムに任せることにしましょう。けれどもですよ、クラムにあたえられた私の立場において、私はあなたに要求します。帰らないで、答えてください」。「測量士さん」と、女将が割って入った。「わたしはね、これ以上あなたには忠告しないよう、用心してるの。これまでは、いろんな忠告を、考えつくかぎり親切な忠告をしてあげたのに、信じられないようなかたちで拒否されちゃった。だから、ここへ秘書さんを訪ねてきたのはね——わたしには隠すことなんて何にもないから——ただ、お役所にあなたの態度と魂胆を知らせて、あなたがまた新規にわたしの旅館に泊まったりすることが金輪際(こんりんざい)ないよう、保護してもらうためなの。だから、わたしたち、こうやって向き合ってるけれど、もう何ひとつ変わることはないでしょう。というわけで、これからわたしの意見を言わせてもらいますけど、それは、あなたを助けるためなんかじゃなく、秘書さんの仕事をちょっと楽にしてあげるため。あなたのような人と交渉するのは大変な仕事ですからね。でも、わたしは隠しごとは一切しないから——隠しごとをしていると、あなたとはやりとりできないから、嫌でも隠しごとがないことになるのよ——あなただって、その気にさえなれば、わたしの話すことから利用できるものを見つけられるかもしれない。というわけで、その場合、注意しておきますけど、あなたにとってクラムにつながる唯一の道は、この秘書さんの記録を通っている道なんですよ。でも、あんまり大げさに言わないでおくわね。もしかしたらその道、クラムのところまでたどり着かないかもしれない。もしかしたら、うんと手前で途切れちゃってるかもしれない。それを決めるのは、秘書さんの考えひとつだから。どっちにしても、あなたにとって少なくともクラムにつながる道は、ひとつしかない。で、そのたったひとつの道をあきらめようとするのは、ともかく反抗したいから？」。「ああ、女将さん」と、Kが言った。「そんなもの、クラムにつながる唯一の道でもなければ、ほかの道よりすばらしい道でもない。それに秘書さん、あなたが決めるわけなんだ。ぼくがここで口にすることを、クラムに届けていいかどうか」。「もちろんですよ」と言って、モームスは得意そうに目を伏せて左右を見たけれど、何も見るものがなかった。「でなきゃ、秘書なんかやってませんよ」。「ほら、ね、女将さん」と、Kが言った。「ぼくに必要なのは、クラムにつながる道じゃなくて、まず、秘書さんにつながる道なんだ」。「その道を開いてあげようと思ったのよ」と、女将が言った。「あなたには昼前に、クラムに頼みがあるなら取り次ぎましょうか、って言ってあげたでしょ？　それ、秘書さんを通して、ってことだったのよ。でもあなたは拒否した。あなたには今はもう、この道しか残ってないでしょう。もちろん、今日はあんな真似をして、クラムの不意を襲おうとしたわけだから、うまくいく見込みはますます小さくなっている。でも、この最後の、一番小さな、消えかかってる、じつはまるで存在しない希望が、あなたにとっては唯一の希望でしょ」。「どうしてですか、女将さん？」と、Kが言った。「もともとあなたは、クラムのところへ押しかけようとするぼくを、なんとか引きとめようとした。それなのに今は、ぼくの頼みを本気に受けとめて、ぼくの計画が失敗したら、ぼくのことを破滅したように考えるみたいですよね。前は、そもそもぼくがクラムに近づこうとすることを、やめるよう率直に忠告していたのに、今は、見たところ前とまったく同じように率直に、クラムへの道をどんどん進めとけしかけている。たとえその道がクラムのところにまで通じていなくても。そんな人、いるものでしょうか？」。「わたし、けしかけてるかしら？」と、女将が言った。「あなたの試みは絶望的だ、って言うことが、けしかけてる、ってこと？ そんなふうにしてあなたが責任をわたしに転嫁しようと思うなら、本当に厚かましさの極みでしょうね。あなたがそんな気になるのは、もしかして秘書さんがいらっしゃるからかしら？ いいえ、測量士さん、わたし、けしかけてなんていません。ひとつだけ白状してもいいんだけど、わたしね、はじめてあなたを見たとき、もしかしたら、ちょっとあなたを過大評価したかもしれない。あっというまにあなたがフリーダを手に入れたので、驚いた。そのうえさらに何をされるのか、分からなかった。それ以上の災難は避けたいと思った。そのためには、頼んだり脅かしたりして、あなたの心を揺さぶろうとするしかないと思った。そうこうしているうちに、もっと落ち着いて全体を考えることができるようになった。あなたは好きなようにすればいい。あなたが何をしても、もしかしたら、外の中庭の雪に深い足跡を残すようなものにすぎないでしょう。それ以上のものじゃない」。「矛盾がすっかり解明されたようには思えませんね」と、Kが言った。「でも矛盾に気づいてもらえて、ぼくは満足ですよ。ところで秘書さん、お願いだから教えてください。女将さんの意見が正しいのかどうか。つまりですね、あなたがぼくから聴き取って書こうとしている記録によって、ぼくがクラムの前に現われることが許されるんでしょうか？ もしもそうなら、今すぐにでもすべての質問に答えますよ。クラムに会えるなら、どんなことでもやります」。「いえ」と、モームスが言った。「記録と面会は関係がありません。私がね、クラムの村帳簿のために、今日の午後のことを詳しく書いておきたいだけなんです。すでに書き終わっているんですが、ただ2、3か所、あなたに穴埋めしていただきたいだけで。きちんと整えるために。それ以外の目的はありません。あったとしても、かなえられませんし」。Kは黙ったまま、女将の顔をじっと見た。「どうしてわたしを見るの？」と、女将がたずねた。「もしかして、わたし、違ったこと言ったのかしら？　いつもこうなのよ、この人は。ね、秘書さん、いつもこうなのよ、この人は。もらった情報を違ったものにして、それから、違った情報を受け取った、って言い張る。わたしはね、この人には、前から、今日も、いつも言ってるわ。クラムに会ってもらえる見込みなんてまるでない、と。だから、見込みがないなら、その記録の穴埋めに答えても見込みはないでしょう。それ以上はっきりしてることって、あるかしら？　もっと言うとね、その記録は、この人がクラムともつことのできる唯一の、実際の、公的なつながりなんです。このことも、はっきりしてるし、疑いようがないわけ。でもこの人が、わたしの言うことを今も信じなくて、クラムのところへ押しかけることができるんだなんて、いまだに――わたしにはその理由も、その目的も分かりませんけどね——期待してるならですよ、この人の身になって考えてみると、この人を助けてくれるのは、この人がクラムともっている唯一の、実際の、公的なつながり、つまりその記録だけなのよ。このことだけを、わたしは言ってきた。誰かが別のことを主張するなら、わたしの言葉を悪意をもってねじ曲げてるのよ」。「そういうことなら、女将さん」と、Kが言った。「謝らなければなりません。あなたの言うことを誤解していたわけだから。つまりぼくは、今ですね、間違いだと明らかになったように、以前、あなたがおっしゃったことを聞いて、ともかく、なにかしら針の穴ほどの希望がぼくにはあるんだと思ったわけです」。「きっとそうよ」と、女将が言った。「でもそれは、わたしの意見。あなたはわたしの言葉をまたねじ曲げてる。ただ今回は逆の方向にね。そういう希望があるというのは、わたしの意見であって、しかもその根拠は、その記録だけ。でもね、それは、〈質問に答えたら、クラムのところへ行かせてもらえますか〉って、あなたが秘書さんに迫ればすむようなことじゃないの。子どもがそんな質問をすると、笑われる。大人がそんな質問をすると、役所を侮辱したことになる。それを秘書さんはすてきな対応によって寛大にカバーしてくれたわけだけど。わたしの言っている希望というのは、まさに、あなたがその記録を通じて、一種のつながりを、もしかしたらクラムとの一種のつながりを、もつことなんです。それだって希望と言えるでしょ？　そういう希望を贈られるのにふさわしい功績がありますか、と聞かれたら、あなた、ほんのちっぽけなことでも示せるかしら？　もちろん、その希望について詳しいことは言えない。とくに秘書さんは、公務に関することだから、ほんのちょっとほのめかすこともできないでしょう。さっき言われたように、秘書さんにとって大事なことは、今日の午後のことを書くことなの。きちんと整えるために。それ以上のことは言わないでしょう。たとえあなたが、わたしの言ったことを引き合いに出して、今すぐたずねたとしても」。「じゃあ、秘書さん」と、Kがたずねた。「クラムはその書類、読むんでしょうか？」。「いいえ」と、モームスが言った。「どうしてまた？　全部の書類を読むなんて、クラムにはできません。それどころか、まるで読まない。〈お前たちの書類でわずらわさないでくれ！〉が口癖なんです」。「測量士さんねぇ」と、女将がこぼした。「そんな質問ばっかりで、ウンザリだわ。クラムがその記録を読んで、あなたの生活のどうでもいいことを細かく知る。そんなこと必要かしら。それとも、少なくとも望ましいことなのかしら。むしろ、うんと謙虚になって、その書類、クラムには見せないでほしい、と頼んでみたらどうかな。ところで、そんなふうに頼むのは、さっきの頼みとまったく同じで、馬鹿げてるでしょうね。クラムに隠しごとは誰にもできないから。でも、そんなふうに頼むほうが、同情してもらえるかもしれないわ。ところでそれって、あなたの言う希望にとって、必要なことなの？ 自分でもはっきり言ってなかったかしら？ たとえクラムがあなたを見なくても、あなたに耳を貸さなくても、あなたは、クラムの前で話す機会があるだけで満足するだろう、と。そしてその記録によって、少なくともそのことは叶えられるわけでしょう？ いや、もしかしたらもっと多くのことが」。「もっと多くのことが？」と、Kがたずねた。「どんなふうにして？」。「どうしていつも、あなたは」と、女将が大きな声で言った。「子どもみたいに、何でもすぐ食べられるように出してもらいたがるのかな。そんな質問に誰が答えられます？ その記録は、クラムの村帳簿に加えられる。それは聞いたでしょ。それ以上のことははっきりとは言えない。あなたはもう、その記録の意味、秘書さんの意味、村帳簿の意味を完全に分かってるのかしら？ 秘書さんがあなたを聴取するとは、どういう意味なのか、知ってます？ もしかしたら、いや、おそらく秘書さんご本人も知らないでしょう。ここに静かにすわって、やるべき仕事をやってるわけだけど。ご本人の言葉を借りれば、きちんと整えるために。でも、このことは忘れないで。この人はクラムが任命したの。クラムの名において働いてるの。この人のやっていることは、けっしてクラムのところまで届かないとしても、あらかじめクラムの同意をもらってるの。それにね、クラムの息が通ってないものが、どうやってクラムの同意をもらえるのかしら。こんなこと言って、わたしが下手に秘書さんに媚びようと思ってるなどと勘違いしないで。この人だってそんなことされるの、ゴメンでしょうし。でもわたしが話してるのは、この人の独立した人格のことじゃなくて、今まさにそうだけど、この人がクラムの同意をもらっているときに、何者であるか、ってことなの。その場合、この人は、クラムが手にしている道具なわけ。この人に従わないと、誰でもひどい目に遭うわよ」

女将の脅かしにKは怖がらなかったし、女将がKを釣ろうとして口にする希望には、うんざりしていた。クラムは遠いところにいた。以前、女将がクラムをワシにたとえたことがあって、Kは滑稽なたとえだと思った。けれども今はもう、そうは思わない。遠くにいる。住んでいるところを襲うことができない。もしかしたら沈黙は、Kがこれまで聞いたことのない叫びによってしか中断されない。鋭く見おろす視線は、けっして証明されることもなく、けっして論破されることもない。理解できない法則によって空高く描かれる輪は、地上のKには壊すことができない。ほんの一瞬、姿が見えるだけ。――これらすべてが、クラムとワシの共通点だ。けれども、きっとその記録とは無関係だ。その記録を受け皿にして、今ちょうどモームスが、ビールのつまみにしている塩プレッツェルを割って、どの紙も塩と香辛料(キャラウェイ)だらけにした。

「おやすみなさい」と、Kが言った。「どんな聴取も嫌なので」。それから本当にドアのほうに向かった。「やっぱり帰るんですねぇ」と、モームスがほとんど不安そうな顔で女将に言った。「そんな勇気、ないでしょうよ」と、女将が言った。それ以上は聞こえなかった。もう玄関ホールにいた。寒くて風が強い。向こうのドアから旅館の主人がやって来た。そこのドアののぞき穴から玄関ホールを見張っていたようだ。上着の裾を体に押さえつけておかなければならない。玄関ホールのここでさえ風に持っていかれそうになる。「もうお帰りですか、測量士さん?」と言った。「おかしいですか?」と、Kがたずねた。「ええ」と、主人が言った。「聴取は受けなかったんですか?」。「ええ」と、Kが言った。「受けなかったんですよ」。「どうして?」と、主人がたずねた。「ぼくには分からないから」と、Kが言った。「どうして聴取されなければならないのか。どうして冗談とか、役所の気まぐれに従わなければならないのか。もしかして別の機会だったら、同じように冗談か気まぐれで、従ってたかもしれない。今日と違って」。「ええ、まあ確かに」と、主人が言った。だがそれは、相手を気づかって同意しただけで、納得していたわけではなかった。「使用人さんたちには、これからバーに入ってもらいます」と、それから言った。「ずいぶん前からその時間だったんです。ただ聴取の邪魔をしたくなかったので」。「そんなに大事なものだと思ってたわけですか?」と、Kがたずねた。「ええ、そうですよ」と、主人が言った。「じゃあ、ぼくは拒否するべきじゃなかったわけ?」と、Kがたずねた。「ええ」と、主人が言った。「拒否するべきではなかったのです」。Kが黙っていたので、主人がつけ加えた。Kを慰めるためか、早くこの場を切り上げるためか。「まあ、まあ、でも、だからといって、すぐ「ソドムの町のように」天から硫黄が降ったりしませんから」。「そうだよね」と、Kが言った。「そんな空模様じゃなさそうだ」。そしてふたりは笑いながら別れた。

10 Kは、風が激しく舞っている外の表階段へ出て「P通りで」〈マークなし〉

Kは、風が激しく舞っている外の表階段へ出て、暗闇をのぞき込んだ。ひどい、ひどい天気だ。この天気と何か関係があるのか、Kは、女将がKにあの記録を穴埋めさせようとしたけれど、自分が抵抗したことを思い出した。もちろん女将は、あからさまに穴埋めさせようとしたわけではなく、同時にKをあの記録からひそかに引き離そうとしていたのだ。結局、俺は抵抗したのか、譲歩したのか、分からない。策略家なんだな、女将は。風のように意味もなく働いているように見えるけれど、見当もつかない、遠くの、未知のものから命じられた任務を果たしているのかもしれない。命国道を2、3歩も歩かないうちに、遠くに2つの灯火が揺れているのが見えた。命のしるしがうれしくて、灯火のほうへ急いだ。相手のほうも、揺れながらこちらに向かってくる。2人の助手だと気づいたとき、どうしてこんなにがっかりしたのか、自分でも分からなかった。それでも2人はこちらに向かってくる。おそらくフリーダに言われて来たのだろう。暗闇から解放してくれるランタンが、風に揺られて音を立てながら、こちらに向けられた。たぶんKが使っているランタンだ。にもかかわらず、がっかりした。Kにはお荷物の、こんな顔見知りではなく、知らない人間を期待していたのだ。けれども暗がりから出てきたのは2人の助手だけではなく、2人のあいだにバルナバスがはさまれていた。「バルナバス」と叫んで、Kは手を差し出した。「来てくれたのか?」。再会の驚きで、とりあえずKは、これまでバルナバスのせいで抱いていた怒りをすっかり忘れてしまった。「来ましたよ」と、以前と変わらず親しそうにバルナバスが言った。「クラムの手紙を持って」。「クラムの手紙!」と、頭をのけぞらせながら言って、Kは急いでバルナバスの手から手紙を取った。「照らして!」と言うと、2人の助手が右と左から体をKにぴったり寄せて、ランタンをかかげた。

Kは大判の手紙を、風から守るために、すごく小さくたたまなければならなかった。そして読んだ。「橋亭の測量士殿！　あなたがこれまでやってこられた土地測量の仕事は、私の評価するところのものです。助手たちの仕事も賞賛に値します。あなたは助手たちをうまく働かせるすべを心得ておられる。これまで通り仕事に励んでいただきたい！　仕事は最後までやり遂げていただきたい！　中断するようなことがあれば、私の怒りを招くことになるでしょう。ちなみに報酬は近く決定されるので、安心していただきたい。あなたのことは、いつも見守っています」。Kより読むのがはるかに遅い2人の助手が、うれしい知らせに喜んで、「バンザイ」を大声で三唱して、ランタンを揺らしたとき、ようやくKは手紙から顔を上げた。「落ち着くんだ」と言った。そしてバルナバスに向かって、「誤解だ」と言った。バルナバスはKの言っていることが理解できない。「誤解だ」と、Kがくり返した。午後の疲れが戻ってきた。小学校の建物までの道がはるか遠くに思えた。バルナバスの後ろには、バルナバスの家族全員の姿が見える。そして2人の助手があいかわらずKに体をくっつけているので、Kはひじで突き飛ばした。どうやってフリーダはこの2人を俺のところに寄こすことができたんだ。2人にはフリーダのそばにいるように、と命令しておいたのに。帰り道なら、俺だってひとりで見つけたし、この2人と一緒よりひとりのほうが楽なんだが。おまけに1人が首にマフラーを巻いていて、その端が風にあおられて、何回かKの顔に打ちつけられた。もちろん、もう1人がいつもすぐKの顔からそのマフラーを、長くて尖った指で毎回ふざけながら外すのだが、それでも事態は改善しない。どうやら2人は、そういうやりとりさえおもしろがっている。そもそも風と不安な夜がうれしくて興奮しているのだ。「消えろ!」と、Kが叫んだ。「だいたいさ、迎えにきたのなら、どうしてぼくの杖(ストック)、持ってこなかったんだ? それがないと君たちを追い返せないじゃないか」。2人は体をすくめてバルナバスの後ろに隠れた。けれどもそれほど怖がってはいなかった。持っているランタンを、守り神であるバルナバスの右肩と左肩のうえに置こうとしていたのだが、もちろんすぐ払いのけられた。「バルナバス」と、Kが言った。明らかにバルナバスは俺のことを理解していない。そのことがKの胸に重くのしかかった。平和な時なら、バルナバスの上着は美しく輝いているが、いざとなると、何の助けにもならず、黙って抵抗しているだけだ。その抵抗には逆らいようがない。バルナバス自身が無防備で、明るく微笑んでいるだけなのだから。そんな微笑みは、この地上の嵐に対する空の星みたいに、何の足しにもならない。「ほら、君の主人のクラムがこんなこと書いている」と言って、手紙をバルナバスの鼻先に突きつけた。「クラムは、間違った報告を受けてるんだ。ぼくは測量の仕事はしていないし、助手たちがどれくらい役に立っているか、君はその目で見ている。それに仕事はやってないんだから、もちろん、中断のしようがない。クラムの怒りさえ招くこともできない。どうやってぼくのこと、クラムに評価してもらえというんだ！　だから安心なんか、できっこない」。「伝えておきますよ」と、バルナバスが言った。バルナバスはさっきからずっと手紙に目を走らせていたが、まるで読むことができない。手紙が鼻先に突きつけられていたのだ。「ああ」と、Ｋが言った。「伝えておきますよ、と君は約束する。でも君のその言葉、本当に信用できるんだろうか？　ぼくには、信頼できるメッセンジャーが本当に必要なんだ。今はさ、前よりはるかに！」。Ｋは、いらいらして唇を噛んだ。「あのですね」と、柔らかく首を傾げてバルナバスが言った。──その仕草にまどわされて、あやうくＫは、またバルナバスを信じてしまいそうになった──「確かに伝えておきますよ。この前に言いつかったことも、確かに伝えておきます」。「何だと！」と、Ｋが叫んだ。「あれをまだ伝えてないのか？　次の日、城に行ったんじゃなかったのか？」。「はい」と、バルナバスが言った。「父が高齢でして。ご覧になった通りです。それに、ちょうど仕事がたくさんありました。父を手伝う必要があったのです。ですが近いうちに、また城へ行くつもりです」。「しかし何やってるんだ、君は。理解できない奴だな」と叫んで、Ｋは自分の額をたたいた。

「クラムの案件がすべてに優先するんじゃないのか？　君にはメッセンジャーという高級な職務がありながら、その仕事を辱めてるんじゃないか？　君の父親の仕事なんて誰が気にする？　クラムは報告を待っている。なのに君は、走りながら宙返りもせず、そのかわりに、厩舎から糞を運び出すことを優先している」。「父は靴屋なんです」と、動じることなくバルナバスが言った。「ブルーンスヴィクから注文があったんです。で私、父のところの職人なんです」。「靴屋──注文──ブルーンスヴィク」と、Kが大きな声で言った。どの言葉も二度と使えなくしてやるかのように、苦虫を嚙みつぶしながら。「しかしこんな、永遠に誰ひとり通らないような道で、誰がブーツを必要とするんだい。それに靴屋の話なんか、ぼくには関係がない。君に伝言を頼んだのは、靴屋のベンチに置き忘れて、くしゃくしゃにしてもらうためじゃない。すぐにクラムのところに持っていってもらうためだ」。ここでちょっとKは落ち着いた。おそらくクラムはこのところずっと城にはおらず、紳士館にいたことを思い出したからだ。だがバルナバスが、またKをいらいらさせた。伝言をちゃんと覚えていることを証明するために、復唱しはじめたのだ。「やめろ、そんなもの聞かなくていい」と、Kが言った。「どうか怒らないでください」と、バルナバスが言った。まるで無意識にKを罰するつもりなのか、Kの視線を避けて、目を伏せた。だがそれはたぶん、K

に怒鳴られてびっくりしたからだ。「怒ってなんかいないよ」と言って、Kはいら立ちを今度は自分自身に向けた。「君に怒ってるんじゃない。こんな大事な問題なのに、こんなメッセンジャーしかいない。ぼくに言わせれば、それが非常にまずいんだ」。「いいですか」と、バルナバスが言った。「メッセンジャーの名誉を守るために、許されている以上のことを言おうとしているようだ。「クラムは報告なんか待ってないんです。私が行くと、怒りさえするんです。〈また新しい報告か〉と言われたことがあります。たいていの場合、遠くから私が来るのが見えると、立ち上がって、隣の部屋に行って、私には会ってくれません。それにですね、どんな報告でも私がすぐに持っていくことになっている、とは決まっていないんです。決まっているなら、もちろんすぐに行きますが。でもそんな決まりはない。私がまるっきり行かなくても、それで警告されるようなことはないでしょう。私が報告に行くのは、私の意思なんです」。「分かった」と言って、Kはバルナバスをじっと見て、2人の助手からわざと目をそらせた。2人の助手は、かわるがわるバルナバスの肩の後ろで、舞台のせりから上がってくるようにゆっくり姿を現わしては、Kを見ると、びっくりしたと言わんばかりに、風の音をまねした口笛を軽く吹きながら、あわてて姿を消す。こんなふうにして2人は長いあいだ楽しんでいた。「クラムのところがどうなっているのか、ぼくは知らない。君がそこの勝手を何もかも承知してる、っていうのは怪しいよね。たとえ君が承知してるとしても、この［大事な］問題をぼくらが好転させることはできないだろう。でも伝言を届けることなら、君だってできる。だから君に頼んでるんだよ。じつに短い伝言だ。それを明日すぐ届けて、明日すぐ返事をもらえないか？　少なくとも、君がどんなふうに迎えられたか、知らせてくれないか？　できるかな？　やってくれないかな？　そうしてもらえると非常にありがたい。その場合、君にはそれなりのお礼をさせてもらう機会があるかもしれない。それとも、もしかして君には、もう今ぼくが叶えてやれそうな願いでもあるのかな」。「きっとやります、言われたように」と、バルナバスが言った。「じゃあ、ぼくの言うように、できるかぎりちゃんとやってくれるんだな。クラム本人に伝言を届けて、クラム本人から返事をもらって、すぐに、全部すぐに、明日、午前中に、やってくれるんだな？」。「最善を尽くすつもりです」と、バルナバスが言った。「でも、いつも最善を尽くしてるんですが」。「でもそのことでは、もう言い争わなくていいだろう」と、Kが言った。「頼みたいのは、こういう伝言だ。測量士Kは、親しく長官殿と面談することをお許しくださいますようお願いいたします。Kは、そのような許可にともなう条件がどのようなものであれ、前もって覚悟しております。Kがこのようなお願いを余儀なくされたのも、これまでの仲介者が全員、まったく機能しなかったからです。それが証拠に、これまでKはまったく測量の仕事をしておりません。また村長の話によれば、これからも測量の仕事をすることはないだろうとのこと。そういうわけで、長官殿から先日いただいたお手紙を、私は絶望と恥ずかしさを感じながら拝読しました。この問題を解決できるのは、長官殿との親しい面談によるしかありません。測量士は、今回の件でどれほどお手数をおかけすることになるのか、承知しております。ですが、長官殿には可能なかぎりご面倒をおかけしないよう努力するつもりです。いかなる時間の制約にも従います。また、会話のときに使用を許される語数につきましても、必要とみなされる制約を守ります。10語もあれば十分に用が足せると思っております。深い畏敬の念をもち、このうえない焦燥感をもって、ご決定をお待ちいたします」。Kは、われを忘れて話していた。まるで、クラムのドアの前に立ち、そのドア番と話しているかのように。「思っていたより、はるかに長くなってしまった」と、それから言った。「でもこれは、ぜひ口頭で伝えてもらわなくちゃ。手紙に書くつもりはない。手紙だと、また文書の道路をはてしなくたどることになるだろうから」。というわけでKは、ただバルナバスのためにと考えて、助手の背中に1枚の紙を当てて、今の伝言をなぐり書きしてやった。そのあいだ、もうひとりの助手が明かりを照らしていた。だがKは、バルナバスの口述がなければ、もう書き留めることができなかった。バルナバスは全部覚えていて、2人の助手が小さな声で間違った復唱をしているのを気にもせず、生徒のように精確に暗唱した。「すごい記憶力だな」と言って、Kはバルナバスに紙を渡した。「これからは、そのすごい能力をほかのところでも発揮してもらいたいものだ。ところでほしいものは？　何もないの？　正直なところ、何かほしいものを言ってもらったほうが、ぼくの伝言がたどる運命について、ちょっとは安心できるんだが、どうかな？」。最初、バルナバスは黙っていたが、それから言った。「姉と妹が、あなたによろしく言ってます」。「お姉さんと妹さんが」と、Kが言った。「ああ、あの大柄な、丈夫そうな娘さん」。「ふたりとも、よろしく言ってます。とくにアマーリアが」と、バルナバスが言った。「今日も、この手紙をあなたのために城から持って帰ったんです」。ほかの何よりもその報告に食いついて、Kがたずねた。「ぼくの伝言も城に届けてもらえないかな？　あるいは、ふたりして出かけて、それぞれ運を試してもらえないかな？」。「アマーリアは官房には入れないんです」と、バルナバスが言った。「入れるものなら、きっと大喜びでやってくれるんですが」。「ひょっとすると明日にでも、君たちのお宅にお邪魔するかもしれない」と、Kが言った。「ただし君は、まず返事をもらってきてほしい。ぼくは学校で待っている。ぼくからも、お姉さんと妹さんによろしく」」。Kの約束がバルナバスを非常に喜ばせたようだ。別れの握手をして、さらにバルナバスは、Kの肩にそっと触れた。まるで、今やすべて、バルナバスが最初さっそうと輝きながら食堂の農民たちのなかに入ってきた頃に戻ったかのようだ。Kは、肩に触れたバルナバスの手を、もちろん微笑みながらではあるが、勲章のように感じた。優しく穏やかな気分になったので、帰り道、2人の助手には、やりたい放題にさせた。

11 体の芯まで凍えきって家に着いた ［P小学校で］〈章の横線〉

体の芯まで凍えきって家に着いた。どこも真っ暗だ。ランタンのロウソクは燃え尽きていた。すでに校内の勝手を承知している2人の助手に導かれて、手探りで教室のなかへ入っていった——クラムの手紙を思い出して、「君たち、はじめて賞賛に値する仕事をしてくれたな」と、Kが言った——まだ寝ぼけたままフリーダが、隅のほうから叫んだ。「まだ眠らせておいてあげて！　この人の邪魔しないで！」。それくらいフリーダの頭のなかはKのことでいっぱいだった。眠気に負けて、Kの帰りを待ちきれなかったにしても。ランプがつけられた。けれどもランプの炎を強くすることはできない。石油がほんの少ししか残っていないからだ。若い所帯は、まだいろいろ欠けているところがあった。暖房はされていたが、体操のときにも使われる大きな教室なので——体操用具がまわりに置いてあり、天井からぶら下がっていた——蓄えてあった薪はもう使い果たされていて、Kに約束されていたように、すでに非常に気持ちよく暖まっていたのだが、残念ながらまたすっかり冷えてしまっていた。納屋には薪がたくさん蓄えられているが、錠がかかっていて、鍵は先生がもっており、薪を取り出すのは、授業中に教室を暖めるときにしか許されない。それでもベッドがあって、そこに逃げ込むことができれば、我慢できただろう。だがベッドどころか、わら布団が1枚あるだけだった。感心なことにフリーダのウールのショールをかぶせてある。羽毛布団はなく、ごわごわした硬い掛け布団が2枚あるだけで、それではほとんど暖をとることができない。そしてその貧相なわら布団にさえ、2人の助手はうらやましそうな目を向けているが、その上で横になるという望みは、当然もっていない。心配そうにフリーダはKの顔をじっと見た。フリーダには、部屋を、たとえどんなにみじめな部屋であっても、住めるように整える腕がある。それは、橋亭で証明ずみだったけれど、ここでは、なにしろまったく無一文の身の上だったから、もう手の出しようがなかった。「あたしたちの部屋の、たったひとつの飾りは、体操用具ね」と言って、涙を浮かべながら無理に微笑んだ。だが最大の問題、つまり寝場所と暖房の不備について、フリーダはきっぱりと、次の日にはきっと何とかすると約束して、Kにそれまで我慢してほしいと頼んだ。どの言葉にも、どのほのめかしにも、どの表情にも、Kのことをほんのわずかでも恨みがましく思っているところがない。Kのほうこそ、自分でも認めざるをえないのだが、フリーダを紳士館から、そして今度は橋亭から引き離してしまったにもかかわらず。だからKとしても、どんなことでも我慢しようと努力した。実際それは、そんなにむずかしいことではなかった。なぜなら、頭のなかでバルナバスと歩きながら、頼んだ伝言を一語ずつくり返していたからだ。といっても、バルナバスに伝言を託したときのようにではなく、その伝言がクラムの前でどんなふうに響くのかを想像しながらだが。それと同時に、もちろん、フリーダがアルコールランプで沸かしてくれるコーヒーも、正直なところ楽しみだった。冷たくなっていくストーブにもたれて、Kは、フリーダの手慣れたすばやい手の動きを追いかけた。教卓には、なくてはならない白いテーブルクロスを広げ、花柄のコーヒーカップを並べ、その横にはパンとベーコンと、おまけにサーディンの缶詰を置いた。これで準備完了。フリーダもまだ食事をしないで、Kを待っていた。椅子が2つあった。Kとフリーダがそれにすわって、テーブルについた。2人の助手は、足もとの教壇にすわったが、あいかわらず落ち着きがない。食事のときも騒いでいる。食べる物はたっぷりもらっていて、それをまだ食べ終わっていないのに、ときどき立ち上がっては、テーブルにまだたくさんあるんじゃないか、もう少し分けてもらえるんじゃないか、と確かめている。Kは助手のことは無視していた。フリーダが声を立てて笑ったので、はじめて2人の様子に気がついた。テーブルのうえのフリーダの手に自分の手を重ねて、機嫌をとりながら、小声でたずねた。どうしてこの2人のこと、そんなに大目に見てやるんだい。無作法なことをしても好意的に認めてやってる。こんなやり方をしていると、絶対にお払い箱にはできないだろう。逆にさ、ある程度は強く出て、2人の態度に実際ふさわしい扱いをすれば、おとなしくさせることができるんじゃないか。あるいは、こちらのほうがもっと効果的で、もっと好都合でもあるが、2人の立つ瀬をなくしてやれるんじゃないか。すると2人とも結局、逃げ出してくれるだろう。それにさ、この小学校に住むのはあんまり快適な滞在にはなりそうにはないしね。実際、ここには長く滞在することはないだろう。もしも2人の助手がいなくなって、ぼくらだけで静かに暮らすようになれば、いろんな欠陥も気にならなくなるだろうけど。2人の助手が日増しに厚かましくなっていることに、君は気がつかないのか。まるで、実際、フリーダがいることでますます2人はつけ上がってるみたいだ。フリーダがいなければ、ぼくはもっと強く出るんだが、フリーダの前じゃ、そんなに強くは出ないだろうって高をくくられてるんだろう。ところで、もしかすると、さっさと2人を簡単にお払い箱にする手があるかもしれない。もしかしたらフリーダだって、そういう手を知ってるんじゃないか。ここの事情には詳しいんだから。2人の助手自身にとっても、ともかく追い払われるほうが、おそらくちょっとはありがたいだろう。というのも、2人のここでの生活は大して快適じゃないし、これまで2人はぐうたら楽しんできたけれど、それだって、ここでは少なくとも一部はおしまいになるだろう。というのも、働かなければならなくなるだろうから。なぜならフリーダは、ここ数日の騒動のあとだから自分を大事にする必要があるし、ぼく、つまりKは、ぼくらの苦境から逃げ出す道を見つけるのに忙しくなるだろうから。けれどもね、2人の助手が出ていってくれたら、ぼくはそれでずいぶん気持ちが楽になるだろう。すると、小学校の用務員の仕事も、それ以外の仕事も、みんな楽にこなせるようになるだろう。

フリーダは、注意深く耳を傾けていたが、ゆっくりKの腕をなでて、こう言った。

あたしもまったく同じ意見。でもね、もしかして、2人の助手の無作法を気にしすぎてるのかもしれない。若者なんだから。陽気で、ちょっと単純で、はじめてよその土地の人に仕えて働き、厳しい城の規律から解放されて、だから、いつもちょっと興奮して、びっくりしている。そんな状態だから、ほんとに馬鹿なこともしてしまうときもある。それに腹を立てるのは当然だけど、もっと分別がある態度は、笑ってすますことでしょ。あたしもときどき、笑わないではいられない。それにもかかわらず、あたしはね、Kと完全に同じ意見なんだ。2人の助手を追い出して、あたしたち2人だけで暮らすのが一番よね。フリーダはKに体を寄せて、顔をKの肩にうずめた。そしてそのままの姿勢で話したので、非常に聞き取りにくく、Kはフリーダのほうに体をかがめなくてはならなかった。あたしには分からないわ。2人の助手にどんな手を打ったらいいのか。それに、あなたが提案したことはみんな、うまくいかない気がする。あたしの知ってるかぎりだと、助手を望んだのはあなた自身でしょ。だから今、助手がついてるわけだし、助手を手もとに置いておくことになる。一番いいのは、あっさり2人のことを軽薄な連中として受け入れることよ。実際、軽薄なんだから。そうやって我慢するのが一番ね。

Kは、その返事に満足しなかった。半分は冗談、半分は本気で、こう言った。君は、2人と組んでるみたいだな。少なくとも2人に非常に好意をもってるみたいだ。たしかにイケメンの若者だ。だけどね、悪くない相手だと思っていても、追い払えないことはない。君にはぼくが、それを２人の助手で証明してみせてあげる。

フリーダが言った。うまくできたら、あなたにもものすごく感謝するでしょうね。ところで、あたし、今から２人の助手のこと笑ったりしないから。２人とは無駄なおしゃべりもしない。２人のことはもう笑いごとじゃないわけね。実際、２人の男にずっと見張られてるなんて、洒落にもならない。あたし、あなたの目で２人を見ることができるようになった。そして本当にフリーダは、ちょっとビクッとした。今、２人の助手がまた立ち上がって、食べ物の残りを確かめようとしたり、フリーダとＫがずっとひそひそ話をしている理由を探ろうとしたからだ。

Ｋはこれを利用して、フリーダに助手たちを嫌いにさせてやろうとした。フリーダを引き寄せた。ふたりでくっついて食事を終えた。そろそろ寝る時間になった。みんな非常に疲れていた。１人の助手は、食べながら眠ってしまった。もう１人の助手にはそれが非常におかしかったので、Ｋとフリーダに、眠っている男の間抜け面を見てもらおうと思ったが、うまくいかない。Ｋもフリーダも椅子にすわったまま相手にしない。寒さが耐えがたくなってきたので、ふたりは寝に行くのをためらった。とうとうＫがきっぱり言った。まだ暖房が必要だ。でないと寝られやしない。Ｋは斧でもないかと探した。２人の助手が斧のありかを知っていて、斧を持ってきた。こうして薪の納屋へ行くことになった。あっという間に薄っぺらい扉が破られた。こんなすばらしいことはこれまで経験したことがないかのように、うっとりして、2人の助手は追いかけあったり、ぶつかりあったりしながら、薪を教室に運びはじめた。まもなく薪の大きな山ができて、ストーブに火が入り、みんながストーブのまわりで横になった。2人の助手は掛け布団を1枚もらって、それにくるまった。1枚で十分だった。というのも、いつも1人は起きていて、火を絶やさないよう見張ることにしていたのだから。まもなくストーブのそばが暖かくなり、掛け布団もいらなくなった。ランプが消された。暖かくて静かになった。Kとフリーダは満足して、手足を伸ばして寝た。

Kは、夜、何かの物音で目を覚まし、最初は寝ぼけたまま、ぼんやり手探りでフリーダに触れようとして、気がついた。自分の横に寝ているのは、フリーダではなく助手だ。このことは、これまでKが経験したことのなかで最大の驚きだった。それは、きっと突然に目を覚まされたため、おそらく神経過敏になったせいだろう。大声で叫んで上半身を起こし、われを忘れて助手をこぶしでなぐったので、助手が泣き出した。ところで事情がすぐ明らかになった。フリーダが目を覚ましたのは、——少なくともフリーダにはそう思えたのだが——なにか大きな動物が、おそらく猫が、フリーダの胸に跳び乗って、すぐに逃げたからだ。フリーダは立ち上がって、ロウソクを持って、その動物を部屋じゅう探し回った。それをいいことに、しばらくのあいだ助手の1人がわら布団を楽しんだのである。そのため助手は今、ひどい罪滅ぼしをさせられたわけだが。しかしフリーダは何も見つけられなかった。もしかしたら錯覚にすぎなかったのかもしれない。フリーダはKのところへ戻った。その途中で、うずくまってシクシク泣いている助手の髪を、慰めるようになでてやった。まるで夕方Kと話したことを忘れてしまったみたいだ。Kは何も言わなかった。ただ2人の助手に、薪をくべるのをやめるように命じただけだった。集めてきた薪をほとんど使い切って、暑くてたまらなくなっていたので。

11a　朝、みんながやっと目を覚ましたときには　［P小学校で］〈章の横線〉

朝、みんながやっと目を覚ましたときには、もう最初に登校した小学生たちが、興味深そうに寝床を取り囲んでいた。都合が悪かった。というのも、もちろん今は朝方でまた寒さが感じられるようになっているが、夜はものすごく暑かったので、みんな服を脱いで下着姿になっていたのだ。ちょうどみんなが服を着はじめたとき、ドアのところにギーザが現われた。女の先生だ。ブロンドで、背が高く、美人だけれど、ちょっと堅苦しい感じのする娘だ。明らかにギーザは、新任の用務員について準備してきたようで、たぶん例の先生からも、どんな態度で接すればいいのか、教えられているらしい。ドアの敷居のところでこう言ったのだ。「我慢できませんね。結構なありさまだこと。教室で寝てもいいという許可しかもってないわけでしょ。でもわたしには、あなたの寝室で授業をする義務なんかありませんからね。小学校の用務員が家族で午前中までベッドのなかでぐずぐずしている。ふん！」。では、ちょっと反論が必要だな、とくに家族と寝床のことについては。Kはそう思ったが、フリーダに手伝わせて――この場合、２人の助手は使えない。床に横になって、驚いた顔をして女の先生と子どもたちをじっと見ているぞ――急いで、平行棒と鞍馬（あんば）をこちらへ押してきて、両方に掛け布団をかけ、小さな仕切りをこしらえた。そこなら子どもたちの視線にさらされることはないので、少なくとも服を着ることぐらいはできた。とはいえ落ち着くことは一瞬もなかった。まず女の先生が、がみがみ言った。洗面器にきれいな水が入ってなかったからだ。――ちょうどKは、自分とフリーダのために洗面器を持ってこようと思っていたところだった。とりあえずそれはあきらめた。女の先生をひどく刺激しないためだ。ところがそれをあきらめても、役に立たなかった。その直後、ガチャンと大きな音がしたのだ。運が悪いことに、夕食の残りを教卓から片づけておかなかったので、女の先生がそれを定規で払いのけ、全部が床に吹っ飛んだ。サーディンの油とコーヒーの残りが流れ出し、コーヒーポットが粉々になったが、女の先生は気にせず、用務員がすぐ片づけるでしょう、という顔をしている。まだ服を着終わっていなかったが、Kとフリーダは平行棒にもたれて、自分たちのささやかな所有物が台なしになるのをながめていた。2人の助手は、どうやらまるで服を着る気がないらしく、掛け布団のあいだの下のすき間からのぞいていて、子どもたちはそれを見て大喜びしている。フリーダが一番心を痛めたのは、もちろん、コーヒーポットが駄目になったことだ。Kはそれを慰めようとして、約束した。ぼくがすぐ村長のところへ行って、替わりがほしいと言って、もらってくるからさ。フリーダはようやく気を取り直し、肌着とスリップだけの姿で、平行棒と鞍馬の囲いから飛び出した。少なくともテーブルクロスだけは取り戻して、それ以上汚れないように守ろうとした。女の先生が、フリーダをひるませるため、定規で教卓をずっとたたいて神経を参らせたにもかかわらず、テーブルクロスの回収に成功した。服を着終わったKとフリーダは、次から次へと起きたことでボーッとなっているらしい2人の助手に、命令したり小突いたりして、服を着るようにうながすだけでなく、部位によっては着せてやることまでしなければならなかった。みんなの準備ができたところで、Kは、次にする仕事を割りふった。2人の助手は薪を運んできて、ストーブを焚く。ただし隣の教室が先だ。その教室にはまだ大きな危険が待っている。というのもおそらく例の先生がすでに来ているだろうから。フリーダは床を掃除する。Kは水を運んできて、ほかの片づけをする。朝食をとることはさしあたり考えられない。女の先生の機嫌がだいたいどんなものか、それを探るためにKは、俺がまず囲いから出ていこうと思った。ほかの者は俺に呼ばれてから出てくればいい。Kがこの方針にしたのは、一方では、2人の助手が馬鹿なことをして、事態を最初から悪化させるのはまずいと考えたからだ。また一方では、フリーダをできるだけ大切にしたいと考えたからだ。というのも、フリーダには野心があるが、Kにはないから。フリーダは神経質だが、Kはそうではないから。フリーダは目先の些細な不快なことしか考えないが、Kはバルナバスのことと未来のことを考えるから。フリーダは、Kが指示したことには全部きちんと従い、Kからほとんど目を離さない。Kが囲いから出るやいなや、女の先生が大きな声でたずねた。「あら、よく眠れたのかしら？」。子どもたちがドッと笑い、その笑い声は、まったく止む気配がなかった。Kは女の先生の声を無視した。答えるような質問ではないからだ。そのまま洗面台に向かっていると、女の先生がたずねた。「わたしのニャンコに何してくれたの?」」。肉付きのいい年寄りの大きな猫が、教卓のうえでグタッと伸びていて、女の先生が、ちょっと怪我しているらしい足を調べている。フリーダの言ったことが正しかったのだ。たしかにこの猫は、フリーダに跳びかかったわけではない。たぶん跳びかかれないのだろう。だが、フリーダをまたいで越えようとして、普段は誰もいないこの建物のなかに人間がいることに驚いて、あわてて隠れたのだが、あわてることに慣れてないので怪我をしたのだ。Kは女の先生にこのことを落ち着いて説明しようとしたのだが、女の先生は結果だけを問題にして、言った。「なるほど、あなたたちが怪我させたわけね。それが引っ越しのご挨拶なんだ。ほら」と、Kを教壇に呼んで、猫の足を見せた。そしてあっという間に、Kの手の甲に猫の爪で線を引いた。爪はもう尖ってなかったが、女の先生が、今回は猫のことなどお構いなしに、ギュッと押しつけたので、手の甲に血がにじんで、ミミズ腫れができた。「さあ、仕事にかかって」と、せっかちに言って、ふたたび猫のほうにかがみこんだ。フリーダは、2人の助手といっしょに平行棒の後ろから様子をながめていたのだが、血を見て、叫び声をあげた。Kは子どもたちに手を見せて、「ほら、意地悪で陰険な猫にやられたんだよ」と言った。もちろん、子どもたちのために言ったのではない。子どもたちの笑い声と叫び声は、もう手がつけられなくなっていたので、それ以上のきっかけや刺激は必要がなかった。どんな言葉も届かず、響くこともなかった。女の先生は、Kの侮辱にはちらっと横目を流すだけで、あとはずっと猫にかかりきっている。どうやら最初の怒りは、Kを血で罰することによって収まったらしい。Kがフリーダと2人の助手を呼び、仕事がはじまった。

Kが、きたない水の入ったバケツを運び出して、きれいな水を持ってきてから、教室の掃除をはじめたとき、12歳くらいの少年が長椅子から立って、こちらに来て、Kの手を触って、何か言っている。この大騒ぎのなかでは何を言っているのか、聞き取れない。突然、この大騒ぎがぴたっと止んだ。Kがふり返った。朝からずっと恐れていたことが、起きていた。ドアのところに例の先生が立っている。小柄な男だが、右手と左手にそれぞれ助手の襟をつかんでいる。2人の助手が薪を取りにきたところを捕まえたのだろう。力強い大きな声で、ひと言ずつ区切りながら、「誰だ、薪の納屋に押し入ろうとした奴は？　どこにいる？　ひねりつぶしてやる」。そのときフリーダが、女の先生の足もとでふうふう言いながら床を拭いていたのだが、立ち上がった。その視線と態度には以前の優越感が戻っていた。「あたしがやったんです、先生。ほかにどうしようもなかったので。朝早くから教室を暖かくしておくよう言われているので、てもできません。夫は紳士館にいて、夜もずっとそこにいる可能性がありました。だから、あたしひとりで決めるしかなかった。間違ったことをしたのでしたら、どうか、不慣れなこのあたしをお許しください。やってしまったことを見た夫に、あたし、さんざん叱られました。そう、朝早くからストーブを焚くことさえ禁止されました。夫によると、納屋に錠をかけてあるということは、ストーブを焚くのは先生がいらっしゃってから、ということなんだから、というわけです。ストーブを焚いてないのは、夫の責任です。でも納屋を壊して開けたのは、あたしの責任なんです」。「扉を壊して開けたのは、誰？」と、先生が2人の助手にたずねた。2人はあいかわらず、先生につかまれている手から、むなしく逃れようとしている。「ボスですよ」と言って、誤解のないように、2人はKを指さした。フリーダが笑った。その笑いは、フリーダの言葉より事実を証明しているように思えた。それからフリーダは、床を拭いていた雑巾をバケツのなかでしぼりはじめた。まるでフリーダの説明によって一件が落着したかのように。そして助手の発言が、あとで添えられた冗談であるかのように。ふたたび仕事をしようとして、ひざまずいてようやくフリーダが言った。「うちの助手は子どもでしてね。こんな年なのに、まだこの小学校の長椅子が似合うんですよ。つまり昨日の夕方、あたしがひとりで扉を斧で開けたわけ。とても簡単だった。助手なんか必要なかった。手伝ってもらっても、邪魔になっただけでしょうね。でも夜になって、夫が帰ってから、出かけたのよ。納屋の壊れ具合を見てみて、できることなら修理するために。そのとき2人の助手があとを追いかけた。おそらく、ここに2人だけで残されるのが怖かったからでしょう。で、夫が壊れた扉をいじっているのを見て、今の発言になったわけだわ――ま、子どもなんだから」。フリーダが説明しているあいだ、2人の助手はずっと首を振って、Kを指さしつづけ、黙ったまま表情でフリーダに意見を撤回させようとやっきになっていた。けれどもうまくいかなかったので、ついに折れて、フリーダの言葉を命令と考え、先生に新しく質問されても、もう答えなかった。「そういうことなら」と、先生が言った。「嘘をついてたわけかな、君たちは？それとも、少なくとも軽率に用務員のせいにしたのかな？」。2人の助手は、あいかわらず黙っている。しかし小刻みに震え、心配そうな目つきをしているので、罪の意識があるようだ。「じゃあ、これからすぐ鞭で打ってやろう」と言って、先生は子どもを隣の教室にやって籐の鞭を持ってこさせた。そして先生が鞭を構えると、フリーダが「2人の助手の言ったことが、本当なの」と叫んで、やけくそに雑巾をバケツに投げ込むと、バケツの水が高くはねた。フリーダは平行棒の後ろに行って、姿を隠した。「嘘つきばっかりね」と、女の先生が言った。猫の足に包帯を巻き終わったところで、猫を膝に乗せた。膝からはみ出すほどの大きさだ。

「では、用務員さんにはここにいてもらおう」と言って、先生は2人の助手を突き飛ばし、Kのほうを向いた。Kは、さっきからずっとホウキにもたれて、じっと聞いていた。「ここにいる用務員さんは、臆病だからおとなしく認めてますね。自分の悪事が間違って他人のせいにされるのを」。「ま、そうですね」と、Kは言った。フリーダが割って入ってくれたおかげで、先生の怒りの最初の爆発がやわらいだということに、たぶんKは気づいたのだろう。「2人の助手がちょっと鞭で打たれたとしても、気の毒だとは思わなかったでしょうね。打たれて当然だったのに打たれなかったことが10回あったから、打たれなくて当然のときに1回打たれても、それで罪滅ぼしができるわけだから。でも、そうでなくても先生、先生とぼくがじかに衝突することが避けられたでしょうから、ぼくにはよかったんでしょうね。もしかすると、先生にとってもですよ、好ましいことかもしれない。ただ今回は、フリーダが助手のためにぼくを犠牲にしてくれたので」——ここでKが間をおいた。静かになり、掛け布団の向こうでフリーダがすすり泣くのが聞こえた——「当然、きっちり片をつける必要がある」。「聞き捨てならないわ」と、女の先生が言った。「私も同じ意見ですよ、ギーザ先生」と、先生が言った。「用務員のあなたは、仕事でこんなに恥ずべき違反をしたんですから、当然すぐにクビです。ほかにどんな罰が下されることになるか、それは言わないでおきましょう。今は荷物をまとめて、さっさと出ていってください。私たちも本当にホッとしますよ。授業もようやく始められます。さ、急いで！」。「ここから動きませんよ」と、Ｋが言った。「あなたはぼくの上司だけど、このポストを世話してくれた人じゃない。それは村長さんだ。ぼくが受けるのは、村長さんからの解雇通告だけ。ところで村長さんがこのポストをくれたのは、ぼくがここで妻や助手といっしょに凍え死ぬためじゃないでしょう。そうじゃなくて――あなたもおっしゃったように――ぼくが破れかぶれになって無思慮なことをしないように、という配慮からなんでしょう。だから、今ぼくを突然クビにすれば、村長さんの思惑（おもわく）とは正反対になるでしょう。村長さんご本人の口からその反対のことを聞かないかぎり、ぼくは信じない。ちなみに、ぼくがあなたの軽率な解雇通告に従わないなら、おそらくあなたにとっても、大いに好都合でしょう」。「つまり、私の言うようにはしないと？」と、先生がたずねた。Ｋは首を振った。「よおく考えてくださいよ」と、先生が言った。「あなたの決めることは、かならずしも最善とはいえない。たとえば、昨日の午後のことを考えてください。聴取を拒否しましたよね」。「どうして今そんなことを持ち出すんです?」と、Kがたずねた。「言いたくなったから」と、先生が言った。「では最後にもう一度くり返しましょう。出ていくんだ!」。これも効果がなかったので、先生は教壇のところへ言って、女の先生とひそひそ相談した。女の先生は警察とかなんとか言ったが、先生がそれを退けた。ようやく相談がまとまった。そこでほかの子どもたちといっしょに授業をやるからね。その変更にみんな喜んだ。すぐに教室は、笑い声と叫び声に包まれて、空っぽになった。先生と女の先生がしんがりになった。女の先生が学級日誌を持ち、学級日誌の上に、まるまる太った、まるで無関心の猫を乗せている。先生は猫をその教室に置いていきたかったのだが、それとなくほのめかしたところ、女の先生にKが残酷だからと言われて、きっぱり拒絶された。というわけでKは、怒りまくっている先生に猫まで背負わせてやったのである。先生はその腹いせに、ドアのところで捨てゼリフをKに向けた。「ギーザ先生は、子どもたちといっしょに仕方なくこの教室を出ていくんです。あなたが強情で私の解雇通告に従わないからですよ。ギーザ先生みたいな若い女性に、汚らしいあなたの所帯のど真ん中で授業をやれなんて、誰も頼めやしないから。あなたたちだけになったんだから、上品な観客に嫌われる心配もなく、好き勝手ができるでしょうよ。でも長くはつづかないだろうね。私が保証する」。そう言って、ドアをバタンと閉めた。

12　みんなが出ていくやいなや［P2人の助手］

〈行間に「章」と書き込み〉

みんなが出ていくやいなや、Kは2人の助手に言った。「出ていけ！」。思いもかけない命令に面くらって、2人は言われたようにした。けれどもKが2人の後ろでドアを閉めると、2人は戻りたくなり、外でめそめそ泣いて、ドアをたたいた。「クビだ」とKが叫んだ。「もう絶対、お前たちに仕事は頼まない」。もちろん2人はそんなことを承知せず、がんがんドアをたたき、ドアを蹴った。「戻らせてください、ボス！」と叫んだ。まるでKが乾いた陸地で、2人が洪水にのみ込まれかかっているかのように。だがKは同情せず、この我慢できない騒ぎに先生が仕方なく口を出してくるのを、じりじりしながら待った。まもなく先生が出てきた。「そのいまいましい助手を入れてやりなさいよ！」と叫んだ。「クビにしたんだ」と、Kが叫び返した。その言葉が先生には、思いがけない副作用があった。解雇を通告するだけでなく、解雇通告を実行するだけの十分な力があれば、どういう結果になるかを見せつけてやったのだ。さて先生は、2人の助手をなだめて落ち着かせようとした。ここでおとなしく待っているといい。結局、きっと入れてもらえるようになるだろうから。そう言って立ち去った。そして、もしもKが2人に向かって大きな声で言いはじめなかったなら、静かになっていたかもしれない。君たちは最終的にクビになったんだ。また使ってもらえるなんて望みは、これっぽっちもないぞ。それを聞いて2人はふたたび、以前と同じように騒ぎはじめた。ふたたび先生がやって来た。今度はもう、なだめて話したりせず、たぶん恐ろしい籐(とう)の鞭で2人を校舎から追い出した。

まもなく2人は体操室の窓の前に現われて、窓ガラスをたたいて叫んでいる。けれども何を言っているのか聞き取れない。だがそこには長くとどまらなかった。雪が深いので、不安にまかせて跳び回ることができなかった。そこで急いで校庭の柵のところへ行き、柵の土台の石垣の上に跳び乗った。そこからだと、たしかに離れてはいるが、教室のなかが前よりよく見える。柵につかまりながら、石垣の上を行ったり来たりしてから、立ち止まって、Kに向かって哀願するように合わせた手を伸ばしている。そんな努力が役に立たないことにはお構いなしに、長いあいだそうやっていた。分別をなくしているらしい。2人に見られないようにKが窓のカーテンを降ろしたときも、2人は哀願をやめなかった。

カーテンで薄暗くなった部屋のなかで、Kはフリーダの様子を見るため、平行棒のところへ行った。Kの視線を感じてフリーダが起き上がり、髪を整え、顔の涙をぬぐい、黙ってコーヒーをわかしにかかった。フリーダはすべてを知っているのだが、それにもかかわらずKは、2人の助手をクビにしたことを正式に知らせた。フリーダはうなずいただけだった。Kは教室の長椅子にすわって、フリーダのくたびれた動きを観察した。いつも若々しく毅然としていたので、取り柄のない体がきれいに見えていたが、今は、その美しさが消えている。Kといっしょに暮らすようになって、ほんの数日でそうなったのだ。バーの仕事は楽ではなかったが、おそらくフリーダにはそのほうが合っていたのだろう。それともクラムと離れたことが、やつれた本当の原因なのか？　クラムの近くにいることが、フリーダを信じられないほど魅力的にしていたのだ。その魅力でKを虜にしたのだが、今はKの腕のなかでしおれている。

「フリーダ」と、Kが言った。フリーダはすぐコーヒーミルを置いて、Kの長椅子のところに来た。「あたしのこと、怒ってる？」と、フリーダがたずねた。「いや」と、Kが言った。「君は、ああするしかないんだ。君は紳士館で満足して暮らしてた。君をあのままにしておくべきだったな」。「ええ」と言って、フリーダは悲しそうに目の前を見た。「あたしをあのままにしておくべきだったのよ。あたしはあなたと暮らす価値がない。あたしがいなくなれば、あなた、もしかして何でも好きなことができるかもしれない。あたしのことを考えて、横暴な先生の言いなりになっている。用務員なんて情けないポストについている。クラムと話をしようと苦労している。全部あたしのため。でも、あたし、あなたにろくに報いてない」。「いや」と言って、Kは慰めるように腕をフリーダの体にまわした。「どれも大したことじゃない。痛くもない。クラムに接触しようとしているのも、君のためだけじゃない。逆に君は、ぼくのためにいろんなことをしてくれた！　君と知り合うまでは、この村で迷い子になってたんだ。誰も受け入れてくれなかったし、ぼくが押しかけても、すぐに追い払われた。ぼくが落ち着ける場所を見つけられたとしても、その人たちからはぼくのほうが逃げ出した。バルナバスの人たちのことだけどさ――」。「あなたが逃げ出したの？　ほんと？　大好きよ、あなた！」と、勢いよくフリーダが口をはさんだ。Kがためらいながら「ああ」と言うと、ふたたびフリーダはしょんぼりした。しかしKのほうも、フリーダと一緒になることによってすべてが好転したんだよ、と説明しようという気持ちが萎（な）えてしまった。ゆっくりフリーダから腕を離した。ふたりはしばらく黙ってすわっていた。それからフリーダが、Kの腕からもらっていた温かさがなければ生きていけなくなったかのように、言った。「ここで暮らすの耐えられない。あたしのこと捨てないなら、あたしたち、移住しなきゃ。どこかへ。南フランスとか、スペインへ」。「移住はできない」と、Kが言った。「ぼくがここに来たのは、ここにとどまるため。ぼくはここにとどまるよ」。そして矛盾をはらみながら、その矛盾をまったく説明しようともしないまま、ひとり言のようにつけ加えた。「いったい何が俺をこんな荒れた土地に誘ったのか。それは、ここにとどまりたいという欲求にほかならない」。そして言った。「でも君だって、ここにとどまるつもりだろ。君の土地なんだから。ただしクラムが欠けている。だから君は破れかぶれに考える」。「あたしにクラムが欠けてるだって?」と、フリーダが言った。「クラムがここには、あふれてるのよ。多すぎるクラム。クラムから逃げるために、あたし出ていくわけ。あたしに欠けてるのは、クラムじゃなくて、あなたなの。あなたのために、あたし、出ていくわけ。あなたを満喫できないから。ここじゃ、あたしは引っぱりだこ。あなたのそばで平和に暮らせるなら、あたし、きれいな仮面が剝がされたっていい。体がみすぼらしくなってもいい」。Kには、ひとつのことしか聞こえなかった。「クラムとはまだつながってるの?」と、Kは性急にたずねた。「呼ばれるのかい?」。「クラムのことなんか知らないわ」と、フリーダが言った。「今あたしが言ってるのは、別の連中のこと。たとえば、あの2人の助手」。「ああ、あの2人か」と言って、Kは驚いた。「つきまとわれてるのか？」。「気がつかなかったの？」と、フリーダがたずねた。「ああ」と言って、Kは細かいことを思い出そうとしたが、思い出せない。「厚かましくてエッチな若者だけど、君にまとわりついてたなんて、気がつかなかった」。「ほんと？」と、フリーダが言った。「気がつかなかった？　橋亭であたしたちの部屋から追い出せなかったでしょ。あたしたちの関係を嫉妬深く見張ってたでしょ。昨日は1人が、わら布団のあたしの場所にもぐり込んだ。さっきも、あなたに不利なことを言った。あなたを追い出し、破滅させて、あたしとだけ一緒にいようとして。何ひとつ気づかなかったの？」。Kはフリーダの顔をじっと見て、答えなかった。助手に対する非難は、たしかにその通りだ。けれどももっと無邪気に解釈できるだろう。2人とも、まったく馬鹿げていて、子どもっぽく、浮ついていて、言うことが聞けない性質なんだから。それに2人はいつも、どこへでもKについて行こうとして、フリーダのそばにとどまっていようとはしない。それもフリーダの告発に対する反証になるのではないか。そのようなことをKは口にした。「猫かぶりよ」と、フリーダが言った。「見抜けなかったのかしら？　じゃあ、そういうのが理由じゃなかったなら、どうして2人を追い払ったの？」。そう言って、フリーダは窓のところへ行って、カーテンをちょっと開き、外を見てから、Kを自分のところに呼んだ。まだ2人の助手は外の柵のところにいた。目に見えてすっかり疲れているが、それでもときどき、力をふりしぼって、哀願するように学校に向かって両腕を伸ばしている。1人は、ずっとつかまっていなくてもいいように、上着の背中を後ろの柵の棒に通していた。

「かわいそうに！　かわいそうに！」と、フリーダが言った。「どうしてぼくが2人を追い払ったのか？」と、Kがたずねた。「直接のきっかけは、君だったんだ」。「あたし？」と、フリーダがたずねた。視線を外に向けたまま。「2人をあまりにも優しく扱いすぎる」と、Kが言った。「無作法なことをしても許してやる。何をしても笑ってすませてやる。髪をなでてやる。どんなときでも同情してやる。〈かわいそうに、かわいそうに〉とくり返す。で、最後は、さっきのことだ。俺を犠牲にしても平気なんだろ。それで2人を鞭から助けてやった」。「ああ、そのことね」と、フリーダが言った。「あたし、そのことを言ってるのよ。あたしが不幸せなのも、あたしをあなたから離してるのも、そのことなのよ。でも、あたしにとって一番の幸せは、いつもずっと、途切れることなく、終わることなく、あなたのそばにいること。でもね、こんな夢も見てるんだ。あたしたちの愛が落ち着く場所は、この地上にはない。村にも、ほかのどこにも。だからお墓を想像するわけ。深くて、狭いお墓。そこで、あたしたちはペンチでぎゅっとつかまれたみたいに抱き合ってる。あたしの顔はあなたに埋め、あなたの顔はあたしに埋め、あたしたちはもう誰にも見られなくなる。でもここで——ほら、見て、あの2人を！　2人が手を合わせてる相手は、あなたじゃない。あたしなんだ」。「それに2人をじっと見ているのは」と、Kが言った。「ぼくじゃない。君なんだ」。「たしかに、あたしが見てるのよ」と、怒ったようにフリーダが言った。「ずっとそのことを言ってるのよ。でなければ、2人があたしを追いかけまわしたって、問題ないでしょ。たとえ2人がクラムの使いでも——」。「クラムの使い」と、Kが言った。Kはそれを当然の呼び方だとすぐに思ったけれど、やはり非常に驚いた。「クラムの使いよ、きっと」と、フリーダが言った。「使いだとしても、あの2人はやっぱり子どもっぽいのよね。教育するのに鞭が必要な。ほんとに卑しくてタチの悪い若者だわ。大人っぽく、大学生かと思うような顔をしてるのに、子どもっぽくて馬鹿なことをやらかす。その落差、ほんとムカつく。あたしにはそれが見えてないとでも？　あの2人のことは恥ずかしいと思ってる。でもそこなのよ。あたしが2人に反発するんじゃなく、2人のことを恥ずかしいと思うわけ。いつも2人のことを見てしまう。2人のことを怒るべきときに、あたしは笑ってしまう。2人をぶつべきときに、あたしは髪をなでてやってしまう。そして夜、あなたのそばで寝ていても、あたしは眠れない。あなたの肩越しに見守っちゃうのよね。1人がしっかり掛け布団にくるまって寝ているのを。そしてもう１人がひざまずいてストーブの口を開けて、薪をくべているのを。あたし、前かがみになっちゃうから、あなたを起こしてしまいそうになる。それにね、あたしを驚かすのは猫じゃない――ああ、あたし、猫のこと、よく知ってるわ。それから、バーでは、いつも邪魔されて、落ち着いてウトウトもできないことも、よく知ってる――あたしを驚かすのは猫じゃない。あたしが自分で驚くの。猫みたいな化け物なんか必要ない。ほんのちょっとした音で縮み上がるんだから。あるときなんか、あなたが起きるんじゃないか、そしてすべてが終わるんじゃないか、と恐れながら、でも飛び起きて、ロウソクを点ける。あなたに急いで目を覚ましてもらって、あたしのことを守ってもらいたいから」。「そんなこと何ひとつ知らなかった」と、Kが言った。「ただ漠然とそんなふうに思っただけで、ぼくは２人を追い払ってしまった。でも今はもういないし、もしかしたら万事うまくいってるのかもしれない」。「そうね、ようやくいなくなったわ」と、フリーダが言った。けれどもその顔は苦しそうで、喜んではいない。「もっとも、２人が何者なのか、あたしたちには分からない。クラムの使いというのは、あたしが頭のなかで冗談でそう呼んでるだけだけど、もしかしたら、ほんとにそうかもしれない。あの２人の目、利口じゃなさそうだけど、キラキラしていて、どこかクラムを思い出させる。そうよ、そうだ、ときどき2人の視線があたしを射貫くんだけど、あれはクラムの視線なんだ。だとすると、あたしが2人のことが恥ずかしい、と言ったことは、正しくない。あたしは、そうであることを望んだだけ。あたしはね、どこか別の場所で、別の人間なら、同じような行動をすれば、馬鹿で、不愉快なものだと分かっているけれど、2人の場合は違う。偉いな、すばらしいな、と思って、あたしは、2人が馬鹿なことをしているのを見守っているわけ。でも、2人がクラムの使いなら、誰があたしたちを2人から解放してくれるのかしら？　解放されるとしても、そもそも2人から解放されることが、いいことなのかな？　だとすると、あなたは2人を急いで呼び戻す必要があるんじゃない？　2人が戻ってきてくれたら、きっとあなたはうれしいんじゃない？」。「君はぼくが2人を呼び戻すことを望んでるのかい？」と、Kがたずねた。「ちがう、ちがう」と、フリーダが言った。「ちっとも望んでない。2人がここに飛び込んでくるのを見ても、あたしと再会できて喜ばれても、子どもみたいに跳びまわられても、一人前の男みたいに腕を差し出されても、あたし、まるっきり耐えられないかもしれない。でもそんなとき、あなたが2人に厳しいままで、そのため、ひょっとしたらクラム本人があなたに接近することさえ、あなたが拒むかもしれない。それを考えると、あたし、その結果からあなたを守るためには、どんなことでもするわ。だから、2人を受け入れてやってもらいたい。だから、急いで2人をここへ。あたしのことは構わないで。あたしなんかどうでもいい。自分でできるかぎり、自分で身を守るわ。でも破滅することになれば、破滅する。でもそのときは、それもあなたのために起きたことだ、って考えるけど」。「2人の助手について君が言うことは、ぼくの判断を補強してるだけだな」と、Kが言った。「絶対に2人は戻ることがない。それがぼくの意思だ。ぼくが2人を追い出したということは、2人を場合によってはコントロールできる、ということを証明してるわけだし、それによってさらに、2人はクラムとは重要なつながりがない、ということも証明してるわけだ。昨日の晩ようやくクラムから手紙をもらった。文面を見ると、2人の助手についてクラムはまったくデタラメの情報しか知らされていない。ということからさらに、クラムにとって2人はどうでもいい、という結論になってしまう。というのも、どうでもよくないなら、きっとクラムは、精確な情報を手に入れることができただろうからね。でも君は、2人のことをクラムだと思ってるけど、それは何の証明にもならない。あいかわらず残念ながら、君は女将の影響を受けていて、どこにでもクラムを見てる。あいかわらず君はクラムの愛人で、まだまだぼくの妻ではない。だからときどきぼくはすっかり憂鬱になって、何もかも失ったような気分になる。そのときはさ、まるでまさにはじめて村にやって来たような感じなんだ。当時は本当に希望にあふれてたけど、今はそうじゃない。ぼくの意識じゃ、ぼくを待っているのは、いろんな失望だけ。そしてぼくは、その失望をひとつずつ次から次へと最後の残り滓(かす)まで味わいつくすしかないだろう」。その言葉を聞いてフリーダがくずおれたので、「でも、それはときどきのことにすぎない」と、つけ加えてKは微笑んだ。「それは結局、いいことを証明してるんだ。つまり、君がぼくにとって何なのか、をね。そして君がぼくに今、君か助手のどちらかを選べ、と要求したら、それだけでもう2人の助手は終わってる。君か助手のどちらかを選ぶなんて、どうしようもない考えだ！　これでぼくは2人とはきっぱり縁を切ったことにする。ところで、ぼくらふたりとも弱気になってるけれど、それは、ぼくらがあいかわらず朝を食べてないからじゃないか」。「かもしれない」と、くたびれた微笑みを浮かべながらフリーダが言って、仕事にとりかかった。Kもふたたびホウキを手にした。

13　しばらくしてから、そっとノックをする音がした　［Pハンス］〈マークなし〉

しばらくしてから、そっとノックをする音がした。「バルナバスだ！」と叫んで、

Kはホウキをほうり投げ、跳ぶように2、3歩でドアのそばへ行った。ほかの何よりも名前に驚いて、フリーダはじっとKを見た。おぼつかない手つきのKは、古い錠をすぐに開けることができない。「すぐ開けますよ」と、ずっとくり返しながら、「どなたですか」とはたずねない。そしてそれから、大きく開いたドアから入ってきたのが、バルナバスではなく、小柄な少年であることを見るはめになった。以前に一度、Kに話しかけようとした少年だ。だがKは、その少年のことを思い出そうとはしなかった。「ここに何の用かな？」と、Kがたずねた。「授業は隣の教室だよ」。「隣の教室から来たんです」と言って、少年は大きな茶色の目で落ち着いてKを見上げ、まっすぐ立っている。両腕をぴったり体にくっつけて。「だから、ここに何の用なのかな？ さあ！」と言って、Kはちょっと体をかがめた。少年の声が小さかったからだ。「手伝うことありませんか？」と、少年がたずねた。「手伝ってくれるんだって」と、Kはフリーダに言ってから、少年に「で、名前は？」と言った。「ハンス・ブルーンスヴィクです」と、少年が言った。「4年生です。マドレーヌ通りの靴屋のオットー・ブルーンスヴィクの息子です」。「そうか、ブルーンスヴィクか」と言って、Kはさっきより愛想よくなった。聞いてみると、ハンスは、Kの手が、女の先生に猫の爪で引っかかれて、血のにじんだミミズ腫れをつくったことに、ひどく腹が立ったので、そのときKの味方をしようと決心したという。ひとりで考えて今は大きな罰を覚悟のうえで、隣の教室から脱走兵のように抜け出してきたのだ。ハンスの頭を支配しているのは、何よりもこのような男の子らしい想像なのだろう。ハンスの行動からうかがわれる真剣さも、それにふさわしいものだ。最初のうちだけおずおずしていたが、まもなくKとフリーダに慣れた。そして熱くておいしいコーヒーを飲ませてもらってからは、生き生きと人なつっこくなった。熱心に根掘り葉掘り質問をした。まるで、できるだけ早く一番大事なことを聞かせてもらって、Kとフリーダのために自分でできる決心をしたいと思っているかのようだった。その態度には、どこか命令しているようなところがあった。けれども子どもらしい無邪気さも混じっていたので、ふたりは喜んで、半分は誠実に、半分は冗談まじりに答えてやった。いずれにしてもふたりでハンスにかかりっきりになったので、ふたりの仕事は中断し、朝食もますます先延ばしになった。ハンスが生徒の長椅子に、Kが教卓の上に、フリーダが教卓のそばの肘掛け椅子にすわっていたにもかかわらず、ハンスが先生で、ふたりに質問をして、答えを評価しているように見えた。ハンスの柔らかい口もとに浮かんでいるかすかな微笑みは、これはゲームにすぎないんだということを、自分はちゃんと承知しているよ、とほのめかしているように見えた。けれども、ほかの点では、ゲームであるだけにますますハンスは真剣だった。ハンスの唇に浮かんでいるのは、もしかしたら微笑みなどではまるでなく、子ども時代の幸せなのかもしれない。びっくりするほど時間がたってから、ようやくハンスが認めたことだが、Kがラーゼマンのところに立ち寄ったときから、もうハンスはKのことを知っていたという。それを聞いてKは喜んだ。「じゃあ君が、あのとき女の人の足もとで遊んでた子?」と、Kがたずねた。「はい」と、ハンスが言った。「ぼくの母だったんです」。そこでハンスは自分の母親のことを話すことになってしまった。とはいえ、ためらいながら、そしてくり返し要求されてはじめて話しただけだった。そして今、ハンスが幼い少年だということが明らかになった。けれども、ときどき、とくにハンスが質問するとき、もしかしたら未来を予感して、だが、もしかしたらそれは、落ち着かなく緊張して聞いている側の錯覚のせいにすぎないのかもしれないが、精力的で、利口で、見通しのきく大人の男がしゃべっているのではないかと思えるほどだった。だがハンスはその直後、いきなり小学生にすぎなくなった。いくつかの質問はまるで理解できず、ほかの質問は誤解して、しばしば間違いを注意されたにもかかわらず、子どものように勝手気ままに小さすぎる声でしゃべった。そしてとうとう、いくつか立ち入った質問をされると、反抗するかのように完黙した。しかも、大人には真似できないほど、じつに平然と。そもそも、ハンスの考えによると、質問してもよいのはハンスだけであり、ほかの人間が質問すれば、なんらかの規則が破られ、時間が浪費されるかのようなのだ。質問されるとハンスは、上体をまっすぐ起こし、頭を下げ、下唇をそらして、長いあいだすわっていることができた。フリーダはそれが気に入ったので、何度もハンスに質問した。そうやってハンスを黙らせることができるだろうと思ったのだ。実際、何度かはうまくいったが、Kが腹を立てた。結局、ろくに何も聞き出せなかった。母親はちょっと病気がちだが、どんな病気なのか、分からないままだ。ブルーンスヴィクの細君が膝にのせていた子どもは、ハンスの妹で、フリーダという名前だ（ハンスに根掘り葉掘り質問する女性と同じ名前であることは、ハンスには不愉快だった）。ハンスの一家は村に住んでいるが、ラーゼマンのところではない。ラーゼマンのところにいたのは、風呂に入れてもらうためだった。ラーゼマンのところには大きなたらいがあって、その中でお湯につかったり、はしゃぎ回ったりするのが、小さな子どもには特別の楽しみだった。ハンスはもうその仲間ではないが。父親のことは、うやうやしく、またはおずおずと話したが、それは母親のことが同時に話題にならなかったときだけで、母親と比べると父親の価値はどうやら低いらしい。ちなみに家庭生活について聞き出そうと、どんな質問をしても、答えが返ってこない。父親の仕事について分かったのは、この土地では最大の靴屋であることだ。まったく別の質問のときに何度もくり返し言われたことだが、父親に並ぶような靴屋は、ひとりもいない。それどころか、ほかの靴屋に仕事をまわしていた。たとえば、バルナバスの父親にもまわしてやっていたが、たぶんそれはブルーンスヴィクの特別の好意によるのだろう。少なくともそのことをほのめかすように、ハンスは誇らしそうに頭をそびやかした。それを見てフリーダは教壇から跳びおりて、ハンスにキスをした。城に行ったことがあるかという質問には、何度もくり返して聞かれてようやく、しかも「いいえ」と答えた。母親についても同じ質問をしたが、まったく答えない。とうとうKはくたびれてきた。質問しても意味がないように思えた。この点では少年が正しいと思った。無邪気な子どもにたずねるという回り道をして家族の秘密を探り出そうとすることも、恥ずかしいことだ。そのうえ、そうやっても何も聞き出せないのは、二重に恥ずかしいことだ。というわけでKは最後に少年に質問した。じゃあ君は、どんな手伝いをしてくれるのかな。ぼく、ここの仕事の手伝いをしようと思っただけなんです。先生や女の先生にKさんがあんなにガミガミ言われないように。ハンスの答えを聞いても、Kはもう驚かなかった。Kはハンスに説明した。そういう手伝いは必要ないんだよ。ガミガミ言うのは、たぶん先生の性格なんだ。どんなに丁寧な仕事をしても、やっぱりガミガミ言われると思うよ。仕事そのものはむずかしいもんじゃないし、今日はたまたま事情があって遅れただけなんだ。それにさ、生徒じゃないんだから、ガミガミ言われたって気にならない。無視するよ。ほとんどどうでもいいことなんだから。それに、すぐにでもあの先生の顔を見なくてすむようになれるんじゃないかな。というわけだから、先生にガミガミ言われないように手伝ってくれる、っていうだけなら、本当にありがとう。でもハンスは教室に戻ってくれていいんだよ。今ならまだ罰を受けずにすむだろうし。ところでKは、先生にガミガミ言われないように手伝ってくれるだけなら、その必要はないということは、まったく強調しなかったし、それとなくほのめかしただけで、ほかの手伝いについては問題にしなかったにもかかわらず、ハンスはそれをしっかり聞いていて、こうたずねた。もしかして、ほかのことで手伝いが必要なら、大喜びで手伝いますよ。ぼくひとりじゃ無理なら、母にも手伝ってもらいます。きっとうまくやれるでしょう。父も心配事があると、母に助けてと頼むんです。それに母は一度、Kさんのことをたずねたことがあるんです。母自身、ほとんど家を出ません。あのときラーゼマンのところにいたのは、ほんとに例外なんです。ぼくはよく外出して、ラーゼマンの子どもたちと遊ぶんです。で、一度、母に聞かれたことがあります。ラーゼマンのところに、もしかして測量士さん、いなかったかい。ところで母は、とても体が弱くて疲れているので、余計なことをあれこれ聞いちゃいけないんです。そこでぼくは、測量士さんには会わなかったよ、としか言わず、それ以上の話はしなかった。でもこの小学校で測量士さんを見つけたときは、母に報告することができるように、どうしても話しかけなくてはならなかったんです。というのも母は、はっきり指示していないのに自分の望みをかなえてもらうのが、大好きなので。それを聞いてKは、ちょっと考えてから言った。ぼくには手伝いは必要ない。必要なものは全部そろってる。でも、手伝ってくれるというハンスの気持ちは、とてもうれしい。君の親切な気持ちには感謝するよ。もしかすると、あとで何か必要になるようなことがあるかもしれない。そのときには君にお願いするね。逆に、もしかしたらぼくのほうが、今はちょっと手伝えるかもしれない。気の毒なことに、ハンスのお母さんは病弱で、どうやらここでは誰もその病気のことを理解していない。そのまま放っておくと、本来は軽い病気なのに、ひどく悪化するケースがしばしばあるんだ。ところで、ぼくには医学の知識がちょっとある。おまけにさいわい、病人を治療した経験もある。医者が治せなかったことを、治したこともある。故郷じゃね、ぼくは治す力をもってるので、いつも「苦い薬草」と呼ばれてたんだよ。いずれにしてもハンスのお母さんに会って、話がしたい。もしかしたら役に立つ助言ができるかもしれない。ハンスのためだけでも、喜んでそうするよ。そう提案されて、ハンスの目が最初は輝いた。釣られてKもますます乗り気になったが、その結果は満足のいくものではなかった。ハンスが、いろいろ質問されても、非常に悲しそうな顔もしないで、こう答えたのだった。知らない人が母を訪ねるのはダメなんです、大切にいたわってあげなければならないので。あのときもKさんとはほとんど話をしなかったのに、そのあと2、3日寝込んじゃったんです。あのとき父は、Kさんにものすごく腹を立ててました。Kさんが母のところに来るなんて、きっと絶対に許さないでしょうね。それどころか、あのときはKさんのところへ怒鳴りこもうとしたんですよ。Kさんの行動を罰しようとして。ただ母がそれを思い止まらせましたけれど。でも何といっても母自身が、だいたい誰とも話したがらないんです。Kさんのことを母がたずねたのも、いつものことで例外じゃないんです。逆に、せっかくKさんのことに触れたわけだから、Kさんに会いたいと願いを口にすることもできたでしょう。でも、口にしなかった。口にしなかったことによって、母ははっきり自分の気持ちを表わしたんです。Kさんのことを知りたいだけで、Kさんと話したいわけじゃない。ところで母は苦しんでるけど、本当は病気なんかじゃないんです。体調を悪くしている原因なら、母はすごくよく分かってる。それをほのめかすこともあるんです。おそらくここの空気のせいなんだ。それが耐えられない。でもだからといって、この土地を離れるつもりはない。父と子どもたちのためなんです。それにね、以前よりは、もう具合がいいんです。以上が、だいたいKの聞いたことである。ハンスの思考力は、目に見えて向上している。母をKから守らなければならないからだ。Kには、自分のほうから手伝いたいと言い出したくせに。それどころか、Kを母に近づけないという大義のためには、いくつかの点で、たとえば病気について、自分の以前の発言とは矛盾することさえ口にした。それにもかかわらずKは今でも、ハンスがあいかわらず自分に好意をもっていることに気づいている。ただ、母親のことになると、ほかのことはすっかり忘れてしまうのだ。ハンスの母親の相手役にされた者は誰でも、たちまち悪者にされてしまう。今はそれがKだった。けれども、たとえばハンスの父親でも悪者にされかねない。Kは、それを実験してやろうと思って、言った。どんな邪魔も入らないようにお父さんがお母さんを守っているのは、たしかに非常に納得がいくね。あのときぼくも、そんなことがあるかもしれないと想像さえしていたら、きっとお母さんには、厚かましく話しかけようとはしなかっただろう。今更だけど、家に帰ったら、お詫びしておいてもらえないかな。逆に、よく理解できないんだけど、ハンスが言うように、病気の原因がそんなにはっきりしてるなら、どうしてお父さんは、お母さんの転地療養に慎重なんだろうか。お父さんが引きとめているとしか言いようがないよね。お母さんが行かないのは、子どもたちとお父さんのためだろ。子どもたちなら連れていける。それに長いあいだ行っている必要もないだろう。城の山だって空気はまるで違う。そんな転地なら、お父さんが費用を心配する必要はない。この土地で一番の靴屋なんだろ。それにきっとお父さんかお母さんには、城に親戚か知り合いがいるから、喜んで受け入れてもらえるだろう。どうして行かせてあげないんだ？ そんな病気は大したことないと思ってるわけじゃないよね。ぼくはさ、お母さんにちらっとお目にかかっただけだけど、顔色が悪いし、弱っているのが目についたので、つい話しかけてしまったんだ。でもそのときにもう驚いたんだけど、お父さんはさ、共同の風呂場であり洗濯場でもある部屋のひどい空気のなかに、病気の奥さんをほったらかしにしたまま、自分はまったく気にもせず大きな声でしゃべっていた。お父さんはたぶん、何が問題なのか分かってない。最近はもしかしたら病状がましになったかもしれないとしても、そういう病気は気まぐれでね。闘わないでそのままにしておくと、結局、全力でぶり返して、そうなると手のほどこしようがなくなる。たとえぼくがお母さんと話せないとしてもだよ、お父さんと話をして、こういうことをちゃんと注意してあげておくのが、やっぱりいいかもしれないね。

ハンスは緊張して聞いていた。大部分は理解した。理解できなかった残りの部分は、脅かしとして強く感じた。にもかかわらず、こう言った。父とは話せませんよ。父はKさんのことを嫌ってるので。おそらく先生と同じような態度でKさんを扱うと思います。Kのことを話すとき、ハンスは微笑んで、はにかみながら言ったが、父親について触れるときは、苦虫をかみつぶして、悲しそうに言った。それでもこうつけ加えた。でもね、母となら話せるかもしれない。ただしお父さんには内緒で。それからハンスは、視線を動かさずしばらく考えていた。禁じられたことを思いついて、罰せられずに実行する手を探している女にそっくりだ。あさってなら大丈夫かもしれない。父が夕方、紳士館へ行くんです。そこで打ち合わせがあるんで。そのときぼくがここに夕方やって来て、Kさんを母のところへ連れていきます。もっとも、母が賛成してくれたらですが、その見込みはほとんどないかな。どんなことがあっても母はね、父が反対するようなことはしないので。どんなことでも父の言うまま。たとえぼくが完全におかしいと思うことでも。実際、ハンスは今、父親に対抗するためKに助けを求めているのだ。それはまるでハンスが自分で自分を裏切ったかのようだ。自分ではKを助けようと思っていたのに、逆に実際は、まわりの昔からの知り合いは誰ひとり助けにならなかったので、この突然姿を現わしたよそ者が、母が話題にさえしたKが、もしかしたら助けてくれるかもしれないと、探りを入れていたのだ。ハンスというこの少年は、無意識に心を閉ざしているようで、ほとんど陰険なのである。それは、これまでその姿や言葉からはほとんど推察できないことだった。偶然や思惑によって引き出された、文字どおり後出しの本音によってはじめて気づくことである。そしてハンスは今、Kと長いあいだしゃべっているあいだに、どんな困難を克服しなければならないのか、考えていた。どんなにハンスが頑張っても、ほとんど克服できそうにない困難だ。すっかり考え込んではいるが、助けを求めるようにハンスは、落ち着きなくまばたきしながらKをずっと見つめている。父親が外出するまで母親には何も言ってはならない。でないと父親が聞きつけて、すべてがダメになってしまう。だから、ずっとあとになってからでないと触れられないし、その場合でも、母親のことを配慮するなら、突然に急いでというわけにはいかず、ゆっくり機会を見てということになる。その場合はまず母親に賛成してもらう必要があり、それからはじめてKを迎えに行くことができる。しかしそれでは遅くなりすぎて、もうそろそろ父親が戻ってくるのではないか？　そうだ、やっぱり無理なんだ。それに対してKが、無理ではないと反論した。時間が足りないことについては、心配する必要はない。ちょっと話すだけでいい。ちょっと会うだけでいい。ハンスがKを連れにくる必要はない。Kはどこか家の近くで隠れて待っている。ハンスの合図ですぐに行くから。ダメだよ、とハンスが言った。家のそばで待つのはダメ――自分を支配している母親のことになると、ハンスはまた神経質になった――母に知らせないまま、Kさんがこっちに向かっちゃダメ。母に内緒でそんなふうにKさんと約束するのはダメ。Kさんはぼくが小学校まで迎えに行かなくちゃ。それも、母に知らせて、母の許可をもらってから。いいだろう、とKが言った。でもそうすると、本当に危険だよ。家でお父さんに現場を押さえられるかもしれない。そんなことにならないとしても、お母さんがそういうことを心配して、ぼくを絶対に寄せつけなくなるだろうね。そうなると何もかも、お父さんのせいでうまくいかなくなるだろう。それに対して今度はハンスが反論し、そうやって意見をやりとりした。すでにずっと前にKはハンスを長椅子から教壇に呼んで、膝のあいだに引き寄せていた。そして機嫌をとるようにときどきハンスをなでた。そうやって体を近づけていたおかげで、ときどきハンスが抵抗したにもかかわらず、意見をすり合わせることもできた。結局、次のように意見がまとまった。まずハンスが母親に本当のことをすっかり話す。しかし母親に賛成してもらいやすくするため、こうつけ加える。Kはブルーンスヴィク自身とも話をするつもりだが、それは母親のためではなく、Kがかかえている問題のためである、と。そうつけ加えたのは、実際、正しかった。話をしているあいだに思いついたことだが、たしかにブルーンスヴィクは、いつもは危険で意地悪な人間であるとしても、Kの敵では実際ないのではないか。少なくとも村長の報告によると、たとえ政治的な理由によるとしても、測量士の招聘を望んだ者たちのリーダーだったわけだ。Kが村にやって来たことは、だから、ブルーンスヴィクにとっては歓迎すべきことだったにちがいない。だとすると、最初の日に怒ったように挨拶したことや、ハンスが言ったようにKを嫌っていることは、たしかにほとんど理解しがたいことである。しかし、もしかすると、ブルーンスヴィクが気分を害したのは、まさにKが最初に助力を求めなかったからなのかもしれない。もしかすると、別の誤解があったのかもしれない。誤解は2つか3つの言葉で解くことができる。もしもそうなれば、Kは、ブルーンスヴィクをまさしく、先生に対抗する、それどころか村長に対抗する後ろ盾にすることができるのだ。村長と先生がKを城の役所に近づけないようにして、無理やり小学校の用務員にしたのは、まったくもって役所のまやかしだが――それ以外に何が考えられるだろう？――そのまやかしを暴くことができる。Kをめぐってブルーンスヴィクと村長のあいだに新たに闘いがはじまれば、ブルーンスヴィクはKを自分の側に引き入れるにちがいない。Kはブルーンスヴィクの家に招かれるだろう。ブルーンスヴィクのいろんな権力の手段をKが使えるようになるだろう。村長に抵抗するためだ。それによってKがどんなものを手に入れるのか、見当がつかないが、いずれにしてもブルーンスヴィクの細君の近くにはしょっちゅういることになるだろう――そうやってKはいろんな夢で遊び、いろんな夢はKで遊んだ。そのあいだハンスは、頭には母親のことしかなかったが、Kの沈黙を心配そうに観察していた。むずかしい症例に対して治療の手段はないものかと考え込んでいる医者を観察するように。ブルーンスヴィクとは測量士の採用の件で話をするつもりだ、というKの提案にハンスは折れた。もっともそれは、それによって母親を父親から守るためにすぎなかったし、おまけにそれは、起きてもらいたくない、まさかのケースにすぎなかった。ハンスはただ、こんな遅い時間にKが訪ねたことを父にどう説明するのか、とたずねただけだった。そしてKが、小学校の用務員というポストが耐えられないうえ、先生から失礼な扱いを受けたので、突然やけくそになって前後を忘れてしまいました、と言うつもりだと答えたので、ハンスは、ちょっと顔を曇らせはしたけれど、ようやくそれで満足したのだ。

こうして、想定できることはすべて考え、うまくいく可能性が少なくとも排除されることはなくなったので、ハンスは、あれこれ考えるという重荷から解放され、前よりほがらかに、ちょっとのあいだ、子どものように、最初はKと、それからフリーダともおしゃべりした。フリーダは、まったく別のことを考えているみたいに長いあいだすわっていたのだが、ようやく今になってまた会話に加わりはじめた。フリーダはハンスにいろんなことをたずねたが、とくに、何になるつもりなの、とたずねると、ハンスは、あまり考えることもなく、Kさんのような人になるつもりです、と言った。そこでその理由を聞かれると、もちろん答えることができなかった。じゃあ、小学校の用務員になるつもりは？と聞かれると、きっぱり否定した。いろいろたずねてようやく、ハンスがどんな回り道をしてそう望むようになったのか、分かった。現在のKの状態は、けっしてうらやましいものではなく、悲しく軽蔑されるようなものだ。それはハンスもちゃんと見ている。それを理解するために、ほかの人たちを観察する必要もない。ハンス自身が一番やりたいことは、母親をKの視線と言葉から完全に守ること。それなのにハンスはKのところに来て、Kに助けを求め、Kが同意すると、喜んだ。ほかの人でも似たようなものだとハンスは思っている。何よりも母自身がKのことを口にしたじゃないか。その矛盾からハンスはこう確信するようになった。今はたしかにKは卑しくて嫌悪されるような存在だが、しかし想像できないほど遠い将来において、みんなより優れた存在になるだろう、と。そしてまさにその馬鹿ばかしいほどの遠さと、その遠さにつらなるはずの誇らしい発達に、ハンスはそそられるのだ。

その将来に賭けてハンスは、現在のKであっても買っておこうと思った。その願いは、ことのほか子どものようで早熟だが、それは、ハンスがKのことを年下だと思っているからであり、その年下の将来は、自分自身の将来、小さな少年の将来とちがって、はるか先まで伸びるのだ。これらのことをハンスは、フリーダの質問に何度もうながされて話したのだが、その顔は暗いといっていいほど真剣だった。ようやくKがハンスの気持ちを明るくした。ハンスがどうしてぼくをうらやんでるのか、知ってるよ。ぼくの節こぶ杖（ストック）がすごいからだ。Kが言った杖（ストック）は教卓の上に寝かせてあって、ハンスが話しながら、ぼんやりそれをいじっていたのだ。こういう杖（ストック）の作り方、知ってるよ。ぼくらの計画がうまくいったら、ハンスにはもっとすごいの作ってあげる。ハンスが本当に杖（ストック）のことだけを考えていたのかどうか、今でははっきりしないほど、ハンスはKの約束に大喜びした。別れるときはうれしそうに、Kの手をギュッと握って言った。「じゃ、あさって」

14 ちょうどいいときにハンスが出ていった 〔Pフリーダの非難〕〈マークなし〉

ちょうどいいときにハンスが出ていった。というのも、その直後、先生がドアを急に開けて、Kとフリーダが静かに教卓のそばにすわっているのを見て、叫んだからだ。「お邪魔しますよ！ しかし、ここはいつになったら片づくんだろう。私たちは隣の教室でスシ詰めで、授業もろくにできない。なのにあなたたちは、この大きな体操室でのんびり手足を伸ばしている。おまけに、もっと広く使おうと思って、2人の助手まで追い出した。さあ、ともかく立って、動いたらどうですか！」。そしてKにだけ言った。「君はこれから橋亭へ行って、私のフォーク朝食〔立ったまま、ナイフを使わずフォークだけで簡単に食べられる、2度目の朝食〕をもらってくるんだ」。怒り狂って叫んだのだが、言葉だけは比較的おだやかだった。もともと乱暴な「君は」までもが。Kはすぐ、言われたようにしようと思ったけれども、ただ先生に探りを入れるために、こう言った。「でもぼくは解雇を通告されてるんですよ」。「解雇を通告されていても、されていなくても、私のフォーク朝食をもらってくればいいんだ」と、先生が言った。「解雇を通告されてるか、されてないのか。それが知りたいんですよ」と、Kが言った。「何の寝言を言ってるのかね？」と、先生が言った。「君は、解雇通告を受け取らなかったじゃないか」。「解雇通告を無効にするには、それで十分なんですね？」と、Kがたずねた。「私には十分じゃない」と、先生が言った。「それは間違いない。でも村長には、それで十分なんだ。理解できない話だが。さあ、走ってもらってくるんだ。でなきゃ、さっさとここを引きあげるんだ」。Kは満足だった。つまり先生は、どこかで村長と話をしたわけだ。もしかしたら話なんかしないで、村長の意向を忖度して言っただけかもしれないが、それが俺には好都合の内容なのだ。そこでKは急いですぐにフォーク朝食をもらいに行こうとしたのだが、廊下から先生に呼び戻された。今後の参考にするために、Kの用務員としての仕事ぶりをこの特別の命令によって試そうとしただけなのか。あるいは、先生が命令する楽しみをまた見つけて、Kを急いで走らせてから、また命令してボーイのように急いで方向転換させるのを喜んだのか。Kのほうも、あまりにも言いなりになっていると先生の奴隷やスケープゴートになってしまうことは分かっていたが、ある程度ぎりぎりまで今は先生の気まぐれに我慢してつき合ってやろうと思った。というのも、すでに明らかになったように、先生が合法的に解雇を通告できないとしても、用務員のポストを耐えがたいほど苦しいものにすることは、きっとできるのだから。だが、まさにこのポストは、今のKにとって以前より大事なのだ。ハンスと話をしているうちに、新しい希望が生まれていた。実現しそうもなく、まるで根拠のない希望だと認めるしかないが、それでも忘れられない希望で、バルナバスの影さえ薄くなるほどだった。もしKがその希望を追いかけるなら、そしてKにはそれしかできないのだが、全力でそれに集中するしかない。それ以外のことは、食べることも、住むところも、村の役所も、それどころかフリーダのことさえ気にしなくていい。そして結局、大事なのはフリーダのことだけなのだ。ほかのすべてのことをKが気にするのは、フリーダに関係しているからだ。だから、この用務員のポストも、フリーダにちょっとした保障をもたらすものなので、失わないようにしなければならない。そしてこの目的のためには、先生のことは、これまで我慢してきた以上に我慢して、後悔のないようにしなければならない。これらは、あまりにも苦痛というわけではない。人生でえんえんとつづく小さな苦しみのひとこまである。Kが手に入れようとしているものと比べると何でもないことだ。尊敬され穏やかに暮らすために、Kはこの土地にやって来たわけではない。

そういうわけでKは、すぐに旅館へ走って行こうとしたのだが、命令が変わったのですぐにまた、女の先生がクラスの生徒を連れてこちらへ来れるように、とりあえず教室を整えようとした。しかし大急ぎで整える必要があった。整え終わったらKはフォーク朝食をもらってくることになっていた。先生はすっかりお腹が空いて、喉が渇いていた。Kは、何でもお望みどおりやりましょう、と約束した。しばらくのあいだ先生が見ているところで、Kは急いで、寝床を片づけ、体操用具をもとの位置に戻し、飛ぶようなスピードで掃き、そのあいだフリーダは教壇を洗って、磨いた。ふたりが熱心に働いているので、先生は満足らしい。さらに先生は、ドアの前にストーブ用の薪をひと山用意しておくように注意し――納屋にはKをもう行かせたくないのだろう――またすぐ戻ってきてチェックするから、と脅かして、子どもたちのところへ帰っていった。

しばらく黙って働いてから、フリーダが、どうしてKはあんなに先生の言うがままになるのか、たずねた。たぶんそれは、Kに同情しKを心配した質問なのだが、Kは、フリーダがもともと、Kを先生の命令や横暴から守ってあげるわね、と約束したのに、実際はほとんど守ってくれなかったことを思い出して、用務員になったんだから、このポストの仕事をちゃんとやるしかないんだよ、とだけ短く答えた。それからふたたび静かになった。今の短いやりとりがきっかけで、Kは思い出した。フリーダはもう、ずいぶん長いあいだ、心配のため物思いに沈んでいるようだった。とくに、Kがハンスとずっとしゃべっていたあいだは、ほとんどそうだったのだが。Kは薪を運び込みながら、フリーダにはっきり、いったい何を考えてるんだい、とたずねた。フリーダは、ゆっくりKを見上げながら答えた。別に何も。女将さんのことや、女将さんが言ったことがいくつか本当だな、ってことくらいよ。Kがしつこくたずねると、フリーダは何回か拒んでから、ようやく詳しく答えた。だがそのときも仕事の手は休めなかった。熱心に働いているからではない。仕事はまるで進んでいないのだ。手を動かしていれば、Kの顔を見ないですむからにすぎない。こうしてフリーダは話した。あたしね、あなたがハンスとしゃべってるの、最初はおとなしく聞いてた。それからね、あなたの2、3の言葉に驚いて、その言葉の意味をもっとはっきりつかまえようとしはじめた。するともう、あなたの言葉を聞いてると、これが女将さんが警告してくれてたことなんだと思わずにはいられなくなったの。それまで一度も女将さんが正しいなんて考えようともしなかったけれど。Kは、具体的でないフリーダの、ものの言い方に腹が立ち、また、涙まじりに訴える声にさえ、心を動かされたというよりはイライラした——何よりも、少なくとも記憶のなかで、女将がKの人生に割り込んできたからだ。これまで女将自身が割り込むことはほとんどできなかったので——Kは、両腕にかかえていた薪を床に投げ出して、その上にすわり、まじめな顔をして、はっきり説明してくれと言った。「もう何度もあったわ」と、フリーダが話しはじめた。「もう最初から、女将さんはね、あたしにあなたの言うことを信じないようにさせようとした。あなたが嘘つきだと言ったんじゃない。逆にね、あなたは子どもみたいに素直だと言ったわ。でもあなたって人は、あたしたちとはずいぶん違うから、あたしたちにあなたが素直に話したとしても、あなたの言うことはなかなか信じられない。いい女友達がいて先に教えてくれるのでなければ、苦い経験をしてようやく、信じられるようになるしかない、と。人を見る目がある女将さんでさえ、そんな目に遭ってきたんだって。でもね、あなたと橋亭で最後に話してから、女将さんはね――これ、女将さんの意地悪な言葉をくり返してるだけだけど――あなたの策略を見破ったの。今じゃ、もうだまされたりしないよ、って。どんなにあなたが、下心を隠そうとしても。〈でも、あの人、何も隠してないいんだけどね〉と、女将さんはくり返し言った。それからこう付け加えたの。〈どんなときでも機会があれば、しっかり耳を傾けるんだよ。ぼんやりとじゃなく、しっかり耳を傾けるのさ〉。それ以上のことはしなかったけれど、そうやって女将さんはね、あたしのことについて聞き出したんだって。あなたがあたしに――こんな恥ずかしい言葉を使ったのは、女将さんよ――言い寄ったのは、ただ、たまたまあたしがあなたに出会って、まんざらでもないと思われたから。またね、あなたがバーの女の子なんて、これはひどい勘違いだけど、どんな客でも手を出せば言いなりになるものだと思ってたから。それだけじゃない。女将さんが紳士館の主人から聞いたところによると、あなたはあのとき、何かの理由で紳士館に泊まりたいと思っていて、そのためにはもちろん、あたしを使うしか手がなかった。あの晩、あたしと寝るきっかけとしては、それだけで十分だったんでしょう。でもそれ以上の仲になるためには、もっと必要だった。で、そのもっとがクラムだった、って話なわけ。女将さんはね、あなたがクラムに求めてるものを知っているとは言ってないのよ。ただ、あなたがあたしを知る前から、あたしを知ってからと同じように猛烈にクラムのところへ行きたがっていた、と言ってただけ。違いといえば、以前のあなたは絶望してたけれど、今は私を手に入れたので、実際に、近いうちに、しかも優越感をもって、クラムのところへ突進する確実な手段があると思っていることぐらいかな。あたし、ほんとに驚いたわ――といっても、ほんの束の間のことで、そんなに深い理由もないんだけど――今日あなた、あたしを知るまでは、ここで迷い子になってた、と言ってたでしょ。あれ、もしかして、女将さんが使った言葉と同じかもしれない。女将さんも、あなたは、あたしを知ってからはじめて目的を意識するようになった、って言うのよ。女将さんの説明によると、あなたはあたしを手に入れて、クラムの愛人を征服したと思った。そして征服したことによって、最高の値段でしか請け出せない担保をもつことになったと思った。その値段についてクラムと交渉することだけが、あなたが目指してることなわけ。あなたにとってあたしなんかどうでもよく、値段がすべてだから、あたしについてはどんな譲歩でもするけれど、値段については頑固なわけ。だから、あなたは、あたしが紳士館の持ち場を失っても、平気。あたしが橋亭も出ていかなきゃならなくなっても、平気。あたしが大変な用務員の仕事をこなさなきゃならなくなるとしても、平気。あなたには優しさがない。それどころか、あたしのための時間すら、もうない。2人の助手をあたしに任せて、嫉妬もしない。あなたにとってあたしの価値は、クラムの愛人だったということだけ。あなたは何にも知らないから、あたしにクラムのことを忘れさせないように骨を折っている。決定的な時になって、最後にあたしがこっぴどく抵抗しないように。それなのにあなたは、女将さんとも闘っている。あたしをあなたから引き離せるとしたら、女将さんしかいないと思ってるでしょう。だからあなたは女将さんと言い争って決裂して、あたしを連れて橋亭を出ることになっちゃった。あたしはね、あたしだけが問題であるかぎり、どんな場合でもあなたの所有物。それをあなたは信じて疑わない。クラムとの話し合いをビジネスだと思ってるでしょ。現金と現金の取引。あなたはあらゆる可能性を考えている。望みの値段になったとすると、あなたは何でもするつもりでしょ。クラムがあたしを望めば、あなたはあたしをクラムに渡すでしょう。あなたがあたしのそばにいることを、クラムが望めば、あなたはそばにいるでしょう。あなたがあたしを追い出すことを、クラムが望めば、あなたはあたしを追い出すでしょう。でもあなたは、喜劇も演じるつもりよね。得になりそうなら、あなたは、あたしを愛してるふりもするでしょう。クラムが平気な顔をしていれば、あなたは動揺させてやろうとするでしょう。あなたのダメなところを強調して、そんなダメな奴の愛人になったという事実によって、クラムに恥ずかしい思いをさせるとかして。または、クラムへの愛の告白をね、あたし、本当にやったことあるんだけど、それをあなたがクラムに伝えて、もう一度フリーダを受け入れてやってほしいと頼むとかして。もちろん、あなたの望む値段を払ってもらって。で、どの手もダメなら、あなたはK夫妻という名札をぶらさげて物乞いするでしょう。しかしそのとき、これが女将さんの結論なんだけど、あなたは何もかもが勘違いだったと気づくことになる。あなたの想定も、あなたの希望も、クラムについてのあなたの想像も、そしてクラムとあたしについてのあなたの想像も。そのとき、あたしの地獄がはじまることになる。というのも、そのときはじめてあたしはね、あなたが頼りにしている、まさにあなたの唯一の所有物ということになるわけだから。でも同時にそれは、価値のないものと証明された所有物で、あなたは、価値のないものとして扱うでしょうね。だってあたしに対して、所有者の感情しかもってないので」

緊張して、口をギュッと結んで、Kは耳を傾けていた。すわっていた薪の山がくずれて転がり、Kは、床の上に滑り落ちそうになっていたが、気にかけていなかった。今ようやく立ち上がって、教壇に腰を下ろして、フリーダの手をとった。その手はそっとKから逃げようとした。Kが言った。「今の報告を聞いてると、君の意見なのか、女将さんの意見なのか、ちゃんと区別できなかった」。「全部、女将さんの意見よ」と、フリーダが言った。「あたしは、じっと聞いてただけ。女将さんのこと、尊敬してるから。でも生まれてはじめてだったな。女将さんの意見を最初から最後まで拒絶したのは。女将さんの言うことは、みんなみじめに思えたし、あたしたち2人のことだって、何も分かってない。むしろ、女将さんの言ったことの正反対のほうが、正しい気がした。あたしたちの最初の夜のあとの暗い朝を思い出したわ。あなた、あたしの横でひざまずいて、もう何もかも終わったような目をしていた。そして実際、それからどうなったか。あたしがどんなに頑張っても、あなたを助けることにはならず、あなたの邪魔になった。あたしのせいで、女将さんはあなたの敵になった。手強(てごわ)い敵よ。あなたはあいかわらず見くびってるけど。あたしのことが心配で、あなたは、ポストを求めて奮闘しなきゃならなかった。村長に対して不利な立場になった。先生の言うことを聞かなきゃならなかった。２人の助手の手玉にとられた。でも最悪なのはね、あたしのために、もしかしてクラムに対してまずいことしちゃったこと。今もずっとクラムのところへ行きたがってるけど、それって、クラムをどうにかしてなだめようという、むなしい努力にすぎない。で、あたし、自分に言って聞かせたの。女将さんはね、このことはきっと、あたしよりはるかによく分かってるので、あたしがあまりにもひどく自分を責めないように、いろいろささやくことによって、あたしを守ろうとしてるだけなんだ、と。親切なんだけど、余計なお世話ね。あなたへの愛に助けられて、あたし、何でも乗り越えたかもしれない。あなたも、やっと前進したかもしれない。この村でじゃなければ、どこか別の場所で。あなたへの愛の力は、もう証明されたことがある。バルナバスの一家からあなたを救ったんだから」。「つまりそれが、あの頃の君の反対意見だったんだ」と、Ｋが言った。「で、それ以来、何が変わったの？」。「分からない」と言って、フリーダは、自分の手を握っているＫの手を見つめた。「もしかしたら何も変わってないかも。こんなに近くで、こんなに穏やかにたずねられると、何も変わってないという気になる。でも実際は」――フリーダは自分の手をＫから離し、Ｋに向き合ってまっすぐすわって、泣いた。顔をおおわずに。涙にあふれた顔をＫに隠すことなく向けている。まるでそれは、自分のことを泣いているのではなく、だから何も隠す必要がなく、Kの裏切りを泣いているのだから、フリーダの悲しみの顔もKが見るべきものであるかのようだ――「でも実際は、何もかも変わっちゃった。あなたがあの少年と話をしているのを聞いてからは。悪気のない顔をして、あなたは切り出した。家庭の事情から、あれやこれやたずねた。あなたがちょうどバーにやって来たときみたいな気がしたわ。人なつっこくて、開けっぴろげで。子どものように食い入るような目で、あたしの視線をつかまえようとしたでしょ。あのときとちっとも違わなかった。ああ、ここに女将さんがいてくれれば、と思った。あたしは、あなたの話に耳を傾けて、それでも女将さんの意見を信じようとしたでしょうね。でもそのとき突然、どうしてそうなったのか分からないけど、気がついたの。どんな下心があって、あなたがあの少年と話をしているのか。心をつかむような言葉を並べて、簡単には得られないあの子の信頼を手に入れると、誰にも邪魔されずに自分の目標に突進するんでしょ。あたし、だんだん目星がついてきたの。その目標は、あの子の母親、ブルーンスヴィク夫人でしょ。母親の病気を心配するふりをして話してたけど、あなたが気にしてるのはあなたのビジネスのことだけっていうのは、まる見えね。あなたは、ブルーンスヴィク夫人の心をつかむ前に、夫人をあざむいたんだ。あなたの言葉を聞いてると、あたしの過去だけじゃなく、あたしの未来まで見えてくる。まるで、あたしの横に女将さんがすわっていて、あたしに全部説明してくれるんだけど、あたしが全力で女将さんを押しのけようとするような感じ。でも、押しのけようとしても無駄だとはっきり分かっている。でも実際、あざむかれたのは、もうあたしなんかじゃない。あたしは、あざむかれたことさえないんだから。あざむかれたのは、あなたの知らない女なの。で、あたし、気を取り直して、ハンスに、何になりたいの、ってたずねたら、Kさんみたいになりたい、って言う。つまり、もうすっかりあなたの子分よね。じゃあさ、ここでうまい具合に利用された善良な少年ハンスと、あのときのバーのあたしとでは、いったいどんな違いがあったのかな？」

「全部」と、Kが言った。非難には慣れているので、もう落ち着いていた。「君の言うことは全部、ある意味では正しい。まちがってはいない。ただ敵意がこもってる。それは女将さんの考えだ。ぼくの敵の、ね。たとえ君が、自分の考えだと思っているとしても。だからその点で、ぼくは慰められている。でも女将さんの考えは、いろんなことを教えてくれる。女将さんからは学ぶこともあるんだよ。女将さんに大事にされたことがないにもかかわらず、ぼく自身、言われたことはないが、どうやら女将さんがその考えを君に武器としてゆだねたのは、ぼくにとって特別にひどい時、または決定的な時に、君が使うだろうと期待したからだろうね。ぼくが君を都合よく利用しているとすれば、女将さんも似たようなもので、君を都合よく利用してるんだ。ところでフリーダに考えてもらいたいことがある。たとえすべてがピッタリ女将さんの言うとおりだとしても、それがひどく邪悪なのは、ただひとつのケースに限られるんだよ。つまり、君がぼくをもう好きじゃない場合だ。その場合、その場合にのみ、ぼくは打算と策略によって君を手に入れ、君という所有物によって暴利をむさぼるのが現実になるだろう。あのとき君の同情を買うため、オルガと腕を組んで、君の前を歩いたけれど、もしかしたらそれも、ぼくの計画のひとつでさえあったのかもしれない。女将さんは、ぼくの罪状を数え上げるとき、このことに触れるのを忘れただけなんだ。でも、もしもこれが邪悪なケースじゃなく、つまり、狡猾な肉食獣が君をあのとき食い殺したというんじゃなくてだよ、君がぼくに好意をもち、ぼくらが相手を見つけて、ふたりしてわれを忘れたとすれば、さあフリーダ、これは、いったいどうなるかな？この場合、ぼくのことは君のことと同じになるから、区別できるのは敵の女だけだ。これはどんな場合にも当てはまる。ハンスについてもね。ハンスとの会話について君の判断は、ともかく君がものすごく優しいから、極端になるんだ。というのも、ハンスの思惑とぼくの思惑はぴったり重なってるわけじゃないけど、対立が生まれるほど離れちゃいないからね。それにさ、君とぼくの意見が違うのは、ハンスに隠されているわけじゃない。もしも隠されてると君が思うなら、この注意深い小さな大人をすごく見くびってることになるよ。たとえハンスにはすべてが隠されてるべきだとしても、だからといって誰も傷つかないだろう。ぼくはそう思ってるよ」

「ちゃんと見るって、ほんとむずかしいのね、K」と言って、フリーダはため息をついた。「あたし、これっぽっちもあなたに不信感をもったことはない。不信感みたいなものが女将さんからあたしに伝染してるなら、大喜びで投げ捨てて、あなたにひざまずいて許しを乞うわ。どんなにひどいこと言っても、あたし、ほんとはいつもそうしてるんだ。でも、あなたがあたしに隠してることはいっぱいある、ってのは本当よね。あなたは帰ってきて、出かける。あたしは、どこから帰ってきて、どこへ出かけるかも知らない。あのとき、ハンスがノックしたとき、あなたは大きな声で、バルナバスの名前まで口にした。あのとき、あたしには理解できない理由であなたは、おぞましい名前を口にしたけど、一度でも、あのときと同じくらいの愛情をこめて、あたしの名前を呼んでもらいたかった。あなたに信頼されてないんだから、あたしにだって、不信感が生まれるんじゃないかな。すると、あたしはすっかり女将さんまかせになっている。あなたはあなたの態度で、女将さんが正しいと証明してるみたい。すべてにおいてじゃなく。女将さんがすべてにおいて正しいと、あなたが証明してるなんて、あたし言うつもりはない。でも、2人の助手を追い払ってくれたのは、ともかくあたしのためだったんでしょ？　ああ、分かってもらいたいな。あなたのすること、話すことすべてのなかに、たとえそれであたしが苦しむとしても、あたしにとってすばらしい核心を、どんな気持ちであたしが見つけたいと思ってるのか」。「何よりもまず、フリーダ」と、Kが言った。「ぼくは君に、これっぽっちも隠しごとはしてないよ。女将さんはさ、ぼくを憎んで、君をぼくから引き離そうと骨を折ってる。なんとも軽蔑すべき手を使って、引き離そうとしている。で、君は女将さんの言いなりだ。フリーダ、君は女将さんの言いなりだ。言ってごらん。ぼくがどんな隠しごとをしてる？　ぼくがクラムのところへ行こうとしてることを、君は知っている。君がその手助けをすることができないことを、だから、ぼくが自力でやるしかないことをも、君は知っている。ぼくがこれまで成功していないことを、君は見ている。いろいろ無駄な試みで、これまで実際みじめな思いをたっぷりしてきたのに、今それを語ることによって、またあらためてみじめな思いをしろと言うのかい？　たとえば、クラムの橇の扉のところで凍えながら、長いあいだ午後、むなしく待ってたことを自慢しろと言うのかい？　そんなことはもう考えなくてすむぞ、と思いながら、急いで君のところに戻ってきたら、そんなことが全部、君の口から脅かすように出てきて、ぼくを出迎える。それから、バルナバス？　たしかにね、ぼくはバルナバスを待っている。クラムのメッセンジャーだ。メッセンジャーにしたのは、ぼくじゃない」。「またバルナバスなのね」と、フリーダが叫んだ。「まともなメッセンジャーだとは思えない」。「もしかしたら君の言うとおりかもしれない」と、Kが言った。「でも、ぼくのところに送られてくる唯一のメッセンジャーなんだ」。「だから、ますますまずいのよ」と、フリーダが言った。「だから、ますますバルナバスに用心しなきゃ」。「残念ながらバルナバスはね、これまで、用心させるようなきっかけを残さなかった」と言って、Kは微笑んだ。「めったに来ないし、運んでくるものは、つまらないもの。ただそれは、直接クラムから出されたというだけで、価値のあるものになる」。「でもね」と、フリーダが言った。「クラムでさえ、あなたの目標じゃないでしょ。もしかしたら、あたし、それが一番心配かも。あなたがね、いつもあたしを飛び越してクラムのところへ押しかけようとしたのは、ひどい。でも今は、クラムから離れようとしてるように見える。そっちのほうが、ずっとひどい。そんなこと、女将さんでさえ予想してなかった。女将さんに言わせると、あたしの幸せは、あやしげなものだけど実際に味わってる幸せはね、クラムに対するあなたの希望がむなしいものだと、あなたが決定的に悟った日に終わるんだって。でも今は、あなた、そういう日さえ待ってない。突然、小さな男の子が入ってくると、その子の母親をめぐってその子と闘いはじめる。まるで、あなたが生きるために必要な空気をめぐって闘うかのように」。「君はぼくとハンスの話をちゃんと理解したんだ」と、Kが言った。「実際、そうだったんだ。ところで君の以前の生活は、君に言わせると、まるごと沈没しちゃったのかな？（もちろん女将さんは別だけど。そんなに簡単に突き落とされるような人じゃないからね）。だから君はもう、前進するにはどうやって闘わなければならないのか、分からなくなっている。とくにさ、深く底まで沈んでるので。ちょっとでも希望をあたえてくれそうなものなら、どんなものでも利用するしかないんだよね？　そしてブルーンスヴィク夫人は城の人だ。ぼくが最初の日、ラーゼマンのところに迷い込んだとき、本人の口から聞いた。そんな夫人に助言を求めたり、いや、助けすら頼んだりすることより当然なことって、あったかな。クラムに近寄らせないようにする邪魔のことなら、どんなものでも女将さんは詳しい。でも道なら、夫人がよく知っている。自分でその道を下りてきたんだから」。「道って、クラムのところへ行く道のこと？」と、フリーダがたずねた。「クラムのところへ行く道だ、もちろん。ほかにどこに行く？」と、Kが言った。そして飛び上がった。「ああ、急いでフォーク朝食とりに行かなきゃ」。そんなことといいじゃない、とフリーダは、しつこくKに行かないように頼んだ。まるで、Kがここにいることではじめて、それまでフリーダを慰めたすべての言葉が本当だと証明されるかのように。しかしKは、先生のことを思い出させ、今にも雷のような音をたてて開きそうなドアを指さして、すぐに帰るからと約束した。ストーブだって焚かなくていい、ぼくがやるつもりだから。ようやくフリーダが黙ってうなずいた。Kは外に出て、雪を踏みしめた──とっくの昔に雪かきが終わっているはずなのに、おかしいな、どうして仕事がこんなに遅れているんだろう──助手の1人が死んだように疲れて柵にしがみついているのが見えた。1人しかいない。あとの1人はどうしたんだ？　つまりKに、少なくとも1人は根気をへし折られたわけか？　残った1人は明らかにせっせと仕事をしている。それが証拠に、Kの姿を見て元気になり、すぐにまた両腕を伸ばし、あこがれの目をパチパチさせはじめた。〈そんなに我慢強いのは見上げたものだ〉と、Kはひとり言を言った。しかし、〈そんなじゃ、柵のところで凍え死ぬぞ〉と、つけ加えないではいられなかった。だが口には出さず、助手に対しては、絶対に近づくな、と拳で脅かしただけだった。実際、助手は心配そうに大きくあとずさりした。ちょうどそのときフリーダが窓を開けた。Kと相談したことだが、ストーブを焚く前に部屋を換気するためだ。すぐに助手はKから離れ、どうしようもなく引き寄せられて、こっそり窓に近寄った。フリーダは、助手に対しては親しみをこめて、Kに対しては、どうしようもないのよ、と哀願するように顔をゆがめ、上の窓からちょっと手を振った。それが防御なのか、挨拶なのか、曖昧なままだったが、助手は迷うことなく近寄っていった。そこでフリーダはあわてて外側の窓を閉めたが、窓のところから立ち去らず、窓の取っ手に手をかけたまま、首をかしげ、目を大きく開け、こわばった微笑みを浮かべている。それを見て、助手はひるむどころか、ますます誘惑されている。フリーダにはそれが分かっているのか？ Kは、もうふり返らなかった。むしろできるだけ急いで、すぐに戻ってこようと思った。

15 ようやく——もう暗くなっていた。遅い午後——Kは 「Pアマーリアのところで」〈章の横線〉

ようやく——もう暗くなっていた。遅い午後——Kは、校庭の道の雪かきをすませた。雪を道の両側に高く積み上げ、打って固めた。これでこの日の仕事が終わった。校庭の門のところに立って、まわりを見回すと誰もいない。助手は何時間も前に追っ払った。ずいぶん遠くまで追い立てたので、どこかの庭と小屋のあいだにでも隠れたのか、もう見つけることができず、それからは姿を見せない。フリーダは家にいて、洗濯をしているか、あいかわらずギーザの猫を洗っているかだ。フリーダにこの仕事を任せていたのは、ギーザが大きな信頼を寄せているしるしだった。気のすすまない、似合わない仕事ではあった。用務員の仕事をいろいろやらなかったため、ギーザに恩を売ることのできる機会はどんなものでも利用するのが大いに得策でなかったなら、きっとKは、こんな仕事を引き受けることに耐えられなかっただろう。Kが屋根裏部屋から子ども用の小さなたらいを持ってきていた。湯がわかされ、最後にそうっと猫がたらいに入れられた。ギーザはその様子を満足そうにながめていた。それからギーザは猫をすっかりフリーダに任せた。というのも、Kが村に着いた最初の晩に知り合ったシュヴァルツァーが、やって来ていたからである。シュヴァルツァーは、あの最初の晩のことが原因でおどおどしていたが、同時に、小学校の用務員の身分をものすごく軽蔑しており、その両方の入り混じった気持ちで、Kに挨拶した。それからギーザといっしょに隣の教室へ行った。その教室に2人はまだいる。Kが橋亭で聞いた話によると、シュヴァルツァーは、城の執事の息子なのに、ギーザが好きで、もう長いあいだ村に住みつき、コネを使って、村から助教員に任命してもらった。とはいえ、その職務は主にこんな具合だ。ギーザの授業にほとんど欠席することなく、子どもにはさまれて生徒の長椅子にすわる。または、むしろ教壇でギーザの足もとにすわるのである。それが授業の邪魔にならなくなったのは、とっくに子どもたちがそれに慣れていたからだ。もしかしたらそれは、シュヴァルツァーが、子どもたちに対して好意も理解もなく、ほとんど子どもたちとしゃべらず、ギーザの体操の授業だけは引き受けて、それ以外は、ギーザのそばにいて、ギーザの空気を吸い、ギーザの体温を感じることで満足していたのだから、慣れるのも簡単だったのかもしれない。シュヴァルツァーの最大の楽しみは、ギーザの横にすわって、ギーザといっしょに生徒の学習ノートを添削することだった。今日も2人はそれをやっている。シュヴァルツァーが、積み重ねた学習ノートの山を持ってきていた。先生が自分の分を2人にいつも押しつけるのだ。まだ明るいあいだは、2人が窓ぎわの小さな机に向かって、頭と頭をくっつけて、じっと動かずに添削しているのが、Kには見えた。今そこには、ま2本のロウソクが揺らめいているのが見えるだけだ。2人を結びつけているのは、まじめで無口な愛である。その愛をリードしているのは、ほかならぬギーザだ。ギーザの重苦しい本性は、ときどき荒れて、破れかぶれになったが、自分と同じようなことを別の人間が別のときにやったなら、けっして我慢しなかっただろう。だから活発なシュヴァルツァーも、ギーザに合わせ、ゆっくり歩き、ゆっくりしゃべり、ほとんど黙っているしかなかった。けれどもそれらのことはシュヴァルツァーにとって、見たところ、ともかくギーザが静かに目の前にいてくれるということだけで、たっぷり報われていた。そのくせギーザのほうは、もしかするとシュヴァルツァーをまるで愛していないかもしれない。いずれにしても、ギーザの、まるくて灰色の、文字どおり絶対にまばたきしない、むしろ瞳のなかが回っているように見える目は、このような問題に答えてくれない。ただ分かるのは、シュヴァルツァーのことを文句も言わずに黙認していることだけだ。だがギーザは、城の執事の息子に愛されることが名誉だとは、きっと思えず、豊満なボディを、シュヴァルツァーの視線に追われていても、追われていなくても、いつものように平然と運んでいた。逆にシュヴァルツァーのほうは、村にとどまっているという定番の犠牲を捧げていた。しばしば父親のメッセンジャーが連れ戻しにきたが、シュヴァルツァーは憤慨して追い返した。お前たちのせいで、ちらっとでも城のことや息子の義務を思い出すことになる。それだけで俺の幸せは、手ひどく、取り返しがつかないほど傷つくんだぞ。だが実際のところ、自由になる時間はたっぷりあった。というのも、ギーザがシュヴァルツァーの前に姿を現わすのは、原則として、授業時間と学習ノート添削のときだけだったのだから。もちろんそれは、計算してのことではなく、快適であることが、だからひとりでいることが何よりも好きだからであり、おそらく一番幸せなのは、家で、まったく何もせず、長椅子に寝そべっていられるときなのだ。横に猫がいるが、もうほとんど動けなくなっているので、邪魔にならない。そういうわけでシュヴァルツァーは、一日の大部分を仕事もせずぶらぶらしていた。しかしそれも歓迎すべきことだった。というのも、おかげでいつも、ギーザの住んでいるライオン通りに出かけることができたからだ。実際、非常にしばしばその機会を使って、屋根裏にあるギーザの小さな部屋のところまで上がっていき、いつも鍵のかかっているドアのところで、いつものように室内が理解できないほど、完全に静かであることを確かめてから、もちろん引き返すのだ。いずれにしても、この生活パターンの結果、シュヴァルツァーはときどき、とはいえギーザの前では絶対になかったが、滑稽にも爆発して、役人の高慢さをよみがえらせる瞬間があった。明らかにその高慢さは、まさに助教員という現在のポストには似合わないものであり、もちろん、その結果はたいてい、Kも体験したように、ろくなものではなかった。

ただ驚いたことに、少なくとも橋亭では、シュヴァルツァーは、たとえそれが尊敬に値するというよりは滑稽な話題であっても、ある種の尊敬の念をもって語られていた。そしてギーザもその尊敬の念のなかに含まれていた。だが、助教員のシュヴァルツァーがKよりはるかに優位にあると思っているのは、おかしな話で、そんなことはない。小学校の用務員は、教員全体にとって、ましてシュヴァルツァーみたいな助教員にとっては、非常に重要な人材なのだ。この人材を軽蔑する者は、かならず罰せられることになる。身分上の利害関係から軽蔑することをやめられない者には、少なくともそれ相応のお返しをしてやって、こちらは軽蔑に負けないようにするしかない。ついでにKは以下のように考えてみようとした。実際、シュヴァルツァーは最初の晩から俺に借りがある。その後の何日かでシュヴァルツァーの対応は本当に正しかったわけだが、だからといって借りが小さくなったわけではない。おまけに忘れてはならないことだが、こいつの対応のせいで、その後の展開すべての方向が決まったのかもしれない。シュヴァルツァーのおかげで、まったくナンセンスなことに、最初の1時間で、役所にばっちり注意を向けられるようになってしまった。村のことはほとんど右も左も分からず、知り合いもおらず、長旅でぐったり疲れ、途方に暮れて、わら布団に横になり、どの役所の口出しにもさらされていた。もう1晩だけでも到着が遅かったら、きっとすべてが違い、穏やかに、なかば人目につかないまま経過していただろう。いずれにしても誰も俺のことなんか知らず、怪しいと思わず、少なくともためらうことなく、俺を旅職人の若者として一日くらい泊めてくれただろう。役に立つ信頼のできる若者だと思われ、それが近所で噂になり、おそらくそのうち下男としてどこかに住み込んでいただろう。もちろん、役所の目を逃れることはなかっただろう。だがその場合でも、根本的な違いがある。つまり真夜中に、中央官房の人間か、そのとき電話のところにいた者かが、俺のことでたたき起こされ、すぐに決定を要求された。見かけは丁重だが、うんざりするほどしつこく要求された。しかもその要求をしているのが、城ではおそらく嫌われ者のシュヴァルツァーだった。それとも逆に、そういうことはまったくなく、俺が翌日の就業時間に村長の家のドアをノックして、しかるべく、ぼくはよその土地から来た旅職人の若者です、と名乗る。そして、ある村の人のところに泊めてもらっていますが、おそらく明日また旅をつづけることになります。もっとも、まったく予想外のことが起きて、ここで仕事をする場合は別ですが、でも仕事をするといっても、当然2、3日のことで、それ以上は滞在するつもりはありません、と言う。シュヴァルツァーがいなければ、こういう具合になっていただろう。役所は、引きつづき俺の件にかかわっただろうが、役所がおそらく特別に嫌う当事者のいらだちにわずらわされることもなく、静かに、普段の役所のルートで処理しただろう。とすると俺には何の責任もなく、責任はシュヴァルツァーにあるのだ。だがシュヴァルツァーは城の執事の息子であり、外から見れば正しい行動をした。だから俺だけが償いをさせられることになった。じゃあ、こういうことを招くことになった馬鹿ばかしいきっかけは？　もしかしたらギーザが、あの日、機嫌が悪かったからかもしれない。そのためシュヴァルツァーが、夜も眠れず、あちこちうろついたあげく、その苦しさを俺で晴らしたわけだ。もちろん別の面から考えれば、俺はそのシュヴァルツァーの行動に大変お世話になっている、と言うこともできる。俺ひとりなら絶対にできなかったこと、やろうとしなかったこと、また役所の側でもまず許さなかっただろうことが、まさにシュヴァルツァーの行動のおかげで可能になった。つまり、いきなり最初から、あれこれ手を使うことなく、正面から、堂々と役所に立ち向かったのだ。そもそもそれが可能な範囲ではあるが。けれどもそれは、ひどい贈り物だ。おかげで俺は、たくさん嘘や隠しごとをせずにすんでいるが、ほとんど無防備にされ、いずれにしても闘いでは不利になっている。役所と俺の権力の差は、とんでもなく大きいので、俺が使えるような嘘や策略を総動員しても、その差を根本的に俺に都合のいいように小さくすることはできなかっただろう。その差は、比較的いつも、気づかれないままであるほかなかったのだ。もしも俺が、こんなふうに自分に言って聞かせる必要がなかったなら、役所との闘いにかんして俺は絶望していただろう。しかし以上のことは、Kが自分で自分を慰めた考えにすぎない。それにもかかわらずシュヴァルツァーはKには借りがあるままだ。あのときKに損害をあたえたのだから、今度はKを助けてくれるかもしれない。Kはこれからも、きわめて些細なことでは、つまり最初期の前提条件では、助けを必要とするだろう。その場合、たとえばバルナバスは、やはり役に立ちそうにない。フリーダの手前、Kは一日中、バルナバスの家へ様子を見に行くことをためらっていた。フリーダの目の前でバルナバスを迎えなくてすむよう、今は外で仕事をしていたのだが、仕事が終わっても、バルナバスを待って、まだここにいたのだが、バルナバスは来ない。となると、バルナバスの姉妹のところへ行くしかない。ほんのちょっとの間でいい。ドアの敷居のところでたずねるだけだ。すぐ戻ってこれるだろう。そしてKは雪にシャベルを突き立て、走った。息もつかずにバルナバスの家に着き、ちょっとノックしてからドアをさっと開き、部屋のなかの様子は気にもせず、「バルナバスはまだ帰ってませんか」とたずねた。今はじめてKは、オルガがいないことに気づいた。年をとった両親が前と同じように、ずっと離れたところにあるテーブルのそばに、ぼんやりすわっていて、ドアのところで何が起きたのか、まだはっきり分かってなかったが、ようやくゆっくり顔をこちらに向けた。最後にアマーリアに気づいた。ストーブのそばにあるベンチに、毛布をかぶって横になっている。Kの姿を見て、最初は驚いて飛び起きたが、額に手を当てて、落ち着こうとしている。オルガがここにいてくれたら、すぐに答えてくれただろう。そしたらKもすぐに帰ることができたのだが。仕方なくKはアマーリアのほうへ少なくとも2、3歩寄って、手を差し出すと、アマーリアは黙って握手した。Kはアマーリアに、驚いた両親が立ち上がって歩いたりしないように頼まなければならなかった。アマーリアは、ふた言かみ言でその通りにした。Kが聞かされたところによると、オルガは中庭で薪を割っている。アマーリアは——理由は言わなかったが——ひどく疲れていたので、ちょっと前から仕方なく横になっている。そしてバルナバスはまだ帰ってないが、もうすぐ帰ってくるにちがいない。というのも、けっしてお城には泊まらないから。Kは、教えてもらってお礼を言った。もうこれで帰れるのだ。だがアマーリアが、オルガが戻るまで待たないんですか、とたずねた。残念だが、もう時間がない、とKが答えると、アマーリアがたずねた。今日はもう、オルガと話したのかしら？　Kは驚いて否定した。オルガがぼくに特別な用事でもあるのかな、とたずねた。アマーリアは、ちょっと怒ったように口をゆがめ、黙ってKにうなずいた。それは明らかに別れの合図だ。アマーリアはふたたびベンチに横になった。そのままの姿勢でKをじろじろ見ていた。Kがそこにまだいることが不思議であるかのように。アマーリアの視線は、いつものように冷たく、澄んでいて、動かない。その視線は、アマーリアが観察しているものにまっすぐ向けられず——見られている側にはわずらわしいことに――ほとんど気づかれないほどだが、明らかにそれをちょっと素通りしている。そんな視線になるのは、気が弱いからでも、当惑しているからでも、不誠実だからでもないらしい。いつもずっと孤独を、ほかのどんな感情よりも強く望んでいるからだ。そのことは、もしかしたらアマーリア自身にも、こういうやり方でしか意識されないのかもしれない。そういえばKも思い出した。はじめてここにやって来た晩から、すでにずっとその視線が気になっていたのだ。それどころか、このバルナバスの一家からすぐに感じたあの嫌な印象も、おそらくその視線のせいだったのだ。そしてその視線は、それ自体としては嫌なものではなく、誇り高いものであり、打ち解けないという点で率直なものだった。「いつも悲しそうにしてるね、アマーリア」と、Kが言った。「悩みごとでも？　口には出せないのかな？　田舎で君みたいな娘さんに会ったことがない。今日はじめて、今はじめて、じつは気づいたことだけど。君はこの村の出なの？　ここで生まれたの？」。アマーリアは、最後のことだけをたずねられたかのように、そうだと答えてから、言った。「やっぱりオルガを待ってるんでしょ？」。「どうしていつまでも同じことをたずねるのか、分からないな」と、Kが言った。「これ以上ここにはいられない。家で婚約者が待っているので」。アマーリアはひじをついて体を支えた。婚約者のことは知らなかった。Kがフリーダの名前を言った。アマーリアは、会ったことがないと言う。オルガは婚約のこと知ってるのかな、とアマーリアがたずねた。たぶん知っていると思う、とKが言った。だってオルガは、ぼくがフリーダといるのを見ているし、それに村じゃ、そういう噂はすぐに広まるわけだし。しかしアマーリアはKに、きっぱりこう言った。オルガは知らないわ。知ったら、とても悲しむと思う。だって、あなたのことが好きみたいだから。オルガはね、はっきりそう言ったことはない。とても控えめだから。でも、好きだってことは、勝手に漏れるものでしょ。それはアマーリアの勘違いだな、とKには確信があった。アマーリアが微笑んだ。その微笑みは、悲しげであるにもかかわらず、陰気なしかめ面に明るさをあたえ、無言を雄弁にし、よそよそしさに親しみをあたえた。微笑みは、それまで守ってきた所有物を手放すことを意味した。その所有物は取り戻すことはできるが、完全にではない。アマーリアが言った。あたし、勘違いなんかしてないから。それどころか、もっと知ってるのよ。あなたもオルガに好意をもってるでしょ。バルナバスがメッセンジャーだから、それを口実に訪ねてくるけれど、ほんとはオルガが目当てなんでしょ。でも今は、あたしがすべて分かってるわ。もうあんまり堅苦しく考えることはないので、何度でもやって来てちょうだい。このことだけをね、あたし、あなたに言いたかったの。Kは首を振って、婚約していることを思い出させた。アマーリアは、Kの婚約のことにあまり頭をめぐらせようとしていない。目の前にひとりで立っているKの直接の印象が、アマーリアには決定的なのだ。こうたずねただけだ。じゃあ、その娘さんと知り合ったのは、いつ？　だってこの村には数日前に着いたばかりでしょ。Kは、紳士館に行った晩のことを話した。それに対してアマーリアは、短くこう言っただけだった。あたしはね、あなたを紳士館に連れていくの、大反対だったの。その証人としてアマーリアはオルガを呼んだ。オルガがちょうど、片方の腕に薪をいっぱい抱えて入ってきたのだ。冷たい風に吹かれて、みずみずしく、頰っぺたが赤い。生き生きと、たくましそうで、この前は部屋のなかでずんぐり立っていたが、働いたので人が変わったみたいだ。オルガは薪を投げ出すように置いて、こだわりなくKに挨拶して、すぐにフリーダのことをたずねた。Kは、ほらね、とアマーリアに目配せしたが、アマーリアは反論されたと思っていないようだ。ちょっとイラッとしてKは、前のときよりも詳しく、どんなに困難な状況でフリーダが小学校で、なんとか所帯のようなものを切り盛りしているのか、説明した。そして説明を急いだせいで——そう、すぐ家に帰ろうと思ったので——うっかり、別れの挨拶のつもりで姉と妹に、一度どうぞ来てください、と言ってしまった。だがKがすぐ驚いて、言葉に詰まっているあいだに、すかさずアマーリアが、Kに言葉をはさむ暇をあたえず、その招待、お受けするわ、ときっぱり言ったので、オルガも同調するはめになり、招待を受けることにした。しかしKは、急いで帰らなくてはならないという考えにあいかわらず攻められ、アマーリアの視線を感じて落ち着かないので、ためらうことなく、婉曲な言い回しをせずに白状した。招待したのは、よく考えもしないで、ただ、ぼくの個人的な気持ちで思いついただけなんだ。残念だけど招待は撤回しなきゃならない。だってフリーダと、バルナバス家のあいだには、大きな、ぼくにはまるで理解できない敵意があるので。「敵意じゃないわよ」と言って、アマーリアがベンチから立ち上がって、毛布を後ろにはねのけた。「そんなに大したことじゃないの。敵意だなんて、世間で言われていることの受け売りにすぎない。さ、お帰りなさい。フィアンセのところへお帰りなさい。急いでるんでしょ。あたしたちが来るなんて、心配しなくていいわ。最初にすぐ、行くって言ったのは、冗談、意地悪にすぎない。でもあなたは、何度でも来てもらっていいのよ。たぶん何の障害もないでしょ。それいつだって、バルナバスがメッセンジャーなもので、という口実があるでしょ。それからね、あなたがもっと来やすくなるように、教えてあげる。バルナバスは、お城からあなたへの伝言を運んでくるけれど、それをあなたに知らせるために、小学校まで届けに行くことはできない。そんなにたくさん走り回れないの。かわいそうに、バルナバスは仕事でくたくただから。あなたが自分で来るしかないでしょう」。Kは、アマーリアが筋道を立ててこんなにたくさん話すのを聞いたことがなかった。話し方もいつもと違って聞こえた。威厳のようなものがあった。そう感じたのはKだけではなかった。アマーリアのことはよく知っている姉のオルガも、感じたようだ。ちょっと前脇のところに立って、両手を膝に当て、今はいつものように股をひろげ、ちょっと前かがみの姿勢で、目をアマーリアに向けていた。アマーリアのほうはKしか見ていなかったが。「それは違う」と、Kが言った。「すごく違う。ぼくがバルナバスを本気で待ってない、なんて思われているとしたら。ぼくの問題を役所にきちんと扱ってもらうことが、ぼくの一番の願い、実際、唯一の願いなんだから。そしてバルナバスには、その手助けをしてもらわなくちゃ。ぼくの希望の多くは、バルナバス次第なんですよ。たしかに一度、すごくがっかりさせられたけれど、あれはバルナバスのせいというよりは、ぼく自身のせいなんだ。ぼくが村に着いてすぐのとき、混乱していて起きたんだ。あのときのぼくは、夕方ちょっと散歩するだけで、何でもできると思っていた。そして、不可能なことが不可能になったときには、バルナバスのせいにして恨んだ。君たちの家族、君たちのことを判断するときでさえ、それが尾を引いていた。でもそれもおしまい。今は君たちのこと、もっとよく理解できると思う。それどころか君たちは」――Kは、ぴったりの言葉を探したが、すぐには見つからず、どうでもいい言葉で間に合わせた――「君たちは、これまでぼくが知っているかぎり、村人の誰よりも気立てがいいのかもしれない。しかし、ところでアマーリア、君はまたぼくの言うことを勘違いしてる。つまり、お兄さんの仕事をではないにしても、お兄さんがぼくに対してもっている意味を、見くびってる。もしかしたら、バルナバスのやっている仕事に通じてないのかもしれない。だったらそれでいい。この問題は棚上げにしよう。でも、もしかして通じているのなら――ぼくにはどうもそんな気がするんだが――まずい。というのも、ぼくがお兄さんにだまされてる、ということになるだろうから」。「まあ、落ち着いて」と、アマーリアが言った。「あたし、通じてなんかいない。通じようなんて気を起こさせるものなんて、何もないわ。あたしにそんな気を起こさせるものなんて、何もない。あなたのためを考えたとしても、通じようとは思わない。あなたのためなら、あたし、いろいろしてあげるけど。あなたが言ったように、あたしたち、気立てがいいから。でも兄のやっている仕事は、兄のもの。あたしは何にも知らない。聞く気もないのに、あちこちで耳にはさむこと以外は。逆にオルガなら、いっぱい情報もってるから教えてくれるわよ。兄に信頼されてるので」。そう言ってアマーリアは行ってしまった。最初は両親のところへ行って、ひそひそ話をしてから、台所へ。Kには別れの挨拶をしないで行ってしまった。まだ帰らないだろうと分かっているので、挨拶なんかいらないだろうとでもいうように。

16　Kは、ちょっと驚いた顔をしてその場に残った

［P章タイトルなし］〈四角の枠のなかに「章」と書かれている〉

Kは、ちょっと驚いた顔をしてその場に残った。オルガはKのことを笑って、ストーブのそばのベンチのところへKを連れていった。今ここにKとふたりだけですわっていられることが、オルガには本当に幸せのように思える。しかもそれは平和な幸せだ。たしかに嫉妬による曇りはない。そしてまさにオルガが嫉妬から遠く離れていること、だからまた、どのような厳しさからも遠く離れていることが、Kには気持ちがよかった。誘いかけるわけでもなく、偉そうでもなく、おずおずと穏やかで、おずおずと耐えているオルガのブルーの目を、Kはのぞき込むのが好きだった。それはまるで、フリーダや橋亭の女将に忠告されたことによって、Kがこれらすべてに対して、もっと歓迎するようになったのではなく、もっと注意深く、もっと目ざとくなっ

たかのようだ。そしてオルガが、どうしてあなたがあのアマーリアを気立てがいいと言ったのか、と不思議がって、アマーリアにはいろいろ取り柄があるけれど、気立てがいいとだけは言えない、と言ったとき、Kはオルガといっしょに笑った。そのことをKはこう説明した。気立てがいいとほめたのは、オルガ、君のことなんだ。でもアマーリアは偉そうにしてる。自分の前で話されたことは全部、自分のものにするだけじゃなく、相手からもすすんで分けてもらってる。「ほんとだ」と言って、オルガはもっと真顔になった。「あなたが思っている以上に、ほんとだ。アマーリアは、わたしより若い。それにバルナバスより若い。でもね、家族で決定権をもっているのは、あの子。善についても、悪についても。もちろん、あの子はみんなより多くを背負ってもいる。善も悪も」。それは大げさだな、とKは思った。だって、さっきアマーリアは言っていたじゃないか。あたし、たとえば兄の仕事なんかに興味ないの。でもオルガなら、そのこと何でも知ってるわ。「どうやって説明すればいいかな?」と、オルガが言った。「アマーリアはね、バルナバスのことも、わたしのことも、興味ないの。実際、両親のこと以外、誰のことにも興味がない。昼も夜も世話をしてる。今も、両親に食べたいものをたずねてから、台所に作りにいった。両親のために無理して起き上がったわけ。お昼からずっと具合が悪くて、このベンチで寝ていたのに。でも、妹がわたしたちに興味がないにもかかわらず、わたしたちは妹を頼りにしているの。まるで妹が一番年上みたい。もしも妹が、わたしたちのことで助言してくれるなら、わたしたち、言われたようにするでしょうね。でも妹は、そんなことしてくれない。妹にとって、わたしたち、他人なのよ。でも、あなたは人生経験も豊かだし、よその土地の人。あなたの目にも妹って、特別に利口に見えない？」。「特別に不幸に見える」と、Kは言った。「しかし、君たちはアマーリアを尊敬しているけど、その一方で、たとえばバルナバスがメッセンジャーの仕事をしている。その仕事をアマーリアは、いいと思っていない。もしかしたら軽蔑さえしてるかもしれない。これは、どうやって噛み合うのかな？」と、Kがたずねた。「もしもバルナバスが、ほかに何をしたらいいのか、分かれば、自分でも満足していないメッセンジャーの仕事なんか、すぐ辞めるでしょうね」。「一人前の靴屋じゃなかったのかな？」と、Kがたずねた。「ええ、たしかに」と、オルガが言った。「ブルーンスヴィクの仕事もやってるわ。その気になれば、昼も夜も仕事をもらえて、たっぷり収入があるでしょう」。「だったら」と、Kが言った。「メッセンジャーの仕事の替わりがあるわけだ」。「メッセンジャーの仕事の替わり？」と、驚いてオルガがたずねた。「弟が収入のためにメッセンジャーの仕事をしてるとでも？」。「そうなんでしょ」と、Kが言った。「自分でも満足していない、って言ってたじゃないですか」。「満足してないわよ。いろんな理由で」と、オルガが言った。「でもお城の仕事なのよね。いずれにしても一種のお城の仕事。少なくともそう思うように言われている」。「ええっ?」と、Kが言った。「そんなことまで疑ってるわけ?」。「うーん」と、オルガが言った。「実際は、そうじゃないの。バルナバスはね、官房へ行って、お城の使用人たちとは仲間のようにつき合い、遠くから2、3人のお役人の姿を見、かなり重要な手紙をことづかり、それどころか、口頭での伝言だって託されるのよ。それはなかなか大したことなの。弟があの若さで、もうあんなに出世したことは、わたしたち、自慢してもいいくらい」。Kはうなずいた。家に帰ることは、もう考えなかった。「自分のお仕着せも持ってるでしょ?」と、Kはたずねた。「あの上着のこと?」と、オルガが言った。「いいえ、あれは、メッセンジャーになる前に、アマーリアが作ってやったものよ。でも、あなた、痛いところ突いてきたわ。お城にお仕着せはないんだけど、とっくの昔に弟はね、お仕着せじゃなく、役所の上下をもらうことになってた。支給は確約もされてたんだけど、こういう点で、お城は非常に遅いわけ。で、まずいことに、その遅さがどういう意味なのか、けっして分からない。本件は処理中である、という意味かもしれない。またね、処理はまだまったくはじまっていない、という意味かもしれない。つまり、ともかくバルナバスはまだ試用期間のまま、ということ。でも最後には、処理は終了していて、なんらかの理由で支給の確約は取り消され、バルナバスが上下（ふく）をもらうことはけっしてない、という意味かもしれない。詳しいことは教えてもらえない。教えてもらえるとしても、ずいぶん後になってから。この土地には、こんな諺（ことわざ）があるのよ。もしかしたら知ってるかもしれないけど。〈お役所の決定は、若い娘みたいに内気〉」。「よく観察してるなあ」と、Kが言った。Kはオルガより真剣に受け止めている。「よく観察してるなあ。ほかにも役所の決定と若い娘には共通点があるかもしれない」。「かもしれないわね」と、オルガが言った。「もちろん、あなたがどんな意味で言っているのか、わたしには分からないけど。もしかしたら、ほめ言葉だとさえ思われてるのかしら。でもお役所の服のことなら、まさにバルナバスが心配していることのひとつなの。そして、わたしたちは心配ごとを共有しているから、わたしの心配でもあるわけ。どうして役所の服をもらえないのか、いくら考えても分からない。とすると、これは簡単な問題ではない。たとえばね、お役人は、およそ役所の服を持ってないみたいなの。わたしたちが村で知っているかぎり、また、バルナバスの話を聞くかぎり、お役人は普通の、でもすばらしい服を着て歩き回っている。そうよ、あなた、クラムを見たんでしょ。もちろんバルナバスは、お役人、下級のお役人でもないし、間違えてもお役人になりたいとも思ってないわ。この村じゃ、上級の使用人にお目にかかることなんてまるっきりないけど、バルナバスの報告によると、上級の使用人も、お役所の上下を持っていないそうね。それを聞くと、ある意味、慰められる、と早合点されるかもしれないけれど、そんな慰め、当てにならない。というのも、バルナバスって、上級の使用人？　いいえ、どんなにバルナバスに好意をもっていても、そんなことは言えない。上級の使用人なんかじゃない。弟が村に下りてくる、それどころか村に住んでいるということが、そうじゃないことの証明でしょ。上級の使用人のほうがお役人より控えめなのは、当然かもしれない。もしかしたら上級の使用人よりも地位の低いお役人がいるかもしれない。その証拠も2、3あるわ。上級の使用人はあんまり働かない。バルナバスによると、この選ばれた、背が高く、がっしりした男たちが、廊下をゆっくり歩いている様子を見るのは、すばらしい光景だそうよ。バルナバスはいつも、そのまわりをこっそり歩いている。要するに、バルナバスが上級の使用人だなんて、とんでもない。だから、下級の使用人のひとりといったところかしら。でも下級の使用人は、まさにお役所の上下を着るわけ。少なくとも、村に下りてくるときには。その上下は、正式のお仕着せじゃない。ほんとにいろいろなのよ。でも、ともかく、着ている服を見れば、お城の使用人だとすぐ分かる。あなたも紳士館で見たでしょ、そういう人。その服装で一番目立つのは、たいてい、体にぴたっとくっついていること。そんな服、農民や職人なら必要ないでしょ。だから、そういう服をバルナバスは持ってないわけ。そのことは、恥ずかしいとか屈辱的とかいうだけじゃない。それだけなら耐えられるでしょう。でもね――憂鬱な時にはとくに、そして、わたしたち、バルナバスとわたしには、ときどき、めったにじゃなく、そんな時があるんだけど――何もかも疑ってしまうことにもなるわけ。バルナバスのやっていることは、そもそもお城の仕事なんだろうか、と考えちゃう。たしかに官房まで行ってるけれど、その官房は本当のお城なんだろうか? たとえ官房がお城の一部だとしても、バルナバスが出入りを許されている官房は、お城の官房なんだろうか? バルナバスは官房に行くけれど、それは全体のごく一部にすぎない。とすると柵があって、柵の向こう側にも別の官房がある。バルナバスがそれより先に進むことは、かならずしも禁じられているわけじゃない。でも、バルナバスが自分の上の人を見つけてしまって、そこで用が済まされ、帰れと言われたら、やっぱり先には進めない。おまけに官房ではいつも観察されている、と、少なくとも思われている。たとえ先まで進んだとしても、そこではバルナバスにとって役所の仕事がなく、侵入者になってしまうと、どうしようもないでしょう。その柵をね、固定された境界線だと思っちゃダメ。

このことは、わたしもバルナバスに何度もくり返し注意されてるの。柵は、バルナバスが行く官房のなかにもあるし、だから、バルナバスが通過する柵もある。そういう柵は、バルナバスが越えたことのない柵と違っているようには見えない。だからね、その最後の柵の向こう側には、バルナバスがそれまでいた官房とは根本的に別の官房があるんだ、と最初から決めてかかるわけにはいかない。ただ、さっき言ったような憂鬱な時にはまさに、そう思ってしまうのよ。すると疑いがさらに深まって、まるで防ぎようがない。バルナバスはお役人と話をし、バルナバスは伝言をことづかる。けれどもそれは、どういうお役人で、どういう伝言なのか。今、バルナバスは、自分で言っているように、クラムに配属されていて、クラム本人から任務をあたえられる。ところで、それって、ほんとに大変なことなのよ。上級の使用人でさえ、そこまでではない。あまりにも重責と呼んでもいいくらいなので、不安になってしまう。考えてみて。クラムの直属で、クラムとはじかに口をきく。でも、ほんとにそうなのかしら？　ええ、まあ、そうなのよ。でも、そこでさらに、なぜバルナバスは疑うのかしら？　あそこでクラムと呼ばれている役人は、本当にクラムなのか、と」。「オルガ」と、Kが言った。「冗談、言おうとしてるんじゃないよね。クラムの顔、間違えようがないじゃないか。どんな顔をしているか、知られている。ぼくだって見たことがある」。「とんでもない、K」と、オルガが言った。「冗談なんかじゃなく、わたしが一番本気で心配してることなのよ。でも、わたしがこの話をするのは、わたしの気持ちを軽くして、あなたの気持ちを重くするためじゃない。あなたがバルナバスのことをたずねて、アマーリアが説明をわたしに任せたから。そして、詳しく知っているほうが、あなたにも役に立つと、わたしが思うから。バルナバスのためにも説明するのよ。あなたがバルナバスにあまりにも期待しないように。バルナバスがあなたを失望させて、自分でもあなたの失望に苦しむことがないように。非常に感じやすい子なの。たとえば昨日の夜だって寝てない。昨日の晩、君には不満だな、とあなたに言われたから。バルナバスは、〈こんなメッセンジャーしかいない〉のが非常にまずいんだよ、と言われたそうね。そう言われて眠れなくなった。あなた自身、バルナバスがどんなに動揺したのか、ちゃんと気づかなかったんでしょうね。お城のメッセンジャーは、しっかり自分をコントロールしなきゃならない。でもバルナバスにはそれが簡単じゃない。たとえ相手があなただとしても。あなたはね、バルナバスには過大な期待はしていないと、きっと自分では思っているでしょう。メッセンジャーの仕事については、あなたなりのイメージがちゃんとある。で、そのイメージにしたがってあなたはあなたの要求を計量している。でもお城には、メッセンジャーの仕事について別のイメージがあるわけで、あなたのイメージとは一致しない。たとえバルナバスがほんとに献身的にその仕事をしようとしても。残念なことにバルナバスは、ときどきそんな覚悟をしてるみたいだけど。自分のやっていることは本当にメッセンジャーの仕事なんだろうか、という疑問さえなければ、言われたようにするしかなく、文句なんか言っちゃいけないんでしょうけど。あなたに対してバルナバスは当然、そんな疑いを口にすることは許されない。もしもそんなことをすれば、自分の生活の基盤を掘り崩すことになるでしょう。自分がまだ従っていると思っている掟を、乱暴に傷つけることになるでしょう。わたしに対してもバルナバスは自由に話してくれない。甘やかしたり、キスをしたりして、疑いを聞き出すしかないわけ。でも、そんなときでも、その疑いが疑いにすぎないことをどうしても認めようとはしない。アマーリアと同じ血が流れてるんだわ。そしてきっと、全部はわたしには話してくれない。わたしだけが親しい人間なのに。でもクラムの話はときどきするのよ。わたしはクラムに会ったことがない。だってね、フリーダがわたしを嫌ってて、一度も会わせてくれなかった。でも当然、クラムの顔は村ではよく知られてる。何人かは会ったこともあるし、みんな、クラムのことは聞いている。実際に見たことがある人の話や、噂や、それにあることないこと下心も加わって、クラム像ができてるわけ。基本の顔立ちは、たぶん押さえてるでしょうね。でも、基本の顔立ちだけだけど。それ以外のところは、よく変わる。もしかしたら、クラムの本当の顔ほどは変わりやすくすらないかもしれない。村にやって来るときと、村を出るときでは、まるで違うそうよ。ビールを飲む前と、飲んでからも違う。起きているとき、寝ているときも違う。ひとりでいるときと、誰かと話してるときも違う。これで分かるでしょうけど、お城にいるときは、ほとんど別人のように違うのよね。村にいるときだけでも、ずいぶん大きな違いが報告されてる。身長も、物腰も、太り具合も、ひげも違う。ただ服装にかんしてだけは、さいわい、報告が一致しているの。いつも同じ服装。裾の長い、黒い上着。ところで当たり前だけど、こういう違いは魔法のせいじゃない。よく理解できることなのよね。違いが生まれるのは、その瞬間の気分による。興奮の度合いや、希望や絶望の数えきれない段階のせい。どっちみち見る側にしてみれば、クラムを見ることを許されるのは、たいてい瞬間でしかない。これは全部、バルナバスにしばしば説明してもらったことをね、そのまま伝えてるわけ。個人的に直接この問題にかかわってない人なら、だいたいこれで満足できる。でも、わたしたちはできない。本当にクラムと話しているのかどうか、バルナバスにとっては死活問題なの」。「ぼくにとっても、大いに」と、Kが言った。ストーブのそばのベンチで、ふたりは前よりも体を寄せ合った。オルガから不都合なことを新しく聞かされて、Kはショックを受けたが、大きな埋め合わせをそこに見つけた。少なくとも表面的には、俺と非常によく似た運命の人たちが、ここにいるんだ。この人たちとなら手をつなぐことができるし、多くの点で理解し合えるぞ。フリーダとなら、いくつかの点でだが、それ以上に。バルナバスのメッセンジャーでうまくいくという希望を、なるほどKはしだいに失っていったが、城でバルナバスの立場がひどくなればなるほど、村ではバルナバスがますますKに近づいてきた。バルナバスとその姉の努力のように、この村そのものから不幸な努力が生まれることもあるのだ、ということをKは一度も考えたことがなかった。もちろん事情はまだとても十分に説明されてはいなかったし、最終的には逆転する可能性もあった。オルガの悪意のなさそうな人柄に誘導されて、バルナバスまで正直だと思う必要はない。「クラムがどんな顔をしているか、その報告について」と、オルガがつづけた。「バルナバスはよく知ってるのよ。たくさん集めて比較した。もしかすると集めすぎたかもしれない。一度は自分でも村でクラムを馬車の窓越しに見たことがある。じゃなければ、見たと思っている。だからクラムを見分ける準備は十分だった。それなのに——これ、あなたなら、どう説明するかしら？——バルナバスがお城で、ある官房に行って、数人のお役人のうち1人を指さされて、こちらがクラムです、と言われたのに、クラムだと分からず、その後も長いあいだ、それがクラムだということになじめなかった。そこであなたがバルナバスに、どの点でそのお役人が、クラムを識別する普通のイメージと違うのか、とたずねても、バルナバスは答えられない。あるいはむしろ答えて、お城のあのお役人のことを説明する。でもその説明は、わたしたちが知っているクラムの説明とぴったり一致する。〈じゃあ、ねえ、バルナバス〉と、わたしが言う。〈どうして疑うのかな。どうして自分を苦しめるのかな〉。それを聞いてバルナバスは、明らかに困った顔をして、お城のそのお役人の特徴を並べはじめる。でもその特徴はね、見たことを報告しているというよりは、頭で勝手に考えたもののようなの。おまけに、あまりにもつまらない特徴――たとえば独特のうなずき方とか、ただボタンを外したベストとか――だから、まともに聞く気になれない。もっと大事だと思えるのは、クラムがどうやってバルナバスを迎えるか、ということ。バルナバスはそのことをしばしば説明してくれた。図まで描いて。普通はね、バルナバスは大きな官房室に通される。でもそこはクラムの官房じゃない。個室官房なんかじゃないの。その官房室は、幅いっぱいに、一方の壁からもう一方の壁まで届いている細長い、たったひとつの立ち机で2つに分けられている。狭い部分は、2人の人間がかろうじてすれ違うことのできる空間で、お役人たちのスペース。広い部分は、陳情者や順番待ちや使用人やメッセンジャーのスペース。その立ち机には、大きな本が何冊も開かれたまま1冊ずつ順に並んでおり、たいていの本のそばにはお役人が立っていて、本を読み込んでいる。けれどもお役人は、ずっと同じ本のところにいるわけじゃないの。本じゃなく、自分の場所を替えるんだけど、バルナバスが一番驚くのは、そんなふうにお役人が場所を替えるとき、体を押しつけ合ってしまうことなのよ。だって、ほんとにスペースが狭いから。立ち机のすぐ前には、低い小さな机が並んでいて、書記たちがすわっている。お役人に望まれたとき、口述筆記をする。いつもバルナバスは、そのやり方に驚いてる。お役人にはっきり命じられて、口述筆記するんじゃない。またね、大きな声で口述されるわけでもない。口述筆記が行なわれていることは、ほとんど気づかれない。むしろお役人は、以前と同じように本を読んでるように見える。ただね、そのときお役人がささやいていて、それを書記が聞いている。しばしばお役人がすごく小さな声で口述するので、書記はすわったままだと、まるで聞こえないから、いつも椅子からさっと立ち上がって、口述されたことを聞き取って、急いですわって、それを書き留めては、またふたたび、さっと立ち上がるしかなく、って調子がくり返されるわけ。おかしいでしょう！　ほとんど理解できない。もちろんバルナバスは、たっぷり時間があるので、こういうことすべてを観察してる。というのも、そこの待合スペースで、クラムの目に留まるまで、何時間も、ときには何日も待ってるんだから。でね、バルナバスがすでにクラムに見られて、気をつけの姿勢をしていても、まだ何も始まってないの。というのも、クラムはバルナバスから目を本に向けて、バルナバスのことを忘れてしまうことがある。しばしばなのよね、そういうことが。そんなにどうでもいいメッセンジャーの仕事って、何なのかしら？　バルナバスが朝早く、城に行ってくると言うと、わたし、悲しくなっちゃう。それって、おそらくまったく無駄足でしょ、おそらく空っぽの一日でしょ、おそらくむなしい希望でしょ。そんなこと何になるの？　家には、靴屋の仕事が山のようにあるのよ。誰もやらないから、ブルーンスヴィクにせっつかれてる」。「なるほど」と、Kが言った。「バルナバスは、指示をもらうまで長いあいだ待たなくちゃならないんだ。それは理解できる。ここじゃ、雇われてる人間が多すぎるみたいだから。誰もが毎日、指示をもらえるわけじゃない。それを嘆く必要はない。たぶん誰だってそうだろう。でも結局、バルナバスだって指示をもらってるよね。ぼくもすでに2通、持ってきてもらった」。「そうかもしれないわ」と、オルガが言った。「わたしたちが嘆くのは筋違いかも。とくにわたしはね、すべて人から聞いて知ったことでしかないし、女だから、バルナバスみたいにちゃんと理解できないし。それにバルナバスはまだ隠してることもあるし。でも、手紙がどんなものなのか、聞いて。たとえば、あなた宛の手紙だけど。その手紙はね、バルナバスがクラムから直接もらうんじゃなくて、書記からもらうの。いつか分からないんだけど、ある日、ある時——というわけだから、その仕事は、とても簡単そうに見えるけど、非常に疲れるのよね。バルナバスはずっと注意してなきゃならないから——書記がバルナバスのことを思い出して、バルナバスに合図する。クラムはそれにはまったく嚙んでいないみたい。静かに本を読み込んでいる。でも、ときどき、といっても普段はしばしばやってることなんだけど、バルナバスがやって来たときに、ちょうど鼻眼鏡を拭いていて、拭きながら、もしかしたらバルナバスのことをじっと見る。もっとも、そもそも鼻眼鏡なしでものが見えるとしての話だけどね。バルナバスはそれを疑ってる。そんなときクラムはほとんど目を閉じていたわけ。眠っているようで、夢のなかで鼻眼鏡を拭いているとしか見えなかった。そうこうしているあいだに書記が、机の下に置いているたくさんの文書や手紙類のなかから、あなた宛の手紙を1通、探し出す。つまりそれはね、書いたばかりの手紙じゃない。むしろ封筒を見て分かるように、非常に古い手紙で、机の下で長いあいだ寝ていたもの。でも古い手紙だったら、どうしてバルナバスをそんなに待たせたのかしら？ それから、たぶんあなたも待たせたのかしら？ それから最後に、その手紙も待たせたのかしらね。

だってそれ、今じゃ、すっかりくたびれてるでしょ。おまけに、そのおかげでバルナバスは、仕事の遅いダメなメッセンジャーだという噂を立てられちゃう。でも書記は気楽なもので、バルナバスにその手紙を渡して、〈クラムからK宛〉と言って、バルナバスを退出させる。で今度は、それからバルナバスが家に帰ってくる。ようやく託してもらえた手紙をシャツの下の素肌に押しつけて、息を切らして。それからわたしたちは、今みたいにこのベンチにすわって、バルナバスが話をして、わたしたちがすべてを細かくチェックして、バルナバスがやれるようになったことを評価して、最後に判定するわけ。バルナバスがやれるようになったことは、きわめてわずかであり、そのわずかなものでさえ怪しげなものである、と。そこでバルナバスは手紙を投げ出して、配達する気にもならない。けれども寝に行く気にもならず、靴屋の仕事にとりかかり、そこの床几（スツール）にすわって、むなしく夜を過ごす。そういうことなのよ、K。これが、わたしの秘密。というわけだから、もう不思議に思わないでしょう。アマーリアが秘密に首を突っ込まないことを」。「で、手紙は？」と、Kがたずねた。「手紙？」と、オルガが言った。「そう、しばらくしてから、わたしがバルナバスにしつこく言った。もう何日も何週間も過ぎてたかな。ようやく手紙を持って、配達に行ったわ。人目につくような問題では、バルナバスはすごくわたしを頼りにしてるの。だって、わたしはね、バルナバスの話の第一印象さえ克服してしまえば、気を取り直すことができるけれど、バルナバスは、おそらくもっと多くを知ってるからこそ、それができないので。そこで、こんなことを何度もくり返し言ってやるようになるわけ。〈バルナバス、あなた、本当は何を望んでるの？　どんな人生を、どんな目標を夢見てるの？　もしかして、わたしたちのことを、わたしのことをすっかり見捨ててしまうようになることを望んでるの？　それが目標？　わたしがそう思う必要はないのかな？　だってね、そうじゃなかったら、あなたがこれまでなしとげてきたことに、どうしてそんなに猛烈に不満なのか、理解できないから。まわりを見てごらん。ご近所であなたみたいに偉くなった人、いるかな。もちろんご近所とわたしたちとでは、立ち位置が違う。ご近所には、今の暮らしから抜け出そうと努力する理由がないでしょ。でもそんな比較をしなくても、何でもうまくいっているあなたのことは、誰が見ても分かるじゃない。障害もあるし、疑わしいことや、がっかりすることもある。でもそれは、ずっと前から分かっていたこと。あなたは何ひとつプレゼントしてもらえない。むしろ、小さなことでも闘ってひとつずつ自分で手に入れていくしかない。それは、誇りをもつ理由になっても、へこたれる理由にはならないでしょ。それにあなたは、わたしたちのためにも闘ってくれてるんじゃない？　それって、無意味なこと？　新しい力があなたに湧いてこない？　こんな弟をもてて、わたし、幸せで、自慢ですらある。それって、あなたの自信につながらない？　正直なところ、わたしがっかりしてるのはね、あなたがお城でやれるようになったことじゃなく、わたしがあなたにやってあげられたことに対してなのよ。あなたはお城に入ることが許されてる。いつも官房を訪ねている。朝から晩まで毎日、クラムと同じ部屋で過ごしている。みんなにはメッセンジャーとして知られている。役所の服を要求できる。大事な手紙類を配達させてもらえる。あなたはね、そういう人間で、そうすることを許されている。なのにお城から村に下りてくると、幸せのあまり泣いて抱き合ったりするかわりに、わたしの顔を見ると、すっかり元気をなくしたみたいで、あらゆることを疑って、靴型にしか興味をもたなくなって、手紙は放ったらかしにしている。わたしたちの未来を保証してくれるものなのに〉。こんな話をバルナバスにする。これをね、何日もくり返していると、バルナバスがため息をついて手紙を持って、出かけていく。でもそれはおそらく、わたしの言葉が効いたからじゃない。どうしてもバルナバスがまたお城に行きたくなっただけなの。受けた指示をちゃんとこなさないまま、のこのこ出かけられないでしょう」。「しかし、君がバルナバスに言ってることは、もっともなことばかりだ」と、Kが言った。「すばらしくきちんとまとめられてた。驚くほど頭がキレるね！」。「いいえ」と、オルガが言った。「あなたがね、だまされてるの。だからバルナバスも、わたしにだまされてるのかも。バルナバスはここで、何をやれるようになったのかしら？　ある官房に入ることは許されてる。でもそこは、官房ですらないみたい。むしろ、官房の控え室みたい。もしかしたら、控え室ですらないかもしれない。もしかしたら、本当の官房に入ることを許されていない人をみんな足止めしておく部屋かもしれない。クラムと話をするそうだけど、それって、クラム？　むしろ、クラムに似てるというだけの誰かじゃないの？　せいぜい、秘書あたりかもしれない。ちょっとだけクラムに似てるんだけど、もっとクラムに似せようと頑張ってね、寝ぼけて夢を見ているクラムみたいに、もったいぶってるのよ。クラムのそういう部分が一番真似しやすい。そんなふうにやろうとしている人もいるけれど、その人たちだって馬鹿じゃないから、それ以外の部分には、もちろん指を触れないようにしてる。そしてね、クラムみたいに、しきりに会いたがられるのに、めったに会えない人物ほど、えてしてみんなの想像のなかで、いろんな姿になるものなのよね。クラムには、たとえばこの村だと、モームスという村秘書がいる。そう？　あなた、知ってる？　モームスもほとんど出てこない人だけど、わたし、2、3度見かけたことがある。がっしりした若い人でしょ？　だから、およそクラムにはまるで似ていないでしょう。それなのに村にはね、モームスがクラムだ、クラムにちがいない、と言い張る人もいる。そんな人にあなたも出会うはず。こうやって、みんな自分で自分を混乱させてるわけ。そしてきっとお城でもそうなんじゃない？　誰かにバルナバスが、あの役人がクラムですよ、と教えられたことがあるの。実際、その人と本物には似たところがある。でもバルナバスには、ずっと、その似ているというところが疑わしく思える。そしてあらゆることが、その疑わしさを支持する。クラムのような人が、みんなの出入りするこんな部屋で、ほかの役人たちにはさまれて、鉛筆を耳の後ろにはさんで、押し合いへしあいしてなきゃならない？　とてもじゃないけれど、そんなこと考えられない。バルナバスはね、ちょっと子どもみたいに、ときどき――でもこういう気まぐれは、信頼できるって合図なんだけど――こういうことを口にするのよ。〈その役人は、クラムにすごく似てるんだ。もしも彼が、自分の官房にすわって、自分の机に向かっていて、ドアにクラムという名前があったら――きっとクラムだと思うよ〉。子どもみたいでしょ。でも納得がいく。もちろん、バルナバスがお城に行ったとき、すぐ何人かの人に、本当はどうなんですか、と問い合わせてみれば、もっと納得できるわけだけど。バルナバスの話によると、その部屋にはそれなりの数の人がたむろしてるんだから。で、その人たちの話が、聞いてもいないのにあれがクラムだと教えてくれた人の話より、あまり信頼できないとしても、少なくともいろんな人の話から、なにか手がかりとか、比較のポイントとかが出てくるにちがいないでしょ。これはね、わたしの思いつきじゃなく、バルナバスの思いつきなの。でも、弟にはそれを実行する勇気がない。知らない規程を思わず破るようなことになって、自分のポストを失うんじゃないかと恐れて、誰にもたずねてみようとはしないの。自分の立場がそんなに不安定なものだと思ってるわけ。ほんとに情けないその不安感が、どんな説明よりもくっきり弟の立場を照らし出してるのよね。罪にもならないそんな質問すら口にする勇気がないわけだから、お城ではあらゆることが疑わしく、脅迫してくるように思えてるにちがいない。そういうことを考えていると、わたし、自責の念にかられちゃう。あんな見ず知らずの場所に、弟をひとりで行かせているわけだから。臆病というよりは無鉄砲な弟ですら、あそこじゃ恐ろしくて、おそらく震えてるのに」

「ここでどうやら君は、決定的な問題に触れたみたいだな」と、Kが言った。「つまり、こういうことなんだ。これまで話してくれたことを聞いて、今はっきり見えた気がする。こういう仕事を受けるには、バルナバスは若すぎるんだ。バルナバスが話すことは何ひとつとして、そのまま本気にするわけにはいかない。城では恐ろしくて死にそうだから、観察することができない。それなのに村では報告を迫られるので、混乱したつくり話をする。これは不思議でもなんでもない。この村の君たちは生まれつき、伯爵府を畏怖するようになっている。その畏怖の念は、君たちには一生、手を替え品を替え、四方八方から吹き込まれつづける。そして君たち自身、できるかぎりその手助けをしている。でもね、ぼくは基本的にそれに反対はしない。当局がまともな役所なら、畏怖の念をもっても構わないでしょう。ただね、その場合、村のまわりから出たことがないバルナバスみたいな、右も左も分からない若者を、急に城にやってですよ、事実に即した報告を彼から求めようとし、その言葉のひとつひとつを黙示録の言葉のように研究して、その解釈に自分の人生の幸せを左右させてはならない。これほど間違ったことはない。もちろんぼくも、君とまったく同じように、バルナバスにまどわされた。彼に希望をかけ、彼に失望させられた。希望と失望は、彼の言葉にもとづいているだけだった。つまり、ほとんど根拠がなかった」。オルガは黙っていた。「ぼくにはむずかしくなった」と、Kが言った。「弟を信頼している君をね、揺さぶるのが。だってさ、君は弟を愛していて、弟に期待してるんだから。でも、弟を信頼しないよう、君を揺さぶる必要があるんだ。とくに君の愛を、そして君の期待を考えると、なおさら。というのも君は、あいかわらず何かに邪魔されて――その何かが何なのか、ぼくには分からないけれど――何をバルナバスが手に入れられなかったのか、しかし何がバルナバスにプレゼントされたのか、しっかり見えてないのだから。バルナバスは、官房に入ることが許されている。お望みなら、控え室に、と言ってもいい。うん、じゃ、控え室だ。でもそこにはドアがいくつもあって、その先がある。ドアは、器用な人間なら通り抜けることができる柵だ。たとえばぼくの場合、その控え室に、少なくとも今のところ、まったく入ることもできない。バルナバスがそこで誰と話をするのか、ぼくには分からない。もしかしたら、あの書記は、城では一番下っ端の使用人かもしれない。でもたとえ一番下っ端だとしても、そのすぐ上の使用人のところへ連れてってくれることはできる。連れてってくれることができなくても、少なくともその名前くらいは教えてくれるはず。名前が教えられないなら、少なくとも、名前を教えてくれそうな人のところへ行けと言ってくれるはず。クラムと言われた人物は、本物のクラムと似ても似つかぬ人物かもしれない。興奮して目が見えなくなったバルナバスだけが、似ていると思ったのかもしれない。一番下っ端の役人かもしれない。役人ですらないのかもしれない。けれども、あの立ち机で仕事をするよう命じられており、目の前にある大きな本から何かを読み取り、書記に何かをささやいている。長いあいだ視線をバルナバスに落としているときは、何かを考えている。たとえこれらすべてが本物でなく、その男とその男の行動にまったく意味がないとしても、誰かがその男をそこに配置した。そしてそこには何らかの意図があった。つまりぼくは、こう言おうとしてるんだ。何かがそこにある。何かがバルナバスに提供されている。少なくとも何かがね。そして、その何かでバルナバスが疑いと不安と絶望しか手に入れられないなら、それはバルナバスの責任でしかない、と。でもぼくは、非常にありえないほど一番不都合な場合から、いつも考えてきた。というのも、ぼくたちの手もとには手紙があるんだから。ぼくはその手紙をあんまり信用してないけれど、しかしバルナバスの言葉よりはずっと信用している。それは、何の価値もない古い手紙かもしれない。同じように何の価値もない手紙の山から、無差別に選ばれたものかもしれない。任意の男の運命のくじを山のような手紙のなかからつまみ出すのに、年の市でカナリアを使うのと同じくらい無分別で、無差別にね。そんなものかもしれないけれど、それでもその手紙は、少なくともぼくの仕事に何らかの関係がある。明らかにぼく宛だし、村長とその奥さんが証言してくれたように、クラムの自筆だし、これもまた村長によると、プライベートで曖昧な意味にすぎないけれど、大きな意味をもっている」。「村長さんがそう言ったの？」と、オルガがたずねた。「ああ、そう言った」と、Kが答えた。「バルナバスに話してやらなくちゃ」と、オルガが早口で言った。「すごくはげまされると思うわ」。「はげます必要はないですよ」と、Kが言った。「はげますってことは、お前は正しい、これまでのやり方をつづけるだけでいい、と言うことでしょ。でも、まさにそのやり方だと、何かを手に入れることはないだろうね、絶対。誰かに目隠しをしてから、目隠しをしたまま、よく見るんだ、とはげますことはできる。でも、その誰かは何かを見るようにはならないよね、絶対。目隠しを外してもらってから、はじめて見ることができる。バルナバスに必要なのは助けであって、はげまされることじゃない。まあ考えてみて。お城には収拾がつかないほど大きな役所がある。——ぼくはさ、ここに来るまでに、お城のだいたいのイメージをもってると思ってた。でもそんなの、子どもだましだった——つまりさ、お城には役所があって、その役所に向かってバルナバスが歩いていく。バルナバスのほかには誰もいない。バルナバスだけ。あわれに思えるほどひとり。もしもバルナバスがね、失踪して官房の暗い片隅にうずくまったまま一生を終える、なんてことがなければ、それは身にあまる名誉ですよ」。「思わないでちょうだい、K」と、オルガが言った。「わたしたちが、バルナバスが受けた仕事の重さを過小評価してるなどと。お役所に対する畏怖の念は、ちゃんともってるのよ。あなた自身も言ったように」。「でもそれは、間違えてもたされた畏敬の念ですよ」と、Kが言った。「場違いな畏敬の念なんだ。そんな畏敬の念は、相手をおとしめる。もしもバルナバスが、あの部屋に入るというプレゼントを濫用して、そこで何もしないで何日も過ごすなら、あるいはだよ、村に下りてきて、さっきまでその前で自分が震えていた連中のことを疑ったり、けなしたりすれば、あるいはだよ、絶望や疲労のせいで、手紙をすぐに配達せず、自分に託された伝言を、すぐに伝えないとすれば、そういうことを畏敬の念だと呼べるのかな？　それは、もう畏敬の念なんかじゃないでしょう。しかしぼくの非難は、まだつづく。君にも文句があるんだよ、オルガ。遠慮するわけにはいかない。君はさ、自分では役所に対して畏敬の念をもっていると思っているにもかかわらず、バルナバスをだよ、あんなに若くて弱くて孤独なのに、城へやったんだ。少なくとも城へ行くのを止めなかった」

「あなたがわたしにする非難を」と、オルガが言った。「わたしも、自分にしてるの。ずっと前から。といっても、バルナバスを城へやったことは、非難できない。わたしがやったんじゃなくて、バルナバスが自分で行ったから。でもわたしは、説得してでも、策略を使ってでも、力ずくでも、あらゆる手段を使って引き止めるべきだったんでしょうね。引き止めるべきだったんでしょうね。でもね、もしも今日が、あの日、あの決断の日だとしても、そしてわたしが、バルナバスの苦境、わたしたち家族の苦境を、あの頃や今日のように感じるとしても、そしてバルナバスがふたたび、すべての責任と危険をはっきり自覚して、微笑みながら、穏やかに、わたしから離れて、お城へ行くとしても、わたしはね、あれからいろんな経験をしてきたにもかかわらず、今日もバルナバスを引き止めないでしょうね。あなただって、わたしの立場なら、そうするしかないんじゃないかな。あなたは、わたしたちの苦境を知らない。だから、わたしたちに対して、とくにバルナバスに対して、不適切な態度になるんだわ。わたしたちにはあの頃、今より希望があった。でもあの頃も希望が大きかったわけじゃない。大きかったのは苦境だけ。そして苦境は今も大きい。フリーダからわたしたちのこと何も聞いてないのかしら?」。「ほのめかされただけで」と、Kが言った。「はっきりしたことは何も聞いてない。でも君たちの名前を聞いただけで、フリーダはイライラするんだ」。「じゃあ、女将さんからも何も聞いてないの?」。「ああ、何も」。「じゃあ、ほかの誰からも?」。「誰からも」。「当然だわ。誰も話せないのよ! 誰だって、わたしたちのことは知っている。本当のことをね。といっても、知ることができるかぎりでの本当のことだけど。でなきゃ、少なくとも、どこかから仕入れた噂か、たいていは自分ででっち上げた噂をね。そして誰だって、わたしたちのことを必要以上に考えるわけ。でもね、それを話すことは誰もしないんじゃないかな。口にするのをはばかることなんだ。それはそれで、もっともなのよね。そんなこと持ち出すのは、むずかしい。たとえ、K、あなたに対してでも。あなたは、それを聞いてしまったら、ここを去って、どんなにそれがあなたに無関係に思えても、もうわたしたちのことは何も知りたいとは思わなくなる。そんなことになりかねないでしょ。そうすると、わたしたち、あなたを失っちゃう。あなたという人はね、わたしにとっては今、じつを言うと、バルナバスがこれまでやってきたお城の仕事よりも大切なくらいなの。でもね――この矛盾にわたしはもう一晩じゅう悩まされてるわけだけど――あなたにも聞いてもらわなくちゃ。というのも、そうしないと、わたしたちの置かれている立場をまったく見渡してもらえず、あなたはね、これでとくにわたしの心が痛むんだけど、バルナバスに対して不適切な態度をとりつづけることになるでしょう。わたしたちに必要な完全な一致が欠けることになっちゃう。あなたはわたしたちを助けることもできなくなっちゃう。また、役所の仕事とは関係のないことで、わたしたちに助けてもらうこともできなくなっちゃう。でも、もうひとつたずねたいんだけど。そもそもあなた、このこと知りたいのかしら？」。「どうしてたずねるのかな、そんなこと？」と、Kが言った。「必要なことなら、知りたい。でも、どうしてそんなことたずねるのかな？」。「迷信よ」と、オルガが言った。「あなた、わたしたちの問題に引きずり込まれてるようね。罪もないのに。バルナバスに負けないくらい罪もないのに」。「さ、早く聞かせて」と、Kが言った。「ぼくは怖くない。君はね、女々しく心配するから、問題を実際よりひどくしてるんだ」

17 アマーリアの秘密 ［Pアマーリアの秘密］〈あとから「章タイトル」として書き込まれた〉

「自分で判断してね」と、オルガが言った。「ちなみに、非常に簡単な話に聞こえるけれど、これがどんなに大きな意味をもつものなのか、すぐには理解できないので。お城にソルティーニというお役人がいるの」。「ああ、聞いたことがある」と、Kが言った。「ぼくの招聘に関係した人だ」。「違うと思うわ」と、オルガが言った。「ソルティーニは、ほとんど表に出てこない。ソルディーニと勘違いしてるんじゃない？ティじゃなくて、ディのほうと」。「ああ、そうだ」と、Kが言った。「ソルディーニだった」。「そうなのよ」と、オルガが言った。「ソルディーニは、よく知られている。一番仕事熱心なお役人のひとりで、よく噂になる。ソルティーニは逆に、ずっと引っ込んでて、ほとんどの人が知らない。3年以上前に見たことがあるんだけど、それが最初で最後。7月3日の消防団のお祭りのときだった。お城も噛んでいて、新しい消防ポンプを寄付してた。ソルティーニはね、消防の案件も仕事にしているとかで、もしかしたらそのときも代理で来てただけかもしれない。――たいていお役人は代理をし合うから、このお役人、あのお役人の管轄が何なのか、見分けにくいわけ――で、ポンプの引き渡しに立ち会ってた。当然、お城からは、お役人や使用人など、ほかの人も来ていた。ソルティーニは、その性格どおり、一番後ろにいた。小柄で、弱々しく、思慮深そうな紳士だった。そもそもソルティーニだと気づいた人がね、みんな注目したのは、ソルティーニの額のしわの寄り方なの。すべてのしわが――そうなのよね、しわが多いの。きっとまだ40歳にもなってないのに――額で、まっすぐ扇形をつくって、鼻のつけ根のところに集まってるわけ。わたし、そんなの見たことがなかった。さて、そのお祭りだけど。わたしたち、つまりアマーリアとわたしは、もう何週間も前から楽しみにしてた。晴れ着も一部は新しく用意して。とくにアマーリアの服がすごくきれいだった。白いブラウスは胸のあたりが大きくふくらんで、レースが列になって重なり合ってた。母が自分のレースを全部、そのために貸してあげたの。わたしはそのとき、うらやましくて、祭りの前の夜はなかなか眠れず、ずっと泣いていた。朝になって、橋亭の女将さんが様子を見にやって来て、ようやく――」。「橋亭の女将？」と、Kがたずねた。「そうよ」と、オルガが言った。「わたしたち、女将さんとはとても親しいの。で、女将さんがやって来て、アマーリアのほうがきれいにしてもらってると認めるしかなかった。女将さんは、わたしをなだめるため、自分がつけていたボヘミアざくろ石のネックレスを貸してくれた。そうやって、出かける準備がととのって、アマーリアがわたしの目の前にいて、みんなでアマーリアのことをすばらしいとほめ、父が言った。〈わしの言うことを覚えておけ、今日、アマーリアが花婿をつかまえるぞ〉。そこで、なぜだか分からないけれど、わたしは自慢のネックレスを外して、アマーリアの首にかけてやった。ねたましい気持ちはまったくなかった。まさにアマーリアの勝利に頭を下げたわけ。誰もがアマーリアに頭を下げるにちがいない、と思った。もしかしたらあのとき、わたしたちは、いつもとは別人のように見えるアマーリアに驚いたのかもしれない。というのも、アマーリアはほんとの美人じゃないから。でもね、あれ以来、あんなふうに陰気な視線をするようになったわけだけど、その視線がわたしたちの頭上を越えていくものだから、アマーリアには、ほとんどほんとに、思わず頭を下げてるのよね。みんながそれに気づいてた。わたしたちを迎えにきてくれたラーゼマンも、その奥さんも」。「ラーゼマン？」と、Kがたずねた。「そう、ラーゼマンよ」と、オルガが言った。「これでもわたしたち要人なのよ。たとえばそのお祭りは、わたしたちがいないと、うまく始めることができなかったでしょうね。というのも、父が消防団の第3連隊長だったから」。「まだそんなにお元気だったんですか、お父さんは？」と、Kがたずねた。「父が？」と、オルガがたずねた。Kの質問をきっちり理解していないかのように。「3年前はまだ青年みたいだったわ。たとえば、紳士館で火事があったとき、お役人をね、体の重いガーラターを背負って、駆け足で運び出した。わたしもその場にいた。火事になる心配はなく、ストーブのそばにあった乾いた薪がくすぶりはじめただけだったんだけど、ガーラターがおびえて、窓から助けを呼んだので、消防が駆けつけて、父がガーラターを運び出すことになったわけ。もう火は消えてたにもかかわらず。まあ、ガーラターは体を動かすのが大変だから、ああいう場合は用心するに越したことはないのよね。こんな話をしたのは、ただ父のため。あれから3年以上前からそんなにたってないのに、今の父は、ほら、あそこにすわってるような有様」。今になってようやくKは、アマーリアがもう部屋に戻っていることに気づいた。しかし、ずっと離れたところにある、両親のテーブルのそばにいた。そこで、リウマチで腕が動かない母親に食べさせてやりながら、父親に言い聞かせている。お母さんが食べてるから、もうちょっとだけ我慢してね。すぐお父さんのところへ行って、食べさせてあげるから。だがアマーリアがそう言ってなだめても、効果がなかった。というのも父親は、スープが飲みたくてたまらず、体が不自由なのに無理やり、スープをスプーンですすろうとしたり、皿からじかに飲もうとしたりしたが、どちらもうまくいかないので、ぶつぶつ腹を立てている。スプーンは、口に運ばれるずっと前に空っぽになっている。口がスープにつかることは一度もない。いつも、鼻の下の大きな口ひげだけがスープにつかり、しずくが四方八方に垂れ、飛び散っているが、口のなかには入らない。「3年で、こんなふうになったんですか？」と、Kがたずねた。だが、あいかわらず、ふたりの老人と、その隅にある家族のテーブルで見られる光景には、同情することはなく、嫌悪しかなかった。「3年ねえ」と、オルガがゆっくり言った。「精確には、お祭りのときの2、3時間だけど。お祭りはね、村はずれの、小川のほとりの草地で行なわれた。わたしたちが着いたときは、もうすごい人混みで、近くのあちこちの村からもたくさん人が来ていた。騒ぎでみんなすっかり混乱してた。最初にわたしたちは当然、父に連れられて消防ポンプのところへ行った。ポンプを見て、父は喜んで笑った。新しいポンプがうれしくて、ポンプをなではじめ、わたしたちに説明しはじめたの。ほかの人たちに反対され、止められても、言うことを聞かなかった。ポンプの下に見るべきものがあると、わたしたちはみんなで身をかがめるしかなかった。ほとんどポンプの下まで這いつくばってもぐり込まされた。バルナバスは、そのとき抵抗したので、ぶん殴られたわ。ただアマーリアだけはポンプに興味がなく、きれいな服のまま突っ立ってたんだけど、誰も何も言おうとしなかった。わたしはときどきアマーリアのところへ駆け寄って、腕をからませたけど、アマーリアは黙っていた。わたしはね、どうしてそうなったのか、今もまだ説明できないんだけど、わたしたちは、長いあいだポンプの前にいて、父がポンプから離れたときにはじめて、ソルティーニに気づいたわけ。どうやらずっとポンプの向こう側でポンプのレバーにもたれてたみたい。あのときは、もちろん、いつものお祭りどころじゃなく、ものすごくうるさかった。お城から消防団にトランペットが何本か寄贈されたから。特別な楽器でね、子どもにだって吹けるくらいの、ほんのちょっと力を入れるだけで、そう、子どもにだって吹けるわ、ものすごく激しい音が出るやつ。それを聞くと、トルコ軍が攻めてきた、と思うほど。その音には慣れることができず、新しく吹かれるたびに、びっくりして飛び上がった。新しいトランペットだったので、誰もが試しに吹こうとした。村のお祭りなものだから、それが許されたのよね。ちょうどわたしたちのまわりには、もしかしたらアマーリアに惹かれたのかもしれないけれど、吹きたがる人が何人かいた。気を散らさないでいるのはむずかしかった。それにね、父の命令でポンプに集中してなきゃならなかったので、いっぱいいっぱいだった。だから、それまで会ったこともないソルティーニに気づくのに、異常なほど時間がかかったわけ。〈あそこにソルティーニがいるぞ〉と、ようやくラーゼマンが父にささやいた。わたし、そばにいたんだ。父は深々とお辞儀をし、興奮してわたしたちにもお辞儀するよう合図した。それまで会ったことはないけれど、父は以前からソルティーニのことを、消防問題の専門家として尊敬していたし、よく家で話題にしてたの。だからわたしたちにとって、そうやって今、実際にソルティーニに会うことは、非常に驚くべきことであり、意味のあることだった。ソルティーニのほうは、わたしたちには興味がなかった。それはね、ソルティーニだからというわけじゃなく、たいていのお役人が人前では無関心なのよね。それにソルティーニはうんざりしていた。この村に来ているのも、職務で義務だからにすぎない。まさにそんなふうにお城を代表して列席する義務を、とりわけ面倒だと感じるからといって、ひどいお役人とはかぎらないのよね。ほかのお役人や使用人は、ともかく村に来ているんだから、村人のなかに溶け込む。でもソルティーニはポンプのそばから離れなかった。そして何か陳情とかおべっかで近づいてこようとする者をみんな、沈黙によって追い払っていた。そうやって、ソルティーニがわたしたちに気づいたのは、わたしたちがソルティーニに気づいたよりも後だった。わたしたちがね、ようやうやしくお辞儀をして、父がお詫びの言葉を口にしかけたときになって、ようやくソルティーニがわたしたちを見た。ひとりずつ順に見ていって、うんざりしていた。順に見ていくとまだ次がいることに、ため息をついているかのようだった。ところがアマーリアのところで止まった。見上げなくてはならなかった。アマーリアのほうがはるかに背が高かったの。そして息を呑んだ。ポンプの轅を飛び越えて、アマーリアに近づこうとした。わたしたちはね、最初それを誤解して、みんなで父に連れられてソルティーニに近づこうとした。ところがソルティーニは手を上げて制止してから、わたしたちに立ち去れと合図した。それだけの話なんだけど。それからわたしたちは、ほんとに花婿を見つけたね、とアマーリアをさんざんからかった。何も知らないわたしたちは、その午後はずっとうれしくて浮かれてたけど、アマーリアだけは、いつもより口数が少なかった。〈すっかりソルティーニに惚れちゃったんだ〉と、ブルーンスヴィクが言った。いつもは、ちょっと粗野で、アマーリアみたいな性格の人間のことはまるで理解がない人なんだけど、今回は、その言葉がほぼ当たってるように思えたのよ、わたしたち。だいたいその日はお祭り騒ぎで馬鹿になってたし、真夜中すぎに家に帰ったときは、アマーリア以外みんな、お城のワインでぼうっとなってたの」。

「で、ソルティーニは？」と、Kがたずねた。「あ、ソルティーニね」と、オルガが言った。「ソルティーニの姿は、お祭りのあいだ通り過ぎるとき何度も見たわ。轅に腰を下ろして、胸の前で腕組みをしたまま、お城の馬車が迎えにくるまで動かなかった。消防演習にさえ行かずに。そこで父はそのとき、ソルティーニが見てるにちがいないと期待して、同年輩の男たちの誰よりも目立つ動きをしてたわ」。「それからはもう、ソルティーニのことは聞いてない？」と、Kがたずねた。「ソルティーニのことをひどく尊敬してるように思えるんだけど」。「ええ、尊敬ね」と、オルガが言った。「ええ、それからも聞いてるわ。次の日の朝、わたしたち、アマーリアの叫び声でワインの眠りから起こされたの。みんなはすぐにまたベッドに倒れ込んだけど、わたしは、すっかり目が覚めて、アマーリアのところへ駆け寄った。アマーリアは窓のところに立って、手紙を手にしている。ちょうどひとりの男から窓越しに手渡されたところで、その男は返事を待っている。アマーリアは手紙をね――短い手紙だった――もう読んでいて、だらんと垂れた手に持っていた。そんなにぐったりした妹を見ると、いつも愛おしくなるのよね。わたしはアマーリアの横にしゃがんで、手紙を読んだ。わたしが読み終わるやいなや、アマーリアは、ちらっとわたしを見てから、手紙を取り上げ、もう読もうとはせず、びりびり破って、その紙切れを窓の外の男に投げつけ、窓を閉めた。それが、あの決定的な朝だった。その朝を決定的って言ったけど、前の日の午後のどの瞬間も、同じように決定的だったのよね」。「で、手紙には何て書かれてたの?」と、Kがたずねた。「ええ、まだ話してなかったわね」と、オルガが言った。「手紙はソルティーニからで、ざくろ石のネックレスのお嬢さん宛だった。文面をそのまま言うことは、わたしには無理。内容はね、紳士館のソルティーニのところに来てもらいたい。しかもアマーリアが今すぐ。半時間後にソルティーニはここを発たねばならないので。手紙は、これまで聞いたこともないほどの、下品きわまりない言葉で書かれていて、意味は前後関係から半分、推測するしかなかった。アマーリアを知らない人が、その手紙だけ読んだなら、こんな大胆な手紙をもらう娘なんだから、きっと擦れっからしにちがいないと思うでしょう。たとえ男に指一本触れられたことがないとしても。それはね、ラブレターじゃなかった。ほめそやすような言葉はまるでなく、むしろソルティーニは、どうやら腹を立ててたみたい。アマーリアを見て、心を奪われてしまい、仕事が手につかなくなってしまったので。あとでね、わたしたち、こんなふうに考えることにしたのよ。おそらくソルティーニは、すぐその日の晩にお城へ帰るつもりだったけど、アマーリアのせいで村に残ることにした。そして、夜もアマーリアのことが忘れられず眠れなかったので、朝になって怒りまかせにあの手紙を書いたんだ、と。こんな手紙をもらったら、まず憤慨するにちがいない。まったくものに動じない女性でもね。けれどもそれから、アマーリアとちがう女性なら、意地悪く脅かすようなその調子におそらく不安になったでしょう。でもアマーリアは憤慨したまま。不安というものを知らない。自分にとっての不安も、他人にとっての不安も。で、わたしはふたたびベッドにもぐり込んで、尻切れトンボになっている手紙の最後の文章をくり返していたわけ。〈だから、すぐに来てもらいたい。さもないと――！〉。そのあいだアマーリアは、窓のところのベンチにすわって、外を見ていたわ。まるでね、またメッセンジャーが来るんじゃないか、と思って。そして、誰が来ても、最初のメッセンジャーと同じようにあしらってやるから、というつもりで」。

「ま、そんなもんなんだ、役人って」と、ためらいながらKが言った。「その見本みたいな奴もいるわけで。お父さんはどうされたのかな？　紳士館へ行くのが手っ取り早くて確実な方法だけど、それを避けたなら、しかるべき部署に行って、ソルティーニのことでしっかり苦情を言ってもらえたんでしょうね。今回の件でもっとも醜いのは、アマーリアが侮辱されたことじゃないわけだから。その侮辱なら簡単に修復できた。ぼくに分からないのはね、なぜ君が、まさにこのことをそんなに重大視してるのか。なぜソルティーニが、あんな手紙でアマーリアを永遠にさらし者にしたことになるのか。君の話を聞いていると、信じてしまいそうになるんだよね。でも、まさにそんなことはありえない。アマーリアが面目を回復するのは簡単だ。２、３日もすれば、事件は忘れられてしまう。ソルティーニは、アマーリアをさらし者にしたんじゃない。自分自身をさらし者にしたんだ。だからね、ぼくが恐れるのはソルティーニじゃなくて、こういう権力の濫用があるという可能性なんだ。今回のケースは、あからさまに言われて、丸見えだったし、アマーリアという上手（うわて）が相手だったので、うまくいかなかったけれど、ほかの千ものケースでは、ほんのちょっと条件が不都合になるだけで、完全にうまくいって、誰の目にも、そう、被害の当事者の目にすら気づかれないってことになりかねない」。「しーっ」と、オルガが言った。「アマーリアがこっちを見てる」。アマーリアは両親に食べさせ終わって、今は母親の服を脱がせているところだ。ちょうどスカートのひもをゆるめてやったばかりで、母親の腕を自分の首に巻きつけて、母親をちょっと持ち上げ、スカートを脱がせると、そっと椅子にすわらせた。父親はいつも、母親が先に世話されることが不満だった。しかしそれはどうやら、母親のほうが父親より助けが必要だからなのだが、娘がわざと遅らせていると思い込んで、もしかしたらその腹いせに、自分で服を脱ごうとしている。一番どうでもいい、一番簡単なところ、つまり自分の足にはぶかぶかで大きすぎるスリッパから始めたにもかかわらず、どうやっても脱ぐことができない。息をぜいぜいさせながら、まもなくあきらめて、体をこわばらせて椅子にもたれ込んだ。「決定的なことが、あなた、分かってないのよ」と、オルガが言った。「あなたの言うことは、何でも正しいんでしょう。でもね、決定的なことは、アマーリアが紳士館に行かなかったこと。メッセンジャーをあんなふうにあしらったことは、そのうち忘れられるでしょう。もみ消すことだってできたかもしれない。でもね、アマーリアが行かなかったことによって、わたしたちの家族には呪いが下されたの。で、こうなるともちろん、メッセンジャーをあしらったことだって、許しがたいこととなり、世間にまで広く知らされることになったわけ」。「何てことだ！」と叫んだが、頼むようにオルガが両手を上げたので、Kはすぐに声をひそめた。「まさか、お姉さんの君が、アマーリアはソルティーニの言うことを聞いて、紳士館に駆けつけるべきだった、なんて言わないでしょ？」。「言わないわよ」と、オルガが言った。「そんなふうに疑われるなんて、ごめんだわ。どうしてそんなふうに思うのかな。やることすべて、アマーリアみたいにしっかり正しい人間を、わたしは知らない。もしも妹が紳士館へ行ったとしても、もちろん、わたしは正しいと思ったでしょう。でも行かなかったのは、まるで英雄みたいだった。わたしなら、正直に言うと、あんな手紙をもらったら、行ってたでしょうね。それからやって来ることが怖くて、耐えられなかったでしょうから。耐えることができたのは、アマーリアだけ。いくつか逃げ道があった。ほかの女性なら、たとえば、しっかりきれいに着飾って、着飾るのには時間がかかるから、それから紳士館に行くと、ソルティーニはもう発ちました、と知らされることになる。もしかしたら、ソルティーニはメッセンジャーを送るとすぐに立ち去りました、と聞かされるかもしれない。そういうことって、大いにありそうでしょ。お偉いさんは気まぐれで、すぐ気が変わるから。でもアマーリアは、そうはしなかった。それに似たようなこともしなかった。あまりにも深く侮辱され、何の留保もせずに答えた。なんとか見かけだけでも従うふりをして、ひとまず紳士館の敷居だけでもまたいでおけば、凶運は避けられたでしょうね。ここには非常に利口な弁護士がいて、何もないところからでも、望みのものを生み出すことができるのよ。でも今回のケースは、何もないという好都合な条件すらなく、逆に、ソルティーニの手紙を紙くずにしたし、メッセンジャーを侮辱した」。「しかし、いったい、どんな凶運なのかな」と、Kが言った。「どんな弁護士なのかな。ソルティーニが犯罪者みたいなことをしているのに、アマーリアを訴えたり、罰したりできるものなのかな？」。「でもね」と、オルガが言った。「それができたのよ。もちろん、正規の訴訟じゃなく、妹が直接罰せられたわけでもない。けれども別の方法で罰せられたの。アマーリアと、わたしたち家族全員が。その罰がどんなに重いものか、あなたもそろそろ分かりはじめてるでしょ。あなたは、そんな罰は不当で、とんでもないと思ってる。それは、村では完全に孤立した意見なの。わたしたちには非常にありがたいし、慰めになるはずだけど。明らかに誤解にもとづいているのでなければ、実際そうでしょうね。それ、簡単に証明してあげられる。ごめんなさい、フリーダの話をするけれど、でもね、フリーダとクラムのあいだでは、最後にどうなったかは別にして、アマーリアとソルティーニのあいだで起きたこととそっくりのことが起きたわけ。あなたも、最初は驚いたでしょうが、今ではもう納得してるでしょ。それは慣れではないのよ。単純な判断をする場合、慣れによって鈍感になれるわけじゃない。誤解を解いただけなのよ」。「いや、オルガ」と、Kが言った。「どうしてフリーダをこの問題に引きずり込むのか、分からない。ケースがまるで違うんだから。根本的に違うものをごちゃ混ぜにしないで、話をつづけてもらいたい」。「お願い」と、オルガが言った。「比較にこだわってるけれど、悪くとらないで。フリーダを比較されないよう守ってやらなきゃ、と思ってるなら、それはフリーダについての誤解がまだ残ってるってことよ。フリーダは守られる必要なんかない。ほめられるだけでいいの。わたしはね、比較して、ふたりのケースが同じだと言うんじゃない。ふたりの関係は白と黒みたいなもので、白がフリーダ。最悪の場合でも、フリーダは笑われるだけ。無作法にも、わたしが——あとでひどく後悔したけど——紳士館のバーで笑っちゃったみたいに。でも、笑った人間でさえ、意地悪か嫉妬によるもので、ともかく笑うだけ。でもアマーリアは、血がつながってない人間からは、軽蔑されるだけ。だから、あなたが言うように、根本的に違うケースだけど、やっぱり似てるのよ」。「いや、似てなんかない」と言って、Kは納得せず首をふった。「フリーダは脇に置いて。フリーダは、アマーリアがソルティーニからもらったみたいな上品な手紙はもらってない。フリーダはクラムを本当に愛してた。疑うんなら、たずねてみればいい。今も愛してるから」。「それが大きな違いなの？」と、オルガがたずねた。「クラムが同じような手紙をフリーダに書かなかったとでも思ってるわけ？　お偉いさんはね、デスクから立ち上がると、みんなそうよ。世間を知らない。で、ぼんやりしたまま、なんとも下品なことを口にしてしまうわけ。みんなじゃないけど、たくさんの人が。アマーリアへの手紙だって、頭で考えたことを、実際に書いてる文字はまるで無視して、紙になぐり書きしたものかもしれない。お偉いさんが頭で考えることなんか、知ったことじゃないわ！　どんな調子でクラムがフリーダとつき合ってたのか、あなた、自分で、または人から聞いたことない？　クラムはね、非常に粗野だってことは知られてる。何時間もしゃべらないでいたのに、突然、ぞっとするほど粗野なことを言うそうね。ソルティーニについては、そんなことは知られてない。そもそもほとんど知られてない人だから。実際、名前がソルディーニに似てることでしか知られてない。名前が似てなければ、おそらくまったく知られてないでしょうね。消防の専門家としても、おそらくソルディーニと混同される。ソルディーニは、本物の専門家だけど、名前が似てることを利用して、とくに役所代表で出席する義務はソルティーニに押しつけ、自分は邪魔されずに自分の仕事をつづけている。ところでソルティーニみたいな世間知らずの男が、突然、村娘にひと目惚れすると、当然、近所の指物（さしもの）師の職人がひと目惚れしたのとはちがうことになる。またね、これも考えておく必要があることだけど、お役人と靴屋の娘には大きなへだたりがあるから、何かの方法で橋を架ける必要がある。ソルティーニは、ああいうやり方で橋を架けようとしたけれど、ほかの人なら別の方法でやるでしょう。たしかに、わたしたちはみんなお城に属しているわけだから、へだたりなんかまったくなく、橋を架けることはない、って言われていて、もしかしたら普段はそうかもしれないけれど、でも残念ながら、まさにこういう問題になると、まったくそうじゃないと思い知らされる機会があるわけね。ともかくこんなわけだから、あなたも、ソルティーニのやり方が理解できるようになって、あんまりとんでもないと思わなくなったでしょう。ソルティーニのやり方は、実際、クラムのやり方と比べると、はるかに理解しやすいし、当事者としてかかわっていても、はるかに我慢しやすいわ。クラムが優しい手紙を書いてたら、粗野きわまりないソルティーニの手紙より気持ち悪い。誤解しないでもらいたいんだけど、わたしはクラムに判決を下そうとしてるんじゃない。ただ比較してるだけなのよ。あなたが比較に抵抗するから。クラムは女性に対する司令官みたいなものなのよね。あるときはこの女に、あるときはその女に、来いと命令して、どの女とも長つづきはせず、来いと命令したのと同じように、帰れと命令する。ああ、クラムなら、まず最初に手紙を書くなんて面倒なことはしないでしょう。だからそれと比べるとよ、ずっと外にも出ず、少なくとも女性関係の噂のないソルティーニが、たまたま机に向かって、お役人の使う美しい筆記体で、しかし文面はおぞましい手紙を書いたとしても、それでもやっぱりとんでもないことかしらね。だからこの場合、どんな違いもクラムには有利に働かず、逆にソルティーニに有利に働くわけだけど、それでもフリーダの愛がクラムに影響をあたえてるのかしら？　女性たちとお役人たちとの関係はね、判断するのが、ほんとのところ、非常にむずかしいの。いや、むしろ、いつも非常に簡単なの。そこにはかならず色恋がからんでいる。お役人の恋がかなわないことはない。この点からするとね、娘が——これは絶対にフリーダのことだけじゃないんだけど——お役人に身をまかせたのは、ただそのお役人を愛したから、なんて話をされても、ほめてるわけじゃない。

娘がお役人を愛して、身をまかせた。それだけのこと。ほめるところは、どこにもない。でもアマーリアはソルティーニを愛したわけじゃない、と、あなたは反論するでしょ。そう、たしかに、妹はソルティーニを愛したんじゃない。でも、もしかしたら愛したかもしれない。それを決めることができるのは誰なの？　妹自身ですらない。妹は、きっぱり拒絶した。これまでお役人が経験したことないほど、きっぱりと。それなのに、愛したのだ、と、どうやって思えるのかな？　バルナバスがね、妹は今でもときどき、3年前に窓をばたんと閉めたときの動揺のせいで震えてる、と言うの。それはほんと。だから妹にはたずねちゃダメ。妹はソルティーニをふった。それ以上のことは知らない。ソルティーニを愛しているのか、愛していないのか、妹には分からない。でもわたしたちには分かっている。女性たちは、ふり向かれたら、そのお役人たちを愛するしかないの。そう、どんなに否定しようとしても、すでに以前からそのお役人たちを愛しているわけ。そしてソルティーニは、アマーリアを見たとき、アマーリアのほうをふり向いただけでなく、消防ポンプの轅（ながえ）を飛び越えもした。デスクワークのせいでこわばった脚で轅（ながえ）を飛び越えたのよ。でもさ、アマーリアは例外なんだから、と、あなたは反論するでしょ。そう、妹は例外よ。ソルティーニのところへ行くことを拒んだとき、それを証明したの。それだけで、もう十分に例外なのよ。

さらにそれだけじゃなく、ソルティーニを愛したこともなかったそうだから、大きすぎるほどの例外なのよ。まったくもう理解できないくらい。わたしたちは、たしかにあの日の午後、目が見えなくなっていた。でも、あのとき、アマーリアが恋に落ちたらしいことに、わたしたちは深い霧を通して気づいたと思ったわけだから、まだ思慮分別が残ってたということね。以上をまとめると、フリーダとアマーリアのあいだには、どんな違いがあるのかしら？　ただひとつ、アマーリアが拒んだことを、フリーダはやった。それだけよね」。「そうかもしれない」と、Kが言った。「ぼくにとって大きな違いは、フリーダはぼくの婚約者だけど、アマーリアのことが気になるのは要するに、城のメッセンジャーであるバルナバスの妹であって、その運命がバルナバスの仕事にからみ合っているかもしれない、ということでしかない。アマーリアに役人がそんなにひどいことをしたんだったら、ぼくは非常に気になっただろう。しかも、アマーリアの個人的な苦しみとしてというよりは、むしろ公的な問題として。この話を君から聞かされたとき、最初はそう思った。でも話を聞いているうちに、自分でもよく分からないけれど、なにしろ話しているのが君だから、十分に信頼できるだろうということで、問題の見え方が変わったんだ。だからぼくは、この問題、そっくりそのままにしておこうと思う。ぼくは消防団員じゃないし、ソルティーニには興味がない。興味があるのはフリーダのこと。そこで奇妙に思えるんだがね、君のことは信頼してるし、いつまでも信頼したいと思ってるけれど、君はさ、アマーリアという回り道で、ずうっとフリーダを攻撃して、ぼくにフリーダのことを疑わせようとしている。君がわざわざ、または悪意までもって、そうしてるとは思わない。そうだったら、ぼくは、とっくの昔に帰っちゃってるから。君はさ、わざとそうやってるんじゃなく、事情にそそのかされてそうしてる。アマーリアのことが大好きだから、すべての女性より高貴な存在にしようとする。でもアマーリア自身にはその目的にかなう取り柄がないものだから、仕方なく君は、ほかの女性たちをけなすことになる。アマーリアのやったことは、びっくりするようなことだ。でも君がその話をすればするほど、それが大きいことなのか小さいことなのか、利口なことなのか馬鹿なことなのか、勇敢なことなのか臆病なことなのか、判断できなくなる。その動機をアマーリアは胸にしまい込み、誰も聞き出せないだろう。逆にフリーダは、びっくりするようなことなんてしていない。ただ自分の気持ちに従っただけ。フリーダのやったことを好意的に見るなら、誰にだって明らかだ。誰でもそれを確かめることができる。噂が立つような余地はない。ぼくはさ、アマーリアをおとしめようとは思わない。フリーダを弁護しようとも思わない。ただ君に、はっきりさせたいだけなんだ。ぼくとフリーダの関係を。

それから、フリーダに対する攻撃は、どんなものでも同時にそのまま、ぼくの存在に対する攻撃になることをね。ぼくは自分の意思でここにやって来た。自分の意思でここに腰をすえることにした。でも、それ以来ここで起きたことはすべて、それからとくにぼくのこれから先の見込みは——どんなにぼんやりしていても、まあともかく、あるわけだけど——それらはすべてフリーダのおかげなんだ。これ抜きでは話はできない。ぼくはこの村に測量士として採用された。でもそれは見かけにすぎなかった。ぼくはもてあそばれ、どの家からも追い払われ、今もてあそばれている。しかし、もっと面倒なことになっている。ぼくは、ある意味、かさばる者になったんだ。それだけでもそれなりの意味がある。どんなにつまらないものだとしても、家をもち、職をもち、実際に働いている。婚約者がいて、ぼくにほかに用事があるときは、仕事を肩代わりしてくれる。結婚して、村の一員になるつもりだ。クラムとは、職務のほかに、これまで、もちろん利用はできない個人的な関係もある。ちょっとしたもんだよね？ ぼくが来たら、誰に君たちは挨拶してるのかな？ 誰に君は、君たちの家族の話を打ち明けてるのかな？ 誰に君は、なんとか助けてもらえないかと期待してるのかな？ たとえその可能性が、ちっぽけで、ありそうもないとしても。たぶんそれは、測量士であるぼくに、ではないだろう。たとえば、ほんの1週間前、ラーゼマンとブルーンスヴィクに力ずくで家から追っ払われた測量士に、ではない。君が期待するのは、すでになにがしかの力をもっている男だ。でも、その力をぼくがもっているのは、まさにフリーダのおかげ。フリーダは、なかなか控えめだから、君にその種のことをたずねられても、まったく聞きたくないっていう顔をするだろうね。でもさ、いろいろ考えても、無邪気なフリーダのほうが、高慢なアマーリアより多くのことをやったみたいだ。だってさ、ほら、ぼくの印象じゃ、君が助けを求めてるのはアマーリアのためだよね。じゃあ、誰に助けをもとめてるわけ？　実際は、ほかでもないフリーダに、だよね」。「ほんとにわたし、そんなに憎々しくフリーダのこと言った？」と、オルガが言った。「たしかにそんなつもりはなかったし、実際そんなふうに言ったとは思わない。でも、言ったかもしれないな。わたしたちの立場は、村八分にされてるようなもの。文句を言いはじめると、止まらなくなって、どこまで行くか分からない。やっぱり、あなたの言うとおり。わたしたちとフリーダのあいだには今、大きな違いがある。一度それを強調しておくのがいいわ。3年前、わたしたちは市民の娘で、孤児のフリーダは橋亭のメイドだった。わたしたちはフリーダに目もくれず通り過ぎた。たしかに、あまりにも高慢だった。でも、そういう教育を受けてたの。でも、紳士館でのあの晩、あなたは今の立場の違いがよく分かったでしょう。フリーダはね、鞭を手にしていて、わたしは、鞭で追い立てられる下僕の群れにいた。でも実際は、もっとひどいの。フリーダはわたしたちを軽蔑してるかもしれない。フリーダの立場では当然のこと。実際の関係からいっても仕方がない。ところで、わたしたちを軽蔑してない人っているのかしら！　わたしたちを軽蔑することに決めれば、すぐ最大多数のお仲間になれる。フリーダの後任、知ってる？　ペーピって娘よ。おとといの晩、はじめて知り合った。それまではルームメイドだった。わたしを軽蔑する点じゃ、たしかにフリーダを超えている。わたしがビールを取りに行こうとしたら、窓からわたしを見ていて、ドアまで駆けていき、鍵をかけたのよ。ドアを開けてもらうまで、わたしは、長いあいだ頼んで、髪につけていたリボンをあげる約束まですることになっちゃった。でも、それからリボンをあげたら、部屋の隅っこに投げ捨てられちゃった。そうよね、ペーピがわたしを軽蔑するならすればいい。わたしはペーピの好意を当てにしてる部分があるんだから。あの娘は紳士館のバーで働いている。もちろん臨時のママにすぎない。きっと、バーをずっと任されるのに必要な器量をそなえてない。紳士館の主人がペーピと話しているのに耳を傾けてみるといい。それをね、紳士館の主人がフリーダと話しているのと比べてみるといい。でもそんなことされてもペーピは、アマーリアを軽蔑するのをやめたりしない。アマーリアに見られただけで、小柄な小娘のペーピは、おさげとヘアバンドを揺らしながら、ペーピの太くて短い脚だけではとても考えられないようなスピードで、部屋から逃げ出すでしょうね。昨日だってまたペーピから、アマーリアについてほんとに腹立たしいおしゃべりを聞かされてね、とうとうお客さんたちに助けてもらった。といっても、もちろん、以前あなたが見たようなやり方でだけど」。「心配性なんだな、君は」と、Kが言った。「ぼくは、ただ、フリーダをフリーダにふさわしい場所においただけなんだ。今さ、君が思ってるように、君たちのことを見くびろうなんてしてないよ。ぼくにとって、どこか特別なところが君たちの家族にはある。それは、隠さないで言ったけど。でも、その特別なところが軽蔑のきっかけになるのかどうか、ぼくには理解できない」。「ああ、K」と、オルガが言った。「まずいな。そのうちあなたにも理解してもらうわ。ソルティーニに対するアマーリアの態度が、軽蔑されるようになった最初のきっかけだった」。「それが、どうしても理解できないんでしょ？」。「あまりにも変じゃないかな」と、Kが言った。「その態度のせいでアマーリアが、すばらしいと言われたり、悪口を言われたりするだろうけど、軽蔑されるのかな？　ぼくには理解できない感情によって、アマーリアが軽蔑されるとしても、どうしてその軽蔑が君たちに及ぶのかな？　罪のない家族にまで？　たとえばペーピが君を軽蔑するなんて、ひどい話じゃないか。また紳士館へ行くようなことがあれば、仕返ししてあげるよ」。「K、もしもあなたがね」と、オルガが言った。「わたしたちを軽蔑してる人たち全員の気持ちを変えよう、なんて考えてるなら、それは大変な仕事よ。すべてお城のせいなんだから。あの日の午前のことをよく覚えてるわ。あの日の朝のあと、ブルーンスヴィクがいつものようにやって来てたの。あの頃は、うちの職人でね、父に仕事を割り当ててもらって、家に帰された。それから、わたしたち朝食をとった。みんな、アマーリアとわたしも含めて、とても元気だった。父はずうっとお祭りの話をしていた。消防団について、いろんなプランをもっていたの。つまりね、お城にはお城の消防団があって、お祭りにはその代表も派遣されてたんだけど、いろんなことが話し合われたの。来ていたお城のお偉いさんたちは、わたしたちの消防団の働きぶりを見ていて、非常に好意的な感想を述べて、お城の消防団の働きぶりと比較して、結果はわたしたちに好意的だった。お城の消防団の再編が必要だという話になり、そのために村から指導員を出すことが必要になった。その候補に2、3人の名前があがったけれど、父はね、自分が選ばれることを期待していた。その話をしていたとき、父は食事中、手足をゆったり伸ばしているのが好きなので、そのときも両方の腕でテーブルの半分を抱くようにしていたな。開けている窓から父が空を見上げたとき、その顔は、ほんとに若々しくて、希望にあふれていた。もう二度とそんな父を見ることはなくなったわ。そのときアマーリアが、わたしたちに見せたことのない上から目線で、こう言った。お偉いさんのそんな話、あんまり信じないほうがいいよ。お偉いさんは、そういう機会には、耳に心地いいことを言いたがるけど、ほとんど意味がないのよ。じゃなければ、まったく意味がない。口にしたとたん、もう永遠に忘れてる。もちろん、次の機会には、またみんなをひっかけるだけなんだから。母が、そんなこと言うもんじゃないと、アマーリアをたしなめた。父は、アマーリアの年寄りじみた知ったかぶりを笑っているだけだったけれど、急にはっとして、何か探しているように見えた。そのときはじめて、ないことに気づいたのよね。でも、何もなくなっていなかったんだけど、こう言ったの。ブルーンスヴィクがな、メッセンジャーのことや、びりびりに破かれた手紙の話をしていたが、それ、誰のことなのか、どういうことなのか、お前たち、知らないか？　わたしたちは黙っていた。バルナバスが、あの頃は仔羊みたいに若かったけど、なんだかすごく馬鹿で生意気なことを言った。話題が変わって、そのことは忘れられた」

18　アマーリアの罰　［Pアマーリアの罰］〈あとから「章タイトル」として書き込まれた〉

「でもね、それからすぐわたしたちは四方八方から、その手紙のことで質問攻めになったの。友達や敵が、知り合いや知らない人が、次から次へとやって来た。でも長居はせず、一番の友達が一番そそくさ帰っていった。ラーゼマンは、いつもはのんびりともったいぶってるんだけど、入ってきて、部屋の広さだけを調べたいというような様子で、まわりをぐるっと見回すと、もう出ていった。ラーゼマンが出ていくと、父がほかの人たちをそのままに、急いでラーゼマンを追いかけたが、家の敷居のところであきらめた。まるで、子どもがやっている怖い鬼ごっこみたいだったわ。ブルーンスヴィクがやって来て、ここの職人を辞めたいと父に言った。独立したいんです、と、正直に言ってた。利口な男だから、タイミングを利用することを心得ていた。顧客たちがやって来て、父の工房の棚で自分のブーツを探し出した。修理のために預けていたものだ。最初のうち父は顧客たちの気持ちを変えさせようとしたけれど――そして、わたしたちもできるかぎり父の後押しをしたんだけど――あとになって父はあきらめて、黙って靴探しを手伝った。注文帳は次から次へと取り消しの線が引かれ、お客さんから預かっていた革が在庫から引き出された。未払いの代金が支払われ、すべて何ひとつもめることもなく、みなさん、わたしたちとの関係をさっさと完全に切ることができれば、満足だった。その場合、損をするようなことになっても、気にしなかった。そしてとうとう、これは、もちろん予想してたことだけど、消防団長のゼーマンが現われた。そのときの様子は今でも目の前で見ているみたい。ゼーマンはね、背が高くてがっしりしているけれど、ちょっと猫背で肺病で、いつもまじめで、どうしても笑うことができない人なの。父のことは評価していて、うちとけたときには、消防団長代理のポストまで約束してくれてたんだけど、そのゼーマンが今、父の前に立って、父に伝えることになったの。協会が父の解職を通告して、免状の返却を求めていると。ちょうどうちに来ていた人たちは、靴探しをやめて、2人の男のまわりに押し寄せて輪になった。ゼーマンは何も言うことができない。ずうっと父の肩をたたいてる。まるで、自分が言うべき言葉を見つけることができないので、その言葉を父の体からたたき出そうとしてるみたい。そのときゼーマンは、たぶん自分とみんなをちょっと落ち着かせようとして、ずうっと笑ってるわけ。でもね、ゼーマンは笑うことができないし、これまで誰もゼーマンが笑うのを聞いたことがないわけだから、〈あっ、笑ってるんだ〉と考えることは、誰ひとり思いつかなかった。父はといえば、この日のことで疲れ果て、途方に暮れていたので、ゼーマンの役には立たない。それどころか、疲れ果てているので、何が問題なのか、まるで考えることができないみたい。実際、わたしたちはみんな同じように途方に暮れてた。でも、わたしたちは若かったので、こんなふうに完全に崩壊することなんて信じられなかった。たくさんお客が訪ねてくるうちに、最後は誰かがやって来て、すべてを以前のように戻してくれるだろうと、ずっと思ってたわ。分別のないわたしたちには、ゼーマンこそ、ぴったりその人だと思えた。ずっとつづいている笑いから最後にはっきりした言葉が出てくるんだろう、と緊張して待った。あのとき笑うべきことといえば、わたしたちの身の上にふりかかった馬鹿ばかしい不当なことしかなかったわけだから。団長さん、団長さん、いい加減、この人たちに言ってくださいよ、と思って、わたしたちが詰め寄ったら、びっくりしたことにゼーマンは、くるりと向きを変えただけ。で、とうとう話しはじめたのはいいけれど、わたしたちのひそかな願いをかなえてくれるためじゃなく、その場にいた人たちの野次や怒った声に応えるためだった。それでもまだ、わたしたちは希望を捨てなかった。話はまず、父をものすごくほめることから始まった。協会の誇り、後輩にとっては到達しがたいお手本、余人をもって代えがたいメンバーと呼び、そういう人が去ることは、協会にとってほとんど壊滅的なことにちがいありません、と言った。とてもすばらしい話だった。もしもそこで終わっていればね。でも話はまだつづいた。さて、それにもかかわらず協会が、この人に、もちろん暫定的にすぎないにせよ、退任を求める決定をしたわけだから、みなさんには、協会がそうせざるをえない理由の深刻さをお分かりいただきましょう。もしかすると、昨日の祭りにしても、この人の輝かしい働きがなければ、あんなふうにできなかったにちがいなかったかもしれない。ところが、まさにその働きぶりが、役所の注意をとくに引くことになった。協会は今や脚光をあびる存在であり、一点の曇りもないよう、以前よりもさらなる留意が必要となっている。ところがメッセンジャーが侮辱されるということが起こった。そこで協会としては今回の決定のほかに打開策が見出せず、このゼーマンがな、この決定を伝えるという重責を引き受けることになったわけじゃ。この人には、これ以上、わしをわずらわさんでもらいたい。と、以上のことを吐き出して、ゼーマンはうれしそうだったな。満足したゼーマンは、必要以上に遠慮深そうにしていた態度まで変えて、壁に掛けてある免状を指さして、それを外すよう指で合図したの。父はうなずいて、取りに行ったんだけど、手が震えてフックから外すことができず、わたしが椅子に乗って手伝ったの。そしてその瞬間、すべてが終わった。父は免状を額縁から出すこともしないで、ゼーマンにそのまま渡した。それから部屋の隅にすわり込んで、身動きせず、もう誰とも話さなかった。うちに来ていた人たちとは、わたしたちだけで、なんとか交渉するしかなかった」。「で、そこのどこに城の影響があると、君は見てるわけ？」と、Kがたずねた。「さしあたり、まだ介入してないように思えるんだけど。君がこれまで話したのはさ、ろくに考えもしないで村人が不安がってるとか、隣人の不幸を喜ぶとか、当てにならない友情とか、まあ、どこにでもあるような話にすぎない。君のお父さんにしても——少なくともぼくの目には——ある意味、気が小さいんだよね。というのも、その免状、何だったのかな？お父さんの能力の証明だよね。でも能力のほうは団長に渡してない。能力がお父さんを余人をもって代えがたいものにしているなら、なおさら結構。もしもお父さんがだよ、ふた言めを聞いてすぐ団長の足もとに免状を投げつけてさえいたら、その問題で団長を本当に困らせてやれたんだけど。ところで、とくに気になったことだけど、君はさ、アマーリアのことにまるで触れてない。すべてがアマーリアのせいだったのに、アマーリアは涼しい顔で奥にいて、破滅していくのをながめてた」。「ちがうの、ちがうの」と、オルガが言った。「誰のことも非難できない。みんな、ああするしかなかった。全部、お城の影響だったのよ」。「お城の影響だったのよ」と、アマーリアがくり返した。知らないあいだに中庭から入ってきていた。両親はとっくの昔にベッドで寝ている。「お城の話をしてるの？　あいかわらずすわってるのね、ふたりで？

ところでK、あなた、すぐに帰るつもりだと言ってたのに、もうそろそろ10時だわ。そんな話が、そもそも気になるのかしら？ この村には、そういう話を主食にして、今のオルガとKみたいに膝を寄せて、盛り上がる人がいるのよ。K、あなたはそんな人じゃないように見えるけど」。「いや」と、Kが言った。「ぼくは、まさにそんな人なんだよ。逆にさ、こんな話は気にしないで、ほかの人にまかせてしまう連中のことは、「あんまり感心できない」。「なるほど」と、アマーリアが言った。「でも、人の関心って、十人十色。こんな若者の話を聞いたことがある。昼も夜もお城のことで頭がいっぱいで、ほかのことは全部うっちゃってた。頭がすっかり上のお城に行っちゃってたから、普段のことは大丈夫なのかと心配されたんだけど、結局ね、若者がずっと思ってたのは、じつはお城のことじゃなく、官房で皿洗いをやってる女の人の、娘のことだったんだ、と分かった。で、もちろんその娘を若者は手に入れて、すべてがうまく収まった」。「そんな若者がいたら、ぼく、気に入ると思う」と、Kが言った。「そんな若者をあなたが気にいるとは思わないけど」と、アマーリアが言った。「もしかしたら、その奥さんのことなら気に入るかも。ま、お好きなように。あたしは寝に行くわ。明かり、消しちゃうことになるけど。両親のために。両親は、すぐにぐっすり寝つくんだけど、1時間後には眠りが浅くなって、ちょっとでも明るいとダメなの。

おやすみなさい」。そして実際、すぐに真っ暗になった。アマーリアはたぶん、両親のベッドのそばの床にでも自分の寝床を用意したのだろう。「アマーリアが話してた若者って、誰なんだろうな」と、Kがたずねた。「知らないわ」と、オルガが言った。「もしかしたらブルーンスヴィクかも。ぴったりそうだとも思えないけど。もしかしたら、まったくの別人かも。妹の言うことをきちんと理解するのは、むずかしいの。皮肉を言ってるのか、本気で言ってるのか、しばしば分からないので。たいていは本気なんだけど、皮肉に聞こえるのよね」。「解釈は結構！」と、Kが言った。「どうやって君は、そんなにアマーリアに依存するようになったのかな？　あの大きな不幸の前から、すでに？　それとも、それが起きてから？　アマーリアに依存しないでいたい、と思ったことは一度もないのかな？　その依存には、納得できるような理由でもあるのかな？　アマーリアは末っ子で、末っ子として従う側だよね。罪のあるなしは別にして、家族に不幸をもたらした。改めて毎日のように、君たちひとりひとりに、改めてそのことを許してほしいと頼むかわりに、アマーリアは、みんなより頭を高く上げて、かろうじて思いやりの心をもって両親のことを気にかけるだけ。それ以外は何も気にかけず、アマーリアが自分で言うように、何にも関心をもとうとしない。そしてようやく君たちと話をするときは、〈たいていは本気なんだけど、皮肉に聞こえるのよね〉。それとも、君はアマーリアがきれいだと、何回か言ってるけれど、きれいであることによってアマーリアが家族を支配してるわけ？　ところで君たち3人は、とてもよく似ているけれど、アマーリアを君たち2人から区別しているものは、完全にアマーリアには不都合なことなんだ。ぼくはさ、はじめてアマーリアに会ったときから、愛情のない、どんよりした視線にぞっとした。それからさ、末っ子なのに、外見では末っ子だなんて気がつかない。年齢不詳の女性に見えるんだ。ほとんど年を取らないけれど、これまで若かったことがほとんどないような女性にね。君は毎日のように見てるから、アマーリアの顔のこわばりにまるで気づいてない。だから、よく考えてみると、ソルティーニの好意だって、本気だったとさえ考えることができない。もしかしたら、あの手紙でアマーリアを罰しようとしただけかもしれない。紳士館に呼ぼうとしたんじゃなく」。「ソルティーニの話はしたくない」と、オルガが言った。「お城のお偉いさんはね、何でもできるのよ。相手が一番きれいな娘であっても、一番醜い娘であっても。それは別にして、あなたはアマーリアについて完全に勘違いしてる。ほら、わたしはね、あなたをアマーリアのために特別に味方にする理由なんてないわけ。それなのに、わたしがそうしようとしてるのは、あなたのためにすぎないんだから。アマーリアは、ある意味、わたしたちの不幸の原因だった。それは確かよ。

でもね、父でさえ、その不幸では一番ひどい目に遭って、発言のときには自分をコントロールすることができない、家にいるときでさえできない、その父でさえ、最悪の時にもアマーリアを非難するような言葉はひと言も言わなかった。それはね、アマーリアの行動を認めたからなんかではない。ソルティーニを崇拝している父が、そんなことできたかしら。遠くから見ても、父には理解できなかった。自分自身でも、自分が持っているすべてでも、父は喜んで、ソルティーニのためなら犠牲にしたでしょう。もちろんそれは、実際に起きたように、ソルティーニがおそらく怒ったからではなく。おそらく怒ったから、というのも、わたしたちはソルティーニの噂をもう聞かなくなっていたので。それまでは引っ込んでたんだけれど、それからは、まるで完全にいなくなったみたいで。そのころのアマーリアを見てもらいたかったわ。はっきりした罰は受けないだろうと、わたしたちには分かってた。みんながわたしたちから離れただけなの。この村の人たちが、それからお城も。村の人たちが離れたことは、もちろん分かったけれど、お城のことはまるで分からなかった。以前もお城が配慮してくれてることに気づかなかったくらいだから。そのときに態度が急転しても気づくわけないでしょう。そんなふうに静かだったことが一番まずかった。村の人たちが離れていったことなんて、大したことじゃなかった。なんらかの確信があって離れていったわけじゃなく、もしかしたらわたしたちのことを本気で嫌ってなかったのかもしれない。まだ今みたいな軽蔑もまったくなかった。みんな、不安だったから離れていっただけで、どうなるのか見守っていたのよ。わたしたちが生活に困ることも、まだなかった。未払いのお金はみなさん払ってくれた。取引は黒字だった。食料品の不足は、こっそり親戚が助けてくれた。簡単なことだったのよ。ちょうど獲り入れの時期だったから。もちろん、わたしたち、畑を持ってなかったので、どこへ行っても、働かせてもらえなかった。人生ではじめて、何もしないでブラブラしてろ、という判決を下されたようなものだった。で、窓を閉めて、7月と8月の暑さのなか、肩を寄せ合ってすわってたわけ。何も起きなかった。召喚もされず、何も知らされず、誰にも訪問されず、何もなかった」。「ということは」と、Kが言った。「何も起きず、これといった罰が下される気配もなかったわけだから、君たち、何を恐れてたわけ？　しかし、まあ、変わった人たちだ！」。「どう説明すればいいのかしら？」と、オルガが言った。「先のことは恐れてなかった。目の前で起きていることに苦しんでただけ。だから罰を受けている最中だった。村の人たちは、わたしたちが戻ってくることを待ってくれてただけなの。父が工房を再開することを待ってくれてた。アマーリアにはね、きれいな服を縫う腕があるんだけど、といっても、とびきり上品な人のためにしか縫わないんだけど、そのアマーリアが、また注文を取りにくるのを待っていた。村の人たちは、自分たちがやったことに心を痛めてた。村でね、尊敬されてた一家を完全にのけ者にすると、誰もが何がしかの不便をこうむるのよ。わたしたちから離れていったとき、村の人たちは、自分の義務をはたしてるだけだと思っていた。わたしたちだって、その立場なら、同じようにしてたでしょう。みんな、何が問題だったのか、ちゃんと知らなかったのよ。ただね、メッセンジャーが、びりびりに破かれた手紙を手にしたまま、紳士館に戻ってきた。フリーダは、メッセンジャーが出かけて、また戻ってきたのを見ていたわけで、ふた言、み言そのメッセンジャーと言葉を交わして、聞いたことをすぐに広めた。でもそれも、わたしたちに敵意があったからなんかじゃなく、義務だったからやっただけのこと。同じような場合、ほかの誰でもそうするのが義務だったでしょう。というわけだから、前にも言ったけど、村の人たちにとって、全体がまるく収まれば一番よかったのよね。もしも、わたしたちが突然、もうすべて解決しました、という知らせをもって戻っていったなら。たとえば、あれは誤解で、もうすっかり解けたんです、とか。ちょっとした違反だったけれど、それなりのことをして償いました、とか。またね――こんなことでも満足してもらえたと思うけど――わたしたちがお城にもってるコネを使って、うまくもみ消してもらえたんです、とか——そんな知らせをもって戻っていったら、きっとわたしたちは、腕を広げて迎えられたでしょう。キスやハグやお祭り騒ぎがあったでしょう。そういうこと、ほかの場合に2、3回、体験したことがあるのよ。でも、そんな知らせすら必要なかったでしょうね。もしも、わたしたちが、ただ何も気にせず戻っていって、こちらのほうから、以前のつながりを復活させて、例の手紙の件についてはひと言も触れないでいれば、もうそれだけで十分だったでしょう。喜んでみんなは事件の話をすることをやめたでしょう。不安だったからだけでなく、何といっても事件が気まずかったから、わたしたちと縁を切ってるのよ。ただ、事件について聞かなくてすむ、話さなくてすむ、考えなくてすむ、どんなかたちにせよ触れられなくてすむから。フリーダが事件を漏らしたのも、事件をおもしろがるためじゃなかった。自分とみんなを事件から守るためだった。村に注意を呼びかけるためだった。絶対に用心して離れていなくてはならないことが、この村で起きましたよ、と。この問題で注目されたのは、家族としてのわたしたちじゃなくて、事件だけだった。わたしたちが注目されたのは、わたしたちが巻き込まれた事件のせいにすぎない。というわけだから、わたしたちがまた家から出て、過ぎたことには触れずにね、克服の仕方はともかくとして、あの事件はもう克服したんです、ということを態度で示していたら、そしてそれによって世間が、あの事件がどんなものであったにせよ、二度とあの事件が話題になることはないだろうと納得してくれていたら、すべてよかったでしょう。たとえわたしたちがあの事件を完全には忘れてないにしても、わたしたちは、どこへ行っても、以前のように気持ちよく助けてもらえたでしょう。みんなには理解があって、わたしたちが完全に忘れることができるよう助けてくれたでしょうね。でもね、わたしたちは、そんなことはせずに、家のなかですわってたの。わたしたちが何を待っていたのか、わたしには分からない。たぶんアマーリアの決断を待ってたんだろうな。あのとき、あの日の朝、強引に一家のリーダーになってから、あの子は、ずっとリーダーなのよ。特別に何かをするというのでもなく、命令するのでもなく、頼むのでもなく、ほとんど黙っているだけで。残りのわたしたちは、もちろん、多くのことを相談しなきゃならない。朝から晩までずっとひそひそ話。ときどき父がね、突然、不安になってわたしを大声で呼んで、わたしは夜中までベッドのそばで過ごすことになるわけ。またね、ときどき一緒にしゃがんでたのよ、わたしたち。わたしとバルナバスが。バルナバスは、ようやく事件の全貌のほんの少しを理解して、顔を真っ赤にしてずっと説明を求めてきた。同じ説明を、ずっと。同じ年齢のほかの少年たちが期待しているような、何の心配もない年月が自分にはもうないんだ、ってことが、たぶん分かってたんでしょうね。そうやってわたしたちは一緒にすわってたの。今のKとわたしにそっくりだったわ。そうやって夜になり、朝になったのを忘れていた。母が、わたしたちみんなのなかで一番弱ってた。たぶんそれは、家族に共通の悩みだけじゃなく、家族ひとりひとりの悩みまで共有してたから。そんなわけで母がすっかり変わってしまったことに気づいて、わたしたちは驚いた。その変化は、予感していたけれど、家族全員に迫ってた。母の好きな場所は、長椅子（カナペ）の隅っこだった。その長椅子（カナペ）も、とっくになくなってしまったわ。今はブルーンスヴィクの家の部屋にある。母はその長椅子（カナペ）の隅っこにすわって、――それがどういうことなのか、よく分からなかったけれど――うとうとしたり、ひとり言をずうっと言ったりしていた。動いてる唇からひとり言のように見えたわけだけど。わたしたちがね、ずうっとあの手紙のことについて、確かなあらゆる細部、確かでないあらゆる可能性をいろんな角度から検討したのは、ごく当然のことだった。そして、いい解決策を考え出すために知恵を出し合ったのは、当然で、避けられないことだったけれど、いいことじゃなかった。だってそんなことをしていたから、免れようと思っていることに、ますます深入りしちゃった。そしてそうやって考え出された、どんなにすばらしいアイデアも役に立たなかった。どのアイデアもアマーリア抜きでは実行できなかった。すべては、たたき台にすぎず、意味がなかった。その結果がアマーリアの耳には届かなかったし、耳に届いても、沈黙以外のものに出会うことがなかったので。ところで、さいわい、わたしはあの頃より今のほうがアマーリアのことが理解できるようになった。妹はね、わたしたちみんなより多くの荷物を背負ってたの。どうやって妹がそれに耐えてきて、今もわたしたちと一緒に暮らしているか、それは分からない。母はね、もしかしたらわたしたちみんなの苦しみを背負ってたのかもしれない。母が背負ったのは、自分の上に降りかかったから。でも長くは背負わなかった。今もまだなんとか背負ってるとは、言えない。もうあの頃から頭が混乱してたのよ。でもアマーリアは苦しみを背負っただけじゃない。苦しみを見抜く分別もそなえてた。わたしたちは結果しか見なかったけれど、妹は原因も見た。わたしたちは、小さくてもいいから、なにか策はないかと期待したけれど、妹は、すべてが決定ずみだと分かっていた。わたしたちは、ひそひそ相談することがあったけれど、妹は黙っているだけでよかった。真実と向き合って生き、今のようにあの頃も、この人生に耐えていた。わたしたちは本当に困ってたけれど、妹よりはずっとましだった。もちろん家を出なくてはならなかった。ブルーンスヴィクが引っ越してきた。わたしたちにはこの小屋があてがわれた。手押し車で2、3回往復して、家財道具を運んだ。バルナバスとわたしが引いて、父とアマーリアが後ろから押した。母は最初にこちらに連れてきていたので、木箱にすわっていて、わたしたちが着くたびに、小さな声で嘆きながら迎えてくれた。でもね、よく覚えてるんだけど、苦労して荷車を引いているあいだも――すごく恥ずかしかったわ。収穫した穀物の車としばしば出くわしたんだけど、車の人たちがね、わたしたちを見ると黙り込んで、目をそらすのよ――その往復のあいだも、わたしたち、つまりバルナバスとわたしは、自分たちの心配や計画について話をするのがやめられず、話しながら立ち止まってしまうことがあった。父に、おーいと声をかけられて、ようやく荷車を引くことを思い出した。でも、どんなに相談しても、わたしたちの生活は、引っ越してからも変わらなかった。ただね、今はだんだん貧乏をじかに感じるようになった。親戚の援助がストップして、わたしたちのお金が底をつきはじめた。ちょうどその時期に、あなたもよく知ってるように、わたしたちに対する軽蔑がはじまったわけ。あの手紙の件から抜け出す力がないことを気づかれた。非常に不愉快なことだと思われた。事件をよく知りもしないのに、わたしたちの運命の重さが過小評価されたわけではなかった。もしも、わたしたちがその運命を克服していたなら、わたしたちはそれなりに尊敬されたでしょう。けれどもわたしたちにはそれができなかったので、それまではとりあえずやっていただけのことが、決定的にやられるようになった。わたしたちは、あらゆる仲間の輪から締め出されたの。みんなは、この試練は自分だっておそらく、わたしたちよりうまく乗り越えられなかっただろう、と分かってた。でも、だからこそいっそう、わたしたちと完全に縁を切ることが必要だったのよ。というわけで、わたしたちはもう人間扱いされなくなってしまった。もうファミリーネームでは呼ばれなくなった。わたしたちが話題になるときは、バルナバスと呼ばれるわけ。バルナバスは、わたしたちのうちで一番罪のない子よ。わたしたちの小屋までが、後ろ指をさされるようになった。自分の胸に手を当てれば、あなただって、この小屋にはじめて入ったとき、そうやって軽蔑されるのも無理はないと思った、と白状することでしょう。あとになって、またときどき人がやって来るようになったら、どうでもいいことまで鼻で笑われたわ。たとえば、ほら、そこのテーブルの上のほうの天井に、小さな石油ランプが吊るされてるでしょ。テーブルの上のほう以外のどこに吊るせって言うのよ。でも、それが我慢ならないように思えるんでしょ。ランプを別のところに吊るしたところで、みんなの反感は少しも変わらない。わたしたち自身、わたしたちの持ち物、すべてが同じように軽蔑された」

19 嘆願しに行く　［P嘆願しに行く］〈あとから「章タイトル」として書き込まれた〉

「で、そのあいだ、わたしたちは何をしたのか？　わたしたちがやれたことのうち、最悪のことをした。実際に軽蔑されていたより、もっと軽蔑されても当然のことをね。――アマーリアを裏切った。妹の無言の命令から逃げ出したの。あのままの調子では、もう生きていけなくなった。何の希望もないままでは生きていけない。それぞれのやり方で、わたしたちは、許してくださいと、お城にお願いしはじめた。あるいはお城を悩ませはじめた。たしかに、なにか償いをすることは、わたしたちにはできないと分かってた。それにまた、わたしたちが唯一期待できるお城とのつながりといえば、父に好意的なお役人のソルティーニなわけだけど、そのつながりがあの出来事のせいで使えなくなっちゃった、ってことも分かってた。それにもかかわらず、わたしたちは動きはじめた。父がはじめたのは、村長のところ、村秘書たちのところ、弁護士たちのところ、書記たちのところへ、無意味な嘆願をしに行くことだった。たいていは会ってもらえなかった。でも、策略とか偶然によって会ってもらえても――それを聞いて、わたしたちは歓声を上げ、手をこすり合わせたものだけど――、父はあっという間に追い払われ、二度と会ってもらえなかった。父に答えることなんて、あまりにも簡単だった。お城はいつも、じつに簡単に答えるのよ。あなた、いったい何が望みなんですか？　何が起きたんです？　何を許してもらいたいんです？　いつ、誰が、お城であなたに指一本でも触れました？　たしかに、あなた、貧しくなりましたね、顧客を失ってしまいましたね、などなど。でもね、それは普通に生活していて、よくあることなんですよ。手仕事や商売には付きもののこと。お城がそういうことすべてを気にかけろとでも？　お城はね、実際、すべてのことを気にかけてますよ。でも、世の中の動きに乱暴に介入するわけにはいかないんです。個人の利害に手を貸すという目的のためだけに、さっさと介入するわけにはいきません。お城の役人を派遣して、あなたのお客さんを追いかけさせて、無理やりあなたのところへ連れ戻させろとでも？　そんなふうに言われて、しかし父は反論したのよ――わたしたちは家で細かく反論のやり方を相談してたの。父が行く前にも、帰ってからも。部屋の隅っこに身を寄せ合って、アマーリアに隠れるように。妹はすっかり気づいてたけど、邪魔はしなかった――しかし父は反論したのよ。わしは貧乏になったから嘆いてるんじゃないんです。許してさえもらえるなら、村で失ったものくらい全部、簡単に取り戻しますよ。それが問題じゃないんです。では、何を許してもらいたいと言うんだね？　それが向こうの回答だった。これまでのところ告発は届いてない。少なくとも記録にはない。少なくともね、弁護士なら読める記録にはない。ということはですね、確認することのできるかぎり、あなたに対して何かが企てられたわけでもなければ、何かが進行しているわけでもないわけだ。もしかして、あなたに対して出された役所の命令でもあるんですかね？ 父は答えることができなかった。では、公的機関が介入したことは？ 父は分からなかった。さて、じゃあ、あなたは何も知らないし、何も起きてないのに、いったい何が望みなんです？ あなたの何を許すことができるのか？ ま、あなたが今、お役所に無意味な面倒をかけていることぐらいだが、まさにそれは、許しがたいことだね。父は思いとどまらなかった。あの頃は、あいかわらずとても元気だったし、何もしないでぶらぶらしていることを強制されてたわけだから、たっぷり時間があった。〈アマーリアの名誉を回復してやるんだ。そんなに時間はかからんだろう〉と、お昼間に2、3回、バルナバスとわたしに言った。でも、ひどく声をひそめて。というのも、アマーリアに聞かれてはならないから。にもかかわらず、それは、ただアマーリアのためにだけ言ったのよ。というのも、実際、父はね、名誉の回復なんてまったく考えておらず、許されることしか考えてなかったんだから。でも、許してもらうためには、まず罪を確認する必要があったわけだけど、罪は役所で否認された。そこで父は――これは、父がもう精神的に弱っていたことを示すものだけど――、十分に払ってないから、わしの罪が隠されるんだ、という考えにとりつかれちゃったの。なぜなら、それまで父は、いつも規定の手数料しか払ってなかったから。それだけでも、少なくともわたしたちの家計では、十分に高かったんだけど。ところが今や父は、もっと払う必要があると思った。たしかにそれは不正行為なんだけど。わたしたちの役所では、面倒を避けるため、余計な押し問答はせず、賄賂を受け取ることにしてるわけ。でも賄賂は何の役にも立たないんだけど。でもそれが父の希望だったから、邪魔をしようとは思わなかった。手元にあるものは売って――ほとんど欠かせないものばっかりだったけれど――、嘆願先を探している父にお金を用意したの。長いあいだ、わたしたちは毎朝、満足したものよ。父が朝、出かけるときに、いつも少なくとも硬貨2、3枚をポケットでチャリンと鳴らすことができたので。もちろんわたしたちは一日中、お腹を空かせてた。なのに、お金の工面によってあいかわらずやれたことといえば、父が希望を捨てずに、ある意味、上機嫌でいることだけだった。でもそんなの、ほとんど役に立たなかった。父は苦労して歩いて回った。渡すお金がなければ当然さっさと終わっていたことが、そうやってだらだら長引いた。余計にお金をもらっても特別なことは何もできなかったので、ときどき書記なんかは、少なくとも見かけだけでも何かしようとしているふりをした。もっと調べてみましょう、と約束したりとか。手がかりらしきものはもう見つけているので、これは私がやるべき仕事じゃないけれど、ほかならぬあなたのために追いかけてみますよ、とほのめかしたりとか——父は、疑いを深めるかわりに、ますます信じるようになった。明らかに無意味な、そんな約束を土産に帰ってくるわけ。まるで祝福をたっぷりまた家に運んできているかのような顔をして。いつもアマーリアの背中で、微笑みで口をゆがめ、目を大きく開いて、アマーリアのほうを指しながら、わたしたちにね、こう理解させようとしたの。アマーリアの救出に誰よりも驚くのは、アマーリア本人だろう。わしが苦労した甲斐があって、それもすぐ目の前だ。だがこれは、まだ秘密にしておくんだ。秘密は固く守るんだぞ。そんな光景を見るのは辛かった。でも、たしかにそれは、長くはつづかなかった。とうとう父にはお金を完全に渡せなくなったから。そうこうしているうちにバルナバスは、何度も頼んでようやくブルーンスヴィクのところで職人として採用してもらえたの。といっても、夕方、暗くなってから注文をもらって、また暗くなってから仕事を届ける、っていうやり方でしかなかった——そうやってわたしたちのためにブルーンスヴィクは、自分の商売にとってある種のリスクを引き受けてくれたわけで、それはありがたいことだけど、そのかわりバルナバスには雀の涙しか払ってくれなかった。バルナバスの仕事は完璧なのにね——だから、バルナバスの賃金は、わたしたちが飢え死にしないでいられるギリギリの額でしかなかった。これまでの苦労を大いにねぎらい、しっかり準備もしてから、父にはお金の援助の打ち切りを伝えたところ、なんと父は、非常に冷静に聞いてくれた。自分が嘆願しに行っても見込みがないと理解することが、父の頭ではもうできなくなってたんだけど、失望の連続でうんざりしてたのよね。たしかに父は、――以前のようにはっきり言わなかったけれど。以前は、はっきりすぎるほど、ものを言う人だったな――こう言った。ただな、雀の涙みたいな金でも使っていたら、今日か明日にでも、きっと全部を聞けただろうな。だが今じゃ、すべて水の泡だ。お金がなかったばっかりに失敗したんだ、などなどとね。でも、父がそんなことを信じてないのは、その口調から明らかだったわ。でもすぐ、いきなり父は新しい計画を口にした。罪を確認することはできなかったし、だからもうこれ以上、役所ルートでは収穫の見込みはないので、もっぱら嘆願だけにしぼって、お役人に個人的に接触するしかない、というわけ。親切で思いやりのあるお役人もきっといるはずだ。お役所では私情にほだされてはならないけれど、役所の外でなら、タイミングを見つけて不意を襲えるだろう、とね」

それまでKは、オルガの話にすっかり夢中になって耳を傾けていたのだが、ここで質問して話をさえぎった。「でも君は、その計画をいいとは思ってないんだよね？」。

話を聞きつづけていたら、きっとその答えも出てくるにちがいないのだが、すぐに知りたかったのだ。

「ええ」と、オルガが言った。「思いやりとか同情とかじゃ、まるで話にならない。若くて世間知らずだけど、わたしたちでもそれは分かってるし、父だって当然よく分かってる。でも父は忘れちゃってたのよね、ほかの、ほとんどのすべてのことと同様、そのことを。父が立ててた計画は、お城の近くの街道で立っていて、そこはお役人の馬車が通るから、うまくいけば、許してほしいと嘆願するというもの。正直、まるで分別ってものがない計画ね。たとえ、不可能なことが起きたとして、嘆願が実際にお役人の耳に届いたとしても。だって、お役人ひとりで許したりできる？　それができるのは、伯爵府くらいでしょ。でも、伯爵府にしたって、おそらく許すことはできない。裁くことができるだけ。しかも、そもそもお役人がよ、たとえ馬車から降りてきて、話を聞いてやろうとしても、貧乏で、くたびれた年寄りの父にモゴモゴ言われたことから、何の話なのか見当をつけられるものかしら？　お役人というのは、しっかり教育されてるけれど、それはほんの一面においてだけ。自分の専門なら、ひとつの言葉を聞いただけで、すぐに全体の流れを見抜くんだけど、別の部局のことになると、何時間もの説明を受けても、礼儀正しくうなずくかもしれないけれど、ひと言も理解できないでしょう。これはほんとに当たり前のこと。ほら、自分に関係する小さなお役所仕事を考えてみて。お役人なら肩をすくめるだけで片づけてしまうような些細なことをね、ともかく徹底的に理解しようとすれば、一生かかっても終わらないでしょう。でも、もしも父がたまたま、それを担当しているお役人に出会ったとしても、そのお役人は前例の文書がなければ、何ひとつ処理できない。とくに街道ではね。まさに許すなんてことは無理で、お役所として対応するだけ。そして父の目的にとって必要な、役所での手続きのルートを指示するだけ。でも父は、そのルートをちょっとでも進もうとしたけれど、もう、うんざりするほど失敗してきたのよ。きっと父はもう、ずいぶんおかしくなっちゃってる。こんな新しい計画でなんとか突破しようとしてるんだから。なんとかお役人に出会えそうな可能性が、ほんのわずかでもありそうなら、その街道には、嘆願する人がうようよいるにちがいないでしょ。でもそれは、小学校の1年生にも分かるような、ありえないことだから、街道には誰もいない。もしかしたらそれもあって、父の期待が大きくなったのかもしれない。父はね、どんなことでも養分にして期待を育てた。この場合、そういうことが非常に必要だった。健康な分別があれば、あんな突拍子もないことを考えたりしないはずよ。ほんのちょっと考えただけで、不可能だとはっきり分かったにちがいない。お役人がね、村にやって来たり、お城に戻ったりするのは、ハイキングじゃない。村でもお城でも仕事が待ってるわけ。だから馬車を猛スピードで走らせるの。馬車の窓から外を見て、請願者を探そうなんて思ったりしないわ。馬車には文書がぎっしり詰め込まれていて、お役人はそれを調べてるんだから」

「ぼくはさ」と、Kが言った。「役人の橇のなかを見たことがあるけど、文書なんてなかったよ」。オルガの話を聞いているうちに、ほとんど信じられないほど大きな世界がKに開かれてきた。自分の小さな体験をその世界に触れさせないではいられなかった。その世界の存在を、そして自分の存在を、もっとはっきり確信するために。

「そういうこともあるわ」と、オルガが言った。「その場合は、もっとまずいのよ。その場合、お役人はとても大事な案件をかかえていて、文書が貴重すぎるか、分量がありすぎるかで、いっしょに運ぶことができない。そういうお役人は、その場合、ギャロップで走らせる。ともかく、父のために誰も時間をさいてくれない。それだけじゃないのよね。お城に通じてる道は何本もあるの。あるときは、ある道が人気で、たいていのお役人がその道を通る。あるときは、別の道が人気で、みんながその道に殺到する。どんなルールで道が替えられるのか、まだ見つかってない。あるとき朝の8時にみんなが、ある道を通ったのに、半時間後にはみんなが別の道を通り、10分後には第3の道を通り、半時間後には、もしかしたら最初の道を通り、それからその日はずっとそのままなの。でも、いつ変更されるか分からない。お城に通じてる道は、村の近くでは1本に合流するんだけど、そこじゃあ、それはもう、どの馬車も疾走するわけ。お城の近くでは、ちょっとスピードがゆるめられるけれど。ところで、どの道を通るかは、ルールがなくて、見通せないわけだけど、それと同じなのが、馬車の数。しばしば、何日も馬車が一台も通らないと思えば、今度はたくさん走っている。さて、こんな事情を頭に置いて、わたしたちの父を想像してみて。一番いい服を着て、まもなくそれ一着だけになるんだけど、毎朝、わたしたちの祝福を受けて、家を出ていく。ほんとは返してなきゃならないのに、消防の小さなバッジを持って。村の外に出ると、つけるのよ。すごく小さいのに、村で見られるのを心配して。2歩離れてると、ほとんど見えないのに、父の考えでは、通り過ぎるお役人に気づいてもらうには適当なサイズですらあるらしい。お城の入り口からあまり離れてないところに、商用の菜園がある。ベルトゥフっていう人のもので、お城に野菜を納めてるんだけど、その菜園の柵に狭い石の台座があって、父はそこにすわることにした。ベルトゥフがそれを許してくれたのは、以前は父と友達で、父のすごく大事なお得意だったから。というのも、片足がちょっとゆがんでいて、その足に合うブーツを作れるのは父だけだと思っていたので。で、そこに父は、来る日も来る日もすわっていた。どんよりした、雨の多い秋だったわ。でも、お天気なんか、父にはどうでもよかった。毎朝、決まった時間にドアの取っ手に手をかけて、行ってくるよ、と合図をして、夕方になると戻ってきた。日ごとに背中が曲がっていくみたいで、戻ってきたときは、びしょ濡れで、部屋の隅に倒れ込んだ。最初のうちは、その日の、ちょっとした体験を話してくれた。たとえば、ベルトゥフが同情して、また昔から友達でもあったので、柵越しに毛布を投げてくれた、とか。通り過ぎる馬車のなかに、あの役人や、この役人がいたような気がする、とか。ときどき馭者がわしに気づいて、ふざけて鞭の革でわしにそっと触れた、とか。あとになると父は、そんな話をしなくなった。どうやら菜園では、ちょっとしたことすら期待できないと思うようになったみたい。でも、菜園に出かけて、そこで一日を過ごすことが、ただ自分の義務、砂を嚙むような自分の仕事だと思ってたのよ。その頃ね、リウマチが痛みはじめたのは。いつもより早く雪が降った。わたしたちのところでは冬が始まるのがとても早い。とすると、それまでは菜園で雨に濡れた石にすわってたのだけど、今度は雪のなかにすわってた。夜は痛くてうめいてた。朝になると、出かけるべきかどうか、ときどき迷ってたけど、やっぱり迷いを吹っ切って、出かけたわ。母が父にすがりついて、行かせまいとした。父は、手足が言うことを聞かなくなっていたせいで、おそらく臆病になっていたのかな、母に同行を許したの。で、母もリウマチの痛みに見舞われるようになったわけ。わたしたちは、しばしば両親のところへ行った。食事を運んだり、ただ訪ねるだけだったり、家に帰るよう説得しようとしたり。しばしばわたしたちがそこで見た両親はね、狭い石のうえでうずくまって、体を寄せ合ってた。薄い1枚の毛布に体を曲げて入ってたけれど、毛布は2人をくるむ大きさがなかった。まわりは灰色の雪と霧しかなく、見渡すかぎり何日も、人も馬車も現われなかった。なんて景色だったんでしょう、K、なんて景色だったんでしょう！　そしてとうとう、ある朝、父は、こわばった脚をベッドから出せなくなっていた。慰めようがなかった。熱に浮かされた軽い妄想で、こんなことを目にしていると思ってたのよ。たった今、菜園のベルトゥフのところで馬車が止まったぞ。役人が降りてきて、柵のところで、わしを探しておる。そして首を振り、怒って馬車に戻ってったぞ。父はそのとき叫んだのよ。まるで、そのベッドから菜園のところにいるお役人に気づいてもらって、そこに自分がいないのは自分のせいじゃない、と説明しようとしてるみたいだった。そして長いあいだ出かけることはなく、もう菜園に戻ることがなかった。何週間もベッドで寝ているしかなかった。アマーリアが食事の世話、介護、看護を引き受けた。全部よ。そして、ときどきちょっと休んだけれど、実際ずっと今日まで面倒を見てくれた。妹は、痛みを抑える薬草に詳しく、ほとんど眠る必要がなく、けっして驚かないし、何も怖がらないし、絶対にイライラしない。両親のためにあらゆる仕事をこなしてくれた。わたしたちは、何の手助けもできず、落ち着かずウロウロしてただけなのに、妹は、どんなことがあっても冷静で沈着だった。でもね、それから最悪の状態が過ぎて、父が、両側から支えてもらって用心深くベッドから出られるようになると、アマーリアはすぐに引っ込んで、父をわたしたちに任せたの」

20 オルガの計画 ［Pオルガの計画］〈あとから「章タイトル」として書き込まれた〉

「そうすると、また父にできそうな仕事を見つけることが必要になった。少なくとも父には、家族の罪をふり払うのに役に立っているんだ、と思わせておけるような何かをね。そういうものを見つけるのはむずかしくなかった。ベルトゥフの菜園の前ですわっているくらいなら、結局どんなことでも役に立つわけだから。でも、わたしにさえちょっと希望のあることを見つけたわ。お役所でも書記さんたちのあいだでも、あるいは、そのほかのところでも、わたしたちの罪が話題になったときは、ソルティーニのメッセンジャーを侮辱したことばかりが、くり返し持ち出された。それ以上は誰も踏み込まなかった。で、わたしは考えた。世間のみんなが、表面的にすぎないとしても、メッセンジャーの侮辱のことしか気にしていないなら、そのメッセンジャーをなだめることができれば、これも表面的にすぎないとしても、すべてを修復することができるんじゃないか、と。告訴されてないことは、はっきりしているので、この件はまだ役所の手にはなく、だから、許すことは、そのメッセンジャー個人に任されていて、それ以上の問題にはならない。これは、決定的な意味をもたない問題なのよね。表面的な問題にすぎない。そこから別の問題が出てくるわけじゃない。でも父はうれしいでしょうね。これまでさんざん父を苦しめてきた、たくさんのおしゃべり野郎をちょっとは追いつめることができて、父も満足するかもしれないんだから。まず最初に必要なのは、もちろんそのメッセンジャーを見つけること。わたしの計画を父に話したら、最初、父はとても怒った。ものすごく頑固になっちゃってたから。病気のあいだにますます頑固になったんだけど、父は、ひとつにはね、成功する直前にいつもわたしたちに邪魔されたと思ってるわけ。最初はお金の援助の打ち切りで、今はベッドに縛りつけていることで。また、ひとつには、他人の考えをしっかり受け取ることが、まるでできなくなっちゃってるわけ。わたしの話が終わらないうちに、もうわたしの計画は却下されてた。父の考えによると、ベルトゥフの菜園のそばで待ちつづけなければならないが、きっとわしはもう毎日のように歩いていけなくなっているから、お前たちに手押し車で連れていってもらうしかないというわけ。でも、わたしは折れなかった。しだいに父がわたしの考えを受け入れるようになった。でも父にとって、ひとつ気に食わないことがあった。その計画だと父は完全にわたしに依存している。というのも、そのメッセンジャーを見たのはわたしだけで、父には面識がなかったので。もちろん、似たような使用人はいるものだし、わたしがその使用人を見分けられるかどうか、完全に自信があるわけでもない。手始めにわたしたちは、紳士館に行って、そこにいる使用人たちをチェックしはじめた。そのメッセンジャーはソルティーニの使用人だったけれど、ソルティーニはもう村には来ない。でも、お城のお偉いさんは、しょっちゅう使用人を替えるので、別のお偉いさんのグループのなかに、本人を見つけることもできるでしょ。本人を見つけることができなくても、もしかしたらほかの使用人から本人の情報が手に入るかもしれない。そのためには、もちろん毎晩のように紳士館に行っていなくてはならない。でも、わたしたちは、どこへ行っても歓迎されない。とくに、ああいう場所ではなおさら。お金を払う客のような顔はできない。でもね、わたしたちにも使い道があることが分かったの。あなたも知ってるでしょ。使用人たちがフリーダにとって、どんなに悩みの種か。根はたいてい穏やかな人たちなんだけど、気楽なお勤めのせいで、甘やかされて鈍くなってしまってるの。お役人たちは乾杯のときに、〈召使いのようであれ〉と言うけれど、実際、気持ちよく暮らすという点でなら、使用人たちこそ、お城では本当の主人というわけ。使用人たちも、そのことをちゃんと心得ていて、お城では、お城の掟にしたがって動くので、静かに上品にしている。何度もそれは確認したことよ。そして村でも、使用人たちにはその余韻が残ってる。でも余韻にすぎない。ほかの点では、お城の掟が使用人には村では完全には適用されなくなるので、人が変わったようになる。掟ではなく、飽くことを知らない衝動に支配されて、反抗的で、乱暴な集団になる。その恥知らずなことといったら、とどまるところを知らない。村にとってさいわいなことに、使用人たちはね、命令されないと紳士館を出ることができない。紳士館としては連中を手なずけようとするしかないわけ。で、フリーダはそれにとても手を焼いた。というわけで、使用人たちをおとなしくさせるために、わたしを使えるのが、フリーダにとって大歓迎だった。2年以上前から少なくとも週に2回、わたしは使用人たちと厩舎で夜を過ごした。以前、まだ父がいっしょに紳士館に行くことができたときは、バーのどこかで寝ていて、朝わたしが持っていく情報を待っていた。情報はほとんどなかった。探しているメッセンジャーは、今日になっても見つかってない。ずっとソルティーニに仕えているらしい。ソルティーニにとても高く買われていて、ソルティーニがもっと遠くの官房に引っ込んだとき、ついていったらしいわ。たいていの使用人が、わたしたちと同じように、あれ以来そのメッセンジャーを見かけていない。もしも誰かが、いや、それから見かけたことがある、と言い張っても、それは、たぶん勘違いでしょう。そんなわけで、わたしの計画は実際のところ失敗してるんだけど、でも完全に失敗したわけじゃない。メッセンジャーは見つかっていないし、父は、紳士館に行っては、そこで夜を過ごしたため、おまけに、もしかしたらわたしに同情していたこともあって、ま、同情する力が父に残っていればだけど、残念ながら、とどめを刺されたのよね。もう、2年ほど前から、あなたも見たように、こういう状態なわけ。それなのに父は、母よりましかもしれない。わたしたち毎日のように、母は最期じゃないかと思ってるの。ただ、アマーリアの人間離れした介護のおかげで最期が引き延ばされてるだけ。それでも、わたしが紳士館で手に入れたものは、お城との、ある種のコネかな。自分がやったことを後悔していない、と、わたしが言っても、軽蔑しないで。そんなに立派なコネなのかね、と、あなたには思われるかもしれないな。ええ、そうだわ。そんなに立派なコネじゃない。今わたしは、たくさんの使用人を知っている。この何年かのあいだに村にやって来た、ほとんどすべてのお偉いさんの使用人をね。わたしがお城に行くようなことがあれば、自分をよそ者だとは思わないでしょう。もちろん、わたしが知ってるのは、村での使用人にすぎない。お城では、まったく別人になってる。おそらく誰に会っても知らん顔をするでしょう。村でつき合ってた相手には、とくに。城で再会できることをすごく楽しみにしてるからな、と、厩舎で百回も誓っていたとしても。ところでわたしはね、そんな約束にほとんど意味がないことなんか、とっくに承知してた。でも大事なのはそこじゃない。お城とのコネをもつのは、使用人本人を通してだけじゃない。それだけじゃなくてね、もしかしたら、っていう期待なんだけど、誰かが上から、わたしを、わたしがしていることを、観察している——そうなのよ、大勢の使用人の管理は、もちろん役所の仕事としては、きわめて大事で気疲れする部分なわけ——で、そうやってわたしを観察してる人が、わたしについて、もしかしたらほかの人より寛大な判断をしてくれるかもしれない。もしかしたらその人は、わたしがみじめなやり方だけど、家族のために闘っていて、父がやってきた努力を継続していることに、気づいてくれるかもしれない。そういう目で見てもらえるなら、わたしが使用人たちからお金を受け取って、家族のために使っていることも、もしかしたら許してもらえるかもしれない。ほかにもまだ、わたしが手に入れたことがあるけれど、あなたはそれをわたしの罪だと言うでしょうね。下僕たちから聞いたことなんだけど、むずかしくて、何年もかかる公式の採用手続きを踏まないで、お城の仕事をさせてもらえる裏道があるのよ。公式の職員じゃないけれど、もぐりの、なかば公認で出入りを許された者。権利も義務もない。義務がないほうが、まずいかな。でも、ひとつ、いいことがある。どんな場合でも近くにいるわけだから、チャンスを見つけて利用することができる。職員ではないけれど、たまたま何かの仕事にありつくことができる。ちょうど職員がそばにいないときに、職員が呼ばれる。急いで駆けつければ、自分が直前までそうじゃなかった者になっている。今は晴れて職員というわけ。でも、そんなチャンスはいつあるのか？　すぐに、ということもある。お城に入るやいなや、まわりをキョロキョロ見回すやいなや、チャンスがそこにある。誰もが、新入りなのに冷静で、そんなチャンスをつかまえるとはかぎらない。そうじゃないときは、公式の採用手続きより年月がもっと多くかかる。また、なかば公認で出入りを許された者が、正規に公式で採用されることは、もう絶対にない。だから十分これには躊躇（ちゅうちょ）するでしょ。でも逆に、公的な採用の場合の選考はものすごく厳しくて、なにか悪評のある家族のメンバーなら、最初からはねられるから、躊躇の余地がない。そういう人がね、たとえばこの選考を受けることにすると、結果が心配で何年も震えていることになる。みんなに最初の日から驚かれて、どうしてこんな見込みのないことに挑戦する気になったんだと、四方八方から質問される。それでも本人は希望をもってるのよね。でないと、どうやって生きていけるのかしら。でも何年もたってから、もしかすると髪の毛が白くなってから、採用を拒否されたことを知る。すべてが失われ、その人生がムダだったことを知る。この場合にも、もちろん例外はあるのよ。だから、じつに簡単に誘惑されてしまうの。悪評のある連中が、よりにもよって結局、採用されるということが起きる。そういう野獣の肉のにおいが、まさに自分の意思に反して大好きなお役人たちがいてね、採用試験のときには、あたりのにおいを嗅いだり、ニヤッと口をゆがめたり、目を白黒させたりするわけ。野獣のような男に、ある意味、ものすごく食欲を刺激されるらしく、法典にしっかりしがみつかなければ、その男に抵抗できない。もっとも、そんなふうになっても、野獣のような男が採用される運びにはならず、ただ採用の手続きが際限なく引き延ばされるだけ。そして手続きは絶対に完了されることがなく、ただ本人の死によって中断されるにすぎない。そういうわけだから、合法的な採用にも、その他の採用にも、目に見える困難、目に見えない困難がいっぱい待っている。採用してもらおうと動く前に、ぜひおすすめしたいのは、あらゆることをきちんと検討すること。で、その点、わたしたちに抜かりはなかった。わたしとバルナバスのことだけど。わたしが紳士館から帰ると、いつもふたりですわって、わたしが見聞きした最新のニュースを話す。何日もとことん話をするので、しばしばバルナバスの手持ちの仕事がストップして、納期が遅れそうになった。この点でわたしには、あなたの言うような罪があるのかもしれない。下僕たちの話が大して信頼できないことは、わたしも分かってた。分かってたわ。下僕たちは、お城の話をしてくれる気なんてない。いつも別の話にそらす。拝み倒さなければ、ひと言も漏らしてくれない。でも、話しはじめると、勢いが止まらない。ナンセンスなおしゃべりをし、自慢し、ほら話や作り話を競い合う。あの暗い厩舎のなかで、代わりばんこにいつまでも怒鳴ってた。どう考えてもそのなかで真実は、せいぜいほんのちょっぴりほのめかされてるだけだった。わたしはバルナバスには、聞いたことは覚えているかぎり残らず話したわ。弟は、まだ本当と嘘っぱちの区別がまるでできないし、わたしたちの家族の状況のせいで、こういう話を聞きたくてたまらず飢えてたみたい。すべてを飲み込んで、熱くなって、もっと知りたがった。そして実際、わたしの新しい計画はバルナバスを当てにしてたの。下僕たちからはもう何も手に入らない。ソルティーニのメッセンジャーは見つからないし、あいかわらずソルティーニと、それからメッセンジャーも、引っ込んでるみたい。しばしば、ふたりの顔と名前はもう過去のものになっちゃっててね、しばしば、長々と説明して、やっとのことで思い出してもらえるんだけど、それ以上、話がはずむことがない。それから、わたしと下僕たちとの関係について、当然わたしには、それが世間でどう見られるかについて、まるで影響力がなかった。わたしとしては、ただ期待しただけ。ありのままに受け取ってもらえればいいな。そうやってもらえると、わたしたちの家族の罪がほんのちょっとでも軽くなるんじゃないかな、って。でも目に見えるような変化はなかった。でもわたしは、そのまま続けた。お城でわたしたちのためになるようなことをするには、ほかに可能性がなかったので。でも、わたしが見たところ、バルナバスにはその可能性があった。その気があれば、そしてわたしにはその気がたっぷりあったわけで、下僕たちの話からわたしには、誰かがお城にお勤めするようになれば、自分の家族のために、とても多くのものを手に入れることができるんだな、と察しがついた。もちろん、そんな話をどれだけ信じることができたのかしら? 確かめることはできなかった。ただ、ほんのわずかしか信じることができないのは、はっきりしていた。たとえばね、わたしがもう二度と会うことのないような下僕が、または、会ったとしても、ほとんどその顔を見分けることのできないような下僕が、もったいぶってわたしに約束してくれたとしましょう。お前の弟が城で働けるよう手伝ってやるよ。あるいは少なくとも、バルナバスがなんとかお城に入ってくるようなことがあれば、支えてやるよ。つまりだな、元気づけてやったりするよ。そんなセリフを口にするのは、下僕たちの話によると、お城に働き口を求める応募者が、あまりにも長いあいだ待たされてるあいだに、気を失ったり、頭が混乱したりして、友達に面倒を見てもらわないとダメになったりするからなんだけどね——で、そんなことや、ほかにもいろんな話を聞かされた。いろんな警告はおそらく正しかったけれど、付録につけられた約束は、まったく空っぽの約束だった。でもバルナバスにとっては、そうじゃなかった。こんな話は信じないようにと警告したんだけど、わたしの話を聞いただけで、もうすっかり弟は、わたしの計画に乗る気になっちゃった。その計画のためにわたしが引き合いに出した話には、ほとんど耳を貸さず、もっぱら下僕たちの話に心を奪われてた。そんなわけで実際、わたしは自分にしか頼れなくなっていた。両親と話ができるのはアマーリアのほかに誰ひとりおらず、わたしが父のそれまでの計画をわたしなりに進めていけばいくほど、アマーリアはわたしを遠ざけるようになった。あなたやほかの人がいれば、わたしと口をきくけれど、わたししかいないときは、まるっきり口をきかない。紳士館で下僕にとってわたしは、おもちゃ。狂ったようにわたしのことを壊そうとする。この2年間、連中の誰とも親しく言葉を交わしたことがない。陰険なこととか、嘘っぱちとか、めちゃくちゃなことしか言わない。だから、わたしにはバルナバスしかいない。でもバルナバスは、まだ若すぎた。わたしが報告すると、弟の目がキラキラ輝いた。それ以来ずっと弟は目をキラキラさせてるんだけどね。それを見て、わたし、びっくりした。でも、やめるわけにはいかない。あまりにも大きなものが賭けられてるように思えたの。もちろんわたしには、父の、空っぽだけど大きな計画はなかった。男の人みたいな決心はしていなかった。あのメッセンジャーを侮辱したことの償いをすることだけにこだわった。そして、できることなら、そんな謙虚なわたしをねぎらってもらいたいと思っただけ。わたしがひとりで失敗したことを、今度はバルナバスによって別なやり方で、確実に成功させたいと思った。わたしたちはね、ひとりのメッセンジャーを侮辱して、目の前にあった官房から追い払ってしまった。だからそのかわりに、新しいメッセンジャーとしてバルナバスを提案するのが、もっともでしょ。侮辱されたメッセンジャーの仕事をバルナバスにやらせて、侮辱された人には、好きなだけ長く、侮辱を忘れるのに必要なだけ長く、遠い場所で穏やかに過ごしてもらえるようにするわけ。たしかにね、この計画がすごく控えめだけど傲慢でもあることは、わたし気づいてた。人事の問題をどう調整するか、

ちょっと言葉を交わすことを許されるようになったら、部外者としてでなく、官房の同僚として、もちろん下っ端の同僚として、わたしたち家族のために思いがけないものを手に入れられるかもしれない、という印象をもったの。でも、まだそんなふうにはなってない。それに近づけてくれそうなことをやる勇気がバルナバスにはない。にもかかわらず弟は、自分は若いのに、わたしたち家族のなかでは、不幸な事情により、家父長という責任重大な立場に自分で自分を押し上げてしまったということを、もうちゃんと分かっている。さて、打ち明け話もこれが最後。1週間前、あなたがやって来た。紳士館で誰かがその話をしているのを耳にしたけれど、気にはしなかった。測量士がやって来た。それがどういうことなのか、すら知らなかった。でも、その次の日の夕方――わたしはね、いつも決まった時間に、ちょっと先まで弟を迎えに行くことにしてるの――バルナバスがいつもより早く帰ってきた。弟は、部屋にアマーリアの姿が見えたので、わたしを家の外の道路にまで連れ出して、そこで顔をわたしの肩に押しつけて、数分のあいだ泣いた。以前の少年に戻っていた。自分では背負いきれないことが、起きていたのよ。目の前にまったく新しい世界が開けたみたい。その世界の新しさがもたらす幸福と心配に、弟は耐えることができない。とはいえ、弟に起きたことは、あなた宛の手紙をね、配達するために手に入れたというだけなんだけど。

でも、もちろんそれが、ともかく弟が手に入れた最初の手紙、最初の仕事だった」

オルガが話をやめた。静かになって聞こえるのは、両親の重苦しい、ときどきぜいぜい鳴る呼吸だけだ。Kは、オルガの話を補足するように、軽く言った。「君たち、ぼくの前で芝居してたんだな。バルナバスは、仕事に慣れたベテランのメッセンジャーみたいに、手紙を渡してきた。君は、アマーリアと同じように、メッセンジャーの仕事や手紙なんて、ついでのことにすぎないような顔をしてた。つまりアマーリアは今回、君やバルナバスとグルなんだ」。「わたしたちのことは別々に見てもらわないと」と、オルガが言った。「バルナバスは2通の手紙のおかげで、また幸せな子どもに戻っちゃった。自分のやってることには、いっぱい疑いをもってるけれど。その疑いは自分とわたしに向けているだけ。弟はね、自分が想像している本物のメッセンジャーみたいに、あなたの前には本物のメッセンジャーとして登場することが、名誉だと考えてるわけ。だから、今にも役所の上下(ふく)をもらえるんじゃないかと弟は期待してるんだけど、たとえばね2時間以内で、わたしがズボンを仕立て直すことになっちゃった。役所の服のズボンは細身だから、少なくともそれに似せるわけ。そのズボンであなたの前に立てば、当然あなたを簡単にだませるわけでしょ。それがバルナバスなわけ。アマーリアのほうは、メッセンジャーの仕事をほんとに軽蔑してる。

弟がちょっとうまくいっているらしいことはね、バルナバスやわたしの様子から、また、バルナバスとわたしがすわってひそひそ話をしていることから、簡単に見当がつくわけで、そうなってからは以前よりもっとバルナバスのことを軽蔑してるわ。だからアマーリアの言ってることは、本当のことなの。それを疑って、勘違いなんかしないで。ところで、K、わたしもときどきメッセンジャーの仕事を馬鹿にしたことがあるんだけど、それは、あなたをだまそうと思ったからじゃなく、不安だったから。バルナバスの手に託された2通の手紙は、この3年以来、わたしたち家族が手にした最初の、十分に怪しいけれど、恩寵のしるしなわけ。これがね、転機であって、勘違いでないなら――勘違いのほうが、転機よりもよく起きるけれど――この転機は、あなたがこの村に到着したことと関係しているの。わたしたちの運命は、ある意味、あなたに依存するようになっちゃった。もしかしたらその2通の手紙は、始まりにすぎないのかもしれない。そしてバルナバスの仕事は、あなた関連のメッセンジャーを超えて、もっと広がるかもしれない――許されるものなら、そう望みたいんだけど――でも、さしあたり、すべてはあなたひとりをめぐって回るのよ。ところで、上のお城では、割り当てられたもので満足するしかないけれど、この村でなら、もしかするとわたしたちにもできることがあるかもしれない。つまり、あなたの好意を失わないようにする。または、少なくともあなたに嫌われないようにする。または、これが一番大事だけど、わたしたちの力と経験によってあなたを守る。お城とのつながりを──それがあるから、わたしたちは生きていられるのかもしれないな──あなたがなくさないように。さて、そうするには、どうするのが一番かしら？　わたしたちがあなたに近づいても、あなたがわたしたちに疑いを抱かないこと。というのも、あなたはこの村ではよそ者なので、きっと、どこを向いても疑いだらけになるから。疑いだらけになるのは当然だけど。それにね、わたしたちは軽蔑されているし、あなたは世間の意見に影響されてるでしょ。とくにあなたの婚約者のフリーダには。わたしたちがあなたに接近すると、そんなつもりなんかないのに、あなたの婚約者と対立して、あなたを傷つけちゃうでしょ。それから、手紙に書かれてた伝言だけど、あなたが受け取る前に、わたしがしっかり読んだ──バルナバスは読んでない。メッセンジャーは読むことを許されてないの──その伝言、ざっと見たところ、そんなに重要でもなく、古臭いように思えたんだけど、あなたに村長を訪ねるよう指示してたので、重要なものだと分かった。で、この点について、わたしたちはあなたに対して、どんな態度をとるべきだったかしら？　伝言が重要だと強調したら、わたしたちは、明らかに重要でないことを過大に評価して、わたしたちがこの知らせを運んできたのよと自画自賛して、あなたの目的ではなく、わたしたちの目的を追求しているじゃないか、と疑われることになる。実際、そうすることによってわたしたちは、この知らせを、あなたが見てもつまらないものに思わせ、そうやってあなたを、まったく心ならずもだますことになるのよ。ところが、その手紙にはそんなに価値がないとしても、わたしたちは同じように疑われることになる。というのも、じゃあ、なぜ重要でもない手紙を配達したのか、ということになるから。なぜ、わたしたちの行動とわたしたちの言葉が矛盾してるのか。なぜ、受取人のあなただけじゃなく、わたしたちに配達を託した差出人までもだますのか。手紙の配達をわたしたちに託したのは、きっと、わたしたちの説明によって手紙の価値を受取人のところで下げるためじゃない。そしてね、この両極端の真ん中をたもつこと、つまり手紙を正しく評価することは、できないのよ。手紙は自分でもその価値を変えつづけてる。手紙がきっかけで、際限なく、いろいろ考えることになる。どこで考えるのをストップするか、決めるのは偶然だけ。というわけだから手紙についての意見も、偶然の意見でしょ。そしてね、そこであなたのことまで心配するようになると、なにもかもが混乱しちゃう。わたしが言ってること、あんまり厳密に考えないで。たとえば、前にあったことなんだけど、バルナバスが帰ってきて、わたしに報告する。メッセンジャーの仕事ぶりが不満だと、あなたに言われ、弟はまず驚き、それに残念ながら、メッセンジャーとしても傷つかないわけにはいかず、メッセンジャーの仕事をやめます、と申し出てきたんだ、ってね。そんなとき、わたしはもちろん、弟のミスを埋め合わせする助けになるのなら、だますことも、嘘をつくことも、裏切ることも、どんな悪いことだってできる。でも、そんなことをするのは、あなたのためであり、わたしたちのためだと、少なくともわたしは思ってる」

ノックの音が聞こえた。オルガがドアのところに急いで、ドアを開けた。暗がりのなかへ遮光ランタンの細い光の帯が落ちた。夜更けの訪問者がささやくように質問し、ささやくように答えられた。しかしそれでは満足できず、部屋に入り込もうとした。オルガは、たぶん止めることができなくなったので、アマーリアを呼んだ。アマーリアなら、両親の眠りを守るために、どんなことをしてでも訪問者を帰らせてくれるだろうと期待したのだ。実際、アマーリアは急いで駆けつけて、オルガを脇にどけ、路上に出て、背中のドアを閉めた。ほんの一瞬のことで、すぐに戻ってきた。オルガにできなかったことを、あっという間にやってのけた。

Kは、それからオルガに知らされた。訪ねてきたのはKが目当てで、助手の1人が、フリーダに頼まれてKを探しにきたのだ。オルガはKを助手から守りたいと思ったのだ。Kがここにやって来たことを後で打ち明けようと思うなら、そうすればいいが、そのことを助手に見つけられてはならないというわけだ。Kはそれを了承した。けれども、ここに泊まってバルナバスを待てばいい、というオルガの提案は、断わった。提案そのものは受けてもよかったかもしれない。夜はもう遅かったのだし、Kが望む望まないにかかわらず、今ではバルナバスの家族とはつながりがあると思えたからだ。ここに泊まることは、別の理由ならまずいかもしれないが、そのつながりを考えてみると、村全体のなかで一番自然なことなのだ。けれどもKは断わった。助手が訪ねてきたことに驚いたのだ。Kには理解できない。Kの気持ちをよく知っているフリーダと、Kのことを怖がるようになった助手たちが、こんなふうに手を組んでいて、フリーダは、はばかることなく助手の1人をKの迎えに寄こし、しかも1人だけを寄こして、あとの1人はたぶんフリーダのそばにいるのだ。Kはオルガに、鞭がないかと、たずねた。鞭はなかったが、手頃な柳の枝があったので、それをもらった。それから、この家には別の出口はないのかと、たずねた。中庭に出る出口ならあった。ただ、中庭から隣の家の垣根をよじ登って越えて、その家の庭を通らないと、道路には出られない。そうしようとKは思った。オルガに連れられて中庭を通り、垣根のところまで行くあいだに、Kは、いろいろ心配してくれているオルガを急いで安心させようとして、説明した。君は話をするとき小細工をしたけれど、ぼくはまったく気にしてないからね。君のことはよく理解してるつもりだ。Kはオルガに、自分を信頼してくれていること、そして事情を聞かせてくれたことによって、その信頼を証明してくれたことを感謝した。それから、バルナバスが帰ってきたら、すぐ小学校に来るように、夜でもかまわないから、と頼んだ。たしかにね、バルナバスが運んでくる伝言だけが、ぼくに残されている唯一の希望ではない。もしもそうなら、ぼくの立場がまずいってことだ。しかし伝言をあきらめるつもりは絶対にない。それを頼りにするつもりだ。それに君のことを忘れるつもりはない。ぼくにはバルナバスの伝言より、君自身のほうが大事なくらいだ。オルガはさ、勇敢だし、目配りができるし、利口だし、家族のためには自分を犠牲にするし。もしも、オルガかアマーリアか、どちらか選べと言われたら、思案するまでもないさ。そう言ってKは、心をこめてオルガの手をにぎっているあいだに、もう隣の家の庭の垣根のうえにひらりと飛び乗った。

それから道路に出て、どんよりした夜のなか、顔を上げると向こうのほうで、バルナバスの家の前でさっきの助手があいかわらず行ったり来たりしている。ときどき立ち止まっては、カーテンを降ろした窓越しに部屋のなかをランタンで照らそうとしている。Kが声をかけた。驚いたふうでもなく助手は家の偵察をやめて、Kのほうへやって来た。「誰を探してるんだ？」とたずねて、Kは、太ももで柳の枝のしなり具合を確かめた。「あなたをですよ」と言いながら、助手が近づいてきた。「ええっと、君は誰だっけ？」と、突然Kが言った。というのも、いつもの助手とは違っているように見えたからだ。もっと年をとっていて、くたびれていて、シワは多いけれど顔が丸く見えた。あの2人の助手の歩き方は、関節に電気が走っているように機敏だが、歩き方もまるで違う。のろのろしていて、ちょっと足を引きずり、どこか病人のように上品だ。「私のこと、分からないんですか」と、男がたずねた。「イェレミーアスですよ、ほら、あなたの助手の」。「そうなのか？」と言って、Kは、背中の後ろに隠していた柳の枝を、またちょっと見せた。「まるで別人みたいだ」。「それはですね、私ひとりだからですよ」と、イェレミーアスが言った。「私ひとりなんで、楽しい若さも消えちゃったんですよ」。「じゃ、アルトゥルはどこだ？」と、Kがたずねた。「アルトゥルですか？」と、イェレミーアスがたずねた。「あのおチビちゃん？ 仕事やめちゃいました。あなた、ちょっとまあ、私たちに厳しすぎました。優しい心には耐えられなかった。城に戻って、あなたのことで苦情を言ってます」。「で、君は？」。「戻らないで村にいます」と、イェレミーアスが言った。「アルトゥルが私の分も苦情を言ってくれてるんで」。「どういう苦情なんだ？」と、Kがたずねた。「あれですよ」

と、イェレミーアスが言った。「冗談が分かってもらえない、っていう。いったい、私たち何をしました? ちょっと冗談を言った。ちょっと笑った。あなたの婚約者をちょっとからかった。それ以外は全部、言われたようにやりました。ガーラターが私たちをあなたのところへ派遣するとき——」。「ガーラター?」と、Kがたずねた。「ええ、ガーラターです」と、イェレミーアスが言った。「あの頃は、ちょうどクラムの代理でした。私たちを派遣するとき、ガーラターがこう言ったんです。ちゃんと覚えてますよ。というのも私たち、その指示に従ってるわけですから。〈お前たちは、測量士の助手として行くんだ〉。私たちは、〈そんな仕事、何の心得もありません〉。それに対してガーラターは、〈そんなことはな、どうでもいい。必要になれば、あの男が教えてくれるだろう。一番大事なことは、あの男をちょっと陽気にしてやること。報告によると、あの男はどんなことでも非常に重く考える。あの男は今、村に着いた。それだけでもう、あの男には大事件なんだ。実際は、まるで何でもないことなのに。それをな、お前たちは教えてやってくれ〉」。「で」と、Kが言った。「ガーラターの言ったことが正しくて、君たちはその指示どおりやったわけ?」。「分かりませんね」と、イェレミーアスが言った。「まだ時間がたってないので、たぶんできてなかったでしょう。ただ、あなたが非常に乱暴だった、ってことは私が分かってます。そのことで私たちは苦情を申し立ててるんです。私には理解できませんね。あなただって、雇われている身分なのに、それも、城に雇われてすらいないのに、助手みたいな仕事がつらい仕事だってことが、あなたには分からないんだから。仕事してる人間に対してですね、あなたがやったみたいに仕事をむずかしくすることは、非常に不当で、悪ふざけで、ほとんど子どもじみたことなのに、あなたは分かっていない。情け容赦がないんですよ。私たちを柵のところで凍らせた。アルトゥルは、ちょっと叱られただけで何日も傷つく人間なのに、そのアルトゥルをわら布団のうえでこぶしでなぐって殺しかけた。［今日の］午後だって、雪のなかをあちこち私を追い回したでしょ。おかげでひと息つくまで1時間かかりましたからね。私、もうそんなに若くないんだから！」。「イェレミーアス君」と、Kが言った。「まったく君の言うとおりだ。ただ、それはガーラターに言ってもらいたい。ガーラターが勝手に君たちを派遣したんだ。君たちをと、ぼくが頼んだわけじゃない。そしてだよ、ぼくが君たちを望んだわけじゃないから、ぼくは君たちを送り返すことができた。できることなら、力ずくじゃなく、穏やかにそうしたかったな。でも、どうやら君たちは、それを望んでなかった。ところで、なぜ君は、君たちがぼくのところへやって来たときにすぐ、今みたいに正直に話してくれなかったんだ？」。「仕事中だったからですよ」と、イェレミーアスが言った。「当たり前じゃないですか」。「じゃあ、今はもう仕事中じゃないわけ？」と、Kがたずねた。「今はもう違いますよ」と、イェレミーアスが言った。「この仕事を辞めるとアルトゥルが城に申請したんです。少なくともその手続きの最中です。これで私たちはこの仕事からきっぱり解放されるわけで」。「でも君はまだ、仕事みたいに、ぼくを探してたじゃないか」と、Kが言った。「いいえ」と、イェレミーアスが言った。「私があなたを探していたのは、ただ、フリーダを安心させるためだった。というのはね、あなたがバルナバスの娘たちのためにフリーダを置いていったので、フリーダがものすごく悲しんでたから。あなたを失ったからというよりは、あなたに裏切られたので。もちろん、こうなることは、とっくに分かっていたので、そのせいで、とっくにすごく悩んでたわけだけど。ちょうどそのとき私は、ふたたび小学校の窓のところに戻って、のぞいて見た。もしかしたら、あなたがもう正気に戻ってるかな、と。でもあなたはそこにはいなかった。いたのはフリーダだけ。教室の長椅子にすわって、泣いていた。というわけで私はフリーダのところへ行き、これからどうするか、ふたりで決めたんです。実際、もう全部やりました。私は紳士館のルームウエーターなんです。少なくとも、お城で私の問題が片づくまでは。フリーダはバーに戻りました。バーのほうがフリーダに合っている。あなたの奥さんになるのは、フリーダにとって無分別なことだった。あなたも、フリーダがあなたに捧げようとした犠牲の価値を認めることができなかった。ところで、気立てのいいフリーダは、あいかわらず今もときどき気にしてるんですよ。あなたの身に不当なことが起きてないか、もしかしたら、あなたがバルナバスの家に行ってるんじゃないか、と。あなたがどこにいるか、もちろん疑う余地なんてなかったにもかかわらず、それをしっかり確かめるために、私が出かけてきたわけですよ。いろいろ興奮することがあったので、いい加減、フリーダにはゆっくり寝てもらわなくちゃ。もちろん、私もそうだけど。というわけで出かけてきて、あなたを見つけただけじゃなく、ついでにね、バルナバスの娘たちがあなたに操られているところを見ることになった。とくに黒い目のほう、本物の山猫は、あなたに肩入れしてた。まあ、蓼食う虫も好き好きです。でも、隣の家の庭を通って回り道するなんて、どっちにしても必要なかった。私、その道、ちゃんと知ってるんで」

21 さて、やっぱり起きてしまった。予想はしていたが ［P章タイトルなし］

〈マークなし〉

さて、やっぱり起きてしまった。予想はしていたが、防ぐことはできなかった。フリーダが俺を見捨てたのだ。決定的というわけではない。そんなにひどい事態ではない。フリーダを取り戻すことはできる。知らない人間にも簡単に影響される女だ。こんな助手たちにさえ。連中は、フリーダの立場を自分たちの立場に似ていると思っていて、今は仕事を辞めてしまったので、フリーダにもそうさせたのだ。しかし俺としては、フリーダの前に行って、俺の取り柄を残らず思い出させるだけでいい。それから、バルナバスの姉妹を訪ねたことだが、姉妹のおかげでひとつ成果があったと言って、納得してもらうことさえできれば、フリーダは後悔してまた俺のところに帰ってくる。フリーダを落ち着かせるためにいろいろ考えたにもかかわらず、Kは落ち着かなかった。ちょっと前は、オルガに向かってフリーダのことをほめて、自分にとって唯一の支えだと言ったが、今は、その支えは確固たるものではない。力の強い男が出てこなくても、俺からフリーダを奪うことができる。それほど食欲をそそらないこんな助手でも、こんな肉の塊でも、十分に奪えるのだ。まともに生きてないんじゃないか、という印象をあたえることがあっても。

イェレミーアスは、もう立ち去ろうとしていた。Kが呼び戻した。「イェレミーアス」と、Kが言った。「君には隠しごとをしないでおこうと思う。だから、ひとつ正直に答えてもらいたい。ぼくらはもう主人と召使いの関係じゃない。そのことは君だけじゃなく、ぼくも喜んでる。だから、お互いにだまし合う理由もない。ほら、君の目の前でこの柳の枝を折る。君に使おうと用意してたものだ。君が怖くて、庭を通る道を選んだわけじゃない。君を驚かすために、この枝で何度か撫でてやろうと思ったのさ。だが、もう悪く思わないで。すべて終わったことだ。もしも君がさ、職務でぼくに押しつけられた召使いじゃなく、たんなる知り合いだったら、ぼくらはきっと、君の外見にはちょっと気になるところがあるにせよ、すごく仲良しになってただろう。だから、その点でぼくらがやってなかったことを、これから取り戻すことができるんじゃないか」。「そう思いますか?」と言って、あくびをしながら助手は、疲れた目を閉じた。「もっと詳しく説明してあげることもできるんですが、時間がないんです。フリーダのところへ行かなくちゃ。あの子が私を待ってるんで。まだバーの仕事には入ってません。フリーダは、おそらく忘れるために、すぐにも仕事に没頭したがったけれど、紳士館の主人がね、私の説得でさらに、ちょっと短い休みをくれたので、そのあいだ私は少なくとも一緒に過ごしてやりたいんですよ。あなたの提案ですが、たしかに私には、あなたをだます理由はないけれど、まったく同じように、あなたに何かを打ち明ける理由もない。私の事情とあなたの事情は別ですからね。私があなたに仕えていたときには、あなたは、私にとっては当然、とても大事な人でした。それは、あなたの人柄によるものじゃなく、仕事として指示されてたから。あなたの望むことは、あなたのために何だってやったでしょう。でも今のあなたは、私にとってはどうでもいい人なんです。枝を折ってもらっても、感動なんかしません。なんと粗暴な主人に仕えていたのか、と思い出すぐらいですね。私に好感をもたせるには、向いてません」。「君のものの言い方は」と、Kが言った。「まるで、もう絶対にぼくに怖い思いをさせられることはないだろうと、すっかり確信しているみたいじゃないか。でも、じつはそうじゃない。おそらく君はまだぼくから解放されていないんだ。ここの役所の処理はそんなに速くはない――」。「もっと速いことありますよ」と、イェレミーアスが言い返した。「こともあります、だろ」と、Kが言った。「だが、今回そうなった、って証拠はどこにもない。少なくともさ、君もぼくも、決裁したっていう文書を持ってない。だから手続きは今はじまったばかりなのさ。それにぼくはまだコネを通じて何の口出しもしていない。そのうち口出しはするつもりだが。もしも君にとって不都合な結果になったら、君がさ、君の主人に好意をもってもらえるような準備をしっかりしてなかった、ってこと。柳の枝を折ったのも、余計なことでさえあったかもしれない。フリーダを連れ出したことを、君はすごく得意がってる。たとえ君がぼくをリスペクトしてなくても、ぼくは君を人間としてリスペクトしてる。だが、それにもかかわらず、分かってるんだ。ぼくがフリーダにちょっと声をかけるだけで、君がフリーダをまるめ込んだ嘘なんか、びりびり引き裂くことができるんだよ。それに、嘘しかフリーダをぼくから引き離すことができないのさ」。「そんな脅かし、怖くないですよ」と、イェレミーアスが言った。「あなたは私を絶対に助手にしたくない。助手の私が怖いんだ。あなたは助手ってものが怖いんだ。怖いからこそ、気立てのいいアルトゥルをなぐったんだ」。「そうかもしれない」と、Kが言った。「だから痛みが小さくなった？　もしかしたらこういうやり方で、ぼくが君を怖がってることを、もっとしばしば示すことができるかもしれないな。君は助手であることがあまりうれしくない。そうと知ったぼくには、君を無理やり助手にすることが、怖いって思いなんか忘れて最大の楽しみになるわけだ。しかも今回は、アルトゥル抜きで君ひとりを助手にしようと心がけることにしよう。そうすると君にもっと注意を向けることができるぞ」。「そんなことを私が」と、イェレミーアスが言った。「ちょっとでも怖がってるとでも思ってるんですか?」。「ああ、たぶん」と、Kが言った。「きっと、ちょっとは怖がってる。君が利口なら、すごく怖がるんだがね。でないなら、どうして君は、とっととフリーダのところへ行かなかったんだい? ほら、フリーダが好きなんだろ?」。「好き?」と、イェレミーアスが言った。「優しくて利口な娘ですよ。そのフクラムの愛人だった。だから、どっちにしてもリスペクトの対象ですよ。で、そのフリーダがずっと私に、あなたから逃げ出したいと頼んでいるのなら、どうして親切にしないわけがありますか。とくにね、そんなことをしてもあなたを苦しめるわけじゃないんだから。あなた、呪われたバルナバスの姉妹とうまくやってたでしょ」。「なるほど、これで君の不安が読めた」と、Kが言った。「じつにみじめな不安だ。君はぼくを嘘でまるめ込もうとしている。フリーダが頼んでたのは、ただひとつ。興奮して、さかりのついた犬みたいな助手たちから逃げ出したい。残念ながらぼくには、その頼みをかなえてやる時間がなかった。で、ぼくが動かなかった結果が、今、このありさまなんだ」

「測量士さん! 測量士さん!」と、裏通りから誰かが呼んだ。バルナバスだった。息を切らせてやって来たが、Kにお辞儀するのを忘れなかった。「やりましたよ」と言った。「何をやったんだ?」と、Kがたずねた。「ぼくの請願をクラムに届けてくれたのか？」。「それはダメでした」と、バルナバスが言った。「すごく努力したんです。でも、できませんでした。前に出ていたんですよ。呼ばれてないのに、一日じゅう立ってたんです。立ち机のすぐそばだったので、私が光をさえぎっていた書記には、押しのけられさえしました。クラムが顔を上げるたびに、これ、禁じ手なんですが、手を上げました。一番遅くまで官房にいて、私と使用人たちしか残っていない。それでも、クラムが戻ってくるとうれしかった。でも、私のために戻ってきたんじゃない。大急ぎで法典でちょっと調べようとしただけで、すぐに帰りました。結局、私があいかわらず動かないものだから、使用人に、ほとんどホウキで掃きだされるようにして、ドアから追い出されました。こうやって全部報告するのはですね、私の仕事ぶりに、また不満をもたれないようにと思ってのことです」。「バルナバス、そんなに熱心にやってくれても、何の役に立つんだろう」と、Kが言った。「まるで成果がないのなら」。「でも成果あったんです」と、バルナバスが言った。「私が私の官房から出たとき——私が私の官房って呼んでるんですが——ずっと奥の廊下から紳士がひとり、ゆっくりこちらにやって来るのが見える。ほかにはもう誰もいなかった。もうずいぶん遅い時間だったので。その人を待つことに決めたんです。まだそこにとどまっている、いい機会でした。できることなら、そもそもそこにとどまっていたかったんです。

あなたに粗末な報告をもって帰らなくてすむように。でも、そうでなくても待っていた価値がありました。エアランガーだったんです。ご存じないでしょ？ クラムの第1秘書のひとりです。弱々しくて、小柄の紳士で、ちょっと足を引きずってます。すぐに私だと気づいてくれました。記憶力がいいことと、世間が広いことで有名です。眉をちょっと寄せるだけで、どんな相手でも誰なのか分かってしまいます。会ったことはないけれど、どこかで聞いたか読んだかだけの相手でも、しばしば分かるんです。たとえば私の場合、それまでに会ったことはなかったと思うのですが。しかし、どんな相手でも誰なのか分かるにもかかわらず、まず最初は、自信なさそうにたずねるんです。〈バルナバスじゃないかね〉と、私に言うんです。そしてそれから、たずねるんです。〈測量士を知ってるかね？〉。そしてそれから、言うんです。〈ちょうどよかった。私は、これから紳士館へ行く。測量士には、そこに私を訪ねてもらおう。私の部屋は15号室だ。すぐに来てもらわないとな。そこでは打ち合わせが2、3あるだけでね、朝5時には城に帰る。測量士と話をすることが、私には非常に大事なことなんだ、と伝えてもらいたい〉」

突然、イェレミーアスが駆け出した。バルナバスは興奮していて、それまでイェレミーアスにはほとんど注意を払っていなかったのだが、たずねた。「いったい、イェレミーアスは何をしようとしてるんです？」。「エアランガーのところにぼくより先に着こうとしてるのさ」と言って、Kは、もうイェレミーアスのあとを追って、つかまえて、その腕に腕をからませて、言った。「突然、フリーダが恋しくなったのかい？恋しさじゃ、ぼくも負けない。さ、いっしょに並んで歩いていこう」

暗い紳士館の前に男たちの小さなグループが立っていた。2人か3人が手にランタンを持っているので、何人かの顔の見分けがついた。Kが知っている顔は1つだけ。馭者のゲルステッカーだ。ゲルステッカーは挨拶がわりに質問した。「まだ村にいなさるんで？」。「ああ」と、Kが言った。「ずっといるつもりで来たんだ」。「あたしには関係ないけど」と言って、ゲルステッカーは激しく咳きこんで、ほかの男たちのほうを向いた。

みんなエアランガーを待っているのだ、と分かった。エアランガーはもう到着していた。陳情者と面会する前に、［村秘書の］モームスと打ち合わせをしている。みんなが口々に言っているところによると、建物のなかで待たせてもらえないので、外のこんな雪のなかで立ってなくてはならない。ひどく寒いわけではないが、それでも陳情者を、もしかしたら何時間も、夜、建物の前に置いておくなんて、思いやりがなさすぎる。もちろんそれはエアランガーのせいではない。彼はむしろ非常に親切な人間で、ほとんど事情を知らないのだ。事情を報告されたら、きっと非常に怒っただろう。これは、紳士館の女将のせいだ。病的なほどきれい好きで、たくさんの陳情者が一度に紳士館に入ってくるのが我慢できない。「どうせこんな具合に、押し寄せなきゃならないなら」と、女将は口癖のように言った。「お願いだから、ひとりずつ順番に来てもらいたいわね」。そしてそれを実行していた。陳情者は、最初はまず廊下で、その後は階段で、それから玄関ホールで、最後にはバーで待つことになり、とうとう裏通りに押し出されてしまった。しかしそれでも女将は満足できなかった。自分の旅館が、女将の言い方を借りれば、ひっきりなしに「包囲される」ことに耐えられなかった。何のためにそもそも陳情者が出入りするのか、女将には理解できなかった。女将にたずねられて役人が、「正面玄関の階段を汚すためだよ」と答えたことがあった。おそらく腹立ちまぎれの答えだったのだが、女将はすごく納得して、その言葉を好んで引用するようになった。女将は、紳士館の向かい側に、陳情者の待合所のような建物がつくられるよう努力していた。そしてそれは陳情者たちの願いともたしかに一致していた。陳情者との面会や陳情者からの聴取も、紳士館の外で行なわれるのが、女将には一番好ましかったのだが、それにはお役人たちが反対した。お役人たちが本気で反対したときには、当然、女将は折れた。にもかかわらず、付録のような問題では、飽くことを知らないほど熱心に、そのくせ女らしい優しさを発揮して、小さな暴君のようにふるまった。しかし面会と聴取には、どうやらこれから先も女将が我慢するしかないらしい。というのも、お城のお偉いさんたちは、村で役所の仕事をするときには紳士館を離れることを拒否したのだから。彼らはいつも急いでいた。じつに嫌々ながら村にいただけだ。どうしても必要以上に村での滞在を延長するつもりなど、これっぽっちもなかった。紳士館の雰囲気を壊さないでおきたいというだけの理由で、一時的に書類を全部もって、道を横切って向かいの建物に移動して、時間を無駄にすることを、彼らに望めるわけはなかった。なにしろ役人たちは役所の仕事を、できることならバーか、自分の部屋で、可能なら食事をしながら、または寝る前のベッドのなかで、または朝、疲れすぎていて起き上がることができず、もうちょっとベッドで寝ていたいときに、片づけたいのだ。それとは逆に、待合所の建設問題は好ましい解決に近づいているようだ。もちろんそれは、女将にとっては痛い罰だった――みんなでちょっと笑ったのだが――まさに待合所の案件のせいで数多くの打ち合わせが必要となり、紳士館の通路が空っぽになることはほとんどなかった。

待っている者たちがこんなことをヒソヒソしゃべっていた。Kは気がついた。たっぷり不満があったのに、エアランガーが真夜中に陳情者を召集したことに誰も文句をとをたずねたら、むしろエアランガーには非常に感謝する必要教えられた。そもそもこうやって村に来るようになったのは、もっぱがの人の善意と、自分の職務に対する立派な考え方のおかげなんだよ。その気になれば——そしてそのほうが、もしかしたら規程にかなってるかもしれないんだが——下の秘書を派遣して、記録をとらせることもできるんだ。でも、たいていはそうすることを断わって、すべてを自分の目と耳で確かめようとする。するとさ、そのためには夜の自分の時間を犠牲にしなくちゃならない。勤務表には村に来る時間なんて予定されてないんだから。Kがこう反論した。でもクラムだって昼間、村に来てるし、それどころか何日も村に滞在してるじゃないですか。エアランガーは秘書にすぎないのに、城ではクラムより必要とされているわけ？ 2、3人が気立てのよさそうな声で笑ったが、ほかの者は困った顔をして黙っている。こちらのほうが優勢で、Kは答えらしいものをもらえなかった。ためらいながら、こう口にする者がいただけだった。当然、クラムはなくてはならない人なんだよ。城でも、村でも。

そのとき正面玄関のドアが開いて、モームスが、ランタンを手にした2人の召使いにはさまれて姿を現わした。「エアランガー秘書官が最初に面会する2名は」と言った。「ゲルステッカーとK。2人とも来てますか？」。2人が手を上げた。だが2人より前にイェレミーアスが、「私、ここのルームウエーターです」と言うと、モームスに挨拶がわりににっこり肩をたたかれて、するりと建物のなかへ入っていった。「イェレミーアスにはもっと用心しなくてはならないな」と、Kは思った。だが、イェレミーアスのほうが、城でKの足を引っ張ろうと画策しているアルトゥルよりは、ずっと安全だろうという気持ちに変わりはなかった。もしかしたら、助手として2人に悩ませてもらうほうが、勝手に2人に歩き回られて、自由に陰謀をめぐらされるよりは、まだ利口でさえあったかもしれない。2人には陰謀の素質が特別にあるように思えた。

　Kがそばを通ったとき、モームスは、今はじめてKが測量士だと気づいたふりをした。「ああ、測量士さん！」と言った。「あんなに聴取されるのを嫌がった人が、これから聴取にお出かけですか。あのとき私の聴取を受けてもらったほうが、簡単だったんですがね。ところで、もちろん、ぴったりのタイミングで聴取されるというのは、むずかしいもんです」。そんなふうに言われてKが立ち止まろうとしたとき、モームスが言った。「行ってください、行ってください！　あのときはあなたの答えが必要[illegible]んですが、今は違います」。と言われたにもかかわらず、Kは、モームスの態度[illegible]て、こう言った。「君たちは、自分のことしか考えてない。役所のためにだけ、ぼくは答えるわけじゃない。あのときも、今日も」。モームスが言った。

「いったい誰のことを考えればいいんです？ ここにはほかに誰がいます？ 行ってください！」

玄関ホールで使用人が2人を出迎え、Kのすでに知っている道に案内した。中庭を横切り、それから入り口をくぐって、天井の低い、ちょっと下り坂になっている通路に入った。上の階に泊まっているのは、身分の高い役人ばかりのようだ。逆に秘書たちは、この通路に面した部屋に泊まっている。エアランガーも、秘書のなかでは一番身分が高いのだが、ここに泊まっている。使用人がランタンを消した。ここには明るい電灯がついていたからだ。ここはすべてが小造りだが、しゃれている。スペースは可能なかぎり利用されている。通路は、まっすぐに立って歩くのにギリギリの高さだ。通路の両側には、ドアがほとんど途切れることなく並んでいる。通路の両側の壁は、天井まで届いていない。おそらく換気の必要を考えているのだろう。というのも、天井の低い、地下室のようなこの通路に並んでいる小部屋には、たぶん窓がないからだ。途中で切れているこの壁の欠点は、通路が騒々しく、そして当然のことながら室内も騒々しいことだ。多くの部屋が使用中であるらしい。たいていの部屋では、まだ起きていて、人の声や、槌で打つ音や、グラスを鳴らす音が聞こえる。けれども特別に楽しそうな印象はない。声はひそめられており、言葉はときどき聞き分けられるだけ。おしゃべりをしているようでもなく、おそらく誰かが口述しているのか、何かを読み上げているのか。まったく言葉が聞こえてこないのが、グラスや皿の音が響いてくる部屋だ。槌で打つ音を聞いて、Kは、どこかで聞いた話を思い出した。役人のなかには、ずっと頭を使っていた緊張をほぐすために、ときどき指物細工をしたり、小さな模型を作ったりする者がいるという。通路には人影がない。ただ、あるドアの前には、青白い顔の、痩せて、背の高い紳士が毛皮［のコート］にくるまってすわっている。下から夜の下着がのぞいている。おそらく部屋のなかがむっとしていて息苦しくなったのだろう。外に出て腰を下ろして、新聞を読んでいるが、関心がなく、あくびをしながら、しょっちゅう読むのをやめて、前かがみになって通路に視線を走らせている。もしかしたら、呼んでやったのに、まだやって来ない陳情者を待っているのかもしれない。そばを通り過ぎてから、使用人がゲルステッカーに向かって、その紳士について「ピンツガウアーですよ！」と言った。ゲルステッカーはうなずいて、「村にはもう長いあいだ来てませんでしたな」と言った。「もうずいぶん長いあいだ」と、使用人も、うなずいた。

とうとう、あるドアの前にやって来た。ほかのドアと変わりがないが、その向こうには、使用人によると、エアランガーが泊まっている。使用人はKに肩車をしてもらって、壁が切れている上のすき間から、部屋のなかをのぞいた。「寝てます」と言って、使用人が降りてきた。「ベッドに。でも服は着たままで。でも、うたた寝してるんでしょうね。この村に来ると生活が変わって、すごく疲れてしまうことがあるんです。待つしかありませんね。目を覚ましたら、ベルを鳴らすでしょう。これまでにもあったことですが、村に滞在中はずっと寝ていて、目を覚ますとすぐ城に戻らなければならなかった。村でやっている仕事は、ボランティアなんですよ」。「今となっては、最後まで寝ていてもらうほうがいいですな」と、ゲルステッカーが言った。「目が覚めて、仕事の時間がちょっとしかないとなると、寝てしまったことで、ものすごく不機嫌になって、何もかも急いで片づけようとして、あたしら、ほとんどしゃべらせてもらえんからな」。「建築の積み荷を運ぶ仕事、もらいに来たんでしょ？」と、使用人がたずねた。ゲルステッカーはうなずいて、使用人を脇へ引っ張って、小声で話しかけたが、使用人はほとんど聞いていない。自分の肩より低いゲルステッカーの頭越しに視線を走らせ、まじめな顔で、ゆっくり髪をなでつけた。

22　そのときKが、あてもなく視線をめぐらせていると　［P章タイトルなし］

〈ノートの左のページに「章」と書き込み〉

そのときKが、あてもなく視線をめぐらせていると、遠くの、通路の曲がっているところで、フリーダの姿が見えた。フリーダは、Kだと分からないようなふりをして、じっとKを見つめているだけだ。手には、空の食器をのせたお盆（トレー）を持っている。Kは使用人に、すぐに戻るので、と言ったが、使用人はKのことをまるで無視していた——使用人は、話しかけられればかけられるほど、ますますぼんやりしていくように見えた——Kはフリーダのほうに走っていった。フリーダのそばに着くと、フリーダをまた自分のものにするかのように、両肩をつかんで、どうでもいい質問を2、3して、探るようにフリーダの目を求めた。けれどもフリーダのこわばった態度はほとんどほぐれず、フリーダはぼんやりしたまま、お盆（トレー）のうえで食器の位置をちょっと変えようとしてから、こう言った。「あたしに何の用事？　あの娘たちのところへ行きなさいよ——誰のこと言ってるのか、分かるでしょ。あの娘たちのところからやって来たんでしょ。あなたを見れば、分かるわよ」。Kは急いで話題を変えた。こんなふうに突然、口を開かれ、しかも最悪の話題、Kにとっては一番都合の悪い話題から切り出されたのだから。「バーにいるんだと思ってた」と、Kは言った。フリーダは驚いてKを見つめてから、お盆（トレー）を持っていないほうの手で、Kの額と頬っぺたをやさしくなでた。まるでそれは、Kの顔を忘れてしまっているので、それを思い出そうとしているかのようだった。その目も、なんとか思い出そうとしてベールがかかっているようだ。「あたし、バーにまた雇ってもらったの」と、ゆっくりフリーダが言った。まるで、口にしている言葉は大事ではないけれど、その言葉のなかではKと話をしているわけで、そちらのほうが大事なんだ、というような感じで。「バーの仕事は、あたしに向いてない。ほかの子でもできる。ベッドを整え、愛想のいい顔をすることができて、客の嫌がらせをいやがらず、それどころか嫌がらせを誘うような子ならね、誰でも、そんな子なら誰でも、食堂のメイドになれる。でもバーでは、ちょっと違うのよ。あたしはすぐにバーに雇ってもらった。あのとき不名誉なかたちで辞めちゃったのにね。もちろん今のあたしには後ろ楯がある。でも紳士館の主人は喜んだ。あたしには後ろ楯があるし、そのおかげで簡単に、あたしをまた雇えるようになったので。それどころか、あたしに、この話を受けるよう迫るほどだった。このバーがあたしに何を思い出させるか、考えてもらえれば、あなたも分かるでしょ。で、とうとうあたし、話を受けることにした。ただ、今のあたしは臨時雇いなの。ペーピがね、バーをすぐに辞めなきゃならないなんて恥ずかしい思いをさせないでくれ、って頼んだから。ペーピは熱心に働いてたし、あの子なりに精一杯のことをやってくれてたので、24時間の猶予をあたえることにしたわけ」。「非常にうまく調整したもんだ」と、Kが言った。「ただ君は、ぼくのためにバーを捨てた人間なんだよ。それに今、ぼくたちの結婚式を目の前にして、バーに戻るわけ？」。「結婚式なんてないでしょ」と、フリーダが言った。「ぼくが裏切ったから？」と、Kがたずねた。フリーダがうなずいた。「いいかい、フリーダ」と、Kが言った。「君は裏切りだと言うが、何度も話し合ったじゃないか。で、いつも最後には君が、あらぬ疑いだと認めることになった。あれから、ぼくのほうでは何ひとつ変わってないし、やましいことは何もない。以前もそうだったし、これからだってそうでしかない。というわけだから、君のほうで何かが変わったにちがいないんだ。誰かに吹き込まれたとかしてさ。どう転んでも、間違ったことしてるのは君のほうなんだ。ほら、あの2人の娘のことだけど？　その1人、暗い目のほうだけど——こうやってひとつずつ弁解しなくちゃならないなんて、恥ずかしいくらいだが、これは君の要求だからな——その暗い目のほうを、おそらくぼくは、君が苦手にしてるのに負けないぐらい、苦手にしてるんだ。距離をとることができるかぎり、ぼくは距離をとってるし、あの娘も距離をとりやすくしてる。あの娘ほど控えめになれる人間はいないからね」。「ええ」と、フリーダが大きな声で言った。言葉がフリーダの口から思わず出てきたのだ。フリーダの気持ちをそんなふうにそらすことができて、Kは喜んだ。フリーダは、本人の意思とは別の人間になっていた。「あの娘をあなたが控えめだと思うなら、思えばいい。誰よりも恥知らずな娘を、あなたは控えめだと言う。そんなこと信じがたいんだけど、あなたは正直にそう思ってる。あなたがとぼけてないってことは、あたし、分かってる。橋亭の女将が、あなたのこと、こう言ってるのよ。わたしはさ、あの人のこと好きになれないけど、見捨てることもできない。小さな子がさ、まだ歩けないのに前へ行こうとしてるのを見ると、たまらず手を出しちゃうようなもんだ」。「今回は女将のその説、ちょうだいすればいい」と言って、Kが微笑んだ。「だがあの娘のことは、控えめだとしても、恥知らずだとしても、放っておけばいい。何も聞きたくない」。「でも、どうして控えめだって言うの？」と、フリーダは折れずにたずねた。こうやって食いついてきたことをKは、自分にとっては好都合なしるしだと思った。「あなた、それを試してみたことあるの？　それともそうやって、ほかの娘を見おろそうとしてるの？」。「どっちでもないさ」と、Kが言った。「感謝して、控えめだと言ってるんだ。気楽にあの娘のことを無視できるからね。それに、たとえ何度も声をかけてきても、ぼくはまた出かけていく気にはならないから。だが、出かけていかないと、ぼくは大損することになるだろう。というのも、君も分かってるように、ぼくは出かけていくしかないんだから。ぼくたちふたりの将来のために。で、そういうわけだから、ぼくは、もうひとりの娘とも話をする必要がある。有能だし、慎重だし、欲がない娘だから、ぼくは評価してる。でも、だからといって、その娘が男たらしだなんて、誰も主張できないよ」。「下僕たちの意見は違うわ」と、フリーダが言った。「その点についても、またほかの多くの点についても、そうだな」と、Kが言った。「下僕たちの性欲が強くて、ぼくもその同類で君を裏切ったんだ、と言いたいんだな？」。フリーダは黙っていた。そしてKがフリーダの手からお盆を取って、床に置き、腕をフリーダの腕にからませて、狭いスペースをフリーダと一緒にゆっくり行ったり来たりしはじめたが、フリーダはされるがままになっていた。「あなた、裏切らないってことがどういうことなのか、分かってないのよ」と言って、体を寄せてくるKにちょっと抵抗した。「あなたがね、あの娘たちにどんな態度をとろうが、そんなことは大したことじゃない。あなたがね、そもそもあの家族のところへ出かけていって、そこの部屋の臭いを服につけて、戻ってくる。もうそれだけで、あたしには耐えられない屈辱なのよ。おまけに、小学校から何も言わないで出ていく。おまけに、あそこには夜更けまでいる。おまけに、様子を見にいってもらうと、あの娘たちに、あなたはいないと言わせる。ムキになって言わせるのよ。とくに、比べようもないくらい控えめな娘たちにね。で、こっそり裏道から家を抜け出す。もしかしたらそれだって、あの娘たちの世間体のためかもしれない。あの娘たちの世間体のため！　やだ、こんな話、もうやめましょう！」。「その話はやめよう」と、Kが言った。「別の話をしよう、フリーダ。その話、何も言うことがない。なぜぼくが出かけていかなきゃならないか、分かってるよね。気が進まないけど、ともかく出かけてるんだ。今より気を重くするのは、やめてもらいたい。バルナバスが、ずっと前に大事な伝言を持って帰ってくることになってたので、今日はさ、もう帰ってきてるかどうか、ちょっと出かけていって、たずねようと思っただけなんだ。バルナバスは帰ってきてなかった。けれど、今すぐにでも帰ってくるにちがいない、と保証されたし、そうなんだろうと思った。小学校には来させたくなかった。バルナバスの姿を見ると、君は不愉快になるからね。何時間もたったけれど、残念ながら帰ってこない。だがそのかわり、ぼくが嫌ってる別の男がやって来た。そいつに嗅ぎ回られるのはご免だから、隣の家の庭を通ったわけ。だが、そいつから隠れるつもりはなかった。庭から道に出て、こちらからそいつのところに向かった。じつを言うと、非常によくしなる柳の枝を持って。それだけだ。それ以外に言うことはない。ほかのことについてなら、言うことがある。２人の助手は、どうしてる？　あいつらのことを口にすると、ぼくはムカムカする。君がバルナバスのことを口にするとムカムカするように。君とあいつらとの関係を、ぼくとバルナバスの家族との関係と、比べてみて。君のバルナバスの家族に対する嫌悪を、ぼくは理解できるし、共有することができる。ぼくがあの家族のところに行くのは、用があるからにすぎない。ぼくはあの家族に悪いことしてるんじゃないか、利用しつくしてるんじゃないか、と思えるようなことがある。君と２人の助手とは、逆だ。君は、２人に追いかけられてることを、まったく否定しなかった。また、２人に惹かれてると白状した。だからといって、ぼくは君に腹を立てなかった。君の手に負えない力が働いてるんだな、と納得した。君が少なくとも抵抗してるんだ、と知っただけでうれしかった。君が身を守るのを手伝った。そしてただぼくが２、３時間ほど目を離したばかりにさ、君は裏切ったりしないと思ってたし、それに校舎はがっちり戸締りされてて、２人の助手は尻尾を巻いて逃げ出したものだと、てっきり思い込んでたんだよね――ぼくは、あいつらを見くびってたんだ――ただぼくが２、３時間ほど目を離したばかりにさ、それに、あのイェレミーアスが、よく見れば、あいつ、そんなに元気じゃないし、年も食ってるじゃないか、大胆に教室の窓のところに押しかけてきた。ただそれだけの理由で、フリーダ、ぼくは君を失って、〈結婚式なんてないでしょ〉って挨拶を聞かされなきゃならないのかい。ぼくが実際、非難する資格のない人間なら、非難はしない。これから先も非難はしない」。ここでまたKには、フリーダの気持ちをちょっとそらせるのがいいと思えた。お昼から何も食べてないから、食べる物を持ってきてくれないか、と頼んだ。フリーダも、そう頼まれてほっとしたらしく、うなずいて、食べ物を取りに駆けていった。調理場があるだろうとKが思っていた通路の先に向かったのではなく、脇の階段を2、3段、降りていった。すぐに、薄切りのハムやソーセージをのせた皿とワインの瓶を持って戻ってきた。だが、たぶん食事の残り物にすぎないようだ。すばやく何切れかをあらためて広げて、分からないようにしてある。ソーセージの皮まで皿に忘れられていて、ワインも瓶の4分の3が空だ。だがKは何も言わず、がつがつ食べはじめた。「調理場に行ったの?」と、Kはたずねた。「いいえ、あたしの部屋に」と、フリーダが言った。「この下にあたしの部屋があるの」。「連れてってくれたら」と、Kが言った。「降りてって、ちょっと腰を下ろして食べられるのに」。「椅子、持ってくるわ」と言って、フリーダはもう歩きだしていた。「いいよ」と言って、Kはフリーダを引き止めた。「下には行かないし、椅子もいらない」。フリーダは、Kにつかまれたまま強情に耐え、深くうなだれていたが、唇を嚙んだ。「ん、下の部屋にいるのよね」と、フリーダが言った。「そうじゃないと思ってた？　あたしのベッドで寝てるわ。外にいて風邪引いちゃって。ぞくぞくしてる。ほとんど食べてなかったの。要するにそれ、全部あなたのせいだから。あなたが助手の2人を追い払ってなかったら、あなたがあの娘たちのところへ駆けつけてなかったら、あたしたちは今、平和に小学校ですわってられたのよ。あなたひとりのせいで、あたしたちの幸せがめちゃめちゃになった。イェレミーアスが助手のときに、あたしを誘拐するなんて大胆な真似をしたとでも、思ってるわけ？　だとしたら、ここの土地の秩序ってものが、まったく分かってない。イェレミーアスは、あたしのところへ来ようとした。苦しんでた。あたしを待ち伏せしてた。でもそれはゲームにすぎなかった。腹ペコの犬はね、じゃれるけれど、絶対、テーブルの上にまで跳びあがろうとはしない。それに似てる。あたしも同じ。あたし、イェレミーアスに惹かれてた。子どものときの遊び仲間よ――あたしたち一緒に城山の斜面で遊んだわ。楽しかった。あなた、一度も昔のこと、たずねてくれなかったわね――でも、そんなことは、イェレミーアスが助手の仕事をしてるかぎり、問題じゃなかった。というのも、あたしは未来のあなたの妻として、自分の義務をちゃんと心得てたから。でもそれから、あなたは2人の助手を追い払い、そのことで鼻をふくらませた。まるで、あたしのためにやってやったんだ、みたいな顔をして。まあ、ある意味じゃ、そうなんだけど。アルトゥルの場合、あなたの思ったようになった。といっても一時的だったけれど。アルトゥルは傷つきやすい。イェレミーアスと違って、どんな困難も恐れないという情熱がない。おまけに、あなた、あの夜、アルトゥルをこぶしでなぐって殺しかけたでしょ——あの一撃は、あたしたちの幸せにも加えられてたのよね——アルトゥルはお城に逃げて、苦情を訴えてる。まもなく戻ってくるとしても、ともかく今は逃げたまま。でもイェレミーアスは残った。助手のときは、主人の目の動きひとつにもビクつくけれど、助手じゃないなら、どんなことにもビクつかない。イェレミーアスはやって来て、あたしを奪った。あなたに見捨てられ、昔なじみの彼につかまえられて、あたし、どうしようもなかった。校舎の入り口、あたし開けなかったわよ。イェレミーアスが教室の窓を壊して、あたしを連れ出した。で、ふたりでここまで逃げてきた。イェレミーアスはね、紳士館の主人には高く買われてるし、お客にも、こんなルームウエーターならは文句はないと歓迎されている。そんなわけで、あたしたち採用してもらったの。イェレミーアスがあたしの部屋に泊まってるんじゃなく、あたしたちふたりの部屋なわけ」。「にもかかわらず」と、Kが言った。「2人の助手をクビにしたことを、残念には思ってないよ。君が説明したような関係の条件、つまり君が裏切らないということの条件が、2

人の助手の身分上の制約だけだったなら、すべてが終わったのはよかったわけだ。革の鞭にしか首をすくめない2頭の肉食獣にはさまれてたら、結婚の幸せは、そんなに大きくなかっただろうからね。とすると、あの家族にも感謝しなくちゃ。ぼくらが別れることに、意図せずそれなりに貢献してくれたんだから」。ふたりは黙って、ふたたび肩を並べて通路を行ったり来たりした。今度はどちらがそうしはじめたのか、区別がつかなかった。フリーダはKに体を寄せていたが、もう腕を組んでくれないKのことを怒っているみたいだ。「これで落ち着いたみたいだな」と、Kがつづけた。「これでサヨナラが言えるな。君は、君の旦那のイェレミーアスのところへ行けばいい。おそらく校庭にいたときから風邪を引いている。それを考えると、君はあまりにも長いあいだ、あいつをひとりにしてるぞ。ぼくは、ひとりで小学校に帰る。いや、君がいないと、することないから、どこかぼくを歓迎してくれそうなところにでも行くかな。にもかかわらず、こうやってグズグズしてるのは、君が聞かせてくれた話を、ぼくはちゃんとした理由から、あいかわらずちょっと疑わしいと思ってるからだ。イェレミーアスには、逆の印象があるんだよ。助手をやってたとき、あいつは君の尻を追いまわしてた。助手だったからといって、君を本気で襲うのをずっと控えてたんだとは思えない。けれども今は、自分じゃ仕事を辞めたと思ってるわけだから、事情が違う。すまないけど、ぼくはこんな具合に考えるわけ。君がさ、もう自分の主人の婚約者ではなくなってるので、あいつにとって君は以前ほどの魅力がないんだ。子どものときのガールフレンドかもしれないけどさ、あいつは――じつは、今晩ちょっと話をしただけで、よく知らないんだが――ぼくが見たところじゃ、そういう感情の問題をそれほど大事だとは思ってないね。なぜ君にとってあいつが魅力的な男に見えるのか、ぼくには分からない。考え方は、どちらかといえば特別に冷たいようだな。とくにぼくについては、ガーラターから、ぼくには好都合じゃないかもしれない何らかの任務を受けていてさ、その任務を実行しようとしてる。ある意味じゃ、仕事熱心だと認めてやってもいい――この土地では仕事熱心って、そんなにめずらしいことじゃない――で、その任務のひとつが、ぼくらの関係を壊すことなんだ。もしかしたら、いろんなやり方で壊そうとしたのかもしれない。そのひとつは、君のことが欲しくてたまらないと言って、君を誘惑しようとした。もうひとつは、これは橋亭の女将が応援したものだけど、ぼくの裏切りをでっち上げた。その攻撃はうまくいった。あいつにはクラムを思い出させるようなところがあって、それがうまく効いたんだろう。助手の地位を失ったけれど、もしかしたら、その地位が必要でなくなったまさにその瞬間に、失ったのかもしれない。で今や、仕事の果実を収穫することにして、君を教室の窓から連れ出した。だがそれで、あいつの仕事は終わり。仕事熱心から見放されて、くたびれ、アルトゥルと交代したいと思っている。アルトゥルは苦情を訴えてなんかおらず、ほめられて、新しい任務をさずかっている。でも誰かが村に残って、その後の経緯を追跡しなくてはならない。その誰かにとって君の世話をするのはちょっと厄介な義務だ。君への愛なんて、これっぽっちもない。と、その誰かさんは、ぼくにはっきり白状したんだよ。クラムの愛人として君は、当然あいつにリスペクトされている。君の部屋で巣作りして、小さなクラムの気分を味わってみるのは、きっとすごく気持ちのいいことだ。でもそれだけの話。君自身は、今のあいつにとって何の意味もない。君をこの紳士館に世話したことだって、あいつの主要任務の付録にすぎない。君を不安にさせないため、あいつ自身もここに残っているが、それも一時的なことにすぎない。城から新しい知らせを受け取るまで、風邪を君に治してもらうまでのあいだだな」。「なんてひどい中傷をするのよ！」と言って、フリーダは小さな拳を打ち合わせた。「中傷？」と、Kが言った。「いや、中傷するつもりはない。だが、もしかしたら、あいつには悪いことをしてるのかもしれない。もちろんその可能性はある。ぼくがあいつについて言ったことは、誰が見ても明らかなこと、というわけじゃない。別の解釈も可能なんだ。しかし、中傷？　中傷するのは、あいつに対する君の愛を冷まそうという目的があるときだけだよ。もしも、それが必要で、中傷がさ、うまい手段であるなら、ぼくはためらわずに、あいつを中傷するだろう。だからといって誰もぼくを批判できないだろう。あいつには任務をさずけた人間がいるから、ぼくに対して有利な立場にいる。ぼくは、ぼくしか頼る人間がいないので、ちょっと中傷するくらいは許されるだろう。中傷は、まあ罪のない、結局のところ力のない防衛手段なんだろうな。だから、この拳はいらないんだよ」。そう言ってKは、フリーダの手を自分の手で包んだ。フリーダはふりほどこうとしたが、微笑んでいたし、あまり力は入れていなかった。「でもぼくはね、中傷する必要がないんだ」と、Kが言った。「というのも、君があいつを愛してないから。愛してると思ってるだけだから。その勘違いを解いてやるから、ぼくに感謝すればいい。いいかい、誰かが君をぼくから奪い去ろうとするなら、力ずくじゃなく、できるだけ慎重に計算してだけどさ、そんなときはきっと、あの2人の助手を使ってやるにちがいないだろう。見たところ2人は、善良そうで、子どもみたいで、陽気で、無責任で、高いところから、城から吹き飛ばされてきた若者だ。それに子どもの頃の思い出も、ちょっとあるわけだから、ともかくすべてが、もう非常に好ましい。とくにぼくが、たとえばその正反対の人間だからね。君にはまるで理解できないこと、腹立たしいことを、ぼくはずうっと追いかけてる。

そのせいでぼくは、君が憎んでる連中と会うことになり、その連中は、ぼくにはまったく罪がないのに、憎しみの一部をぼくに伝染させるんだ。要するに、ぼくらの関係で痛いところを、悪意をもって、しかし非常に利口に突いてるだけなんだけど。どんな関係にも痛いところがある。ぼくらの関係にもね。ぼくらは、それぞれまったく別の世界の人間が出会って、おたがい知り合ってからは、それぞれの人生がまったく新しい道を歩きはじめた。ぼくらはまだ不安を感じている。あまりにも新しい道だから。ぼくのことを言ってるんじゃない。ぼくのことなんて、それほど大事じゃない。君がぼくの目をはじめてぼくに向けてくれてから、ぼくは実際、ずうっとプレゼントをもらってきたんだ。プレゼントをもらうことに慣れるのは、大してむずかしくはない。君はさ、ほかのすべてのことは別として、クラムから引き離された。それがどんな意味をもつのか、ぼくには測れない。だがその意味の見当が、だんだんつけられるようになった。よろめいて、自分がどうなっているのか分からなくなるんだ。ぼくは、君をいつでも受け入れる用意があるとしても、かならずしもいつも君のそばにいるわけじゃない。ぼくがそばにいても、君はときどき夢や幻にとらわれていた。また、たとえば橋亭の女将みたいな生き物にとらわれていた——つまり、君がぼくから目をそらして、どこか確かでないものにあこがれてたときがあった。かわいそうにね。そんなときには、君の視線の方向に、適当な人物を置いてやりさえすればよかった。すると君は、その人物にうっとりしてさ、瞬間にすぎないもの、幽霊とか、昔の思い出とか、要するに過ぎ去った生活、どんどん過ぎ去っていく生活とか、そういうものを自分の本当の今の生活なんだと勘違いした。思い違いなんだよ、フリーダ。それこそ、ぼくらがついにひとつになるための最後の難所、ちゃんと見れば馬鹿ばかしい難所にほかならないんだ。さ、正気に返るんだ。しっかりしろ。2人の助手はクラムが送ってきた、と君が思ってたとしてもだよ——まったく違うんだよ。ガーラターのところから来たんだ——そして2人がその勘違いを利用して、君には、自分たちの汚さや猥褻さまでもがクラムの名残りだと思い込ませることができた。堆肥の山のなかに、以前なくした宝石を見つけたと思うようなものさ。でも実際は、たとえ宝石がそこに本当にあったとしても、そこで見つけることは絶対にできないんだけどね——あの2人は、厩舎の下男みたいな連中にすぎないんだ。ただあの2人は下男みたいに丈夫じゃない。外の空気にちょっと触れていると病気になって、ベッドに倒れ込む。でも下男みたいにずる賢いので、ちゃっかりベッドを探し出すことができるのさ」。フリーダは頭をKの肩にもたせかけていた。ふたりは、腕をからませて黙って通路を行ったり来たりしていた。「あの晩」と、そのときフリーダが言った。ゆっくり、静かに、ほとんど気持ちよさそうに。まるで、こうやってKの肩に静かにもたれていられる猶予がほんのわずかしかないことを知っているかのように。しかし、その猶予を最後まで味わうつもりであるかのように。「あの晩、あのますぐこの土地から出ていってたら、どこかに落ち着いてたでしょうね。いつもふたりで一緒に、あなたの手がいつもそばにあって、つかむことができる。あたしには必要なんだ。あなたがそばにいることが。あなたを知ってから、あなたがそばにいないと、さびしくてたまらない。ほんとだよ。あなたがそばにいることが、あたしが見ている、たったひとつの夢。ほかにはない」

そのとき脇の通路で呼ぶ声がした。イェレミーアスだ。階段の一番下の段に立っている。下着のままだが、フリーダのショールを体に巻きつけていた。髪はくしゃくしゃで、薄いひげは雨に濡れたみたいで、頼むと同時に非難するように目をかろうじて大きく見開き、暗い頬っぺたは赤らんでいるが肉がぶよぶよのようで、むき出しの脚は寒さに震えているので、ショールの長い房がいっしょに震えている。そんなふうに立っていた姿は、病院から逃げ出してきた患者のようだ。そんな患者を目にしたときは、ベッドに連れ戻すことしか考えてはならない。フリーダもそういうふうに理解して、Kから離れて、すぐに階段の下のイェレミーアスのそばへ行った。フリーダがそばに来て、ていねいにショールをしっかり体に巻きつけてもらい、さあ、急いですぐ部屋に戻らなきゃ、と、せかされると、ちょっと元気が出たらしい。今はじめてKに気づいたようだった。「あ、測量士さん」と言って、イェレミーアスは、それ以上は話をさせないでおこうとするフリーダの頬っぺたをなだめるようになでた。「お邪魔してすみません。ひどく具合が悪いので、勘弁してください。熱があるらしいので、お茶を飲んで、汗かかなくちゃ。いまいましい校庭の柵は、忘れませんよ。それに今度は、風邪を引いてるのに、夜中に駆けまわった。ほんとにつまらないことのために健康を犠牲にしながら、それにすぐ気づかないんだから。でも測量士さんは、遠慮なく私たちの部屋へ来てください。病人の見舞いをしながら、フリーダに、まだ言ってないことを話してやってください。一緒にいるのに慣れてた2人が別れるとき、その最後の瞬間には、当然、いっぱい言うことがあるもんですよね。第三者には、おまけにその第三者がベッドで寝ていて、約束のお茶を待っているときには、理解できない話ですし。さ、来てください。私はおとなしくしてますから」。「もうたくさん、もうたくさん」と言って、フリーダがイェレミーアスの腕をぐいぐい引っ張った。「熱があるから、この人、自分で何を言ってるのか、分からないのよ。でもKは来ないで。お願いだから。あたしとイェレミーアスの部屋なの。いや、むしろ、あたしだけの部屋なの。あなたが来るの、あたし許さないわ。あら、ついて来るんだ。なぜ、ついて来るのかな。絶対、絶対、あなたのところには戻らないわよ。そんなこと考えただけでも、ぞっとする。あなたの娘さんたちのところへ行きなさいよ。聞いたところによると、下着だけの姿でストーブのそばのベンチにあなたと並んですわってるんでしょ。で、誰かがあなたを迎えにくると、猫みたいにフーッとうなるわけ。あなたがそんなに惹かれてるんだから、あそこは居心地がいいんでしょ。あたしはいつもあなたをあそこから遠ざけてきた。ほとんどうまくいかなかったけど。ともかく遠ざけてきた。でも、それもおしまい。あなたは自由よ。すてきな生活があなたを待ってる。あの娘たちの1人のせいで、もしかしたらあなたは下僕たちとちょっと闘うことになるかもしれない。でも、もう1人のほうなら、天にも地にも、あなたをうらやむ人は誰もいない。あなたたちの仲は、最初から祝福されているの。違うって言わないで。きっと、あなたはどんなことにでも反論できる。でも結局、何ひとつ反論されてない。ほら、イェレミーアス、この人はね、どんなことにも反論したのよね！」。ふたりは目を合わせて、うなずき、微笑んだ。「でもね」と、フリーダがつづけた。「かりにこの人がすべてのことに反論したとしてよ、それで何ができたっていうの？　あたしには関係ないわ。あの娘たちのところでどうなろうと、それは完全にあの娘たちとこの人の問題であって、あたしの問題じゃない。あたしの問題は、あなたを看病すること。あなたが、あたしのせいでKに苦しめられるようになる前の、元気なあなたに戻るまでは」。「そういうわけだから、測量士さん、本当に来ないんですね？」とたずねて、イェレミーアスは、もうまったくKのほうをふり向こうともしないフリーダに、さっと連れていかれた。下のほうに小さなドアが見える。この通路に並んでいるドアよりも低い。イェレミーアスだけでなくフリーダも、入るときに体をかがめなければならなかった。室内は明るくて暖かそうだ。ささやき声がまだちょっと聞こえる。おそらくイェレミーアスにベッドに入るよう、優しく言い聞かせているのだろう。それからドアが閉まった。

23　ようやく今、Kは、通路が静かになって〔P章タイトルなし〕〈ノートの左のページに「章」と書き込み〉

ようやく今、Kは、通路が静かになっていたことに気づいた。Kがフリーダといた通路の部分は、紳士館のスタッフルームのスペースにあるようだが、そこだけではなく、以前とてもにぎやかだった部屋が並んでいる長い通路も、静かだった。つまり、城のお偉いさんたちも、ようやく眠ったわけだ。Kも非常に疲れていた。疲れていたため、もしかしたら、イェレミーアスに当然するべき抵抗をしなかったのかもしれない。明らかに風邪を大げさに騒いでいたイェレミーアスみたいに、大げさにしたほうが利口だったかもしれない――奴がみじめなのは、風邪のせいではなく、生まれつきで、どんなお茶を飲んでも治るものではない――そっくりイェレミーアスみたいにやって、本当に疲れ果てていることを見せびらかして、この通路にすわりこめば、それだけでも気持ちがよくなるにちがいない。ちょっとうとうとしてから、もしかすると、ちょっと看病もしてもらえるかもしれない。ただ、イェレミーアスみたいにはうまくいかなかっただろう。この同情集め競争では、きっと、そしておそらく当然、イェレミーアスが勝っただろうし、ほかの闘いでも勝つだろう。Kはとても疲れていた。ここに並んでいる部屋のいくつかは、きっと空き部屋だ。そのどれかに入って、きれいなベッドでぐっすり眠ることを試してみるわけにはいかないか、と考えた。それができれば、これまで味わってきた多くのことの埋め合わせになるだろう、と思った。寝酒の用意もある。フリーダが床に置き去りにした食器のトレーには、小さな瓶（カラフェ）にラム酒が入っていたのだ。そこに戻る労力をいとわず、その小さな瓶を飲み干した。すると、少なくともエアランガーの前に出ていけるくらいは元気になったと感じた。

エアランガーの部屋のドアを探したのだが、もう使用人の姿もゲルステッカーの姿も見えず、どのドアも同じだったので、見つけることができなかった。けれども、そのドアが通路のどの場所にあったのか、思い出せるだろうと思い、おそらくこれがエアランガーの部屋だろうと思ったドアを開けてみることにした。そんなに危険な試みではないだろう。エアランガーの部屋なら、たぶん迎えてもらえるだろう。別人の部屋なら、謝って、引き下がることくらいはできるだろう。客が寝ていたら、これが一番ありそうなことだが、Kの訪問はまったく気づかれないだろう。まずいのは、部屋が空っぽの場合だけだろう。というのも、その場合、ベッドに横になって、いつまでも眠っていたいという誘惑に勝てそうにないからだ。Kはもう一度、通路づたいに左右を見た。誰かがやって来て、案内してくれれば、こんな冒険をしなくてすむのだが。だが長い通路は静かで、人影がない。そこでKはそのドアに体をくっつけて耳をそばだてた。ここも音が聞こえない。眠っていたら起こさないように、そっとノックをした。それでも何の反応もなかったので、ものすごく用心してドアを開けた。だが今度は、軽い声に迎えられた。小さな部屋だ。幅のひろいベッドが部屋の半分以上を占めている。かわいらしいナイトテーブルではランプの電球が赤く燃えている。その横には手提げの旅行バッグ。ベッドでは、といっても布団にすっぽり隠れたまま、人が落ち着きなく動いていて、布団とシーツのすき間から小さな声でたずねた。「誰だ？」。こうなるとKは、すぐに立ち去るわけにいかない。ゆったりした、だが残念ながら人の寝ているベッドを仕方なくながめていて、たずねられたことを思い出し、名前を言った。それがよかったらしい。ベッドの男は、布団からちょっと顔を出したけれど、不安そうで、もしも外の具合がうまくなさそうなら、すぐ布団にもぐり込むつもりだ。しかしそれから思い切って布団をはねのけ、体を起こしてベッドにすわった。きっとエアランガーではない。小柄で、元気そうに見える紳士だが、顔にどこか矛盾がある。頰っぺたは子どものように丸く、目は子どものように楽しそうなのに、額が禿げ上がり、鼻がとがり、小さな口は唇がほとんど閉じようとせず、顎がほとんど消えかかっている。こちらは、子どもどころではなく、すぐれた思考力を感じさせる。たぶん、そのすぐれた思考力に対する満足、自分自身に対する満足があるからこそ、元気な子どものような感じがしっかり残っているのだろう。「フリードリヒを知ってます？」とたずねた。Kは知らないと言った。「でもフリードリヒはあなたを知ってますよ」と言って、紳士が微笑んだ。Kはうなずいた。Kを知らない人間はいないのだ。それが、Kの道をさえぎる主要な障害のひとつでさえあった。「フリードリヒの秘書です」と、紳士が言った。「ビュルゲルといいます」。「失礼しました」と言って、Kはドアの取っ手に手をかけた。「別の部屋のドアと間違えてしまいました。ぼくが呼ばれたのは、秘書のエアランガーのところなんで」。「ああ残念！」と、ビュルゲルが言った。「いや、あなたが呼ばれてるのが別のところ、っていうことじゃなく、あなたがドアを間違えた、ってことがね。つまり私は、いったん目が覚めると、もう二度と眠れないんで。でも、まあ、気にすることなんかありません。私の個人的な不幸なわけで。しかし、どうしてここのドアは、鍵をかけられないんでしょうかね？　それにはもちろん理由がある。秘書のドアはつねに開けておくべし、が昔からの格言なんで。しかし、そんな文字どおりに受け取る必要などないんですが」。楽しそうな顔でビュルゲルは、たずねるようにKをじっと見た。文句を言っているのとは逆に、ちゃんと休めたようだ。Kは今すっかり疲れているが、ビュルゲルはそんなに疲れたことなどないのだろう。「いったい、こんな時間にどこへ行こうというんです？」と、ビュルゲルがたずねた。「朝の4時ですよ。誰のところに行こうとしても、起こすことになりますよ。誰もが私のように、邪魔されることに慣れてるとはかぎらない。誰もが、おとなしく我慢してくれるとはかぎらないでしょう。秘書は神経質な連中です。だから、もうちょっとここにいなさい。5時頃、ここではみんなが起き出します。それから呼び出しに応じるのが一番いいでしょう。だから、いい加減、取っ手から手を離して、どこかに腰かけてください。ここはもちろん窮屈なので、このベッドの縁に腰かけるのが一番でしょう。この部屋には椅子も机もないのが不思議でしょう？　そう、どちらかを選んだわけです。家具一式に、狭いホテル用ベッドがついた部屋か、この大きなベッドに、あとは洗面台しかない部屋か。私は大きなベッドを選んだ。寝室ではやっぱりベッドが一番大事です。ああ、手足を伸ばして、ぐっすり眠れるといいですね。このベッドは、よく眠る人にはほんとにピッタリのベッドにちがいないでしょう。でも私のように、ずうっと疲れていて眠れない人間にも、気持ちいいものです。私はね、一日の大部分をこのベッドで過ごし、手紙のやりとりも全部このベッドですませ、陳情者との面会もここでやるんです。なかなかいいものですよ。たしかに陳情者にはすわる場所がない。でもそれは我慢してもらえる。だって、自分が立ちっぱなしでも、記録をとる側の居心地がいいほうが、自分が気持ちよくすわっていて、相手に怒鳴られるより、うれしいもんです。その場合、私が提供できるのは、ベッドの縁のその場所しかないけれど、そこは役所の指定席じゃなく、夜のおしゃべりの専用席なんです。しかし測量士さん、ずいぶん静かですね」。「ひどく疲れてるんで」と、Kが言った。ビュルゲルにすすめられてすぐ、がさつに、遠慮もせず、ベッドに腰かけていて、ベッドの柱にもたれていた。「当然です」と、笑いながらビュルゲルが言った。「ここではみんな疲れてるんです。たとえば、私が今日、そして昨日もやった仕事は、ちっぽけな仕事じゃないんですよ。私が今、寝てしまうことは、絶対にありえません。けれども、そのまったくもってありえないことが起きてですよ、あなたがここにいるあいだ私が寝てしまうようなことがあったら、どうか騒がず、ドアを開けたりしないでください。でも心配は無用。きっと寝てしまったりしません。うまい具合に寝てしまったとしても、ほんの2、3分間だけです。つまり、私の場合はこんなんですから。おそらく私は、陳情者とのやりとりにすっかり慣れてしまったせいで、ともかく、相手が目の前にいるときが、一番寝てしまいやすいんです」。「じゃあ、秘書さん、どうぞ寝てください」と、その予告に喜んでKが言った。「あなたが寝てしまったら、ぼくも失礼して、ちょっと寝かせてもらいます」。「いや、いや」と、またビュルゲルが笑った。「寝てくださいと言われただけで、残念ながら、寝てしまえるもんじゃない。話をしているあいだにそのチャンスがやって来るんで。そう、私たちの仕事では神経がやられる。一番早く寝てしまうのは、話をしているときなんですよ。そう、私たちの仕事では神経がやられる。たとえば私は連絡秘書なんですが。どういうものか、ご存じない？　ま、私が一番しっかりした連絡をしてるんです」――そう言いながら、思わずうれしくなって、さかんに手をこすり合わせた――「フリードリヒと村とのあいだの連絡です。フリードリヒの城秘書と村秘書とのあいだの連絡をするんです。たいていは村にいますが、いつもではない。いつでも城に出かけられる準備をしていなくてはならない。それが旅行バッグです。落ち着かない生活で、誰にでも向いてるわけじゃない。でもその一方、私はこういう仕事なしでは生きていけない、というのも本当ですね。ほかのどんな仕事もつまらなく思えます。測量士の仕事はどうなんです?」。「そういう仕事はやってないんです。測量士としては雇われない」と、Kは言った。Kは、その問題をほとんど考えていなかった。実際は、ビュルゲルが寝てしまってくれないか、とジリジリ願っていただけだった。しかしそれも、自分自身に対するある種の義務感から生まれた願いにすぎなかった。心の底では、ビュルゲルが寝てしまう瞬間は、見当がつかないほど遠い先だと分かっているつもりだった。「それは驚きですね」と、首を勢いよく振りながらビュルゲルが言って、布団の下からメモ帳を取り出して、何かメモをした。「あなたは測量士で、測量の仕事がない」。Kが機械的にうなずいた。Kは、ベッドの柱の上に左腕を伸ばして、その腕の上に頭をのせていた。楽な姿勢はないものか、いろいろ試してみたのだが、その姿勢が一番楽だった。またその姿勢だと、ビュルゲルの言うことに少しは注意を払うことができた。「その問題を」と、ビュルゲルがつづけた。「もっと追跡してみましょうか。ここの土地では、専門の力を利用しないままにしておくなんて、どう転んでもあってはならないんです。あなたもきっと心が痛んでいるにちがいない。それで悩んでいませんか？」。「悩んでますよ」と、ゆっくりKは言って、ひとりで微笑んだ。というのも、まさに今、Kはそのことでこれっぽっちも悩んでいなかったのだから。ビュルゲルの申し出にもほとんど心を動かされなかった。そんなことは素人の道楽にすぎないからだ。Kが招聘されることになった事情について、この招聘が村や城で出会ったいろんな困難について、Kの当地滞在中に起きた、または予告された面倒なことについて、何も知らないまま――こういうことについてまるで何も知らないまま、それどころか、秘書ならすぐ気づいてもよさそうなことなのに、少なくともその予感が頭をかすめている様子すら見せないまま、ビュルゲルは無造作に、小さなメモ帳を使ってこの問題を解決しようと申し出たのだ。「もうこれまで何度か失望されたことがあるようですね」と、そのときビュルゲルが言った。ちょっとは人間を見る目があることを、また証明してみせたわけだ。そもそもこの部屋に入ってから何度か、Kは、ビュルゲルを甘く見てはならないと、自分に言い聞かせていたのだが、今の自分の状態では、自分が疲れているということ以外、正しく判断することがむずかしい。「いいですか」と、ビュルゲルが言った。まるで、Kの考えていることに答えて、わざわざKが口を開かなくてすむように配慮しているかのようだ。

「失望したくらいでひるむ必要はありません。この土地では、ひるませるように仕組まれているものがあるんですから。はじめてこの土地にやって来た人間には、いろんな障害がまったく通り抜けられないように思えるんです。私はね、それが本当はどんな具合なのか、調べるつもりはありません。もしかしたら現実が実際に見かけのままかもしれない。私の立場だと、適切な距離をとってそれを確認することができない。でもね、よく注意してみるんです。全体の状況とはほとんど不釣り合いな機会が、ときどき生まれることがある。そんなときには、生涯ずっとボロボロになるまで努力したとき以上のものが、ひとつの言葉で、ひとつの視線で、信頼のひとつのしるしで、獲得できるわけです。きっと、そうなんですよ。もちろん、それからその機会が、まったく利用されないかぎり、また全体の状況と釣り合うようになる。でも、なぜその機会が利用されないのか、私にはあいかわらず疑問なんです」。Kはその疑問に答えられない。ビュルゲルが言っていることは、おそらくKに非常に関係しているのだろう。たしかにそれには気づいているが、Kは今、自分に関係するすべてのことを猛烈に嫌悪しているのだ。頭をちょっと横にずらした。そうすることによってビュルゲルの質問に道を空けてやって、自分を素通りしてもらおうとするかのように。「で、ですね」とつづけて、ビュルゲルは腕を伸ばして、あくびをした。まじめな話とは矛盾する動作で、混乱させられた。「で、ですね、村ではほとんどの聴取が、どうしても夜になってしまう。それが、いつも秘書たちが嘆いていることなんです。でもなぜそれを嘆いているのか？　非常にきついから？　夜は、やっぱり寝るのに使いたいから？　いいえ、きっと、そんなことで嘆いているわけじゃない。秘書には当然、まじめな人間とまじめでない人間がいます。どこでもそうですよね。しかし、あまりにもきつすぎるから、と嘆いている秘書はいません。まして公然と嘆いたりはしない。私たちの流儀じゃありませんからね。その点に関して私たちには普通の時間と仕事の時間の区別がないんです。そんな区別、私たちには縁がない。では秘書たちは、夜の聴取の何が気に食わないのか？　まさか陳情者のことを配慮して？　いえ、いえ、そんなことはない。陳情者に対して秘書は配慮しません。自分自身に対する配慮よりも配慮が少ないのではなく、自分自身に対しても、陳情者に対しても、まったく同じように配慮しないだけ。本来はですね、こんなふうに配慮しないことこそ、つまり、鉄のように忠実に職務を遂行することこそ、陳情者が望みうる最大の配慮なわけです。このことは結局――表面しか観察しない人間は、もちろん気がつかないけれど――みんなに認められています。たとえば、陳情者に歓迎されている夜の聴取こそ、そのケースなわけです。夜の聴取に対して苦情が寄せられることは、原則としてありません。

じゃあ、それなのに、なぜ秘書たちはそれを嫌うんでしょう？」。それもＫには分からなかった。ほとんど何も分からない。ビュルゲルが答えを要求しているのは、本気なのか、ふりをしているだけなのか、すら分からない。〈あんたのベッドに寝かせてくれるなら〉と思った。〈明日の昼か、いや、夕方のほうがいいな、全部の質問に答えてやるよ〉。けれどもビュルゲルはＫには注意を払ってないようだ。自分で自分に出した問いで頭がいっぱいだったのだ。「私の認識と私自身の経験によると、秘書たちは夜の聴取に関して、こういったことを懸念してるんです。夜がですね、陳情者との交渉にあまり向いてないのは、交渉の公的な性格を十分に維持することが、夜はむずかしい、あるいはまさに不可能だからなんです。それは外形的な問題ではありません。形式なら当然、夜間でも、昼間とまったく同様にいくらでも厳守することができる。だから問題はそこではない。外形じゃなく、夜は公的な判断がそこなわれるんです。知らないうちに、夜だと、より私的な観点から判断しがちになってしまう。陳情者の申し立てが、それにふさわしい以上の重みをもってしまう。本来なら、陳情者の、それ以外の状況や、悩みや、心配を考慮すべきなのに、そういったことが判断のときにまったく考慮されない。陳情者と役人のあいだには柵が必要なのに、外形的には問題なく柵があるとしても、その柵がぐらぐらしてしまう。そして普段なら、問いと答えだけが往復するべきところで、ときどき奇妙にも、まったく不適切にも、陳情者の人格と役人の人格が交換されているように思える。ま、少なくとも秘書たちはそう言ってるんです。つまりですよ、職業柄、この種の事柄に関してはきわめて鋭い感覚をもっている人たちが、そう言ってるんです。ところが、そういう人たちですら――すでに私たちの仲間うちでよく話題になったことですが――夜の聴取のあいだは、さっき言ったような不都合な影響にほとんど気づかない。それどころか、秘書は最初から、その不都合な影響に迎合するように努め、最後には、いい仕事をしたと思ってしまう。けれども後日、その記録を読んでみると、明らかになっている自分の弱点にしばしば驚く。そしてそれはミスです。しかも、あいかわらず陳情者のほうが、なかば不当な利益を手にしている。その利益は、少なくともわれわれの規程によると、通常の簡単な手続きではもう修正できない。きっとそのうちミスは監督局の手によって訂正されるでしょうが、でもそれは、法を傷つけないことになるだけで、もうその陳情者から利益を取り戻すことはできないでしょう。と、まあ、こういう事情なので、秘書たちが嘆くのも、ごく当然なことじゃないでしょうか？」。Kはすでに、しばらくのあいだ、ちょっとうとうとしていたのに、またその邪魔をされた。〈どうしてこんな話をするんだ？　どうしてこんな話をするんだ？〉と思いながら、ビュルゲルを観察した。俺にむずかしい問題を相談されている役人としてではなく、俺の眠りを邪魔し、それ以外の意味は見つけられない物体として。ビュルゲルのほうは、自分の考えている回路にはまっていて、Kをちょっと混乱させてやることができたぞ、と言わんばかりに微笑んだ。けれども、すぐにKを本題に連れ戻す準備ができていた。「さて」と言った。「秘書たちの嘆きをですね、ごく当然のことだと、そのまますぐ認めるわけにはいかないんです。夜の聴取は、まさに規程のどこにも書かれてないんです。だから、夜の聴取を避けようとしても、規程に違反したことにはならない。しかし、いろんな事情、多すぎる仕事、城の役人たちの執務スタイル、彼らが持ち場を離れにくいこと、それにですね、陳情者の聴取はそれ以外の調査が完全に終了してから、それも調査終了後すみやかに行なうこと、という規程。ま、それやこれや、ほかにもいろいろあって、夜の聴取が避けられなくなり、必要になってしまったわけです。で、必要になってしまった以上――と、私が言っているわけですが――夜の聴取はやはり、少なくとも間接的には、規程から生まれたひとつの結果なわけです。だから、夜の聴取に文句をつけるということは、ほとんどですよ――当然これは、ちょっとした誇張ですが、だから、誇張して言わせてください――規程にすら文句をつけるということになるわけでしょう。それとは逆に秘書たちに許されている行動があるんです。それはね、規程の範囲内で、可能なかぎり夜の聴取から、そして、見かけだけかもしれないけれど自分の不利益から身を守ろうとすること。秘書たちは実際そうしてます。それも最大の規模で。交渉の対象にするのは、あの意味においてできるだけ心配する必要のない相手だけ。交渉の前には精密に自分をチェックし、チェックの結果しだいでは、ギリギリ最後の瞬間であっても、すべての審問をキャンセルする。実際に面会するまでに、陳情者をしばしば10回は呼び出しておいて、自信をつける。問題のケースの担当ではないので、そのケースをはるかに気楽に扱うことのできる同僚に、代理をしてもらうことを好む。交渉の時間の設定は、少なくとも夜のはじめか終わりにして、中間の時間は避ける――このような対策はたくさんあるんです。秘書たちをやりこめるのは簡単じゃないんです。傷つきやすいけれど、それとほとんど同じくらいしぶといんです」。Kは寝ていた。たしかに本当の眠りではなかった。ビュルゲルの言葉は、さっき死ぬほど疲れて起きていたときよりも、もしかしたらよく聞こえているのかもしれない。ひと言ひと言が耳に響いたが、わずらわしいという意識は消えていた。自由な感じだった。ビュルゲルにつかまっているのではなく、ただKがときどきビュルゲルに触れようとしているだけだ。まだ眠りの底にまでは沈んでいないが、眠りに浸かっていた。この眠りを奪われてなるものか。この状態になって、まるで大勝利を収めた気分だ。それを祝いに仲間がもう集まっている。Kが、あるいはほかの誰かが、勝利をたたえてシャンパングラスを掲げた。何のための乾杯か、みんなに知ってもらうため、闘いと勝利がくり返して語られた。いや、もしかしたら、くり返されたのではない。今これからそれが始まるので、その前祝いなのかもしれない。前祝いは中止されない。闘いの結果は、さいわい確実なので。ギリシャの神の彫像によく似た、裸の秘書を、Kが闘いで痛めつけている。非常におかしな光景だ。Kは眠りながら優しく微笑んだ。秘書は偉そうに構えているが、Kが突進するたびに、驚いて跳びあがっているのだが、高く伸ばした腕と握り拳で急いで自分の裸を隠さなければならないのに、あいかわらずその動作が遅すぎるのだ。闘いは長くはつづかなかった。1歩1歩、ものすごい大股だったが、Kが前進した。そもそも闘いなのだろうか？ 本気の抵抗はなく、ときどき秘書がピーピー悲鳴をあげるだけだ。このギリシャの神は、くすぐられた女の子みたいにピーピー悲鳴をあげる。とうとうギリシャの神はいなくなり、大きなスペースにKがひとりだけ。闘いの構えをしてぐるっと回転して、相手を探したが、誰もいない。仲間も姿を消している。シャンパングラスだけが割れて地面に転がっている。Kはそれを踏んで粉々にした。だが破片が突き刺さって、ビクッとして目を覚ました。寝ているのに起こされた小さな子どものように機嫌が悪かった。

にもかかわらず、ビュルゲルのはだけた胸を目にして、夢のつづきを考えた。「ここにお前のギリシャの神がいるじゃないか！　こいつを羽毛布団から引きずり出せ！」。「しかしやっぱり」と、ビュルゲルが言った。顔を天井に向けて考え込んでいる。まるで記憶のなかに具体例を探しているのだが、見つからないかのように。「しかしやっぱり、あらゆる予防策にもかかわらず、秘書たちの夜の弱みを、ま、それを弱みだとしてですがね、陳情者が利用する手があるんですよ。もちろん、非常にめずらしい、もっとうまく言えば、ほぼ絶対に使えない手ですが。陳情者が真夜中に予告なしで押しかけるんです。もしかして、あなた、非常に簡単なことに思えるのに、ごくまれにしか使われないなんて、と驚いてるかもしれませんね。まあ、そうですね、われわれの事情に通じてらっしゃらないから。しかし、あなただって、役所の組織に穴がないことは、もう気づいてますよね。穴がないからこそ起きることがあるんです。つまり、何か請願することがあったり、または、別の理由で聴取される必要がある場合、誰でも、ただちに、何のためらいもなく、たいていは本人が自分でその問題を整理していないうちにすら、そうです、本人が自分でその問題のことを知らないうちに、召喚されるわけです。その場合、まだ聴取されません。たいていは、まだ聴取されませんん。いつもと違って案件がまだ熟してないからです。でもその人は召喚状を持っているので、予告なしに、つまり不意に押しかけることがもうできない。せいぜい都合の悪い時間に押しかけることができるだけ。で、その場合は、召喚状に書かれている日時をよく見るようにと注意されるだけなんです。で今度は、決められた日時に出かけてみると、たいていは追い返される。追い返すのは、もうむずかしくない。陳情者の手には召喚状、役所の台帳にはその控え。それは秘書たちにとって、かならずしも十分ではないにしても、追い返すには強力な武器なんです。もちろんこれは、その問題を担当している秘書にのみ当てはまることですが。別の秘書を夜に不意打ちすることは、誰でも自由にできますよ。でもそんなこと、ほとんど誰もしないでしょう。ほとんど無意味だから。まず、そんなことをすれば、担当の秘書がひどく腹を立てるでしょう。われわれ秘書は、仕事に関して、おたがい嫉妬なんてしません。誰もが、じつに気前よく仕事を引き受けて、ものすごい仕事量なんですから。でも陳情者に対しては、われわれの担当が乱されることは絶対に許さない。自分の担当秘書ではかどらないと思って、担当でない秘書のところでうまくくぐり抜けようと試みたせいで、陳情をふいにした陳情者もいます。ちなみにそういう試みが失敗してしまうのには、別の理由もあるんです。担当でない秘書は、夜に不意打ちをかけられたのに親切に助けてやろうとしても、まさに管轄外のため、そこらへんにいる弁護士以上にはまず介入できないので。あるいは結局、弁護士よりもっと介入できないので。というのも、秘書は、どんな弁護士先生よりも法の抜け道をよく心得ているので、ほかの手を使うことができるにしても、ないんですよ——要するに、自分が担当していない事柄については、まるで時間がないんですよね。一瞬たりとも費やせないんです。というわけで、こんな見込みしかないのに、誰が夜の時間を使って、担当でない秘書に当たってみようとするでしょうか。それに陳情者だって、普段の仕事のほかに、所轄部署からの召喚や指示には応じようとするので、ずっと忙しいんです。〈ずっと忙しい（ベシェフティヒト）〉は、もちろん陳情者にとっての意味であって、秘書にとっての〈ずっと勤務中（ベシェフティヒト）〉の意味とは、当然ですが、似て非なるものなんです」。Kは、うなずいて微笑んだ。今ではすべてがよく理解できると思った。すべてのことが気がかりだからではなく、次の瞬間にはぐっすり寝てしまって、夢も見ず、邪魔されることもないだろうと確信したのだから。一方には所轄の秘書たちがいて、もう一方には所轄でない秘書たちがいて、その両者にはさまれ、ずっと忙しい（ベシェフティヒト）陳情者たちの群れを目にしながら、俺は深い眠りに落ちて、そうやってみんなから逃れるだろう。ビュルゲルの低くて得意げな声は、本人が眠くなるのには役に立ちそうにないが、Kにはすっかり慣れていたので、Kの眠りを邪魔するというよりは、子守唄になってくれるだろう。〈回れ、回れ、水車さん〉と、Kは考えた。〈回っておくれ、ね、ぼくのために〉。「さて、ところで」と、ビュルゲルが2本の指で下唇をいじりながら、目を大きく開け、首を伸ばして、まるで、苦労して歩き回ってようやく、うっとりするほど見晴らしのいい場所に近づいたかのように言った。「さて、ところで、さっき言った、めずらしい、ほとんど使われない手は、どこにあるのか？　その秘密はね、管轄に関する規程にあるんです。つまり、どんな問題についても、特定のひとりの秘書が担当する。そういうことはないんです。生きている大きな組織じゃ、無理なんです。ひとりの秘書が主たる権限をもっていて、ほかの多くの秘書が、ある部分に関しては小さいながらも権限をもっている、というだけなんです。最高の能力の持ち主だとしても、誰がたったひとりで、きわめて小さな事件のものまですべての関係書類を自分のデスクに集めておくことができるでしょうか？　主たる権限と言ったことすら、言い過ぎです。どんなに小さな権限であっても、それだけで全体の権限に関係してませんか？　この場合、決定的なのは問題に取り組む情熱じゃないでしょうか？　そしてその情熱は、いつも変わらず、いつも十分に強いんじゃないでしょうか？　あらゆる点で秘書たちには違いがあるかもしれません。そういう違いは無数にある。でも情熱には違いがない。どんな秘書でも、自分にはほんのわずかの権限しかないケースを、ぜひ扱ってもらいたいと頼まれたら、断わることはできないでしょう。けれども外から見た場合、交渉の可能性がきちんと用意される必要がある。だから陳情者にはそれぞれ特定の秘書が応対するので、役所と交渉するときにはその秘書を頼らなければならない。でもその秘書が、問題のケースに関して最大の権限をもっている者である必要すらない。その決定をするのは、組織であり、そのときどきに必要な事情である。と、まあ、こんな具合になってるわけです。で、さて、測量士さん、こういう可能性を考えてみてください。ある陳情者が、もうあなたに説明したように障害が一般には山のようにあるのに、なんらかの事情で、真夜中にですよ、該当するケースに関してある種の権限をもっている秘書を不意打ちしたとするんです。たぶんあなたは、そういう可能性を考えたことがないでしょう？　だと思いますよ。実際、考える必要なんかありません。というのも、そんなことは、まず絶対に起こりそうにないからです。そんな精密な濾し器をくぐり抜ける陳情者がいるとすれば、きっとそれは、不思議なほど特殊な形をした、小さくて、巧みな穀粒でしょうな。そんなことは絶対にないだろう、と思ってますか？　その通り、絶対にないでしょう。でも、ある夜——絶対なんて保証できないでしょ？——そんなことがある。とはいえ、私の知っている秘書のなかには、そんなことがあった者はいませんがね。でも、それはほとんど証明にならない。私の知っている秘書は、ここで問題になる秘書の数と比べれば、限られたものです。それにですよ、そういうことを経験した秘書が、それを打ち明けようとするかどうか、まったく確かじゃありません。いずれにしてもそれは、きわめて個人的な問題だし、ある意味、役所の恥に密接する問題です。いずれにしても、私の経験から言えるだけかもしれないけれど、それは、非常にめずらしい、実際は噂にすぎない、噂以外のものでは証明されていないこと。だから、それを恐れるのは、非常に大げさなんです。たとえ実際にそういうことがあったとしても——これは信じてもらいたいのですが——きれいに片づけることができる。この世界にはお前の居場所はないんだよ、ってことを——これは非常に簡単なことですが——それに証明してやればいいんですよ。ともかく、それを怖がって布団にもぐり込んで、顔を出そうともしないのは、病的です。そしてね、たとえ完全にありそうでないことが、突然、姿を現わすようなことがあったとしても、それですべてがおしまいになります？　とんでもない。すべてがおしまいになるなんて、一番ありそうでないことよりも、さらにありそうでない。もちろん、陳情者が部屋にいる場合は、もうそれだけで非常にまずい。胸が苦しくなる。〈お前はどれくらい持ちこたえられるかね〉と首を傾げる。まったく持ちこたえられないだろうと分かっている。あなたはその状況をちゃんと想像するだけでいいんです。一度も会ったことがない、ずっと会いたいと思っていた、本当に会いたくてたまらなかった、しかし、会うことは叶わないとずっと頭で考えていた陳情者が、そこにすわっている。黙ってすわっているだけで陳情者が招待しているんです。こちらの貧しい生活のなかに入ってきて、そちらの所有物のようにこちらの生活を見て回り、こちらで要求しても叶えられないことを一緒に苦しんでください、と。静かな夜にそんなふうに招待されると、心が動くんですよね。招待を受けると、実際、もう役所の人間じゃなくなっちゃってる。その立ち位置ではすぐにもう、何かを頼まれても断われなくなっている。精確にいうと、こちらは絶望的なんです。もっと精確にいうと、非常に幸せなんです。絶望的というのはね、無防備だからなんです。無防備にここにすわって、陳情者の陳情を待っていて、陳情を口にされると、その陳情が、少なくともこちらの見通せるかぎりでは、役所の組織をきれいに壊してしまうとしても、それを叶えてやるしかないことが分かっている――たぶんこれは、実務で遭遇する最悪のケースでしょう。なによりも――ほかのことはすべて度外視するとして――これはね、破天荒な昇進をその瞬間のために自分で無理やり要求しているわけですから。われわれの身分では、ここで問題になっているような陳情を叶えるなんて権限は、まったくないんです。でも、こういう夜の陳情者がそばにいると、われわれ役人の力も、ある意味、大きくなっちゃって、われわれの管轄外のことまで請け負っちゃって、それどころか実行まですることになるでしょう。陳情者は夜、普段のわれわれなら絶対に差し出せないような犠牲を、森の強盗みたいに強奪していくわけです。——いいですか。今はそういう状況なんです。陳情者がまだいて、われわれを力づけ、強要し、励まし、すべてがなかば無意識のうちに進行している。でもこれが終わると、どうなるでしょう。陳情者は満足して何も気にせず帰っていき、われわれだけが残されて、われわれのやった公務の越権を目の前にして、無防備でいる——まったく想像のつかない事態です。しかしそれにもかかわらず、われわれは幸せなんです。その幸せは、まったく自殺みたいなものなんですよ。われわれはね、その気になれば、陳情者に実情を隠しておこうとすることもできる。陳情者は自分じゃ、ほとんど気づいてないんです。陳情者にしてみれば、おそらく偶然のどうでもいいような理由によって、疲れすぎて、失望して、何も考えずに、過労と失望のせいで投げやりになって、目指していたのとは別の部屋に入り込んでしまっただけなんです。何も知らないまま、そこにすわって、そもそも考えているとすれば、自分のやってしまったミスとか、自分の疲労のことをしきりに考えている。そんな陳情者をそのままにしておけますか？　できません。幸せな人間はおしゃべりなので、何もかも説明してやることになってしまう。自分を大事にすることがまるでできないまま、われわれは詳しく教えてやることになってしまうんですね。何が起きたのか、どういう理由でそれが起きたのか、このチャンスがきわめてめずらしく、ずば抜けて大きいものであるのか。教えてしまうんですよね。ほかの誰でもない、まさに陳情者しか味わえないような絶望に暮れているときに、陳情者が、手探りしてこのチャンスに恵まれたのだ、と。陳情者がね、その気になれば、測量士さん、すべてを思うようにできるわけで、そのためには、陳情の内容をともかく申し立てるだけでよいのだ、と。陳情が叶えられる準備はできているし、いや、手を伸ばせば叶えられるのだ、と――こういうことを教えてしまうわけです。役人にしてみれば、つらい瞬間です。でもそれをやってしまえば、測量士さん、必要不可欠な手は打たれたわけで、われわれとしては、じっと待つしかないわけです」

もうKは聞いていなかった。寝ていた。何が起きようとお構いなしに。最初は、ベッドの柱の上に左腕を伸ばして、その腕の上に頭をのせていたのだが、寝ているうちに頭がずり落ちて、今は宙でぶらぶらして、ゆっくり下へ垂れていった。もう上で腕の支えは利かない。無意識のうちにKは、右手で布団を突っ張って新しい支えにした。そのとき偶然、布団の下で高くしていたビュルゲルの脚をつかんでしまった。ビュルゲルはそれに目をやったが、ずいぶん重たいだろうに、脚はKにまかせていた。

そのとき側壁を2、3回、激しくたたく音がした。Kは驚いて目を覚まし、壁をじっと見た。「そちらに測量士はいませんかな?」とたずねる声がした。「いますよ」と言って、ビュルゲルはKから脚を離して、突然、小さな少年のように乱暴に、いたずらっぽく布団のなかで手足を伸ばした。「では、いい加減、こちらへ来てもらおうか」と、ふたたび声が聞こえた。ビュルゲルのこと、またはビュルゲルにはまだKが必要なのかもしれないことは、気にしていない。「エアランガーですよ」と、ビュルゲルがささやくように言った。エアランガーが隣の部屋にいることには、驚いていないらしい。「すぐ行ってください。きっと怒ってますよ。なだめてやってください。ぐっすり寝る人なんだけど、われわれの話し声が大きすぎました。話題によっては、自分のことも自分の声も抑えきれないもんですよ。さ、行ってください。しかし眠気からまるで抜け切れてないようですな。行ってください。ここにはもう用はないでしょう。いや、眠たいなんてことで言い訳をする必要はありません。そうでしょう?体力には限界というものがある。まさにそういう限界はほかの場合でも意味があるということに、誰が責任をとれますか? いいえ、誰も責任はとれない。そんなふうにして世界は自分で自分の運行の修正をして、バランスを保っている。優秀な、あいかわらず想像できないほど優秀な装置なんですから。たとえ、ほかの点では慰めのない装置だとしても。さ、行ってください。なぜあなたがそんなに私をじっと見ているのか、分かりませんが。あなたがぐずぐずしてると、私がエアランガーに襲われるんですよ。ともかくそれだけは避けたい。さ、行ってください。あちらで何があなたを待っているのか、分かりません。こちらではどんなことにもチャンスがあります。ただ、もちろん、ある意味、チャンスが大きすぎて、利用できないことがある。まさに自分のせいでダメになってしまうことがあるものです。たしかに驚くべきことです。ところで私はね、これからちょっと眠れそうな気がします。もちろん、もう5時だから、まもなく騒々しくなるでしょう。少なくともあなたがね、行ってくれると助かるんですよ！」

ぐっすり眠っていたのに急に起こされたためボーッとし、まだいくらでも眠りたくてたまらず、窮屈な姿勢のせいで体じゅうが痛いので、Kは、なかなか起き上がる決心がつかず、額をかかえて、自分の膝を見おろしていた。ビュルゲルがずっと別れを告げているのに、出ていく気にはなれなかった。この部屋にどんなにいたところで、何の役にも立たないという気持ちだけが、ゆっくり出ていく気にさせた。言葉にならないほど荒涼とした部屋に思えた。荒涼としてきたのか、以前から荒涼としていたのか、分からない。この部屋でまた寝てしまうことすらできないだろう。その確信が決め手にさえなった。そう思ってちょっと微笑んで立ち上がり、ほんの支えのつもりでベッドに、壁に、ドアにつかまりながら、とっくの昔にビュルゲルには別れを告げたかのように、挨拶もせず出ていった。

24 おそらくKは、開いたドアのところにエアランガーが［P章タイトルなし］

〈ノートの左のページに「章」と書き込み〉

おそらくKは、開いたドアのところにエアランガーが立っていて、合図をしてくれなかったら、エアランガーの部屋の前も無関心に通り過ぎていただろう。人差し指を一度ちょっと動かしただけの合図だった。エアランガーは、もう出かける準備がすっかりできていた。黒い毛皮のコートを着て、ぴったりした襟のボタンを上まではめている。使用人がちょうど手袋を渡したところで、毛皮の帽子はまだ手に持っていた。「とっくの昔に来るべきでしたな」と、エアランガーが言った。Kは謝ろうとした。エアランガーが、疲れたというふうに目を閉じて、それは結構と合図した。「用件はこういうことです」と、エアランガーが言った。「ここのバーで以前、フリーダとかいう女が働いていました。私は名前しか知らない。本人に会ったことはない。私は興味がないので。そのフリーダがときどきクラムにビールを運んでいました。今はバーには別の娘がいるようです。さて、そんな変化は当然どうでもいいことです。おそらく誰にとっても、きっとクラムにとっても。ところで仕事が大きくなるにつれて、そしてクラムの仕事がもちろん一番大きいわけですがね、外の世界に対する抵抗力が弱くなる。したがって、まったくどうでもいいものごとの、どうでもいいどんな変化も、深刻な障害になりかねない。デスクの上のごくちっぽけな変化、そこにそれまでついていた汚れのようなものだって、障害になるわけです。バーで給仕する娘が新しくなったことも、まったく同じようにね。ところで、そういうことがほかの誰にでも、そしてどんな仕事にとっても障害になるとしても、もちろんクラムには障害にならない。そんなことは問題にもならない。それにもかかわらず、クラムが快適であることを見張るのが、われわれの義務なんです。クラムにとっては障害でない障害ですら——おそらくクラムには、そもそも障害というものがないんでしょうが——障害になるかもしれないと、われわれが気づいたときには、排除するわけです。クラムのためじゃなく、クラムの仕事のためじゃなく、われわれはその障害を排除する。われわれのために、われわれの良心のために、われわれの安心のために。だからですね、そのフリーダという女も、ただちにバーに戻ってくる必要があるんですな。もしかしたら、まさに戻ることによって、フリーダが障害になるかもしれない。そのときは、また出ていってもらいましょう。だが、さしあたりは戻ってきてもらう必要があるわけで。話によると、あなたと一緒に暮らしているそうで。だから、すぐに戻るよう促してください。個人的な感情は考慮するわけにはいかない。それは当然のことです。だからこの問題には、これ以上はこれっぽっちも立ち入りません。ただひとつだけ、必要のないお節介ですが、言っておきましょう。あなたがね、今された細かな指示をきちんとこなすなら、これから先のあなたには、ときどき役に立つことがあるでしょう。私があなたに言っておくべきことは、以上です」。エアランガーはKに別れの会釈をして、使用人が差し出した毛皮の帽子をかぶり、使用人を従えて、急いで、しかし足をちょっと引きずりながら、通路を下っていった。

ときどきこの土地では、実行するのが非常に簡単な命令が出される。けれどもその簡単さはKを喜ばせなかった。それは、命令がフリーダに関するものであり、命令だと言われても、Kには嘲笑のように聞こえたからだけではなかった。何よりもそれは、その命令からはKにとって、これまでの自分のすべての努力が役立たずだったと分かったからでもあった。Kの頭の上を命令が素通りした。都合の悪い命令も、都合のいい命令も。そして都合のいい命令にも、たぶん最終的には都合の悪い核心があり、いずれにしてもすべての命令がKの頭の上を素通りした。Kの立場はあまりにも低かったので、命令に介入できず、それどころか命令を黙らせて、こちらの声を聞いてもらうこともできなかった。エアランガーに拒まれているのに、お前は何をするつもりだ？ かりに拒まれていないとしても、お前には何が言えるのだろう？ 状況はこんなにも不都合だが、今日はそれ以上に疲れが俺をダメにした。たしかにそのことにしっかり気づいている。けれども俺は、体力には自信があると思っていたし、その自信がなければ、こんな土地にまで出かけたりしなかっただろう。そんな俺が、2、3日のひどい夜、1日の眠れない夜に、なぜ耐えられないのか。なぜ俺は、よりにもよってこの土地で、どうしようもないほど疲れてしまうのか。この土地では誰も疲れていない。いやむしろ誰もが、ずっと疲れているのだが、そのせいで仕事がダメになることはない。それどころか疲れが仕事をはかどらせているように見える。ここから推測できることだが、この土地の人間の疲れ方は、Kの疲れ方とはまったく別物なのだ。この土地ではたぶんそれは、幸せな仕事の最中にある疲れなのだろう。外からだと疲れに見えるが、実際は、破壊できない穏やかさ、破壊できない平和なのだろう。昼にちょっと疲れているなら、その日が幸せに、自然に経過しているということになる。この土地のお偉いさんたちは、ずっとお昼なんだな、とKは思った。

そしてそれに符合するように、今は朝の5時、すでに通路の両サイドがどこも生き生きしてきた。部屋でざわめく声がきわめて楽しそうだ。ハイキングに出かける準備をしている子どもたちの歓声のように聞こえることもあれば、ニワトリ小屋の朝の鳴き声のように、その日の目覚めとぴったり一致していることを喜んでいるように聞こえることもあった。どこかの部屋ではニワトリの鳴き声を真似している役人までいた。通路そのものにはまだ人影がなかったけれど、あちこちでドアにはもう動きがあった。くり返しドアがちょっと開いたかと思うと、急いですぐ閉められる。通路はそういうドアの開閉で騒々しい。あちこちでKは、天井まで届いていない仕切り壁の上のすき間から、朝のくしゃくしゃ頭が現われては、すぐに消えるのを目にした。遠くからゆっくり使用人が小さな台車を押してきた。文書を積んでいる。使用人がもうひとりその横にいて、リストを手にし、どうやらそれを見ながら、ドアの番号と文書の番号を突き合わせているようだ。ほとんどのドアの前で小さな台車が止まり、普通はそれからドアが開き、しかるべき文書が、ときには小さな紙が1枚だけのこともあるけれど——こちらの場合は、部屋から通路に向かって話し声がちょっと聞こえる。おそらく使用人が文句を言われたのだ——部屋に手渡される。ドアが閉まったままなら、文書がていねいにドア敷居のところに積み上げられる。こちらの場合、Kには、近所のドアの動きが、すでに文書は配付されていたにもかかわらず、少なくなったのではなく、むしろ多くなったように思えた。もしかしたら別の部屋の人間が、ドア敷居のところに置かれているのに、なぜか受け取られていない文書のことが気になって、様子をうかがっているのかもしれない。ドアを開けさえすれば文書が受け取れるのに、どうしてそうしないのか、理解できないのだ。もしかすると、最終的に受け取られないと決まった文書が、あとでほかの役人に分配されるということさえあるのかもしれない。だから役人たちは今もう、しきりに様子を見て、文書がまだドア敷居のところにあるのか、また、だとすれば自分たちにもまだ希望があるのか、確かめようとしているのだ。ところで、置かれたままの文書はたいてい、特別に大きな束だった。それらは、ある種の自慢とか悪意によって、または同僚をはげまそうとする自負によって、暫定的に置かれたままになっているのだと、Kは考えた。そのKの想定を補強するように、ときどき、ちょうどKが見ていないときにかぎって、文書の包みが、たっぷり長いあいだ見せびらかされてから、突然、大急ぎで部屋に引き込まれて、ドアが以前のように動かなくなるのだ。すると近所のドアもおとなしくなる。ずっと興味の的だったものがついに片づいたことに、がっかりしたのか、満足したのか。けれどもそれからドアは、しだいにまた動くようになった。

Kはこれらのことを、好奇心だけでなく関心をもって観察していた。その営みのなかにいることが、気持ちよかったほどだ。あっちを見、こっちを見て、2人の使用人に――それなりの距離をたもちながらにせよ――ついていった。もちろん2人は、厳しい視線で、頭を下げ、唇をゆがめて、もう何度もKのほうをふり返ったのだが、Kは、文書を配る2人をながめていた。配る仕事は、先に行くほど、ますますスムーズにはかどらなくなった。リストがズレているからか、使用人が文書をときどきうまく識別できないからか、部屋にいる役人たちがほかの理由で文句を言うからか。いずれにしても、配った文書を回収する必要が何度かあり、そのときには小さな台車が引き返して、ドアのすき間から文書回収の交渉をした。その交渉そのものがとても厄介だった。回収ということになると、以前は活発に動いていたドアにかぎって、どんなに頼んでも閉まったままということがよくあった。そんなことは知ったことではないというわけだ。そして、ここから本格的に厄介なことがはじまる。自分にはその文書をもらう権利があると思っている役人は、ものすごくイライラして、自分の部屋で大きな音を立て、手をたたき、足を踏み鳴らし、ドアのすき間から特定の文書番号を通路に向かってくり返し叫んでいる。そのとき小さな台車は、しばしば置き去りになる。

使用人の1人は、イライラしている役人をなだめるのに忙しく、もう1人は、閉まったドアの前で文書の回収をしようと奮闘している。2人とも苦労している。イライラしている役人は、なだめようとされて、しばしばますますイライラし、使用人のむなしい言葉にはまるで耳を貸すことができない。ほしいのは慰めではなく、文書なのだ。そういう役人が、仕切り壁の上のすき間から使用人めがけて洗面器の水を全部あびせかけたこともあった。もう1人のほうが、どうやら上級の使用人のようだが、はるかに苦労していた。問題の役人が交渉に応じてくれるとしても、事務的な話し合いが待っている。使用人は、自分が持っているリストを引き合いに出し、役人は、自分の控えと、返却を求められている文書とを引き合いに出す。さしあたり役人は、文書をしっかり手でかかえているので、使用人がむさぼるように見ても、文書の端っこさえほとんど見えない。そこで使用人は、新しい証拠を取りに、小さな台車のところに戻らなければならなかった。小さな台車は、通路がちょっと下り坂になっているので、勝手にちょっと先まで転がっていた。新しい証拠を用意していないときは、その文書を要求している役人のところへ行って、それまでの持ち主の異議を聞いてもらってから、今度は新しい反論を聞かされることになる。そのような交渉は、非常に時間がかかった。ときには話がまとまることがある。そういうときは、たんなる文書の取り違えにすぎないので、役人が、たとえば文書の一部を返して、そのかわりに別の文書をもらう。しかしまた、誰かが、使用人の証明によって窮地に追い込まれたり、ずっとつづくやりとりに疲れてしまったとかで、要求された文書をまるごとすぐに手放さなくてはならないこともある。でもそのとき文書を使用人に渡さず、急に心を決めて、通路に放り投げた。すると文書を束ねていた糸がほどけて、紙が飛び散り、２人の使用人が汗まみれになって、すべてを元どおりにした。そんなことは、使用人が回収のお願いをしたのにまるで返事がないことと比べると、比較的ましなほうだった。返事がない場合、使用人は、閉められているドアの前に立って、頼み、懇願し、リストを読み上げ、規程を引き合いに出すのだが、どれも効果がない。部屋からは物音ひとつ聞こえず、許可なしで入室する権利は、使用人にはないのだろう。そういうとき、この優秀な使用人も自制心をなくすことがある。小さな台車のところへ戻って、文書のうえに腰をおろし、額の汗をぬぐって、しばらくのあいだ何もせず、途方に暮れて足をブラブラさせていた。この件にはまわりが非常に大きな興味をもった。いろんなところでヒソヒソささやく声がする。じっと動かないドアはほとんどない。仕切り壁の上のすき間から、おかしなことにタオルでほぼすっぽり覆面をした顔がいくつも、なりゆきをずっと追いかけている。おまけにそれらの顔は、一瞬として同じ場所にとどまっていない。この騒ぎのなかでKは気がついた。ビュルゲルのドアがずっと閉まったままなのだ。通路のその部分を2人の使用人は通過したが、ビュルゲルに文書は配られなかった。もしかしたら眠っているのかもしれない。こんなにうるさくても寝ているのだから、もちろん健康な眠りなんだろう。しかしどうしてビュルゲルは文書をもらわなかったのか？ ごくわずかな部屋、しかもおそらく誰もいない部屋だけが、素通りされた。それとは逆にエアランガーの部屋には、新しい、特別に騒々しい客がもう入っていた。エアランガーはきっとその客のせいで、夜のうちにさっさと追い出されたにちがいない。冷静で世間慣れしたエアランガーにはなさそうなことだが、Kをドア敷居のところで待っていなければならなかったということが、そのことを暗示していた。

こんな観察で脇道をしてから、いつもKはすぐ使用人のほうに戻った。この使用人には、Kがそれまで使用人一般について聞いていたことが、何もしないで、気ままに、尊大にしているということが、本当に当てはまらなかった。使用人にも、たぶん例外があるのだろう。あるいはこちらのほうが本当のようだが、使用人にもいろんなグループがあるのだ。というのも、Kの気づいたところによると、使用人にはたくさんの領分があるのだから。Kはそれまで、そんな領分を見ることになろうとは夢にもったのである。Kは、この使用人の妥協しないところが、とくに気に入った。この強情な小さな部屋たちとの闘いで——Kは部屋の住人を見ることがほとんどなかったので、しばしば部屋との闘いのように思えたのだ——この使用人は折れなかった。使用人はヘロヘロになった——ヘロヘロにならない者がいるだろうか？——が、すぐに元気を回復していた。小さな台車からすべり降りて、背筋を伸ばし、歯を食いしばって、制圧すべきドアにふたたび向かった。そして2度、3度と撃退された。もちろん、あの悪魔のような沈黙だけによって、という簡単な方法で。しかしそれにもかかわらず降参しない。正面から攻撃しても何も得られないことが分かったので、別の方法で試みた。たとえば、Kの理解したかぎりでは、策略をもちいた。使用人はそのドアを見限ったふりをして、ドアには、いわばその沈黙力を消耗させ、自分は別のドアに向かい、しばらくしてから戻ってきて、もう1人の使用人を呼ぶ。すべて派手に、大きな音でやるのだ。そして、閉められているドアの敷居に文書を積み上げはじめる。まるで考えが変わって、この部屋の役人からは何ひとつ回収せず、むしろ配付するのが正しいのだと言わんばかりに。それから別のドアに向かうのだが、問題のドアから目を離すことはない。それから役人が、これは普通にあることだが、まもなくそっとドアを開けて、文書を部屋に入れようとすると、使用人が2歩か3歩で跳んできて、ドアの扉と枠のあいだに足を突っ込んで、無理やり役人と少なくとも対面で交渉ができるようになる。こうなると普通は、半分うまくいったも同然だ。そしてそれがうまくいかなかったとき、またはそのドアではまずい方法だと思えたときには、別のやり方を試みる。その場合は、たとえば、文書を要求している役人に乗り換える。もうひとりの、いつも機械的な仕事しかしない使用人は、本当に役立たずの助手役なのだが、その使用人を脇に押しのけて、自分でその役人を口説きにかかった。頭を部屋のなかに突っ込んで、ヒソヒソささやいている。おそらくいろんな約束をしているのだろう。ドアを開けなかったあの役人には、きっと次の配付のとき、それなりのペナルティーがありますよ、とも。少なくとも使用人は何度も、敵のあの役人のドアを指さして、疲れているにもかかわらず声を出して笑った。また、しかし1度か2度は、明らかにすべての試みを断念した。だがその場合もKは、断念は見かけにすぎない、または正当な理由があってのことだと思っている。というのも使用人は、心を乱されることもなく先へ進んだのだから。不利に扱われた役人が騒いでいても、ふり返ることもなく聞き流していたが、ただ、ときどき目を長いあいだ閉じていた。騒ぎに耐えていたのだ。だがその役人も、しだいに落ち着いてきた。ひっきりなしに泣いている子どもが、しだいに途切れ途切れのすすり泣きになっていくように、その役人の叫び声も途切れ途切れになっていった。けれども、すっかり静かになってからも、ときどきギャッと叫んだり、自分のドアをさっと開け閉めしている。いずれにしてもこの場合でも、使用人の対応はおそらく完全に正しかったのである。ただ最後にひとり、どうしても落ち着こうとしない役人がいた。長いあいだ黙っているのだが、それは体力回復のためにすぎず、ふたたび以前に負けない声量で叫びはじめる。どうしてそんなに叫んで、文句を言うのか、あまりはっきりしない。もしかしたら文書の配付のせいなんかではなかったのかもしれない。そうこうしているうちに使用人は仕事を終えていた。ただ、文書がひとつだけ、といってもじつは１枚の紙片、メモ帳の１枚にすぎなかったのだが、助手役のせいで小さな台車に残っていた。もう誰に配付する文書なのか分からない。「もしかしたら俺の文書かもしれないな」という考えが、Ｋの頭をよぎった。たしか村長がいつも、こういうきわめて小さなケースのことを話していた。Ｋ自身、そんなものは気まぐれの馬鹿ばかしい考えだと思ったけれど、そのメモに目を通して思案している使用人のところに近づこうとした。それは、そんなに簡単なことではなかった。というのも、使用人は、接近しようとするＫには冷淡だったのだから。非常に忙しく仕事をしている最中でも、いつも時間を見つけては、意地悪な目で、またはイライラしながら、神経質に首を振りながらＫのほうを見ていた。文書の配付が終わった今、ようやくKのことをちょっと忘れたようだ。ほかのことにも無関心になっていた。ものすごく疲れていたので、当然だ。メモにもあまり興味はなく、もしかしたら最後まで読まなかったのかもしれない。読んでいるふりをしただけだ。この通路では、そのメモを配付してやれば、おそらくどの部屋の役人も喜んだだろうが、それにもかかわらず使用人は、別の決心をした。配付にはうんざりしていた。人差し指を唇にあてて、助手役の使用人に黙っているよう合図をして、そのメモを——Kはまだその使用人から離れたところにいた——小さく引き裂いて、ポケットに突っ込んだ。たぶんそれは、Kがここの事務作業で見た最初の規則違反だった。もっとも、Kが規則違反を間違えて理解しているのかもしれない。そしてたとえ規則違反だとしても、それは許されるべきである。ここを支配している事情では、使用人が間違えずに働くことはできない。積もり積もった怒り、積もり積もった不安は、一度は爆発するしかない。そしてそれが小さなメモを引き裂くことだけですむのなら、かわいいものだ。何をしてもなだめることができない役人の声が、あいかわらず通路に甲高(かんだか)く響いている。ほかのことに関してはお互いにそれほど友好的ではない同僚たちも、この騒音に関しては完全に意見が一致しているらしい。あたかもその役人が、同僚みんなの分まで騒ぎ立てるという仕事をしだいに引き受けたかのようだ。みんなは、掛け声をかけたり、うなずいたりするだけで、その役人が騒ぎ立てているのをはげましている。けれども使用人はもう、そんなことはまるで気にしていない。自分の仕事は終わったのだ。小さな台車のハンドルを指さして、もう1人の使用人ににぎらせ、2人は、やって来たのと同じように帰っていった。ただ、来たときよりは満足して、小さな台車が2人の前で跳ねるほど急いで。ただ一度だけ、ビクッとしてふり返った。ずっと叫んでいる役人が、叫んでもどうやら埒があかないことに気がついて、叫ぶかわりに今度はベルをひっきりなしに鳴らしはじめたのだ。おそらく電気のベルのボタンを発見していて、こちらを使えば楽だと思いついたのだろう。この役人のドアの前をKがうろうろしていたのは、いったいこの役人が何を望んでいるのか、理解したかったからである。すると、あちこちほかの部屋から、ブツブツ大きな声が聞こえてきた。賛成の声を送っているらしい。みんながずっと前からやりたいと思っていたけれど、ただ何かの理由でやってはいけなかったことを、ベルを鳴らしている役人がやっているらしい。この役人が呼ぼうとしているのは、もしかしたらルームサービス？ もしかしたらフリーダ？ だったら好きなだけ鳴らすがいい。フリーダは、イェレミーアスに湿布を巻いてやるのに忙しくしているはずだ。たとえイェレミーアスが元気になっているとしても、フリーダには時間がない。イェレミーアスの腕に抱かれているんだから。

しかしベルはすぐに効果があった。すでに遠くから紳士館の主人がわざわざ駆けつけてきた。いつものように黒い服を着て、ボタンをきちんと留めている。だが、いつもの威厳は置いてきたかのようだ。それほど急いでやって来た。大きな不幸があって呼ばれて来たので、それをつかまえて、胸に押しつけてすぐに窒息させてやると言わんばかりに、腕をなかば広げていた。そしてベルがちょっと不規則に鳴るたびに、ちょっと跳び上がって、もっと急いでいるようだった。主人よりずっと遅れて、今度は女将までもが姿を現わした。女将も腕を広げて走っているのだが、その歩幅は小さくて、上品ぶっている。Kは思った。女将は間に合わないだろう。そのあいだに主人が必要なことは全部やり終わっているだろうな。走る主人の邪魔にならないよう、Kは壁にぴったり体を寄せた。ところが主人は、まるでKがゴールであるかのように、ちょうどKのところで立ち止まった。すぐに女将もやって来て、夫婦でさんざんKを非難した。あわただしくて驚いていたので、Kは何を非難されているのか理解できなかった。そのうえ問題の役人のベルの音がまじってくるし、ほかの部屋のベルの音まで鳴りはじめたものだから、お手上げだった。ほかの部屋の役人たちは、必要に迫られたのではなく、ただ遊びで、おもしろくてたまらないので鳴らしている。Kは、自分の罪をきちんと理解することが大事だと思ったので、主人の腕にかかえられ、この騒ぎから逃げ出すことには大賛成だった。騒ぎはますますひどくなっていった。というのも背後では――Kがまったくふり返らなかったのは、主人にガミガミ言われ、それ以上に逆の側から女将にガミガミ言われていたからだが――今やドアというドアが全開になり、通路がにぎやかになった。そこは、にぎやかな狭い通りのように、人が行き来するようになったらしい。Kたちの行く手に並んでいるドアは、早くKが通り過ぎてくれるのを、イライラしながら待っているようだ。役人たちを部屋から出してやりたいのだが、その騒ぎのなかにベルが割り込んで、勝利を祝うかのように、ますます激しく鳴っている。さてようやく――Kたちはすでに、2、3台の橇が待っている、静かで、雪で白くなっている中庭に戻っていたのだが――何が問題なのか、Kはじょじょに知ることになる。主人も女将も、Kにあんな向こう見ずがやれたことを理解できなかった。しかし俺は、いったい何をしたというんだ？　くり返しKは考えたが、とてもたずねることなどできなかった。なぜなら、Kの罪はこの夫婦にとってはあまりにも自明のことであり、だからこの夫婦は、Kが正しいとはまるで考えていないのだから。ただ非常にゆっくりとだがKはすべてを理解した。Kが通路にいたのはよくなかった。だいたいKが立ち入ることができるのは、せいぜいバーまでで、それも寛大に、立ち入り禁止が撤回されているときだけなのだ。役人に呼び出されたなら、

497　24　おそらくKは、開いたドアのところにエアランガーが　［P章タイトルなし］

当然、呼び出された場所に出頭しなければならないが、つねに意識していなければならないことがある――Kにだって、少なくとも普通の人間の頭があるだろう？――つまり、Kがいるのは、本来なら場違いな場所であり、役人に呼ばれたから来ているにすぎない。役人がそこに呼んだのは、きわめて不本意ながら、役所の用件で必要だから許可した場所にすぎない。だからKとしては急いで出頭して、聴取を受けたあと、可能なら、もっと急いで退散する必要がある。いったいKはまったく、あの通路で、ひどく場違いだなと感じなかったのか？　そう感じていたなら、どうして牧草地の動物みたいに、あそこでウロウロできたのか？　あなた、夜間聴取に呼び出されてたんじゃなかったんですか？　どうして夜間聴取が導入されてるのか、知らないんですか？　夜間聴取はね――ここでKは、夜間聴取の意味をはじめて説明してもらった――役人が昼間に顔を見ると耐えられなくなってしまうような陳情者から、話を聞くという目的しかないんです。夜、人工的な光だと早く片づくし、聴取が終わるとすぐ寝て、嫌なことはすっかり忘れることができるかもしれない。しかしあなたの行動は、そんな予防措置を全部あざ笑うものだった。幽霊でさえ朝になると消えるのに、あなたはずっとそこに残ってた。ポケットに手を突っ込んでね、俺はここを離れないから、通路がごっそり部屋と役人も連れて、そのまま離れていってくれないかな、と待ってたようなものです。もしも、なんらかの方法でそれが可能だったら、きっと――あなたには自信があったのでしょうが――そうなってたでしょうね。というのも、お役人の方たちは限りなく優しい心の持ち主だから。誰もあなたを追い払ったりしないでしょう。あるいは、いい加減いなくなってくれればいいのに、なんてじつに当然なことすら言わないでしょう。誰もそんなことはしないでしょう。にもかかわらずお役人の方たちは、あなたが目の前にいると、興奮して体が震えるし、一番好きな時間帯である朝がね、台なしになる。あなたに立ち向かうかわりに、悩むことを選ぶ。でもそれでも、たぶんお役人の方たちはこんな期待もしているんですよ。いい加減Kだって、誰の目にも明らかなことに気づくにちがいないだろう、と。そして、役人たちの悩みに添うように、K自身も、驚くほど場違いな姿をさらして、あの通路に朝から立っていることには、耐えられないほど悩むにちがいないだろう、と。むなしい期待ですねえ。お役人たちは、この世には無神経で、冷酷で、どんな畏敬の念があっても和らげられることのない心の持ち主がいることを、知らない。親切で腰が低いから、知ろうとしないんです。かわいそうな蛾だって、夜が明けると、静かで目立たない隅を探して、体をぺっちゃんこにして、できることなら消えてしまいたいと思いながら、それができないので悲しんでます。逆にあなたは、一番目につくところに立っている。

夜が明けるのを、できるものなら、そうやって邪魔したいと思っている。邪魔はできないけれど、夜が明けるのを遅らせ、むずかしくすることなら、残念ながらできる。あなた、文書の配付を目撃しませんでした？ あれは、一番近くの関係者以外、誰も目撃することを許されないことなのよ。この紳士館の主人や女将であるわたしたちでも、見ることは許されなかった。それとなく聞かされるだけなんです。たとえばですね、今日は、あの使用人から。いったいあなたは、文書の配付がどんなに困難な状況で行なわれていたのか、気がつかなかったのですか？ そもそもそれが理解できない。なにしろ、お役人の方はみなさん、自分のやるべき仕事に奉仕しているだけで、自分の個人的な利益など絶対に考えませんから。ですから、文書配付という、大事で基礎的なこの仕事がすみやかに、軽やかに、ミスなく終わるよう、全力を傾けるしかないわけですから。それにですよ、いったいあなたは、遠くから見ていて、その困難な状況の主な原因が何なのか、本当に感づかなかったのですか？ 配付はですね、ほとんど閉じたドアのところで行なわれます。役人と役人は直接のやりとりができません。役人同士なら、当然、すぐに話が通じますが、使用人が仲介するとなると、何時間もかかってしまうことになる。絶対に苦情が出てきます。それが、役人にとっても使用人にとっても消えることのない悩みの種となり、おそらくその後の仕事にも有害な結

た。ほとんど酔ってるみたいだった──ぼくは2人の役人とは初対面で、話を聞いて、おまけに答えなければならなかった。すべて、ぼくの知るかぎりでは、なかなかうまくいきました。でもそれから、あの不幸な事故が起きた。でもそれまでのことを考えれば、ぼくのせいにはほとんどできないでしょう。残念なことに、ぼくの疲れの状態をよく知っていたのは、エアランガーとビュルゲルだけで、きっとそのふたりなら、ぼくのことを考えてくれて、それ以上ひどくならないようにしてくれたと思いますよ。でもエアランガーは、聴取が終わると、城に戻るためでしょうけど、すぐ出なければならなかった。ビュルゲルは、おそらくまさにあの聴取のせいで疲れ果てて──だからぼくだって、あの聴取がつらくてヘロヘロになっちゃったわけですが──寝てしまった。で、文書の配付さえすっぽかしたわけです。ぼくにもですよ、ビュルゲルみたいに寝てしまうという選択肢があったなら、喜んでそれを利用して、見てはならないものを見ようとなんかしませんでしたよ。そちらのほうがずっと楽でしたね。実際ぼくの目は、まったく何も見えてなかったんだから。そんなわけだから、そんなに神経質なお役人たちも、ぼくのことなんか気にせず、姿を見せても大丈夫だったんですが。

Kが2回の聴取のこと、しかもエアランガーの聴取のことに触れ、敬意をもって役人たちのことを話したので、主人はKに好意をもった。並んでいる樽の上に板をのせて、そこで少なくとも夜が明けるまで眠らせてもらいたいというKの頼みくらいは、叶えてやってもいいと思っているようだ。けれども女将が、はっきり反対した。ワンピースのボタンの留め方とひもの結び方がずれていることに今はじめて気づいて、あちこちいじっているけれど直らないので、しきりに首を振っている。旅館をきれいにしておくことに関する、どうやら以前からの喧嘩が、またもや勃発しようとしていた。疲れているKにとって、夫婦の会話は非常に大きな意味があった。ここからまたもや追い出されることは、これまで体験したことすべてを上回る不幸だとKは思った。そんなことが起きてはならない。たとえ主人と女将が一緒になってKに反対するとしても。樽の上で体をまるめて、うかがうようにふたりを見つめた。女将が異常に神経質なことにKはとっくに気づいていたが、女将が突然、脇へ寄って――おそらく主人と、もう別の話をしていたのだろう――叫んだ。「わたしのこと、あんな目で見てるわ！さっさと追い払ってちょうだい！」。だがKは、それをチャンスにした。俺はここにとどまることになるだろう、と、完全に確信して、ほとんどそのことには無関心な顔をして、こう言った。「あなたを見てるんじゃない。あなたのワンピースを見てるんです」。「どうしてわたしのワンピースなの？」と、興奮して女将がたずねた。Kは肩をすくめた。「行きましょ」と、女将が主人に言った。「酔っ払ってるのよ、このならず者。酔いが覚めるまで、ここで寝かせておきましょ」。それからペーピを呼んだ。暗がりから現われたペーピは、くしゃくしゃの髪で、くたびれて、ホウキを無造作に持っている。Kに枕でも投げておやり、と女将が言いつけた。

25　目が覚めたとき、Kはまず、ほとんど寝なかったんだと思った［P章タイトルなし］〈章の横線〉

目が覚めたとき、Kはまず、ほとんど寝なかったんだと思った。部屋はそのままで、人影はなく、暖かい。どの壁も真っ暗で、ビールの樽の上のほうにある電灯も消えていて、窓の外も夜だ。けれども体を伸ばして、枕が落ちて、板と樽がギシギシきしむと、すぐにペーピがやって来て、Kは事情を聞かされた。もう夕方で、12時間以上も寝ていたのだ。昼間には女将が2、3回やって来て、Kの様子をたずねた。馭者のゲルステッカーも、Kの様子を見に、1回ここに来た。朝は、Kが女将と話をしているとき、そこの暗がりのなかでビールを飲みながら待っていたけれど、Kの邪魔をしようとまでは思わなかった。最後にフリーダもやって来て、ちょっとのあいだKのそばに立っていたらしい。しかしおそらくKがいるからではなく、ここでいろんな準備があるから。というのも今晩からバーに戻って前みたいに働くことになっているので。ペーピがコーヒーとケーキを運んできて、「フリーダは、あなたのこと、もう好きじゃないみたいだけど?」とたずねた。だが、そのたずね方は、以前のように意地悪いものではなく、悲しそうだった。まるでペーピも、自分がどんなに意地悪になっても、世間の意地悪に対しては歯が立たず、無意味だということを知るようになったかのようだ。ペーピは、悩みを共有する仲間のようにKに話しかけた。Kがコーヒーを飲んでいて、あまり甘くないなと思っているように見えると、走っていって、砂糖のいっぱい入っている壺を持ってきてくれた。ペーピの悲しみは、もしかしたらこの前より今日のほうが念入りにオシャレをすることを、もちろん妨げてはいなかった。リボンや、編み込んだヘアバンドをいっぱいつけている。額とこめかみに沿って髪の毛はていねいにアイロンでカールしてあり、首にかけた小さなネックレスが、ブラウスの深い襟ぐりのなかに垂れている。ようやくぐっすり眠って、うまいコーヒーも飲ませてもらえて、満足したKが、こっそりリボンに手を伸ばし、それをほどこうとすると、ペーピが疲れた声で「やめて」と言って、Kのそばの樽に腰を下ろした。もうK

のほうからペーピの悩みを聞く必要などなかった。ペーピが自分からすぐに話しだしたのだ。自分が話しているあいだも、気晴らしが必要であるかのように、目はじっとKのコーヒーカップを見ていた。自分の悩みで頭がいっぱいなのに、その悩みに集中できないかのように。というのも、その悩みはペーピの力を超えているのだから。最初にKが聞いたのは、じつはKがペーピの不幸に責任があるのだが、ペーピはKを恨んではいないということだった。そしてペーピは、話しているあいだ、Kに反論されないように、しきりにうなずいた。まず最初にね、あなたがフリーダをバーから連れ出したの。そのおかげで、あたしが昇進できたわけだけど。フリーダにバーの持ち場を捨てさせることができた理由は、ほかには考えられない。巣を張ったクモみたいに、バーにすわってたんだから。張れるとこなら、どこにでも糸を張ってた。そんなフリーダをその意思とは逆に巣から引き抜くなんて、まったくできなかったでしょうね。フリーダにその席を去らせることができるのは、低い身分の人への愛、つまり、フリーダの持ち場と釣り合いのとれないものだけだった。で、あたし？　あたし、あの頃、フリーダの持ち場を手に入れようと考えてたのかな？　あたしはルームメイドだった。それは、つまらない、ほとんど見込みのない持ち場よね。女の子なら誰でもそうだけど、すばらしい未来を夢見てた。夢を見るのは自由でしょ。でも本気で出世なんて考えてなかった。手に入れたものだけで満足してた。ところがフリーダが突然、バーから消えた。あんまり突然だったものだから、主人には、適当な代わりがすぐには見つからなかった。誰かいないか、探していて、あたしに目が留まった。もちろん、あたし、それなりにアピールしてたから。あの頃、あたし、あなたが大好きになった。それまであんなに好きになった人はいなかった。もう何か月も、下のちっちゃな暗い部屋があたしの部屋になっててね、そこで何年も、うまくいかなければ一生、誰にも気づかれずに過ごすんだと覚悟してたわけ。で、そこへ突然、あなたが現われた。女の子を助け出してくれるヒーローよ。上にあがる道を開いてくれた。でも、あなたはあたしのことなんか知らないし、あたしのためにやってくれたわけじゃない。でも、あたしの感謝の気持ちは変わらない。あたしがね、バーで働けるようになる前の晩――フリーダの後任になることは、まだ決まってなかったけれど、ほぼ確実だったの――頭のなかで何時間もあなたと話をして、あなたの耳にお礼の言葉をささやいた。あなたが背負った重荷が、なんとフリーダだった。そのことによって、あたしの目には、あなたのやったことが貴いものに見えたの。あたしを引き立てるため、あなたはフリーダを恋人にした。それって、理解できないけど無私の行為でしょ。フリーダって、かわいくないし、年取ってるし、痩せてるし、髪は短くて少ないし。おまけに陰険で、いつも何か隠しごとをしていて、それがたぶんフリーダの見た目に関係してるんでしょ。顔も体つきも、誰が見ても貧相で、きっとね、少なくともほかにも、誰にもチェックできない隠しごとをしてるにちがいない。たとえば、クラムと関係があるって言われてるけど。それにあの頃は、あたし、こんなことさえ考えてた。Kが本当にフリーダを愛してるって、あるのかしら。Kは自分をだましてるんじゃないか。もしかしたらフリーダだけをだましているのかも。そして、そういうことのたったひとつの結果が、もしかしたらあたしの昇進なのかもしれない。するとKはその間違いに気がつくだろう。あるいは、その間違いをもう隠そうとは思わなくなり、もうフリーダを見ないで、ペーピだけを見るだろう。でもね、こんな考えはきっと、あたしの突拍子もない妄想じゃないのよ。というのも、あたし、女としてフリーダに負けるわけないから。それは誰も否定しないわ。それに、そのときあなたの目をくらましたのは、何よりもフリーダの持ち場（ポスト）だったわけだし、その持ち場（ポスト）にフリーダがあたえることを心得てた威光だったのだから。で、そこであたし、こんな夢を見たわけ。あたしがフリーダの後任になったら、Kはあたしのところに来て頼むでしょう。するとあたしに選択肢ができる。Kの願いを聞き届けて持ち場（ポスト）を失うか、それとも、Kを退けて昇進をつづけるか。で、あたし、心の準備をしたの。あたしはすべてをあきらめて、

Kのところに行くんだ。そして、Kに本当の愛を教えてあげるんだ。Kがフリーダのところでは絶対に経験できなかった愛を、世間の地位や名誉とはまったく関係のない愛を、とね。でもそれから、違ったふうになっちゃった。それは誰のせい？ 何よりもあなたのせい。それから、もちろんフリーダのずる賢さのせい。何よりもあなたのせい、というのはね、あなたは何を望んでるの？ なんて変わった人なんでしょう、あなたって人は？ 何を手に入れようとしているの？ あなたの心を奪っている大事なことって、どういうもの？ 何よりも近くにあるもの、何よりもすばらしいもの、何よりも美しいものさえ、あなたに忘れさせる大事なことって、どういうものなの？ あたしはその犠牲。何もかも馬鹿ばかしい。何もかもなくしちゃった。この紳士館に火をつけて、焼き払ってくれる力のある人がいれば、それも、ストーブに入れた紙みたいに跡形ひとつ残らず、すっかり焼き払ってくれる人がいたら、その人が、今のあたしにとっては選ばれた人なんだけど。そうよ、そういうわけで、あたし、バーに出ることになった。今日から数えて4日前、昼食のちょっと前にね。ここの仕事は楽じゃない。ほとんど殺人的な仕事。でも手に入るものも、小さくない。あたしだって前はぼんやり暮らしてたわけじゃない。大胆に妄想してここの持ち場（ポスト）がほしいと思ったことなんて一度もないけれど、でも、たっぷり観察はしてたから、この持ち場（ポスト）がどういうものか、分かってる。準備もなしに引き受けたわけじゃない。準備なしに引き受けられるものじゃない。準備してないと、ほんの何時間かでクビになるわ。ここのルームメイドみたいなやり方でやろうとするなんて、とんでもない。ルームメイドをやってるとね、しだいに自分をすっかり失くして、忘れられた人間みたいに思えてくるんだから。鉱山で働いてるみたい。少なくとも秘書さんたちの通路では、そう。あそこじゃ、顔を上げる勇気もない昼間の陳情者が、ごくわずかにそそくさと移動するだけで、ほかに2、3人のルームメイド以外、人を見かけない。ルームメイドはそろって苦虫を噛みつぶしてる。朝はね、部屋から絶対に出ちゃダメ。秘書さんたちだけでいたいのよ。食事は下僕が調理場から運ぶ。ルームメイドは普通、食事のことはしない。食事の時間のときも通路に姿を現わしてはダメ。お役人が仕事をしているあいだだけ、ルームメイドに部屋の片づけが許される。でも当然、お役人のいる部屋はダメで、ちょうど誰もいない部屋だけ。そして音を立てないで片づけなきゃならない。お役人さんたちの仕事の邪魔にならないようにね。でも、お役人は数日は部屋にいるし、おまけに汚らしいゴロツキみたいな下僕たちもうろちょろしてるのに、どうやって、音を立てないで片づけられるのかしら。それに部屋だって、ようやくルームメイドに明け渡されたときには、ノアの洪水でさえ洗い流してきれいにできないほど、ひどい状態なの。本当にね、偉いお役人さんたちだけど、吐き気をしっかり我慢しないと、出ていったあとに片づけはできない。しかも、ほめられることはまるでなく、文句しか言われない。とくにね、一番つらくて、一番よく聞かされる文句は、片づけたときに文書がなくなった、っていう文句。実際は何もなくならない。どんな小さな紙でも紳士館の主人に渡すのよ。でも文書は、もちろんなくなるんだけど、絶対にメイドのせいじゃない。で、委員たちがやって来て、メイドたちは部屋を出ていかなければならず、委員たちがベッドをひっかき回す。メイドには財産なんかない。2、3の持ち物を背負い籠に入れているだけ。それなのに委員たちは何時間もそこを探すのよ。当然、何も見つからない。そんなところにどうやって文書がまぎれ込むのかしら？　メイドが文書で何をするのかしら？　でも結局、当てがはずれた委員たちの悪態や脅かしの文句を紳士館の主人から聞かされるだけ。だから落ち着くことなんてないのよ——昼も、夜も。夜中まで騒々しいし、夜明けから騒々しい。あんなところで少なくとも寝起きしないでいいのならね。でもそうするしかないの。仕事の合間でも、注文があれば、調理場からちょっとしたものを運ぶのもルームメイドの仕事なんだから。とくに夜はね。いつも突然、握りこぶしでルームメイドのドアがたたかれ、注文の品をメモして、調理場まで駆けおりて、寝ている料理番の若者をゆり起こし、注文されたものをのせたお盆(トレー)をルームメイドのドアの前に出しておくと、下僕がそれを持っていく――悲しいわ、こんなこと。でも、これ、最悪じゃない。最悪なのは、むしろ注文がないこと。つまりね、深夜、みんなが寝る時間で、ほとんどの人がようやくぐっすり眠っているときに、ルームメイドのドアの前を歩き回る音がしはじめる。するとメイドたちが自分のベッドから降りる――ベッドは上下に重なってる。どこもすごく狭くて。メイド部屋って実際は、3段に仕切った大きなロッカーと同じなのよね――で、ドアに耳をくっつけて外の様子をうかがい、ひざまずいて、怖くて抱き合ってる。そしてずうっとドアの前をそっと歩いてる音が聞こえてる。いっそ中へ入ってきてくれたほうが、みんなホッとするのに。でも、そんなことはなく、誰も入ってこない。するとそんな場合は、こう思うことになってしまう。きっと、ここにはかならずしも危険が迫ってるわけじゃない。もしかしたら誰かが、ドアの前を行ったり来たりしながら、注文したものかどうか思案して、まだ注文する決心がつかないのかもしれない。もしかしたら、そういうことにすぎないのかもしれない。もしかしたら、まったく別のことかもしれない。そもそもあたしたちはね、お役人たちのこと、まったく知らない。ろくに会ったこともないんだから。どっちにしてもメイドたちは、心配で死にそうになってるわけ。で、部屋の外がようやく静かになると、壁にもたれかかって、もう一度、自分のベッドに上がっていく力もない。こういう生活が、またあたしを待っている。今晩のうちに元のメイド部屋へ引っ越すように言われてるの。でも、どうして？　あなたとフリーダのせいよ。やっと抜け出したと思ったその生活に、また戻るのよ。抜け出したのは、あなたに助けてもらったおかげもあるけれど、あたしだって最大の努力をしたからよ。というのも、ルームメイドの仕事をしてると、身なりを構わなくなるから。普通なら、どんなに心がけのいい女の子でも。誰のためにオシャレしろって言うの？　誰にも見られない。見られるとしたら、せいぜい調理場のスタッフくらい。それがうれしいなら、オシャレするといい。でも普段はずっと、小さなメイド部屋か、お役人の部屋。片づけをするだけの部屋にきれいな格好して入っていくなんて、軽率なムダ遣いでしょ。それにいつも人工の灯りがついていて、空気がムッとしてる——ずうっと暖房してるからね——だからほんとに、いつも疲れる。週に1度の午後の休みが一番うれしい。調理場の小さな仕切りのなかで邪魔されずにのんびり眠りこけるの。だからね、何のためにオシャレするわけ？　そう、まともに服なんか着ないのよ。そんなあたしが、突然、バーに異動になった。そこでちゃんと働こうとするんだったら、これまでとは真逆のことが必要になる。いつも人の目で見られてる。贅沢に慣れた、いろんなことに気がつくお客もいる。だから、いつもできるだけ上品で、感じよく見えなきゃならない。あたしの人生の転機だった。あたしとしては、やるべきことは全部やったと思う。あとでどんなふうになるか、心配しなかった。このポストに必要な能力はもってると分かってた。あたしは確信してたの。その確信は今ももってるし、誰もあたしから奪うことはできない。あたしが負けた日の今日だって。ただね、その確信を一番最初の日に正しいと証明することは、むずかしかった。なぜって、あたしは貧乏なルームメイドで、服もアクセサリーも持ってなかったから。それにお客はね、これからの成長を見守ってくれるほど寛大じゃないから、見習いなんかじゃなく、ちゃんとしたバーの女をすぐ出せと要求するので。でないと相手にしてくれない。当然ね、こう考える人がいるでしょう。お客の要求は無理なものじゃない。フリーダだってそれに応えられたんだから、と。でも、そうじゃないの。あたしはね、しばしばそのことを考えたし、何度もフリーダと会ってたし、しばらく寝起きを一緒にしてたこともある。フリーダのことを探り出すのは簡単じゃない。よく注意してないと――よく注意してるお客って、どんな客？――フリーダにすぐだまされる。フリーダの見た目がどんなに貧相なのか、誰よりもフリーダ自身がよく知ってるわ。たとえばね、はじめてフリーダが髪の毛をほどくところを見ると、同情のあまり手をたたくわ。きちんと審査をすれば、フリーダみたいな娘は、ルームメイドにさえなれない。フリーダもそれは分かっていて、そのことで泣いた夜もあるのよ。あたしに体を寄せてきて、あたしの髪を自分の頭に巻きつけたものよ。でも仕事場では、そんな疑いはすっ飛んじゃう。フリーダは自分がとびきり一番の美人だと思って、誰にでも上手にそう思い込ませることができる。お客のことをよく知っている。フリーダならではのテクニック。お客にじっくり見る暇をあたえないよう、さっと嘘をついて信じ込ませる。当然、そんなこと長つづきしない。お客にも目はあるし、やっぱり本当のところをつかまれてしまうでしょ。でも、バレるかなと勘づいた瞬間には、もう別の手を用意してる。最近だと、たとえばクラムとの関係よ！　信じないなら、調べてみるといい。クラムのところへ行って、たずねるのよ。ずるいんだから、ずるいんだから。あなたがね、そんな質問のためにクラムのところへ出かける勇気がないのなら、もしかしたら、そんなことよりはるかに大事な質問のせいでクラムに会ってもらえないなら、クラムがあなたに対して完全に心を閉ざしているなら——それは、あなたや、あなたみたいな人に対してだけなのよ。たとえばフリーダなら、気が向いたときに、スキップしながらクラムの部屋へ入るんだから——まあ、そうだとしても、それにもかかわらずあなたは調べることができるのよ。待ってるだけでいい。クラムは、そんな嘘の噂には長くは我慢できない。バーやゲストルームで自分について何が話されてるか、きっとカンカンになって追及する。そういうことがクラムには一番大事なの。もしも間違ってれば、すぐに訂正するでしょう。でもクラムは訂正しない。ということは、訂正することがないわけで、全部そのまま本当なのよ。あたしたちが見てるのは、フリーダがクラムの部屋にビールを持っていって、お勘定をもらって出てくるところだけ。でも、あたしたちが見ていないことは、フリーダが話すので、あたしたちはそれを信じるしかない。でもフリーダは、そんな話はまるでしない。そんな秘密はおしゃべりしないんでしょうね。じゃなくて、フリーダのまわりで秘密が勝手におしゃべりをはじめる。おしゃべりされてしまってるから、もちろんフリーダも遠慮せずそれを自分で話題にする。でも控えめに。何かを主張するわけじゃない。どっちにしてもみんながよく知ってることに触れるだけ。でも何でも話題にするわけじゃない。たとえばね、フリーダがバーに出るようになってから、クラムは前よりビールを飲まなくなった。すごく減ったわけじゃないけれど、はっきり減った。そういう話はしないのよね。ま、いろんな理由があるんだろうけど。ちょうど、クラムがビールをおいしいと思わなくなった時期になった。あるいは、フリーダに夢中でビールを飲むのを忘れた。どっちにしても、ともかくフリーダは、驚くべきことかもしれないけれど、クラムの愛人なわけ。クラムを満足させるようなものなら、ほかの人たちだってすばらしいと思うようになる。で、フリーダは、あっという間に、すごい美人になっちゃった。バーが必要とする器量をぴったりそなえた女の子。ほとんどきれいすぎて、貫禄がありすぎて、バーにはもったいないほど。実際ね、フリーダがまだずっとバーにいるのが、みんなには不思議に思える。バーのホステスであることは、大したこと。だからクラムとの関係にも納得がいく。でもバーのホステスがクラムの愛人になった以上、どうしてクラムは愛人を、それも長いあいだバーに置いておくのかな？ どうしてもっといい身分にしてやらないの？ みんなには千回でも説明できるわ。別に矛盾はないんです、とか。クラムにはそうする理由があるんです、とか。そのうち突然、もしかしたら明日にでも玉の輿に乗るかもしれませんよ、とか。でもそんな説明、あんまり効果がない。みんなはね、特定のイメージをもってしまうと、どんな手をつくしてもそのイメージから離れられなくなる。フリーダがクラムの愛人だということは、もう誰も疑わなくなってしまったの。事情をたぶんもっとよく知っている人でさえ、もう飽きちゃって、疑ったりしない。「ちぇっ、クラムの愛人か」と思う。「なら、玉の輿にでも乗って、それを見せてもらおうじゃないか」。でも何も見せてもらえず、フリーダはそれまでと同じようにバーにいて、前と同じであることを、心のなかではこっそり、とても喜んでた。でもみんなの目を引かなくなった。当然、フリーダもそれに気づかないわけにはいかなかった。フリーダはね、たいてい、まだ目の前にないことに気づくの。本当にきれいで、好かれるタイプの子なら、バーのホステスになってしまえば、手練手管を使う必要はない。きれいであるかぎり、特別に不幸なことが起こらなければ、ホステスでいられるでしょ。でもフリーダみたいな子は、ずっと自分の持ち場（ポスト）を心配してなくちゃならない。利口だから、当然そんなふうには見せない。むしろ、よく不平を言ったり、その持ち場（ポスト）を呪ったりする。でも心のなかではこっそり、みんなの気持ちをずっと観察してるわけ。で、フリーダは、みんなの関心が消えたことに気づいた。フリーダがバーに姿を見せても、もう何でもなく、せいぜい目を上げてもらえるだけ。下僕たちでさえもうフリーダには関心がなく、お利口だからオルガや、オルガみたいな子の尻を追っかけてた。紳士館の主人の態度からも、フリーダは、ますます自分がいなくてもいい人間になってきていることに気がついた。クラムについて新しい話をいつもでっち上げることもできない。どんなものにも限度がある——で、しっかり者のフリーダは、新しいことをしようと決心したわけ。それを誰がすぐに見抜くことができたかしら！　あたしはそれとなく感づいてたけど、残念ながら見抜けなかった。フリーダはね、スキャンダルを起こそうと決心したの。クラムの愛人が、誰でもいいから、できれば一番身分の低い男に身を投げ出す。するとセンセーションになるでしょ。長いあいだ話題になる。で、とうとう、とうとう、また思い出すでしょ。クラムの愛人であることって、どういうことなのかを。新しい恋に酔ってその名誉を捨てるって、どういうことなのかを。ただね、むずかしかったのは、利口なゲームができる、ちょうどいい男を見つけること。フリーダの知り合いはダメ。下僕から見つけることも、もちろんダメ。下僕なら、おそらく目を大きく開けてフリーダを見つめてから、どこかへ行っちゃったでしょうね。とりわけ、真剣な話だなんて思われなかったでしょう。どんなに上手に話しても、フリーダが下僕に襲われて、抵抗することができず、意識を失っているあいだに犯されたのだという噂にはできなかったでしょうね。それから、たとえ一番身分の低い男だとしても、その男はね、不器用で無作法であるにもかかわらず、ほかの誰でもなく、まさにフリーダのことが好きでたまらず——なんとまあ！——フリーダと結婚することが最高の願いだってことを、みんなに信じてもらえるような相手でなきゃならなかったわけ。でも、それが並の男だとしても、もしかして下僕より身分の低い、下僕よりずっと身分の低い男だとしても、どんな女の子からも鼻で笑われるような男じゃなく、人を見る目のある女の子にはそのうち魅力を感じてもらえるかもしれない男。でもそんな男がどこにいるかしら？　ほかの子だったら、おそらく一生かけて探しても見つからなかったかもしれない。でもフリーダの幸運が、測量士をバーに連れてきてくれた。もしかしたら、フリーダがはじめてその計画を思いついた、なんとその晩に。測量士さん！　ねえ、あなた、何を考えてるの？　どんな特別なことが頭に浮かんでるの？　特別なことを手に入れるつもり？　いい地位とか、勲章とか？　ほしいのは、そういったもの？　なら、最初の最初から別のやり方をする必要があったのよね。あなたは何者でもない。あなたの立場を見ると、気の毒になる。あなたは測量士。何かではあるかもしれない。つまり、あなたは何かを身につけている。でも、それで何もできなければ、やっぱりそれは何でもない。なのに、あなたはいろんな要求をする。スズメの涙ほどの後ろ楯もないくせに、要求するでしょ。ストレートにじゃないけれど、でも、あなたが何かを要求していることは、誰でも気がつく。それで、みんながイライラするのよね。ルームメイドでさえ、あなたとちょっと長話すると体面が傷つけられること、あなた、分かってるかしら。特別な要求をいっぱいもってるくせに、あなたは最初の晩にすぐ、なんとも粗い罠にドスンと落っこちる。恥ずかしくないのかな？　フリーダのどこに参っちゃったの？　もう白状してもいいでしょ。本当にあなた、気に入ったのかな、痩せて黄ばんだ肌の女が？　ああ、そうよね、フリーダのことなんか見てなかったんだ。クラムの愛人なのよ、って言われただけ。それが新鮮で、あなたに命中した。で、あなたはおしまいになった。フリーダは出ていかなければならない。当然、もう紳士館に居場所はない。出ていく前の朝、フリーダを見たわ。スタッフも駆けつけていた。みんな、フリーダの出ていく姿には興味があったから。それくらいフリーダはまだ大きな存在だった。気の毒に思われるほど。みんなが、そう、フリーダの敵まで、フリーダを気の毒に思った。フリーダの計算は、最初はこんなふうに正しいと証明された。あんな男に身を投げ出したことは、みんなには理解できないことに思われ、運命の一撃だと思われた。調理場で下働きをしているメイドたちにとって、バーで働いている子は誰でも、当然あこがれの的なんだけど、そのメイドたちも、慰めようのないほど悲しんでた。あたしだって心を動かされてた。じつはあたし、別のことに注意を向けてたんだけど、そんなあたしですら、心を動かされちゃった。あたしが気になったのは、じつはフリーダがほとんど悲しんでなかったこと。やっぱりフリーダは、ものすごい不幸に見舞われたわけでしょ。実際、とても悲しそうなふりをしてたけど、それでは不十分だった。あんな演技じゃ、あたしはだませない。じゃあ、どうしてフリーダは毅然としてたの？　新しい恋で幸せだったから？　いいえ、とてもそんなことは考えられない。そうじゃなかったら、何だったの？　あたしはあの頃、もうフリーダの後任だと思われてたけど、そんなあたしに対してさえ、フリーダは、いつものように冷静で優しかった。その力をどこから手に入れたんだろう。あの頃、あたしは、そのことをじっくり考える時間がなかった。新しい持ち場（ポスト）のための準備で忙しすぎたの。おそらく2、3時間後にはバーに出ることになってたのに、髪はまだきれいに整えてなかったし、エレガントなドレスもなかったし、上品な下着もなかったし、履いてよさそうな靴もなかった。ちゃんと用意できなければ、そもそもその持ち場（ポスト）はあきらめたほうがよかった。というのも、最初の30分でクビになるのは確実だったから。ところで、準備できた部分もあった。髪を整えることなら、あたし、特別の素質があるの。女将さんが髪を整えるときに、あたしが呼ばれたことさえあった。生まれつき手先が器用なんだ。もちろん、それにね、髪の毛が多いから、好きな具合にすぐ整えることができる。あたしの同僚の2人が心を込めて協力してくれたの。自分たちのグループの子がバーで働くようになれば、2人にとっても、名誉なのよ。あたしだって、あとで偉くなったら、2人に便宜をはかることができるわけだし。そのうちの1人は、ずっと前から高価な生地を持ってた。その子の宝物だった。よく仲間に見せびらかしてた。いつか盛装するときにはその生地を使うんだと夢見てたんじゃないかな。なのに今のあたしに必要なんだからということで——とってもすばらしい行為でしょ——生地を提供してくれたの。そしてふたりは縫うのも喜んで手伝ってくれた。自分の服を縫うんだったら、あんなに熱心に縫えなかったんじゃないかな。作業は、とても楽しくて幸せでさえあった。みんな、それぞれ自分のベッドで、上下3段に重なって、縫って、歌って、仕上がった部分や飾りをおたがいに上や下へ渡したわ。そのことを考えると、あたし、ますます胸が苦しくなる。全部がムダになって、あたしは手ぶらで友達のところへ戻るんだから。なんと不幸なこと、なんと軽率なことをしてくれたのかしらね、とくにあなたは。あのとき、みんな、ドレスのことで大喜びしたのに。このドレスは、成功を保証してくれるものに思えた。あとで小さなリボンをつける場所が見つかれば、文句なしだった。ほんとにきれいよね、このドレス？　今はもうシワくちゃで、ちょっとシミがついてるけど、あたしにはこのドレスしかないから、昼も夜もこのドレスを着るしかなかった。でもあいかわらずきれいでしょ、このドレス。あのいまいましいバルナバスの娘でも、これよりすばらしいドレスは仕立てられないわ。このドレスはね、好きなように、上も下も、すぼめたり、ゆるめたりできる。ただの一着だけど、いろいろ変えることができる。それが、このドレスの特別の長所で、じつは、あたしが考えたんだ。もちろん、縫うのもむずかしくない。あたし、自慢してるわけじゃない。若くて健康な娘なら、どんな服でも似合うので。用意するのがもっとむずかしかったのが、下着とブーツ。じつはここから失敗がはじまったの。ここでも友達が、できるかぎりのことをして助けてくれた。でも、あんまり助けにはならなかった。寄せ集めて、つなぎ合わせた下着は、ごわごわしたものでしかなかったし、ヒールの高い、かわいいブーツのかわりに、室内履きの靴しかなかった。見せるより隠したい靴。なぐさめてもらった。フリーダだって、すごくきれいに着飾ってたわけじゃないからね。ときどき、だらしない格好で歩きまわってたから、お客さんたち、フリーダのサービスより酒倉番のボーイのサービスのほうが好きだった。実際、そうだったのよ。でもフリーダにはそれが許された。もうみんなに好かれて、評価されてたから。淑女が汚くてだらしない格好で現われたら、かえって魅力的に見えるでしょ。でも、あたしみたいな新人がそれをやったら？　それだけじゃなく、フリーダはきちんと上手に着こなすことができなかった。センスってものに見放されてるの。黄ばんだ肌をしていたら、もちろん、その肌を手放すわけにはいかない。けれどもね、フリーダみたいに、黄ばんだ肌のうえに胸元が深くえぐれたクリーム色のブラウスを着る必要はない。黄色ばっかりで泣けちゃうから。そうじゃない場合でも、ケチすぎて、ちゃんとした服を着なかった。稼いだお金は、全部貯め込んだ。何のためなのか、誰も知らない。仕事でお金は必要ないし、ウソや細工でやりくりしてた。そんな真似、あたし、しようとも思わないし、できない。そんなわけだから当然、あたしはオシャレをして、自分を売り込もうとしたわけ。最初っからね。ただ、もっとお金をかけることができてたら、フリーダがどんなにズルくても、あなたがどんなにお馬鹿さんでも、あたしが勝ったままだったでしょうね。出だしは、とてもよかったわ。必要なこつや知識のいくつかは、以前から見たり聞いたりしてた。バーに出るやいなや、もう慣れたもの。仕事ではフリーダがいなくても、誰も困らなかった。2日目になってようやく、何人かの客が、フリーダはどこにいるんだい、と聞いてきた。ミスもなく、紳士館の主人も満足だった。初日はね、心配でずっとバーに詰めてたんだけど、あとになると、ときどき姿を見せるだけで、最後には、勘定も合ってるので——売り上げがね、平均すると、フリーダのときよりちょっと増えてさえいたのよ——全部あたしに任せてくれた。あたし、やり方も変えたの。フリーダは、仕事熱心だからじゃなくてね、ケチで、支配欲があって、自分の権利は誰にも譲りたくないという心配性だから、下僕たちを監視してたの。少なくとも部分的に、とくに誰かに見られてるときには。それとは逆に、あたしはその仕事をすっかり酒倉番のボーイに頼んだ。ボーイのほうがずっとその仕事に向いてるから。おかげであたしは、お役人の部屋にもっと時間を使えるようになった。お客へのサービスも速くなった。速くなったのに、どのお客ともちょっと言葉を交わせるようになった。フリーダと違って。フリーダはね、クラム専用ということになってた。ほかの客がちょっと声をかけたり、近づいたりするだけで、クラムに対する侮辱だと思われてたから。もちろん、それは利口なやり方でもあったわけ。というのも、もしもフリーダが誰かをそばに近づければ、とびきりの好意になるでしょ。あたしはそんな手口が大嫌いだった。それに最初はそんな手口、使えないし。あたしはね、みんなに親切にして、みんなも、あたしに親切にして返してくれた。みんな、明らかにこの変化を喜んでくれた。働いてくたくたになったお役人たちが、ようやくビールを飲んでひと休みできるようになったとき、あたしはね、ちょっと声をかけたり、ちょっと見つめたり、ちょっと肩をすくめたりして、お役人たちを文字どおり別人に変えることができるのよ。盛んにみんながあたしの巻き毛をさわるので、たぶん1日に10回は髪を整えなきゃならなかった。あたしの巻き毛とリボンの誘惑には、誰ひとり、普段ボーッとしてるあなたでさえ、逆らえないのよ。そうやってワクワクするような日が、あっという間に過ぎた。仕事はいっぱいあったけれど、うまくいった。ああ、あんなに速く過ぎなければ！　ああ、あともうちょっと日があれば！　くたくたになるまでがんばるとしても、4日間は短すぎる。5日目があれば十分だったかもしれない。でも4日間というのは短すぎた。あたしには4日間でパトロンやファンができた。みんなの視線を信じていいなら、あたし、ビールのジョッキを運んでるとき、友情の海のなかで泳いでた。バトルマイアーという名前の書記は、あたしにぞっこんでね、このロケットペンダントをプレゼントしてくれた。ロケットには彼の写真が入ってた。まあ、押しつけがましい話よね――こんなことや、あんなことがあった。たったの4日間だったけど。4日間、あたしが頑張ったら、フリーダはほとんど忘れられるのよ。でも完全には忘れられないけど。もしもフリーダが、周到に用意した自分の大スキャンダルのおかげで、みんなの噂になってなかったら、もしかしたらフリーダは、もっと早く忘れられてたかもしれない。スキャンダルのおかげで、新しく注目されるようになった。みんなの好奇心がなかったら、見たいとは思われなかったでしょうね。うんざりするくらい味気ないと思われていたフリーダが、普段ならまるで取り柄のないK、あなたの功績によって、ふたたびみんなを刺激することになったわけ。あたしがここにいて、現役で働いているかぎり、もちろん、フリーダがあたしに交代することはなかったでしょう。でもお客さんは、たいてい年配の方で、自分が慣れていることからなかなか抜け出さない。バーの新しいママに慣れるには時間がかかる。ママの交代がどんなに有益だとしても、2、3日はかかる。お客さんの気持ちを考えると、あと2、3日かかる。もしかしたら、ともかく5日あればよかったかもしれない。けど4日じゃ足りない。にもかかわらず、あたしはまだ仮のママとしか思われてなかった。それから、もしかしたらこれが最大の不運だったかもしれないけれど、その4日間、クラムは、最初の2日間は村にいたにもかかわらず、ゲストルームに降りてこなかったの。もしも降りてきてたら、あたしにとって決定的なテストになってたでしょう。テストといっても、あたし、少しも怖くない。むしろ楽しみなのよ。あたしはね——こんなこと、もちろん、口にしないのが一番でしょうけど——クラムの愛人にはならなかったでしょう。ウソついて背伸びしようとも思わなかったわ。でも、少なくともフリーダと同じくらい感じよく、ビールのグラスをテーブルに置くことはできたでしょう。フリーダみたいに押しつけがましくはなく、かわいらしく挨拶して、かわいらしく自己紹介したでしょうね。で、もしもクラムがバーの女の子の目のなかに何かを探してるんだったら、あたしの目のなかにそれを見つけて、すっかり満足したでしょうね。でも、どうしてクラムは来なかったの？　たまたま？　そのときは、あたし、来ると思ってた。2日間、今か今かと待ってたわ。夜も待ってた。「クラムは、もう来るわ」と、ずうっと思って、あちこち駆けまわってたの。ほかでもない、待っていると落ち着かなかったからだし、クラムが到着したらすぐ一番に出迎えたかったから。そうやってずっとがっかりしてたから、あたし、とても疲れちゃった。もしかしたらそのせいで、できたはずのことができなかったのかも。ちょっと時間があると、上の廊下までこっそり上がっていった。スタッフには立ち入り厳禁の場所よ。廊下の壁龕（ニッチ）のなかに体を押し込んで、待った。「今、クラムが来てくれたらな」と思った。「部屋から連れ出して、あたしの腕に抱えて下のゲストルームまで運べないかな。重くても、へばったりしないわ。どんなに大きくても」。でもクラムは来ない。上の廊下はね、ものすごく静かなの。行ったことがないと、絶対に想像できないくらい。ものすごく静かなので、長くは滞在できない。静かさに追い払われてしまう。でもイタチごっこするわけ。10回追放されたら、あたし10回上がってった。意味のないことだったけど。クラムは、来ようと思えば、来る。その気がなければ、たとえあたしが、壁龕（ニッチ）のなかで胸をドキドキさせて窒息しそうになっても、誘い出すことはできない。意味のないことだったのよ。クラムが来なかったんだから、ほとんど何もかも意味がなかった。で、クラムは来なかった。なぜクラムが来なかったのか、今日のあたしには分かる。あたしが上の廊下の壁龕（ニッチ）のなかで胸に両手をあてているのを、もしもフリーダが目にしてたら、すごくおもしろがったでしょうね。クラムが降りてこなかったのは、フリーダがそうさせなかったから。フリーダがそう頼んだからじゃない。フリーダの頼みはクラムまで届かない。でもあのクモ女には、誰も知らないコネがあるの。あたしがお客さんに何か言うときは、はっきり言うから、隣のテーブルにも聞こえる。フリーダは何も言わない。テーブルにビールを置いたら、行ってしまう。絹のスカートが衣ずれの音を立てるだけ。それ、フリーダがお金を出した唯一のものよ。でもフリーダが何か言うときは、はっきり言わないで、お客さんにささやくの。体をかがめて。だから隣のテーブルのお客さんが耳をそばだてる。フリーダの言うことは、おそらくくだらないことでしょ。でも、いつもそうとはかぎらない。コネをもってるから、ひとつのコネを別のコネで支えてる。でも、たいていのコネはうまくいかないけれど——誰がフリーダのことをいつまでも気にかけてるかしら？——ときどき頼りになるコネがあるものなのよ。で、コネをフリーダは今、利用しはじめた。そのチャンスをあたえたのは、あなたなのよ。フリーダのそばにすわって、フリーダを監視するかわりに、あなたはほとんど家にいない。あちこち歩きまわって、ここやあそこで相談をする。あらゆることに注意を払うのに、ただフリーダにだけは払わない。で、とうとう、フリーダをもっと自由にするために、橋亭から、誰も住んでない小学校に引っ越した。ほんとにまあ、すてきなハネムーンの開始だこと。ところで、あたしはね、あなたがフリーダのそばにいることに耐えられなかったという理由で、あなたを非難しようなんて、ぜんぜん思ってないわよ。あの人のそばにいるのは耐えられない。でも、どうしてあなた、あの人を完全に捨てちゃわなかったの？ どうして何度も、あの人のところに戻ったの？ どうして、あちこち歩き回って、俺はあいつのために闘ってるんだ、というふりをしたの？ あなたはさ、まるで、フリーダと触れ合うことによってはじめて、自分はほんとに何者でもないんだということを発見したみたいに見えるのよね。フリーダにふさわしい人間になろう、なんとかして引き上げられよう、そのためには当分、一緒にいることをあきらめて、不自由した分はあとで誰にも邪魔されずに埋め合わせをしよう、って考えてるように見えるのよ。そのあいだフリーダは時間をムダにしてるわけじゃない。小学校の教室にすわって、そうよ、あなたを小学校に導いたのは、おそらくフリーダでしょ、紳士館を観察し、あなたを観察してるの。フリーダは、メッセンジャーを、優秀なメッセンジャーを手もとに置いている。あなたの2人の助手のこと。その2人をあなたはフリーダに――これが理解できないのよね、あなたのことをよく知ってる人でも、理解できないのよね――すっかり任せてる。フリーダはその2人を昔の友達のところに送る。友達に自分のことを思い出させる。Kという男に監禁されていると訴える。あたしに対する反感をあおる。近いうちに紳士館に戻ると予告する。助けてほしいと頼む。クラムには何も言わないように懇願する。クラムを大事にする必要があるかのように言って、だから、どんなことがあっても下のバーに降りてくるようなことをさせてはならない。と、まあ、こんな伝言をするわけ。ある人に対してはクラムを大事にするためだと言って利用したウソを、フリーダは、紳士館の主人に対しては、自分があげた成果だと言って利用して、クラムがもうやって来ないという事実に目を向けさせて、こう言った。下のバーにいるのが、ペーピみたいな子だけなら、クラムがやって来るわけないでしょう。もちろんそれは紳士館の主人の責任じゃありませんよ。そのペーピ、見つけられる代理としては最高だわ。でも代理じゃダメ。2、3日でもダメなんですよ、とね。こういうフリーダの動きについて、あなたは何も知らない。歩き回っていないとき、あなたはね、何も知らずにフリーダの足もとで横になっている。ところがフリーダは、自分をバーから引き離している時間を数えてる。でもね、2人の助手がやってるのは、こういうメッセンジャーの仕事だけじゃない。Kに嫉妬させ、Kを熱くすることもやってるの。フリーダは2人とは幼馴染(おさななじみ)で、きっとおたがいに秘密がない。でもKに敬意を表して、おたがいにあこがれ合うようになった。あなたにとっては、それが本格的な恋になる危険が生じたわけ。で、あなたはフリーダが喜ぶことを全部やった。まったく矛盾するようなことまでね。2人の助手に嫉妬しながら、3人が一緒にいることは黙認して、あなたはひとりで歩き回ることにした。あなたは、ほとんどフリーダの3人目の助手みたい。そこでフリーダは、ついに自分の観察にもとづいて、大きな手を打つことにした。紳士館に戻ることにしたの。ほんとにまたとないチャンスだった。あの抜け目のないフリーダが、それに気づいて、それを利用するのは、ほんとにすばらしいこと。その観察と決断の力は、誰にも真似できないフリーダの手腕だわ。もしもあたしにそれがあれば、あたしの人生、どんな に違ったでしょうね。もしもフリーダが、あと1日か2日、小学校にいてくれたら、あたし、もう追い払われることがなく、ずっとバーのママでいて、みんなから愛され、大事にされ、お金を十分に稼いで、この貧相な身支度をまぶしいものにすることができた。あと1日か2日あれば、クラムは、策略のせいでゲストルームから遠ざけられることがなくなり、ここにやって来て、飲んで、居心地がよくなり、フリーダがいないことに気づいたとしても、その変化にとても満足したでしょう。あと1日か2日あれば、フリーダは、スキャンダルや、コネや、2人の助手といっしょに、みんなすっかり忘れられ、もう二度と姿を見せることもないでしょう。そうなるとフリーダは、もしかしたらそれだけますますあなたを頼るようになり、フリーダに愛する力があるとすればだけど、あなたのことを本当に愛せるようになるんじゃない？ いや、それもダメだ。というのも、1日もあれば、あなたは、フリーダにうんざりするようになるから。美人のふりをしたり、誠実なふりをしたり、とくにひどいのは、クラムに愛されてるふりをしたり、ともかくフリーダが恥ずかしげもなくあなたをだましてるんだと、あなたが気づくから。あと1日あるだけで、それ以上はいらないわ、あなたはフリーダを、あの汚らしい2人の助手もいっしょに追い払ってた。いいかな、あなたでさえそれ以上の日にちはいらなかった。で、その危険と危険のあいだで、文字どおりフリーダの頭上で墓穴がふさがれはじめようとしたとき、あなたはお人好しだから最後の狭い逃げ道を空けていたので、そこからフリーダが駆け落ちしたわけ。そして突然――それは、ほとんど誰も予想してなかったことだし、自然に反することだけど――、突然、フリーダは、あなたをね、あいかわらずフリーダを愛し、あいかわらずフリーダを追いかけてたあなたを、ぽいと捨てて、友達や2人の助手に後押ししてもらって、紳士館の主人の前に救い手として姿を現わした。スキャンダルのおかげで以前よりもずっと魅力的で、どんなに身分の低い人にも、どんなに身分の高い人にも人気がある。ほんの一瞬、身分の低い男のものになったけれど、当然すぐその男は突き放し、以前のようにその男にもほかのみんなにも手の届かない存在になっている。そうただね、こういう話は以前は全部、疑われてたけど、今は本当だと思われてる。そうやってフリーダが戻ってくる。紳士館の主人は、横目であたしを見ながらためらっている——この子、よくやってくれたが、辞めてもらうことにするかな？——けれど、すぐに説得されて心を決めている。有利な材料がフリーダにはありすぎるのよ。何と言っても、フリーダならクラムをゲストルームに呼び戻せるでしょ。あら、もう日が暮れたのね。あたし、フリーダがやって来るまで待たないわ。引き継ぎをして、勝ち誇った顔なんかされたくないし。金庫は女将さんにもう渡してるから、もう行ってもいいの。下のメイド部屋の3段ベッドが待ってるわ。あっちに行けば、友達が泣きながら迎えてくれる。ドレスを脱いで、ヘアバンドも外して、何もかも部屋の隅に詰め込むわ。ちゃんと隠しておけば、忘れておくべき日々を思い出さなくてすむから。それから、大きなバケツとホウキを持って、歯を食いしばって、仕事にとりかかるでしょうね。とりあえず、あなたには全部を話さずにはいられなかった。あなたはね、手助けがなければ、今だってこのことに気づいてなかったわけだから、ともかくはっきり分かってもらわなきゃ。あなたがあたしのことで、どんなに醜いことをしたのか。そしてあたしを、どんなに不幸にしたのか。もちろん、あなたもそのとき、うまく使われちゃっただけなのよ。

ペーピは話し終わっていた。深い息をしながら2、3粒の涙を目と頰っぺたからぬぐい、それからうなずきながらKをじっと見た。まるでこんなことを言おうとするかのように。結局ね、あたしの不幸なんて問題じゃないのよ。そんなもの耐えるわ。誰かに助けてもらったり、慰めてもらったりする必要はない。ましてあなたにはね。あたし、若いけど、人生ってものを知ってる。あたしの不幸は、あたしの知ってることの証明にすぎない。問題は、あなたなのよ。あなたにあなたの姿を突きつけたいと思ったの。あたしの希望は全部くじかれたけど、これはしておかなくちゃと考えたのよ。

「なんて乱暴な空想なんだ、ペーピ」と、Kが言った。「今はじめて発見したと言ってるけど、そんなの本当じゃない。そんなの、下の、君たちの暗くて狭いメイド部屋で生まれた夢にすぎないんだよ。メイド部屋にはぴったりだが、ここの、広いバーじゃ変てこに見える。そんな考えを君はここで主張するわけにはいかなかった。当たり前じゃないか。君のドレスや君の髪型は、君の自慢だが、そもそもそれだって、君たちメイド部屋の、あの暗がりとあの3段ベッドから生まれたものにすぎない。そっちじゃ、きっと非常にきれいだが、こっちじゃ、誰もが、こっそり笑うか、遠慮なく笑う。それから君は、ほかに何の話をしたかな？　そうだ、ぼくがうまく利用されて、だまされたって？　いや、ペーピ、ぼくは君と同じように、うまく利用されてもいないし、だまされてもいない。たしかに、フリーダは今のところぼくを捨てて、君が言うように、助手の1人と駆け落ちした。君もかすかに真実を見てる。それに、フリーダがぼくの妻になるだろうということも、実際まずありえない。でもさ、ぼくがフリーダに飽きたとか、明日にでもフリーダを追い払うだろうとか、もしかしたら世間で妻が夫を裏切るかもしれないみたいに、フリーダがぼくを裏切ったというのは、まったく真実じゃない。君たちルームメイドは、鍵穴からスパイするのに慣れている。だからね、実際に見た小さなことから、間違えて大きく全体を推し測るという考え方が身についてるんだ。その結果、たとえばこの場合だけど、ぼくは君よりはるかに事情を知らない。フリーダがなぜぼくを見捨てたのか、ぼくには、君みたいに詳しく説明することなんてとてもできない。一番ぼくにとって本当らしく思える説明は、君も触れたけれど、ちゃんと利用しなかった説明だな。つまり、ぼくがフリーダをほったらかしにしたから。残念ながら、それは本当だ。でもそれには特別の理由がある。ここで言う必要のない理由だけど。フリーダが戻ってきてくれたら、うれしいよ。でもぼくはすぐにまた、ほったらかしにするだろう。そういうことなんだ。フリーダがぼくのところにいたから、ぼくはずっと、君に鼻で笑われたように、外を歩き回ってたんだ。今はフリーダがいないので、ぼくはすることがほとんどなく、疲れている。もっと何もすることがなくなればいいと願ってる。ペーピ、ぼくに忠告してくれないのかい?」。「あるわよ」と言って、突然、ペーピは元気になって、Kの肩をつかんだ。「あたしたち、ふたりともだまされたのよ。一緒にいましょ。さ、下のメイドたちのところへ行きましょ」。「君がだまされたと訴えてるかぎり」と、Kが言った。「君とは話ができないな。だまされたと君がずっと主張してるのは、自分が気持ちよくなるし、心を打たれるからだろ。でも本当のところ、君はこの持ち場に向いてない。向いてないのは、誰が見ても明らかでね、君に言わせれば、事情を一番知らないこのぼくにさえ分かるほどだ。ペーピ、君はいい子だよ。でも、そんなに簡単にそれが分からない。たとえばぼくは、最初、君のことを残酷で高慢だと思ってた。でも君はそうじゃない。ただ、この持ち場が君を混乱させてるだけなんだ。この持ち場に君が向いてないから。この持ち場が君には高すぎるなんて、言うつもりはない。そんなに特別な持ち場じゃないからね。よくながめてみれば、もしかしたら君の前の持ち場より、ちょっと体面がいいかもしれない。でも全体として大きな違いはない。むしろ、取り違えられるほど似てる。そうだな、ルームメイドのほうがバーに出るよりましだと言ってもいいくらいだ。というのも、ルームメイドの場合、いつも秘書が相手だけど、バーの場合は、ゲストルームでトップの秘書たちにサービスすることを許されるとしても、たとえばぼくみたいに、うんと身分の低い連中の相手もしなきゃならないからね。ぼくなんか、法の定めるところでは、まさにこのバー以外の場所に滞在することが許されてないんだ。そんなぼくとつき合えることが、とんでもなく名誉なことなの？ 君がそう思ってるんなら、もしかしたら君にはその理由があるかもしれない。でも、だからこそ君には向いてないんだ。その持ち場（ポスト）は、ほかの持ち場（ポスト）と似たようなもんさ。でも君にとっては天国なんだ。だから熱心すぎるほどすべてのことに取り組み、君の考えるオシャレな天使みたいに――でも天使は本当はそんなんじゃない――オシャレをし、持ち場（ポスト）を失うんじゃないかと心配でたまらず、ずっと追いかけられてるような気がして、君を支えてくれそうに思える人みんなを、自分の味方にしようとして、ものすごく優しくし、でもそうすることによってみんなの邪魔をして、みんなを突き放してる。というのも、みんなはバーに安らぎを求めてるわけで、自分のことに加えてバーのママのことまで心配しようとは思わない。フリーダがここを出ていってから、身分の高い客は誰もそのことにまるで気づかなかったかもしれない。でも今はみんなが分かってるし、フリーダのことを本当に恋しがっている。フリーダのやり方は、たぶんまったく違ってたから。仕事以外でフリーダがどうなのか、フリーダが自分の持ち場（ポスト）をどう考えていたのか、それは別として、仕事の場でフリーダは経験豊かで、冷静で、節度があった。君だってそれはほめてるだろ。もっとも、そこから学んではいないけど。フリーダの視線に注目したことがあったかな？　あれはもうバーのメイドなんかの視線じゃない。ほとんど女将の視線だった。全体に目を配りながら、ひとりひとりの客にも目を配ってた。で、ひとりの客に向けた視線には、その客を征服するだけの強さがまだ残ってた。フリーダは、ちょっと痩せているかもしれない、ちょっと老けているかもしれない。もっと豊かな髪のフリーダを想像することができる。そんなことが問題だろうか。そんなこと、フリーダが実際にもっているものに比べれば、小さなことだ。そういうことを欠点だと思って気にする人間がいれば、それはただ、より大きなものに対するセンスが欠けていることを示しただけだ。きっとこの点でクラムを非難することはできない。フリーダに対するクラムの愛を君が信じられないのはさ、世間知らずの若い娘の、まちがった視角のせいにすぎないんだ。君にとってクラムは――当然のことだが――手の届かない存在に思える。だから君はさ、フリーダもクラムに近づくことができない、と思ってるわけだ。それは違う。この点では、ぼくはフリーダの言葉にだけ信頼を寄せてるんだ。たとえその確証がないとしてもね。君には、とても信じられないだろうが、本当なんだ。世間や、役人の世界や、女性の美しさの気品や影響について、君が想像していることとはほとんど一致しないだろうが、本当なんだ。ぼくたちがここで並んですわって、ぼくが君の手をぼくの両手で握ってるのと同じように、たぶんクラムとフリーダも、あたかもそれが世界でもっとも当たり前のことであるかのように、並んですわっていたんだよ。クラムは自分の意思で降りてきた。それどころか急いで降りてきた。誰もクラムを廊下で待ち伏せしていなかったし、残ってる仕事をほったらかしにしなかった。クラムは、つい自分から降りてきてしまったのだ。君ならびっくりしただろう、フリーダの服装の欠点なんか、クラムはまるで気にかけなかった。君がフリーダの言うことを信じようとしてないんだ！　分かってないんだよね。そうやって自分を笑いものにしてることを。まさにそうやって自分が世間知らずだと示してることを。クラムとの関係をまるで知らない人でさえ、フリーダの立ち居振る舞いを見れば、分かるにちがいない。ああいう立ち居振る舞いになったのは、君や、ぼくや、村のみんなより偉い人のせいなんだな、と。また、フリーダのおしゃべりは、お客とバーの女の子がよく交わすような冗談や、君が人生の目標にしているらしい冗談より上等なんだな、と。でもぼくは君に的外れなことを言ってるね。君は自分でも非常によくフリーダの長所を知ってるし、フリーダの観察眼、決断力、いろんな人に対する影響に気づいてる。ただ全部その解釈が違うんだ。君はさ、フリーダがそれを全部、利己的に自分の利益や悪事のために使っていると思ってる。それどころか、君に対する武器として使ってると思ってる。

違うんだよ、ペーピ。フリーダが矢を持ってるとしても、こんな近距離じゃ射ることはできないだろう。それから、利己的かな？ いや、むしろこう言えるんじゃないかな。フリーダはさ、自分が持ってるもの、自分が期待してもいいものを犠牲にして、ぼくたち2人にチャンスをくれたんだよ。もっと高い持ち場(ポスト)でも、ぼくたちならやれるだろうと思って。でもぼくたち2人はフリーダを失望させて、まさに無理やりフリーダがこっちに戻るようにしてしまってる。実際にそうなのかどうか、ぼくには分からない。また、ぼくのせいなのか、はっきりしない。ただね、ぼくが君と和解したときには、こんな絵が浮かんでくるんだよ。つまり、まるでぼくらはふたりとも、あまりにもあくせく、あまりにも騒々しく、あまりにも子どもじみて、あまりにも世間知らずにジタバタしてたみたいなんだ。たとえばさ、フリーダの落ち着きや、フリーダの即物的な姿勢があれば、簡単に目立たず手に入る何かを、泣いたり、引っかいたり、引っ張ったりして、手に入れようとしてるわけ。それはね、子どもがテーブルクロスを引っ張るんだけど、何も手に入らず、むしろご馳走をすっかり下に落として、永遠に食べられなくしてしまうのと同じなんだ——実際にそうなのかどうか、ぼくには分からない。でもね、君が話してくれたことよりは、むしろ事実に近い。それはぼくには確かに分かってる」。「そうね」と、ペーピが言った。「あなた、フリーダに惚れてるんでしょ。フリーダに逃げられたから。フリーダがいないなら、フリーダに惚れることは、むずかしくない。でもね、あなたの言うとおりかもしれないし、あなたの言うことは全部、あなたがあたしを馬鹿にしてることも含めて、正しいかもしれない——でも、これからどうするつもりなの？ フリーダはあなたを捨てた。あたしの説明によっても、あなたの説明によっても、フリーダがあなたのところに戻ってくる希望はない。たとえ戻ってくるとしても、それまでのあいだ、あなたはどこかで過ごさなきゃならない。寒いし、あなたには仕事もベッドもない。あたしのところへいらっしゃい。あたしのメイド仲間のこと、あなた気に入るわよ。あたしたち、居心地よくしてあげるから。あたしたちの仕事、手伝ってちょうだい。ほんとに女の子だけじゃ大変すぎるの。あたしたち女の子はね、あたしたちのほかに頼れるものができると、夜も心配しなくてすむようになるから。あたしたちのところへ、いらっしゃいよ！ あたしの仲間もフリーダのことは、よく知ってる。フリーダの話、いろいろ聞かせてあげる。あなたがウンザリしちゃうまで。いらっしゃいよ！ フリーダの写真もあるわよ。見せたげる。あの頃のフリーダは、今より控えめだった。あなたにはフリーダだとは、ほとんど分からないでしょうね。せいぜい分かるとすれば、目かな。もうあの頃から、うかがうような目だった。ね、だから、いらっしゃいよ、ね？」。

「そんなこと許されるのかな？　昨日だって大騒ぎだったじゃないか。君たちの通路にいたから、ぼく捕まったんだぞ」。「大騒ぎになったのは、捕まったからでしょ。でも、あたしたちのところにいれば、捕まることはないわ。あなたは誰にも知られない。知ってるのは、あたしたち3人だけ。ああ、楽しくなるだろうな。もうそれだけでメイド部屋が、ちょっと前よりずっと我慢しやすくなりそうだな。このバーは去らなきゃならないけれど、もしかしたら今は、失うものがそんなに多くないのかもしれない。ねえ、あたしたち、3人で暮らしてて退屈したことがないの。苦い人生は甘くしなきゃ。舌を甘やかさないように、あたしたちの人生は、もう若い頃から苦くされてた。で、あたしたち3人、肩を寄せ合って、メイド部屋でできるかぎりちゃんと生きてるの。とくにヘンリエッテのことが、気に入るわ。それにエミーリエのことも。ふたりには、もうあなたのことは話してある。メイド部屋じゃ、そんな話をしても信じてもらえない。部屋の外じゃ何も起きるわけないかのように思われてるから。暖かくて狭いのよ、あの部屋は。だからあたしたち、ぴったり肩を寄せ合ってるの。いや、あたしたち、おたがいに頼りあってるにもかかわらず、おたがいにウンザリすることがなかった。逆に、あたし、仲間のことを考えると、あたしが戻ることは、ほとんど当たり前のように思えるわけ。なぜあたしが2人より出世するんだろう。あたしたち

3人には未来が同じように閉ざされてたからこそ、あたしたちは結びついてた。なのに、あたしが抜けて、2人から離れてしまった。もちろん、2人のことは忘れなかったし、2人のために何かできないか、一番気にかけてた。あたしの立場はまだ不確かだったのに――どれくらい不確かなのか、あたし、まるで分からなかったな――もう紳士館の主人には、ヘンリエッテとエミーリエのことを話したの。ヘンリエッテに関しては、主人は、まったく脈がないわけではなかったけれど、エミーリエについては、やっぱり見込みがなかった。あたしたちよりずっと年上で、フリーダと似たような年齢なので。でも考えてみて。2人はね、メイド部屋を出ていくつもりなんてないの。そこで送ってる生活がみじめな生活だってことは分かってる。でも、善良な2人は、もう順応しちゃってるのよ。そういえば、2人は別れのとき涙を流してくれたけど、そもそもそれは、それまで一緒に暮らしてた部屋をあたしが去らなきゃならないことを悲しんでくれたからだと思う。あたしはね、寒いところへ出ていって――メイド部屋の外は、どこも寒いと思えてた――よく知らない大きな部屋で、よく知らない人たちを相手に格闘しなきゃならない。ただ、生き延びるためにね。そんなことなら、3人で暮らしてたときでもちゃんとやれてたんだけど。あたしがこれから戻っても、おそらく2人は驚きもしないわ。ただ、あたしを受け入れるために、ちょっと泣いてくれて、あたしの運命を嘆いてくれるわ。でもそれからあなたを見て、あたしが部屋を出ていったことはいいことだったんだと気づいてくれるわ。今こうやって、あたしたちを助けて守ってくれる男の人がいることを、2人は喜ぶわ。それに、きっとうっとりするわ。すべてを秘密にしてなきゃならないし、その秘密のおかげで、あたしたちは以前より固く結ばれることになるだろうから。さ、お願い、あたしたちのところへ来て！ あなたには何の義務もないんだから。永遠にメイド部屋に縛りつけられることもないのよ。あたしたちと違って。春になって、どこかに泊まるところが見つかって、あたしたちのところが気に入らなくなったら、出て行ってもらってもいい。ただしそのときも秘密は守って、あたしたちのこと漏らしたりしないで。そんなことをされると、あたしたち、紳士館から追い出されちゃう。あなたが出て行かないで、あたしたちのところにいるときも、当然、用心してもらわなくちゃ。あたしたちが危険じゃないと考えてない場所には姿を見せないで。それから、あたしたちの忠告にはちゃんと従ってね。あなたを縛るのは、それだけ。あなたにとっても、あたしたちにとっても、まったく同じように大事なことにちがいないの。それ以外の点では、あなたは完全に自由よ。あなたにお願いする仕事が、むずかしすぎることはないでしょう。それは心配しないで。だから、来てもらえるでしょ？」。「春までどれくらいあるのかな?」と、Kがたずねた。「春まで?」と、ペーピがくり返した。「あたしたちのところの冬は長い。とても長い冬で、単調なの。でも、下の部屋にいるあたしたちは、文句は言わない。冬には備えができてるの。でも、春が来て、夏が来て、たぶんすばらしい季節になる。でもね、今、思い出してみると、春と夏はとても短くて、2、3日くらいだった気がする。それにその2、3日のあいだでも、どんなに晴れた日でも、ときどき雪が降るのよ」

そのときドアが開いた。ペーピがびくっとした。頭のなかでは、バーにいることをすっかり忘れていた。フリーダではなく、女将だった。女将は、Kがまだここにいるのを見て、驚いたふりをした。Kは、女将さんを待っていたんですよ、と言い訳をすると同時に、ここに泊まることを許してもらったことのお礼を言った。女将は、なぜKが自分を待っていたのか、理解できなかった。Kが、まだ女将さんにはぼくと話があるような印象があったもので、と言った。ぼくの勘違いだったら、どうぞ許してください。ところでぼくは、ともかくこれから帰らなくちゃ。用務員なのに、あまりにも長いあいだ小学校をほったらかしにしてました。すべては、昨日の召喚のせいなんです。ぼく、こういうことは経験がなさすぎます。女将さんには、昨日みたいな、あんな不愉快な思いを二度とさせないよう、きちんと気をつけます。Kはお辞儀をして、帰ろうとした。女将は、まるで夢でも見ているような視線でKをじっと見ていた。その視線にKは、思いのほか長いあいだつかまっていた。ここで女将がちょっと微笑んだ。Kが驚いた顔をしたので、ようやくちょっと夢から覚めた。微笑みに対する返事を待っていたようだが、返事がないので、今ようやく目が覚めたかのようだ。「あなた、昨日、生意気にも、わたしの服について何か言ったみたいだけど」。Kは思い出せなかった。「思い出せないの？　生意気だったのが、今度は臆病になったのかしら」。昨日は疲れていたので、とKは言い訳をした。たしかに昨日、何かをしゃべったかもしれません。でも、それ以上は思い出せないんです。女将さんの服のことで、どんなことを言ったのでしょうか。これまで見たこともないほど、きれいな服ですね、とか。少なくともぼくは、旅館の女将さんが、こんなきれいな服を着て働いているのを見たことがありません、とか。「そんなこと言うの、おやめなさい」と、あわてて女将が言った。「あなたが服についてとやかく言うのなんか、聞きたくもない。あなたがね、わたしの服のこと気にする必要はないでしょう。二度とこんなことしないように」。Kは、もう一度お辞儀をして、ドアに向かった。「いったい、どういうつもりなのかしらね」と、Kの背中に向かって女将が叫んだ。「そんな服を着て旅館の女将が働いてるのを見たことがない、って。そんな無意味な言葉、何のつもりなの？　まったくもって無意味だわ。何が言いたいのかしら？」。Kはふり向いて、興奮しないでくださいと女将に頼んだ。もちろんそんな言葉に意味はありません。ぼくは服のことなんかまるで分からないんです。ぼくみたいな立場の人間にはですね、どんな服でも、つぎが当たってなくて清潔なら、もうそれだけで贅沢なんです。ぼくはただ、女将さんがあの通路に、夜、ろくに服を着ていない男たちのなかに、非常にきれいなイブニングドレスを着て、姿を現わしたことに驚いただけなんですよ。それだけのことです。「あら、そう」と、女将が言った。「ようやくあなた、昨日、自分の言った言葉を思い出したみたいね。そして、無意味なことをつけ足して完全な言葉にしたわけね。あなたが服のことを理解していないというのは、その通りだわ。でも、だったら──このことは、あなたに本気で頼んだつもりだけど──どういうのが贅沢な服で、どういうのが場違いなイブニングドレスだなどなどと、減らず口をたたくのをやめてちょうだい。だいたいね──このとき女将は悪寒がしたかのようだった──わたしの服についてつべこべ言うんじゃありませんよ。いいですか？」。Kが黙って向きを変えようとしたとき、女将がたずねた。「いったい服の知識は、どこで仕入れたのかしら？」。Kは肩をすくめた。知識なんてありませんよ。「ないんでしょ」と、女将が言った。「あるような顔するもんじゃないわ。そこのオフィスにいらっしゃいな。ちょっと見せたげるわ。見れば、もう生意気な口をきこうなんて永遠に思わなくなるはずだから」。女将は先にドアから出ていった。ペーピがKのそばにさっと寄った。Kに勘定をしてもらうという口実で、ふたりは急いで打ち合わせをした。Kが中庭の勝手を知っていたので、話は簡単についた。中庭の門は脇道に通じていて、門の横には小さな木戸がある。その向こうでペーピが1時間ほどしたら待っているから、ノックを3回すると開けてもらえる。

女将のオフィスはバーの向かい側にあった。玄関ホールを横切るだけでよかった。女将はもう、明かりのついたオフィスに立っていて、じれったそうにKのほうを見ている。もうひとつ邪魔があった。ゲルステッカーが玄関ホールで待っていて、Kと話をしようとした。ゲルステッカーをふり払うのは簡単ではなかった。女将も助けにきてくれて、厚かましいゲルステッカーを叱った。ドアがもう閉まっているのに、「どこへ行きます？　どこへ行きます？」と、ゲルステッカーが叫んでいる。その言葉にため息と咳がまじって、不快だった。

暖房のききすぎた小さな部屋だった。狭いほうの壁のところには立ち机と鉄製の金庫があり、長いほうの壁のところにはロッカーと足のせスツール(オットマン)がある。大部分のスペースをロッカーが占めている。ロッカーは、長いほうの壁をすっかりふさいでいるだけでなく、奥行きがあるので部屋を非常に狭くしている。ロッカーを全開にするために3枚の引き戸が必要だった。女将は足のせスツール（オットマン）を指さして、Kに腰をかけるようすすめ、自分は立ち机のそばの回転椅子に腰をかけた。「仕立てを習ったことあるのかしら？」と、女将がたずねた。「いえ、一度も」と、Kが言った。「じゃあ、どういう仕事を？」。「測量士です」。「どんなことするのかしら？」。Kが説明した。説明に女将があくびをした。「本当のことじゃないでしょ。どうして本当のことを言わないのかしら？」。「あなただって言わないでしょうが」。「わたしが？　また生意気を言いはじめたみたいね。わたしが本当のこと言わないとしてもよ――あなたに釈明する必要あるかしら？　それに、どこでわたし、本当のこと言ってないのかしら？」。「あなたはね、女将さんであるだけじゃない。自分では女将だと言ってるけれど」。「あら、いろいろ発見する人だこと。じゃあ、わたしは何なのかしら？　あなたの生意気、ほんとにますます図に乗ってるわ」。「女将さん以外に何をしてるのか、ぼくには分かりません。ただ、ぼくの目には、あなたは女将さんだけど、旅館の女将にしては場違いな服を着ている。ぼくの知るかぎり、この村では誰も着ないような服をね」。「じゃあ、これで本題に入ったわ。あなたは黙ってることができないのよ。もしかしたら生意気なんかじゃないかもしれない。子どもみたいなものにすぎない。馬鹿げたことを知っていて、どうしても黙ってられないんでしょ。言いなさいよ。この服のどこが変なの？」。「言うと、怒るでしょ」。「いえ、笑っちゃうわよ。子どものおしゃべりだろうから。で、どうなの、この服は？」。「どうしても知りたいんですね。じゃあ、服の生地はいい。ずいぶん高価ですね。でも時代遅れで、ゴテゴテしてて、何度も直されてて、着古されていて、あなたの年齢にも、あなたのスタイルにも、あなたの立場にも合っていない。あなたにはじめて会ったとき、すぐ服が目についた。1週間ぐらい前だったかな、この玄関ホールで」。「そうだったわね。時代遅れで、ゴテゴテしてて、それから何だったたっけ？　どこでそういうこと教わったのかしら？」。「見れば、分かります。教えてもらう必要はない」。「見れば、すぐに分かるんだ。誰にもたずねる必要もないし、今の流行が何なのかも、すぐに分かる。あなた、わたしにとってなくてはならない人になりそうだな。きれいな服には、わたし、ほんとに目がないの。あなた、どう思うかしら。このロッカー、服でいっぱいなの」。女将が引き戸を引いた。服がびっしり、ロッカーの幅いっぱい、奥行きいっぱいに、一着ずつ丁寧に広げて吊るしてある。大部分が濃い色で、灰色や、茶色や、黒の服だ。「わたしの服なの。みんな、あなたが言うように、時代遅れで、ゴテゴテしてる。でもこれはね、上のわたしの部屋に置けない服ばかりなの。上にはまだ2つのロッカーにいっぱい入ってる。

ロッカーは2つとも、ここにあるロッカーとだいたい同じ大きさ。驚いた？」。「いや、そんなところだろうと思ってました。言ったでしょ。あなたは女将さんであるだけじゃない、と。あなたには別の目標があるんだ」。「わたしの目標は、きれいな服を着ることだけ。あなたって人は、阿呆か、子どもか、とても悪い危険人物かだわ！　帰って、さ、もう帰って！」。Kは、もう玄関ホールにいた。ゲルステッカーが、またもやKの袖口をしっかりつかんだ。そのとき女将がKの背中に向かって叫んだ。「明日、新しい服ができてくるのよ。もしかしたら、あなたを呼びにやらせるかも」

ゲルステッカーは、自分の邪魔をしている女将を遠くから黙らせようとしているみたいに、怒って手を振りながら、Kに一緒に来るように言った。その理由を詳しく説明するつもりは、とりあえずなかった。今から小学校に帰らなきゃならないから、とKが言っても、ほとんど意に介さなかった。引っ張られていくことにKが抵抗すると、ようやくゲルステッカーが口を開いた。心配することありませんぜ。必要なものは、あたしんとこに全部そろってる。小学校の用務員の仕事は、やめちゃえばいい。ともかく来てもらいたい。一日中、待ってたんですから。あたしのお袋も、あたしがどこにいるのか、知りゃしない。Kは、しだいに抵抗するのをやめて、何のために食事や住まいを提供してくれようとするのか、たずねた。ゲルステッカーがそっけなく答えた。馬の世話の手伝いを頼みたいんで。あたしには今、別の仕事があるんで。でもね、あんたを無理やり引っ張っていきたくはないんですぜ。余計な手間はかけさせないでもらいたい。お礼が必要なら、ちゃんと払いますよ。だがここでKは、無理やり引っ張られていたにもかかわらず、立ち止まった。ぼくはさ、馬のことなんかまるで知らないんだよ。そんな必要ありませんから。ゲルステッカーが、イライラしながら言い、怒って、Kに両手をからませて、連れていこうとした。「なぜお前がぼくを連れていこうとするのか、知ってるぞ」と、ようやくKが言った。Kが何を知っているのか、ゲルステッカーにはどうでもよかった。「エアランガーのところでぼくが、お前のために何かやってくれるんじゃないか、と思ってるんだろう」。「もちろんでさ」と、ゲルステッカーが言った。「それ以外、あんたに何の用があるのかね」。Kは笑って、ゲルステッカーの腕につかまって、闇のなかを引かれて歩いた。

小屋みたいなゲルステッカーの家の部屋は、暖炉の火と1本のロウソクだけで薄暗かった。斜めに迫(せ)り出している天井の梁の下で、誰かが壁龕(ニッチ)のなかで背中を曲げて、ロウソクの光を頼りに本を読んでいる。ゲルステッカーの母親だった。Kに震える手を差し出して、自分のそばにすわらせた。苦労して話をしている。何を言っているのか、理解するのに苦労する。だが、母親が言ったことは

解説

丘沢 静也

Kが到着したのは夜遅くだった

『城』は、カフカの最後の未完の長編です。その冒頭は――

Kが到着したのは夜遅くだった。村は深い雪のなかに横たわっていた。城山はまるで見えず、霧と闇に包まれていた。大きな城の気配を示す、ほんのかすかな光さえなかった。長いあいだKは、街道から村に通じる木橋のうえに立って、見たところ空っぽの空を見上げていた。（本書15ページ）

測量士K（ちなみにKは、ドイツ語では「カー」と発音します）は、城に土地測量の仕事を依頼され、城下の村にやって来た。「ヴェストヴェスト伯爵様のお城です」と最初に知らされる。「ヴェストヴェスト」は「西の西」という意味だが、実際の地図にはない城で、ヴェストヴェスト伯爵も、その後は名前すら出てこない。何者なのか、一切わからない。城の伯爵府は、村人たちに畏怖されている。畏怖の念は、一生、手を替え品を替え、四方八方から吹き込まれつづけ、村人たち自身、その手助けをしている。

城は、絶対的な権力だ。真空のような中心として、疑われることも攻撃されることもない。たとえば、身分の低いルームメイドのペーピのことは、チャンドス卿がゲンゴロウに示すような共感をもって、心優しく描かれる。だが、城が詳しく紹介されることはない。その権力の根拠を探られることもない。権力に抵抗する気配のない『城』の世界は、現代の私たちには妙に切なく、リアルに感じられる（かもしれない）。

Kは、なかなか城に入ることができない。測量士として認知してもらえない。迷路のような役所の組織。だが、あまり不安にならず、無力なくせに前向きで、城の長官クラムに面会しようと奮闘する。『変身』のグレーゴル・ザムザのように、ある朝、目を覚ますと、馬鹿でかい虫に変わっているわけでもない。『訴訟（＝審判）』のヨーゼフ・Kのように、悪いこともしてないのに、ある朝、逮捕されることもない。『判決』のゲオルク・ベンデマンのように、父親から唐突に「おぼれて死ね！」と判決をくだされて、橋から飛び降りるようなこともない。『城』のKは、それほどドラマチックな経験をすることなく、ああ言われれば、こう言い返しながら、ちょっとデフォルメされているけれど、誰もが遭遇するような「日常」に、しつこく徹底的にかかわっていく。そのプロセスが、どこかカリカチュアを思わせるようなタッチで描かれていく。

カフカ風(カフカエスク)？

カフカ風(カフカエスク)と聞くと、「不安」や「不条理」を連想する人が多い。また、ユダヤ人であることや、手紙や日記に記された愚痴などから、深刻な「苦しむカフカ」というイメージが定番になっている。カフカは、1917年秋に肺結核と診断され、41歳になる直前の、1924年6月3日に他界した。『城』は1922年、肺結核の療養中に書かれたものだが、病気の影はほとんど見られない。

カフカについて語られるとき、カフカの作品ではなく、カフカの実生活や、手紙や日記のアフォリズム（とても魅力的！）が、よく引き合いに出される。それはカフカの美学にとって不幸なことだ。プライベートな領域をのぞき見することは、行儀の悪い、反美学的なふるまいだから。と言った舌の根の乾かぬうちに、週刊誌ネタをひとつ紹介しておこう。

『城』には「紳士館（Herrenhof）」という旅館が出てくるが、作家K・ヴァーゲンバッハによると、ウィーンの「カフェ紳士館（Café Herrenhof）」に由来しているそうだ。紳士館は、ウィーンのカフェ文化を代表する人たちの溜まり場で、ムージル、ホーフマンスタール、ヴィトゲンシュタインなども出入りしており、「娼婦館（Hurenhof）」とも呼ばれていた。

カフカは、文芸評論家でエージェントのエルンスト・ポラックの妻、ミレナ・イェセンスカと恋仲だった——ふたりの恋が一番燃えたのは、『ミレナへの手紙』から推測すると、1920年の春から秋にかけてだ——が、ミレナとポラックも、このウィーンの紳士館の常連だった。『城』のクラム長官にはポラックの影が、フリーダにはミレナの影が落ちている……。

あの男はどんなことでも非常に重く考える

ちょくちょく顔を出す2人の助手が、『城』では印象的だ。チャップリン映画の登場人物みたいに、どこか滑稽で、ちょっと悲しい絶妙のスパイス。手稿の4分の3あたりで、助手のイェレミーアスがKに秘密を打ち明ける。

ガーラターが私たちをあなたのところへ派遣するとき――」。「ガーラター?」と、Kがたずねた。「ええ、ガーラターです」と、イェレミーアスが言った。「あの頃は、ちょうど［Kが会いたくても会えない城の長官］クラムの代理でした。私たちを派遣するとき、ガーラターがこう言ったんです。ちゃんと覚えてますよ。というのも私たち、その指示に従ってるわけですから。〈お前たちは、測量士の助手として行くんだ〉。私たちは、〈そんな仕事、何の心得もありません〉。それに対してガーラターは、〈そんなことは、どうでもいい。必要になれば、あの男が教えてくれるだろう。一番大事なことはな、あの男をちょっと陽気にしてやること。報告によると、あの男はどんなことでも非常に重く考える。あの男は今、村に着いた。それだけでもう、あの男には大事件なんだ。実際は、まるで何でもないことなのに。それをな、お前たちは教えてやってくれ〉」（本書415ページ）

楽しいカフカ

プライベートな手紙や日記では、もちろん愚痴をこぼしているが、人目につくことを前提にした作品では、カフカは、エンターテイナーの流儀――楽屋では苦虫を嚙みつぶしていても、舞台ではニコニコしてみせる――を心得ている。深刻なカフカ解釈にぶつかると、私はガーラターの言葉を思い出す。〈一番大事なことは、あの男をちょっと陽気にしてやること。報告によると、あの男はどんなことでも非常に重く考える。あの男は今、村に着いた。それだけでもう、あの男には大事件なんだ。実際は、まるで何でもないことなのに〉

重く考えるより、肩の力を抜いて考えるほうが、むずかしい。ほとんど笑わなかったイエスを批判し、不完全な現実を目にしても笑ったツァラトゥストラは、こう言った。〈人間は、存在するようになって以来、**喜ぶ**ということをしなさすぎた。それこそが、兄弟よ、俺たちの**原罪**なのだ！〉。『訴訟』の最初のところを朗読したカフカは、友達が大笑いすると、自分も笑ったという。

手稿で描かれているのは6日間のできごとだが、『城』では、ありそうで・なさそうな、なさそうで・ありそうな人間喜劇がリアルに展開する。『城』が見せるコミカルな表情は、2人の助手だけに限らない。ちょっと突つけば、クスッとする描写があちこちに散らばっている。『城』に限らずカフカには、暗い運命を蛍のようにポッと照らすユーモアがある。ネタとして仕込まれているわけではない。不完全な世界で、不完全な人間が生きている。それをそのまま、ていねいにリアルに描けば、わざと笑わそうとしなくても、ズレが見えて、笑いが生まれる。どこかカリカチュアを思わせるようなタッチになる。不完全さに愛と共感をもって接するとき、ユーモアが生まれる。「楽しいカフカ」の誕生だ。近くで見ると悲劇だが、遠くから見ると喜劇なのか。近くで見ると喜劇だが、遠くから見ると悲劇なのか。上から目線のメッセージ探しや評価は、ひとまず棚に上げて、作品でカフカは、「このゲーム、いっしょに苦しんで！」ではなく、「このゲーム、いっしょに楽しんで！」と呼びかけている。

繊細な幾何学の精神（パスカル）で書かれた人間喜劇

幾何学（geometry）の語源は、土地を測ること。『城』は、繊細な幾何学の精神（パスカル）で書かれた人間喜劇のようだ。ダンテの『神曲（＝神聖な喜劇）』を意識して、バルザックは「戸籍簿と競争する」リアリズムのペンで人間喜劇を書いた。カフカは、なかなか本丸にたどり着けない『城』ゲームで、戸籍簿とは競争せずに「リアルな」人間喜劇を書こうとしている。

ムージルの未完の大作『特性のない男』は、よくほめられるが、ドイツの作家ですら最後まで読んだ人はあまりいないという。ほめる人の数のほうが、読んだ人の数の何倍にもなるらしい。『城』は、その後の文学にも影響をあたえた小説で、カフカの最高傑作だとも評され、あれこれ論じられることが多い。だが、どんな作品でも、書き手なら、要約されたり、評価されたりするよりは、まず一字一句、むさぼるように読まれるほうがうれしいだろう。

ゲームの命は、おもしろくて夢中になってやれるかどうか。はたしてKは、城に入ることができるのか？　どうやってクラム長官に面会するのか？　カフカのペンと波長が合えば、読者は知らないうちに、「私の人生にも、こういうことあるよね」と思いながら、Kといっしょに繊細な心理ゲーム、緻密な論理ゲームをやっている気分になる。

『孤独のグルメ』で井之頭五郎が、ふと入った店で、メニューをじっくり見て、注文した料理をゆっくり嚙みしめて味わうように、『城』は、Kになったつもりで、登場人物たちの行動や言葉や考えを注意深くたどりながら、あれこれ想像しながら読むと、深刻なメッセージや退屈な哲学に首をひねることもなく、「日常」が愛おしく、おいしく感じられるようになる（はずだ）。

島のてっぺんに掲げたロビンソン・クルーソーの旗

『城』の執筆は、1922年の1月末から8月末にかけてと推定されている。1922年の1月末、カフカは結核の療養のため、北ボヘミアの保養地シュピンドラーミューレ――カフカは「シュピンデルミューレ」と表記していた――へ出かけ、そこで書きはじめている。『城』の冒頭（本書15ページ）は、その土地の雰囲気をよく伝えているという。

3月から6月はプラハに戻っている。3月15日、親友マックス・ブロート（1884～1968）の日記。〈午前中、カフカ［1883～1924］のところ。その前にカフカの医者のところ。カフカが新しい小説『城』のはじめの部分を朗読してくれた〉。3月28日のブロートの日記。〈カフカが朗読してくれた。私の人生で唯一リアルなものが、カフカの作品だ〉。心身とも不調だったが、ブロートの熱い推しに背中を押されたこともあって、精力的にペンを走らせるようになる。

3月末か4月初め、友人の若い医学生ローベルト・クロップシュトック（1899～1972）に、手紙で『城』の報告をしている（クロップシュトック自身、1921年、マトリアリィのサナトリウムでカフカと知り合ったときには、結核だった。医学をあまり信じていなかったカフカに信頼されていた。1924年、ウィーン近郊のキーアリングのサナトリウムでは、カフカの最後の数週間、カフカの看病をした。おそらく、苦痛を和らげるためモルヒネの処方も）。

これを書くことは、私のまわりのすべての人にとってきわめて残酷に思われるほど（聞いたこともないほど残酷に、とまでは言わないけれど）、私にとってはこの世で一番大事なことなんです。たとえば狂人にとって、自分の妄想が大事なように（狂人が自分の妄想を失うようなことがあれば、「狂って」しまうでしょう）。

7月12日、結核の療養のために出かけていた南ボヘミアの保養地プラニャで、ブロートに手紙を書いている。

ぼくは、わが家から遠く離れているのだが、あいかわらずいつも、わが家に宛てて書いてしまう。たとえとっくの昔に、わが家がまるごと泳いで、海の彼方へ永遠に去ってしまっているとしても。そうやって書くことは、島のてっぺんに掲げたロビンソン・クルーソーの旗にほかならない。

ひとりでいることが、カフカには、書くための必要条件だった。『判決』をひと晩で一気に書き上げたが、『城』も、手稿のファクシミリを見ると、なぐり書きのように、あまり手直しもせず、すらすら書いている。

『城』の手稿は、四つ折り判の大きなノート6冊に残されている。ただし保養地シュピンドラーミューレで書きはじめたときは、新しいノートの持ち合わせがなかったので、「1冊目」だけは、同サイズの数冊のノートから破り取ったページ37枚の束で、しかもページの表にも裏にも、ぎっしり書いている。2冊目以降は、手直しのスペースを確保するため、ノートの片面だけを使って書いている。

8月末、『城』の執筆は収拾がつかなくなり、9月上旬、ブロートには手紙で、〈城の物語は、やりかけのままにするしかなくなった〉と報告している。

親友ブロートが編集して出版する

もう二度と起き上がれないかもしれないと思って、カフカは、自分の書いたものについて「最後の意思表示」を、ブロート宛に書いていた（1922年11月29日）。カフカの死後、それを見つけたブロートが、雑誌『世界舞台』（1924年7月17日）で公表した。

『判決』『ボイラーマン（＝火夫）』『変身』『流刑地で』『田舎医者』の5冊の本と、［1924年に活字になった］『断食芸人』のほかは全部、消え去ってもらいたい。そしてプライベートな手紙や日記のたぐいは、もちろん焼き捨ててもらいたい。それがカフカの最後の意思だった。この『城』の手稿にさえ満足していなかったわけだから、カフカの美学のきびしさには驚くばかりだ。

けれども、カフカの書いた一字一句を熱狂的に崇拝し、〈私の人生で唯一リアルなものが、カフカの作品だ〉と思っていたブロートは、当然、カフカの「遺言」を裏切る。そしてその後、世界中の多くの人が、ブロートの裏切りを「適切な」行為だったと認め、ブロートに感謝することになる。

未完の長編『城』は、1926年、ブロートの編集により出版された。物書きとして名前が売れていたブロートは、ほとんど無名だったカフカを宗教思想家として売り出そうとした。ブロートは、カフカの小説（つまり美学）よりカフカの思想に興味があった。「正しい道を捨てると、恐ろしい制裁が待っている」というような目でカフカを読んでいた。『訴訟』で描かれているのは「神の裁き」であり、『城』で描かれているのは「神の恩寵」であるという具合だ（けれど、カフカって、そんなに宗教的だろうか。キルケゴールをよく読んでいたが、もちろんニーチェも読んでいた）。『城』の「編者あとがき」で、ブロートはこんな報告をしている。

最後の章をカフカは書いていない。けれども、この小説はどんなふうに終わるのか、と私がたずねたとき、こんな話をしてくれた。測量士だと名乗っている男は、少なくとも部分的には名誉を回復する。闘いをやめることはないけれど、疲れ果て、消耗して死ぬ。死の床のまわりに村人たちが集まっていて、ちょうどそのとき城から決定が届く。村での居住権に対するKの要求は認められないが――

それに付随する事情を考慮して、村での生活と労働は許可する、っていうわけさ。

《利口な女狐の物語》

凡庸な物書きだったブロートは、有能な編集者でありプロデューサーだった。世に知られていなかったチェコの2人の天才、カフカとヤナーチェク（1854〜1928）を私たちに教えてくれた。ブロートはヤナーチェクのオペラのドイツ語訳をせっせと作って、ウィーンのウニヴェルザール社から楽譜を出版させたが、ブロートのドイツ語訳は意訳が多く、今では批判にさらされている。

翻訳のとき私はいつもBGMを流している。『城』のときはマッケラス指揮の《利口な女狐の物語》のCDとDVDにけっこうお世話になった。カフカが『城』を書いていた1922年、ヤナーチェクは、傑作オペラ《利口な女狐の物語》（初演1924年）の作曲をしていた。台本もヤナーチェクが、R・ティエスノフリーデクの絵物語をベースに書いた。「それ、ぼくじゃない。それ、おじいちゃんのことだよ！　あんたのこと、おじいちゃんから、よく聞いてたよ」。このお洒落なカエルのセリフで終わる台本に、だがブロートは不満だった。森番が自然の再生を、青春の永遠の力をおごそかに歌い上げて終わるべきだ、と提案した。けれども、すでに国外では認められていたヤナーチェクは、提案には従わなかった。

小説家ミラン・クンデラは、カフカと同じチェコ人である。個人のプライベートな領域に踏み込むことは行儀が悪いと断罪し、作者の意思を尊重し、作品の美学を大事にする。知的で皮肉なユーモアを愛するクンデラは、裏切りには敏感だ。ブロートの裏切りをネタに『裏切られた遺言』（1993年）という本も書いている。「もっとも影響力のあるピカソの解説者が、印象派すら理解していない画家であるようなものだ」と、ブロートの悪口を言っている。

カエルのセリフに不満だったブロートの、《利口な女狐の物語》のドイツ語訳は、わかりやすさ——人気を得るための必要条件？——を優先して、オリジナルからずいぶん逸脱している。だからというわけではないが、『城』の「最後の章」についてのブロートの報告を、私はそのまま信じる気にはなれない。親友でも裏切ることはあるのだから。

「結果がすべて」という風潮のせいだろうか。近頃は、ハッピーエンドなのか、バッドエンドなのか、気にする人が増えてきた。結果は、プロセスの一部にすぎないのに。ブルックナーの『交響曲第9番』は、第3楽章までしか完成しておらず、第4楽章は未完だ。けれどもシューベルトの『未完成』と同じように、完成か未完成かなど気にならない名曲だ。読者の想像にまかせるオープンエンドも悪くない。『城』の6冊のノートを見ていると、作曲家でピアニストの高橋悠治の名言を思い出す。「作品はノートの仮の姿」

「作品はノートの仮の姿」（史的批判版の『城』）

ブロート版の『城』（1926年）は、その後、第2版（1935年）、第3版（1946年）とつづくのだが、その後、より手稿に忠実な批判版（1982年）が、マルコム・パースリの編集で出た。『城』は、テキスト巻（確定された本文）とアパラート巻（本文との異同や、成立・出版過程など）の2本立てだ。ただ、本文を確定する作業には「編集」が介入してしまうので、その介入を避けるため、ローラント・ロイスの手がけた史的批判版（2018年）が、「手稿のファクシミリ（とその翻字）」の6冊本（CD-ROMつき）で出た。古典新訳文庫はこの史的批判版を底本にしている。

未完の長編『訴訟』は、カフカの残した手稿が16束あり、その16束には順番をしめす番号がなく、配列の指示もない。だが『城』は、6冊のノートが順番につながっているので、問題は章をどう分けるかということくらいになる。「1冊目」のノートのオモテ見返しには、カフカが1番から15番まで章タイトル（のようなもの）を書いている。その横にはブロートが「『城』の章」と書き込んでいる。批判版もブロートの見立てを尊重し、それを15番までの章タイトルとして採用している（本書の目次の**01**から**15**まで）。

カフカは手稿に、章の区切りの合図として「2.4 cmの横線」を引いたり、「章」と書き込んだり、（本書の目次の**17**から**20**のように）実際に章タイトルを書いたりしている。けれども批判版は、章タイトル（のようなもの）を優先しているので、（**02**、**03**のように）章の合図がないのに章立てをしたり、（**11a**のように）章の横線があるのに章立てをしていない箇所がある。『城』は未完で最終稿がないが、批判版の「編集」にもそれなりに納得がいく。

~~[illegible]~~ Das Mädchen entzog ihm langsam ihre Hand und sagte:
Du hast noch immer kein Vertrauen zu mir." "Mit Recht" sagte der
Gast und stand auf. "Ihr seid alle ein Bund, aber ich bin noch
gefährlicher als der Wirt. Ich bin eigens vom Schloß hergeschickt, mich
zu bedienen." ~~[illegible]~~ wenig Du unsere
~~[illegible]~~ "Vom
Schloß geschickt" sagte das Mädchen "wie wenig Du unsere Verhältnisse
[illegible] Mißtrauen [illegible] Du fast [illegible] fühlst Du wohl." "Mein
[illegible]" sagte der Gast [illegible] den Mantel von sich und warf ihn auf einen
[illegible], ich [illegible] nicht, nicht einmal dieses: mich [illegible] zu
[illegible] hast Du erreicht." Plötzlich aber schwankte er, hielt sich
[illegible] noch ein paar Schritte und fiel dann über das Bett hin. Das
Mädchen eilte zu ihm: "Was ist Dir?" flüsterte sie und schon lief
sie zum Waschbecken und holte Wasser und kniete bei ihm
nieder und wusch sein Gesicht. "Warum quält Ihr mich so?" sagte
er mühsam. "Wir quälen Dich doch nicht" sagte das Mädchen. "Du willst
etwas von uns und wir wissen nicht was. Sprich offen mit mir und
ich werde Dir offen antworten."

Hier beginnt der Roman „das Schloß" M.B.

Es war spät abend als ~~ich~~ K. ankam. Das Dorf lag in tiefem Schnee. Vom
Schloßberg war nichts zu sehn, ~~[illegible]~~ Nebel und Finsternis
umgaben ihn, ~~[illegible]~~ auch nicht der schwächste Lichtschein
deutete das große Schloß an. Lange stand ~~ich~~ K. auf der Holzbrücke
die von der Landstraße zum Dorf führt und blickte in die
scheinbare Leere empor.
Dann gieng ~~ich~~ er ein Nachtlager suchen; im Wirtshaus war man
noch wach, ~~[illegible]~~ der Wirt hatte zwar kein Zimmer zu vermieten, aber er
wollte, [illegible], ~~mich~~ K. in der Wirtsstube auf einem Strohsack schlafen lassen,
~~ich~~ K. war damit einverstanden. Einige Bauern waren noch beim Bier

1冊目のノートの4ページ目

▶　ここから小説『城』がはじまる。M・B

●　私→K（●1 ich→K　●2 ich→K　●3 ich→er　●4 mich→K　●5 ich→K）

プロローグ？

1冊目のノートは、〈旅館の主人が客に挨拶した〉で始まっている。4ページ目の19行目の下に、カフカは1行分のスペースを空けて、2.4cmの横線を引いている。そのスペースにブロートが鉛筆で、「ここから小説『城』がはじまる。M・B」と書き込んでいる。それまでの部分は、ブロート版では「冒頭部分の異稿」として巻末に添えられているが、批判版では、テキスト巻の本文には収録せず、アパラート巻に追放されているので、一般の読者の目に触れられなくなっている。

だが史的批判版を手がけたロイスは、その扱いに異議を唱えている。問題の4ページ分は——批判版を底本にしている邦訳（白水社）の訳者は、なぜか「そっくり斜線で消した」と紹介しているが——カフカが手直しして残しているのだから、カフカにとって大事なものではないか。じっくり読み込めば、ある意味、『城』のヴィジョンを告げるプロローグとして読めるのではないか、というのだ。この古典新訳文庫では、00〈プロローグ？〉として、最初に置くことにした。前菜のようなものとして、どうぞ。

「私は」から「Kは」に

「プロローグ」説を補強する（？）のが、1人称語りから3人称語りへの変更だ。カフカは、ブロートが『城』の冒頭だとした**01**〈Kが到着したのは夜遅くだった〉（本書13ページ）から、〈するとフリーダが、脅かすようにKをじっと見つめながら、小さな声で言った〉（本書76ページ）まで、最初はずっと1人称の「私」で書いていたが、後になってから3人称の語りに変更している。手稿を見ると、その部分のich（と、ichに連動する所有冠詞、再帰代名詞など）が消されて、K（と、Kに連動する所有冠詞、再帰代名詞など）に書き換えられている。——ところがこの点についても、なぜか白水社の訳者は、最初の「K」をすぐに「わたし」に変えて、「つづいて書き進めた」と紹介している。

00〈プロローグ？〉では、語りのパースペクティブの手直しがない。最初から最後まで、ずっと3人称語りのままだ。このことから**00**〈プロローグ？〉に、特別なステータスを認めることができるかもしれない。『城』の視界は、1人称語りから3人称語りへの変更によって自由になり、視野が広くなる。「陸地での船酔い」の心配もなくなり、カフカは6冊目のノートの途中まで、すらすらペンを走らせている。

フランツ・カフカ年譜

１８８３年

７月３日、チェコのプラハに生まれる。父ヘルマンは、労働者階級出身のチェコ＝ユダヤ人で、商人。母ユーリエは、市民階級出身のドイツ＝ユダヤ人。

１８８９年〜１８９３年　6〜10歳

ドイツ語で教育する小学校。

１８９３年〜１９０１年　10〜18歳

ドイツ語で教育するギムナジウム。

１９０１年　18歳

プラハ大学に入学。最初は化学を、あとで法学を専攻。

１９０２年　19歳

夏学期にドイツ文学。10月にミュンヘンへ。冬学期にプラハで法律の勉強を再開。マックス・ブロートと出会う。

１９０４年　21歳

小説『ある戦いの記録』を書く。

１９０６年　23歳

法学博士になる。10月から司法実習。

１９０７年　24歳

小説『田舎の婚礼準備』を書く。10月、イタリアの保険会社アシクラツィオーニ・ジェネラリのプラハ店に就職。

1908年 25歳

雑誌に8つの小品（タイトルは『観察』）を発表。7月、労働者傷害保険協会に就職。勤務時間は、午前8時から午後2時まで。1922年に退職するまで、ここに勤務。

1909年 26歳

雑誌に2つの短編を発表。マックス・ブロート兄弟と北イタリアに行く。その旅行記「ブレシアの飛行機」をプラハの新聞に発表。日記をつけはじめる。

1910年 27歳

労働者傷害保険協会の正職員になる。イディッシュ語（東欧ユダヤ語）劇団のプラハ公演にとても興味をもつ。10月、パリに旅行。

1911年 28歳

ブロート兄弟と北イタリアへ。チューリヒ近郊のサナトリウムに滞在。『失踪者』（第1稿）を書きはじめる。

1912年 29歳

7月、ヴァイマルへ旅行。8月13日、ベルリンの女性フェリーツェ・バウアーと出会う。文通がはじまる。『判決』、『変身』、『失踪者』（第2稿）を書く。小品集『観察』を出版。

1913年 30歳

『ボイラーマン』（『失踪者』の第1章）を出版。『判決』を文芸年鑑に発表。ウィーン、ヴェネチア、リーヴァに行く。

1914年 31歳

6月1日、フェリーツェ・バウアーと正式に婚約。7月12日、婚約解消。『訴訟』にとりかかる。『流刑地で』を書く。グレーテ・ブロッホと知り合う。

1915年　32歳

1月、フェリーツェ・バウアーと再会。プラハではじめて自分の部屋を借りる。ハンガリー旅行。6月、『ボイラーマン』でフォンターネ賞。10月、雑誌に『変身』を発表。12月、『変身』を出版。

1916年　33歳

フェリーツェ・バウアーとマリーエンバートに滞在。9月、『判決』を出版。ミュンヘンで『流刑地で』を朗読。（妹オットラの借りていた）錬金術師通りの部屋で、短編を書く。

1917年　34歳

7月、フェリーツェ・バウアーと2度目の婚約。8月、喀血。9月、結核と診断される。（妹オットラが住む）北ボヘミアの村チューラウに滞在。12月、2度目の婚約を解消する。

1918年　35歳

プラハの労働者傷害保険協会に復帰。シレジアでユーリエ・ヴォリツェクと知り合う。この年、ハプスブルク帝国（オーストリア＝ハンガリー二重帝国）が解体し、チェコスロバキアが誕生。

1919年　36歳

『流刑地で』を出版。ユーリエ・ヴォリツェクと婚約。シレジアで『父への手紙』を書く。

1920年　37歳

療養のためメラーノ（南チロル）に滞在。ミレナ・イェセンスカと手紙のやりとりをはじめ、恋仲に。ウィーンでミレナと会う。プラハに戻る。短編集『田舎医者』を出版。ユーリエ・ヴォリツェクとの婚約を解消。いくつも短編を書く。12月、マトリアリィ（スロバキアのタトラ山地）のサナトリウムに滞在。

1921年　38歳

秋にプラハに戻り、職場に復帰。

1922年　39歳

シュピンデルミューレ（北ボヘミアの山地の保養地）に行き、『城』を書きはじめる。プラハで『断食芸人』を書く。7月1日、労働者傷害保険協会を退職。夏、プラニャ（南ボヘミア）に滞在。10月、雑誌に『断食芸人』を発表。

1923年　40歳

7月、ミューリッツ（バルト海沿岸の保養地）で、ドーラ・ディアマントと知り合う。パレスチナ移住を考えて、ヘブライ語の勉強を再開。9月、ベルリンでドーラといっしょに暮らす。『巣穴』を書く。

1924年　41歳

病状が悪化。3月、プラハに戻る。『歌姫ヨゼフィーネ』を書く。4月、キーアリング（ウィーン近郊）のサナトリウムに。雑誌に『歌姫ヨゼフィーネ』を発表。6月3日、死去。6月11

日、プラハ＝シュトラシュニッツのユダヤ人墓地に埋葬。8月、短編集『断食芸人』出版。

訳者あとがき

この本は、カフカの未完の長編『城』の翻訳です。史的批判版を底本にしています。
Franz Kafka: *Das Schloss*. Konzipiert & hergestellt von Michel Leiner & Roland Reuß. Frankfurt a. M. Stroemfeld Verlag. 2018

カフカの性描写

〈16歳のカール・ロスマンは、女中に誘惑されて、その女中に子どもができてしまったので、貧しい両親の手でアメリカに送られることになった〉。カフカの短編『ボイラーマン』の出だしだ。話の終わりになって誘惑の様子が語られる。35歳くらいのその女中は、

カールの心臓に耳をあて、自分の胸を差し出して、同じように聞いてみろと言った。しかしカールに断られたので、裸のお腹をカールの体に押しつけ、手でカー

ルの股間をさぐった。あまりにも不快だったので、カールが頭と首をふって枕を遠ざけると、お腹を2回、3回、カールにぶつけてきた。――カールは、女中の体が自分の体の一部であるかのような気がした。もしかしたらそれが理由で、どうしても助けが必要だという気持ちに襲われたのかもしれない。「また会いたいわ」と何度も言われてから、泣きながらカールは、ようやく自分のベッドに戻った。（光文社古典新訳文庫『田舎医者／断食芸人／流刑地で』55ページ）

カフカの思想についてはよく語られるが、カフカの性描写についてはあまり語られない。性は、思想に負けず大事なものなのに。カフカの性描写は、そんなに多くない。セックスは愛の表現や愛の確認というより、シンプルでストレート。〈まるで喉の渇いた動物がようやく見つけた泉の水を舌でなめつくすように、顔じゅうにキスをした〉（『訴訟』）のように、どちらかといえば（ニュートラルな意味で）動物的だ。

小説家のミラン・クンデラによると、性は、19世紀の小説ではロマンチックなベールに包まれていたが、20世紀になると、かならずしも愛と同期しないものとして登場する。カフカは、ジョイスとともに、自分の小説のなかで性を発見した最初の作家のひとりだ。性をドライに描いた。文章もロマンチックな衣装を脱いでいる。

『城』の03。Ｋとフリーダが紳士館のバーのカウンターの下にいる。

フリーダが子どもみたいにＫを引っぱりはじめた。「こっちよ。こんな下だと息が詰まる」。ふたりは抱き合った。小さな体がＫの腕のなかで燃えている。われを忘れて、上になり下になり、ふたりで回転している。Ｋはずっと正気に戻ろうとしているのだが、戻れない。2、3歩の距離を転がって、クラムのドアに鈍い音を立ててぶつかった。床のあちこちに、こぼれたビールが小さな水たまりをつくっている。ほかにも汚いゴミが一面に散らかっている。そんな床で抱き合ったまま寝ていた。（本書81ページ）

テキストの体形
クンデラは、この直後のワンセンテンスに、カフカの独創性が凝縮されているという。
そうやって時間が流れた。いっしょに呼吸する時間が、いっしょに心臓が動悸する時間が、流れた。その何時間ものあいだ、ずっとＫは、道に迷っている気がしていた。あるいは、それまで人が来たことのない見知らぬ土地にいるような気がしていた。その見知らぬ土地では、空気の成分までが故郷の空気とはまるで違う。その見知らぬ土地の見知らなさのせいで、窒息してしまう。逆らうことができないナンセンスな、その見知らぬ土地の魅力に誘われて、歩きつづけることしかできない。迷いつづけることしかできない。（本書81～82ページ）

カフカのワンセンテンスを、力不足の私は8つのセンテンスにしてしまった。言い訳をすると、ドイツ語は格変化もする屈折語で、主文・副文で語順も違うので、どんなに長くなっても文の構造がわかるが、日本語は膠着語で、ドイツ語の句読点を律儀に反映させようとすれば、どの言葉がどの言葉にかかっているのか、チンプンカンプンになってしまうからだ。

長いセンテンスでは、句読点を律儀に反映して訳すのはむずかしい。だが、段落は長短に関係なく、簡単に反映させることができる。

小説家クンデラは、最初はチェコ語で執筆していたが、自作のフランス語訳の「不忠実」に嫌気がさして、フランス語で執筆するようになった。当然、翻訳にはうるさい。このワンセンテンスが書かれている**03**は、カフカの手稿では段落数が2つ。カフカを「裏切った」ブロート版ですら5つ。なのに、フランス語訳のヴィアラット版では90、ロルトラリ版では95にもなっている。こんなひどい段落分けは、ほかの国ではないだろうと、憤慨している。

カフカは少ないボキャブラリーで書いた。散文を強く歌わせるために、くり返しを多用した。読者を陶酔させるために、会話文を段落のなかに流しこんだ。長い息で途切れることなく読まれることを期待していたのに、カフカは裏切られているというのだ。

『城』の日本語訳は、どうか。ブロート版を底本にした新潮社版では、段落数が79。批判版を底本にした白水社版では、162。会話文になったら改行、という日本語の文芸物の悪習（?）に律儀にしたがって改行しているからだろう。この光文社古典新訳文庫では、2。カフカの代名詞とも呼べる短編『掟の前で』も、カフカは改行なしの1つの段落で書いている。作家なら、思想の体系なんかより、テキストの体形を気にするはずだ。

『城』は未完の手稿なので、最終形がない。小心者の私には、手稿の段落を勝手に分ける勇気はない。長い段落の多い『城』だが、息苦しくならず、ぐいぐい読ませてしまうのが、エンターテイナーの腕前だ。一気に書いているカフカの筆跡とその翻字をにらんで翻訳しながら、私は思った。この人は、長編を書くために生まれてきたんじゃないか。

「美しい文体」の規範？

カフカの仏語訳についてクンデラは、「美しい文体」も批判している。たとえば、〈「フリーダ」と言って、Kはフリーダの耳に呼び声をくり返した〉とカフカが書いているのに、フランス語の訳者は「フリーダの耳」を「メイドの耳」や「彼の連れの耳」と言い換えて、得意顔になっている。中学や高校での「美しいフランス語」教育では、くり返しを恥じて避ける傾向にあるという。

私の記憶している国語の時間でも、くり返しを避けるのが「美しい日本語」だとされていた。たまに日本語訳を原文でチェックしてみると、原文では同じ言葉なのに、いろんな別の日本語に言い換えられている翻訳がけっこう多い。

語彙が豊かなら、美しいのだろうか？　語彙の豊かさで勝負する作家もいる。だが、カフカの独創性が凝縮されているという「ワンセンテンス」を見てもわかるように、カフカは、語彙の貧しさで勝負した人だ。くり返しの効果も心得ていた。ロマンチックな厚化粧や装飾を避けて、シンプルな言葉で書いた。カフカの美学は、日本の文芸

城（しろ）

著者　カフカ
訳者　丘沢静也（おかざわ しずや）

2024年11月20日　初版第1刷発行

発行者　三宅貴久
印刷　萩原印刷
製本　ナショナル製本

発行所　株式会社光文社
〒112-8011東京都文京区音羽1-16-6
電話　03（5395）8162（編集部）
03（5395）8116（書籍販売部）
03（5395）8125（制作部）
www.kobunsha.com

ISBN978-4-334-10505-1 Printed in Japan

いま、息をしている言葉で、もういちど古典を

長い年月をかけて世界中で読み継がれてきたのが古典です。奥の深い味わいある作品ばかりがそろっており、この「古典の森」に分け入ることは人生のもっとも大きな喜びであることに異論のある人はいないはずです。しかしながら、こんなに豊饒で魅力に満ちた古典を、なぜわたしたちはこれほどまで疎んじてきたのでしょうか。

ひとつには古臭い教養主義からの逃走だったのかもしれません。真面目に文学や思想を論じることは、ある種の権威化であるという思いから、その呪縛から逃れるために、教養そのものを否定しすぎてしまったのではないでしょうか。

いま、時代は大きな転換期を迎えています。まれに見るスピードで歴史が動いていくのを多くの人々が実感していると思います。

こんな時わたしたちを支え、導いてくれるものが古典なのです。「いま、息をしている言葉で」――光文社の古典新訳文庫は、さまよえる現代人の心の奥底まで届くような言葉で、古典を現代に蘇らせることを意図して創刊されました。気取らず、自由に、心の赴くままに、気軽に手に取って楽しめる古典作品を、新訳という光のもとに読者に届けていくこと。それがこの文庫の使命だとわたしたちは考えています。

このシリーズについてのご意見、ご感想、ご要望をハガキ、手紙、メール等で翻訳編集部までお寄せください。今後の企画の参考にさせていただきます。
メール　info@kotensinyaku.jp

光文社古典新訳文庫　好評既刊

変身／掟の前で　他2編
カフカ／丘沢静也◉訳

家族の物語を虫の視点で描いた「変身」をはじめ、「掟の前で」「判決」「アカデミーで報告する」までカフカの傑作四篇を、最新の〈史的批判版全集〉にもとづいた翻訳で贈る。

訴訟
カフカ／丘沢静也◉訳

銀行員ヨーゼフ・Kは、ある朝、とつぜん逮捕される…。不条理、不安、絶望ということばで語られてきた深刻ぶった『審判』は、軽快で喜劇のにおいのする『訴訟』だった！

田舎医者／断食芸人／流刑地で
カフカ／丘沢静也◉訳

猛吹雪のなか往診先の患者とその家族とのやり取りを描く「田舎医者」、人気凋落の断食芸を続ける男「断食芸人」など全8編。「歌姫ヨゼフィーネ、またはハツカネズミ族」も収録。

チャンドス卿の手紙／アンドレアス
ホーフマンスタール／丘沢静也◉訳

言葉のウソ、限界について深く考えたすえ、もう書かないという決心を流麗な言葉で伝える「チャンドス卿の手紙」。〝世紀末ウィーンの神童〟を代表する表題作を含む散文5編。

賢者ナータン
レッシング／丘沢静也◉訳

イスラム教、キリスト教、ユダヤ教の3つのうち、本物はどれか。イスラムの最高権力者の問いにユダヤの商人ナータンはどう答える？　啓蒙思想家レッシングの代表作。

暦物語
ブレヒト／丘沢静也◉訳

老子やソクラテス、カエサルなどの有名人から無名の兵士、子供までが登場する〝下から目線〟のちょっといい話満載。ミリオンセラー短編集で、新たなブレヒトの魅力再発見！

光文社古典新訳文庫　好評既刊

イタリア紀行（上）
ゲーテ／鈴木芳子◉訳

公務を放り出し、憧れの地イタリアへ。旺盛な好奇心と鋭い観察眼で、美術や自然、人びとの生活について書き留めた。芸術家としての新たな生まれ変わりをもたらした旅の記録。

イタリア紀行（下）
ゲーテ／鈴木芳子◉訳

古代遺跡探訪に美術鑑賞と絵画修業。鉱物採取と植物観察、そしてローマのカーニバル鑑賞。詩人らしい観察眼と探究心で見識を深めた二年間。芸術の神髄を求めた魂の記録。

毛皮を着たヴィーナス
ザッハー＝マゾッホ／許光俊◉訳

青年ゼヴェリンは女王と奴隷の支配関係となることをヴァンダに求めるが、そのうちに彼女の嗜虐行為はエスカレートして……。「マゾヒズム」の語源となった著者の代表作。

若きウェルテルの悩み
ゲーテ／酒寄進一◉訳

故郷を離れたウェルテルが恋をしたのは婚約者のいるロッテ。関わるほどに愛情とともに深まる絶望。その心の行き着く先は……。世界文学史に燦然と輝く文豪の出世作。

ネコのムル君の人生観（上）
ホフマン／鈴木芳子◉訳

人のことばを理解し、読み書きを習得した雄ネコのムルが綴る自伝と、架空の音楽家クライスラーの伝記が交差する奇才ホフマンによる傑作長編。世界に冠たるネコ文学！

ネコのムル君の人生観（下）
ホフマン／鈴木芳子◉訳

ネコ学生組合への加入、決闘、そして上流階級体験……。若々しさと瑞々しい知性、気負いがぶつかり合う修業時代から成熟期まで、血気盛んな若者としての成長が描かれる。

★続刊

ぼくのことをたくさん話そう　チェーザレ・ザヴァッティーニ／石田聖子・訳

眠れぬ夜の寝床に霊が現れ、ぼくの手を取り、天国や煉獄など「あの世」への旅にいざなう……。映画『自転車泥棒』『ひまわり』等で知られる20世紀イタリアを代表する脚本家が、掌編の技法で紡いでいく、ユーモラスで機知に富んだ物語。

世間胸算用　井原西鶴／中嶋 隆・訳

一年の収支決算日である大晦日を舞台に、貧乏に追われる庶民の悲喜劇を描いた連作短編。借金取りとの攻防、正月飾りをケチる隠居婆、貧困にあえぐ夫婦の愛……。人々が生きる悲しみとおかしさを、西鶴がユーモアを交えて綴った晩年の傑作。

ハワーズ・エンド　フォースター／浦野 郁・訳

二十世紀初頭の英国。富裕な新興中産階級のウィルコックス家と、ドイツ系で教養に富む知識階級のシュレーゲル姉妹、そして貧しいバスト家の交流を通じ、格差を乗り越えようとする人々の困難や希望を描いたモダニズム文学の傑作。